LONDON SPERRY
Passion Project

AF 155331

PASSION PROJECT

LONDON SPERRY

ROMAN

Übersetzung aus dem Amerikanischen von
Angelika Naujokat

Lübbe

Die Bastei Lübbe AG verfolgt eine nachhaltige Buchproduktion. Wir verwenden Papiere aus nachhaltiger Forstwirtschaft und verzichten darauf, Bücher einzeln in Folie zu verpacken. Wir stellen unsere Bücher in Deutschland und Europa (EU) her und arbeiten mit den Druckereien kontinuierlich an einer positiven Ökobilanz.

Titel der amerikanischen Originalausgabe:
»Passion Project«

Für die Originalausgabe:
Copyright © 2025 by London Sperry

Für die deutschsprachige Ausgabe:
Copyright © 2025 by
Bastei Lübbe AG, Schanzenstraße 6–20, 51063 Köln, Deutschland

Bei Fragen zur Produktsicherheit wenden Sie sich bitte an:
produktsicherheit@bastei-luebbe.de

Vervielfältigungen dieses Werkes für das
Text- und Data-Mining bleiben vorbehalten.

Textredaktion: Dr. Ulrike Brandt-Schwarze, Bonn
Umschlaggestaltung: Manuela Städele-Monverde
Einband-/Umschlagmotiv: Illustration © Katie Smith
Satz: hanseatenSatz-bremen, Bremen
Gesetzt aus der Adobe Garamond Pro
Druck und Verarbeitung: GGP Media GmbH, Pößneck

Printed in Germany
ISBN 978-3-7577-0109-3

5   4   3   2   1

Sie finden uns im Internet unter luebbe.de
Bitte beachten Sie auch: lesejury.de

Mom – die Schweine fliegen.

KAPITEL 1

Schuld waren nur die Spaghetti carbonara.

Ich setze mich auf die Fersen, versuche, dabei nicht umzukippen und mir den Kopf an der Toilettenwand zu stoßen oder am Rand der grünen Toilettenschüssel vor mir, was noch übler wäre. Dean Martins Stimme säuselt aus den Lautsprechern, eine peinliche Erinnerung daran, wo ich mich gerade befinde – in der Toilette eines kleinen italienischen Restaurants auf der Lower East Side. Und ich habe mir gerade die Seele aus dem Leib gekotzt wie früher auf dem College. Ich wische mir das Kinn ab, drücke die Spültaste und erschrecke, weil der Raum zu schwanken beginnt, als wäre ich seekrank.

Ich habe gelogen. Schuld war nicht wirklich die Pasta. Es war der Wein. Die zweieinhalb Flaschen Côtes du Rhône, die ich in mich hineingekippt habe, als wäre ich eine der Frauen aus der Serie *Real Housewives*. Wer zum Teufel hat mir bloß eingeredet, dass ich mir das leisten könnte? Ein einziger Blick auf mein Bankkonto würde mich mit Sicherheit wieder zum Kotzen bringen.

Ich kneife die Augen zusammen und lasse den Kopf in die Hände sinken. Es kommt mir vor, als hätte mein Magen gewusst, dass er sämtliche Beweise dieses abendlichen Desasters aus meinem Körper herausschaffen musste.

Mein Date ist vermutlich schon vor Stunden gegangen. Sicher bin ich mir aber nicht. Ich habe seine Nummer bereits blockiert. Wir wollten uns eigentlich auf der anderen Straßenseite im Rosencrantz & Guildenstern treffen, einer Cocktailbar, in der Gäste lernen, wie sie ihre eigenen Cocktailkreationen mixen können, um diese dann den ganzen Abend zu verkosten. Auf Instagram warb die Bar mit Maple Manhattans mit in Bourbon eingelegten Kirschen, Mezcal Palomas mit gerösteten Grapefruitspalten und Matcha Martinis mit Mangohonig. Mit anderen Worten, für jemanden wie mich, die ich die Angst eines Therapie-Wartezimmers mit mir herumschleppe, der perfekte Ort für ein erstes Date. Man kann Augenkontakt vermeiden, die Konzentration ganz auf den Barkeeper-Schrägstrich-Seminarleiter richten und sich anschließend betrinken, um das Ganze bis zum nächsten Morgen zu vergessen.

Meine Mitbewohnerin und älteste Freundin Sonya hatte diesen Abend organisiert, und ich gebe zum Teil ihr die Schuld an diesem Desaster. Sonya hatte alles genau geplant – den Typen, die Location, den Tag, die bis auf die Minute genaue Zeit und auch mich. Sie hatte Fotos von meinen Social-Media-Accounts herausgesucht und daraus eine Art Dating-Profil zusammengeschustert. Ich muss zugeben, dass ich beeindruckt war, als ich zum ersten Mal einen Blick darauf geworfen hatte. Auf dem Bildschirm sehe ich aus wie eine strahlende fünfundzwanzigjährige Frau, die bereit ist, ihr Leben in Angriff zu nehmen.

Oh, wie überaus irreführend.

Henry hatte mein viertes Foto gelikt, auf dem ich Sonya am Tisch gegenübersitze. Aufgenommen an einem der Abende, an denen ich mal nicht zu deprimiert gewesen war und zugelassen hatte, dass sie mich zum Abendessen hinauszerrte. Ich grinse darauf. Es ist sogar ein breites Grinsen. Vor mir steht eine riesige Schüssel mit Guacamole. Ich sehe glücklich aus.

Lügnerin.

Sonya erklärte mir beharrlich, dass es genau das wäre, was ich bräuchte, um aus meiner Krise herauszukommen. Genau dieser Typ. Ich brachte es nicht übers Herz, ihr zu sagen, dass es keinen Typen auf der Welt gebe, der mich in Versuchung führen könnte, mich in ihn zu verlieben. Nicht mal, wenn es der schwedische Boyfriend aus *Mamma Mia! 2* wäre oder der englische Boyfriend aus *Mamma Mia! 2*. Oder der andere englische Boyfriend aus *Mamma Mia! 2*. Nicht mal dann.

Henry ist sowieso nicht wirklich mein Typ. Sein Profil war nichts Besonderes. Ein Schnappschuss von ihm mit ein paar Freunden auf einer Hochzeit, ein weiterer beim Klettern, ein scheinbar ohne sein Wissen aufgenommenes Foto auf einem Berggipfel mit einer Kamera um den Hals.

Ich habe die Augen verdreht, als ich es sah. Ich bin alles andere als ein Outdoor-Fan.

Auf seinen Fotos konnte ich erkennen, dass er verwuschelte walnussbraune Haare hat und ein verschmitztes Lächeln. Seine Augen hinter der Nickelbrille sind waldgrün. Das weiß ich, weil Sonya bis zu seinen Augäpfeln heranzoomte und fragte: *Hast du eine Ahnung, wie selten so grüne Augen sind, Bennet?*

Ich hatte mich darauf eingelassen, mit Henry auszugehen, weil er mir eine sichere Wahl zu sein schien. Offenbar hatten wir nicht viel gemeinsam, außer, dass wir zur selben Zeit in derselben Stadt wohnten. Aber aus seinen wortreichen Antworten auf die Fragen in seinem Profil schloss ich, dass er in der Lage sein würde, eine Unterhaltung zu führen, selbst wenn ich nicht dazu imstande wäre. Die Gelegenheit zu lächeln und zu nicken, ohne den Druck, über mich selbst reden zu müssen, kam mir entgegen. Im Grunde schien er ganz nett zu sein. Nicht mehr und nicht weniger. Sein Profil sagte mir, dass er mich höchstwahrscheinlich nicht umbringen würde und es noch unwahrscheinlicher wäre, mich in ihn zu verlieben.

Sonya gab sich alle Mühe, mich aufzuhübschen. Sie suchte Klamotten für mich aus, schminkte mir die Augen, sprühte mir ein teuer aussehendes Parfüm auf den Hals, das nach kandiertem Apfel duftete, und dabei dröhnte die ganze Zeit ABBA aus ihrem Handy. Als es dann so weit war, schubste sie mich aus der Tür, als ob sie mich ohne Fallschirm aus einem Flugzeug stoßen würde.

Sie meint es gut, das weiß ich, aber ist es wirklich zu viel verlangt, in Ruhe gelassen zu werden? Ich bin doch nicht ihr Projekt. Ich bin ihre Mitbewohnerin.

Und ich hatte recht. Ich schaffte es einfach nicht. Als ich mich schließlich für mein Date zur Bar geschleppt hatte, erstarrte ich. Ich stand dort vor der Tür, geriet in Panik, und die Straße um mich herum schien immer näher auf mich zuzukommen. *Was, wenn er nicht an mir interessiert ist? Oder ich nicht an ihm? Oder mir nichts einfällt, was ich sagen kann. Was, wenn er mich hasst? Oder viel schlimmer noch ... wenn er es nicht tut?* Ich presste meine Nase ans Fenster, um einen Blick auf ihn zu erhaschen. Wenn ich ihn einfach mal sehen könnte, seine Eigenarten beobachten könnte, dann wäre ich vielleicht nicht so verdammt panisch. Aber ich sah nur Pärchen. Überall Pärchen. Die sich auf Wangen küssten, unter den Tischen Händchen hielten, Cocktails aus demselben Glas tranken. Ich versuchte mir vorzustellen, Teil eines dieser Pärchen zu sein. Versuchte, so zu tun, als ob es nicht total falsch wäre.

Ich hätte schon genau in diesem Moment wissen müssen, dass dieser Abend mit dem Kopf über der Kloschüssel enden würde, denn mir kam bereits da die Galle hoch.

Ich klappte auf dem Bürgersteig zusammen, auf ausgespuckten Kaugummis und Zigarettenkippen. Ich brachte weder einen tiefen Atemzug noch irgendeinen zusammenhängenden Gedanken zustande, während die Welt um mich herum erzitterte und in Schieflage geriet. Ich konnte nur noch meine Knie an die Brust ziehen und abwarten, bis es vorüber war, meine Finger aufhörten zu kribbeln und ich aufstehen konnte, ohne gleich wieder umzukippen. New York hielt nicht einen einzigen Moment an, machte sich nicht einmal die Mühe, dem Mädel auf dem Bürgersteig mit dem Kopf zwischen den Knien mehr als nur einen einzigen Blick zu schenken. Vermutlich war es das Uninteressanteste, was die Leute, die an mir vorüberliefen, am heutigen Tag gesehen hatten. Ich konnte fast ihren inneren Monolog hören, als sie an mir vorbeihasteten. *Nervenzusammenbruch auf dem Bürgersteig? Na und?*

Ich konnte mich unmöglich mit Henry treffen. Ich brachte es einfach nicht fertig. Also schlich ich über die Straße zum L'Italiano hinüber und setzte mich dort an den Tresen, um meine Panikattacke wegzutrinken. Wahrscheinlich hält er mich für ein Arschloch. Und er hat vermutlich recht.

Wieso passiert mir das bloß immer wieder? Wieso kann ich nicht normal sein?

Die Dates von normalen Menschen enden mit einem Gute-Nacht-Kuss, nicht mit einer Kotzorgie in den Toilettenräumen eines netten Restaurants.

Ich sollte mich zusammenreißen, bevor noch jemand einen Krankenwagen ruft. Mir brummt der Schädel, als ich mich vom Fliesenboden aufrappele und versuche, vor dem Marmorwaschbecken stehen zu bleiben. Zu meiner Überraschung erblicke ich nicht mein Spiegelbild, sondern eine weiße Backsteinwand, auf der in schwarzer Farbe das Wort *Bellissima!* geschrieben steht. Die unterschwellige Botschaft lautet: *Mach dir keine Gedanken darüber, wie du aussiehst! Geh raus und genieße dein Leben! Sei nicht eitel!* Das ist wie in diesen schrecklichen Coffeeshops, in denen es kein Wi-Fi gibt, weil sie wollen, dass du dich mit anderen Leuten unterhältst, anstatt auf irgendein Gerät zu starren. Folter. Ohne einen Spiegel in Sicht verdrehe ich die Augen und öffne die Kamera-App auf meinem Handy. *Von wegen Belissima!*

Mein Eyeliner hat es auf magische Weise geschafft, nicht zu verschmieren, aber da ist nur noch eine dünne Linie aus schweißigem Lidschatten übrig, der sich in die Falte meiner Augenhöhle gesetzt hat. Die Foundation, die ich benutzt hatte, um meine Sommersprossen zu überschminken, ist nahezu verschwunden, und mein dunkelbraunes Haar sieht aus, als hätte ich es mit einem Laubbläser gestylt. Ich trage einen kinnlangen Bob, damit ich mir keine großen Gedanken um meine Frisur machen muss. Das funktioniert auch meistens gut, aber heute wünschte ich, ich könnte mir die Haare zu einem Dutt knoten, um meinen verschwitzten Nacken zu lüften. Da ist ein kleiner beiger Fleck auf dem Kragen meiner Bluse – ob es sich dabei um Carbonara oder Erbrochenes handelt, werde ich vermutlich niemals erfahren.

Ich drehe den Hahn auf und fange an, mir den Dreck vom Toilettenboden von den Händen zu waschen, um dann festzustellen, dass keine Seife mehr im Spender ist. War ja klar.

Ein lautes Klopfen ertönt an der Tür, und mein Blutdruck schießt in die Höhe.

»Besetzt!«, krächze ich.

Es kommt mir so vor, als würde mein Kopf in einem mittelalterlichen Foltergerät klemmen. Ich spritze mir Wasser ins Gesicht, in der Hoffnung, dadurch weniger wie eine betrunkene Psychopathin auszusehen. Das bereue ich aber fast augenblicklich, da es keine Papiertücher gibt, sondern nur einen elektrischen Händetrockner. Ein dicker Wassertropfen hängt an meinen Wimpern. Ich versuche, ihn mit der Innenseite meines Ärmels abzuwischen, und verschmiere dabei das, was von meiner Wimperntusche noch übrig war.

Ein weiteres Klopfen dröhnt durch den kleinen Toilettenraum. Glaubt diese Person etwa, ich wäre hier drin wie von Zauberhand verschwunden?

»Bin in einer Minute fertig!«, knurre ich.

Ich stecke ein Kaugummi in den Mund, wische mir die Augen und schlinge mir meine Handtasche über die Schulter.

Drei tiefe Atemzüge. *Verhalte dich normal. Du schaffst das.*

Es klopft erneut. Dieses Mal lauter und aggressiver.

Für wen hält sich dieses Arschloch?

»Ich hatte doch eine Minute gesagt!«, blaffe ich, während ich die Verriegelung aufdrehe. »Was ist daran nicht zu verstehen?«

Als ich die Tür aufreiße, erblicke ich einen großen Mann, der mir den Weg versperrt und mich anschaut, als hätte ich drei Köpfe.

Braunes Haar, Nickelbrille – genau wie in seinem Dating-Profil. In seinen grünen Augen sehe ich einen Ausdruck blanken Entsetzens, was in seinem Dating-Profil eindeutig *nicht* der Fall war.

»Shit.« Ich schaue zu Boden. Vielleicht geschieht ja ein Wunder, und er erkennt mich nicht.

»Also *hier* bist du gewesen.« Er lehnt sich gegen den Türrahmen und versperrt mir so den Weg. Sein Gesichtsausdruck wandelt sich von Schock zu etwas völlig anderem. Wirkt fast ein wenig selbstgefällig. Unter dem kurzen Ärmel seines pinkfarbenen Shirts schaut auf dem Bizeps die Ecke eines Tattoos hervor.

»Keine Ahnung, was du meinst.« Ich lasse mir das Haar ins Gesicht fallen, um ihm die Sicht zu nehmen.

Er grinst. *Grinst!* »Bennet, stimmt's?«

Aus seinem Mund klingt mein Name total bescheuert. Ich habe ihn schon immer gehasst. Ich komme mir damit vor wie ein Junge im Teenageralter oder irgend so ein idiotischer Finanzheini mit Treuhandfonds, was eigentlich nicht die Absicht meiner Mutter gewesen war, als sie ihn mir gegeben hatte.

»Nein.« Meine Stimme klingt, als wäre mein Kehlkopf einmal durch den Mixer gejagt worden. »Ich heiße Andy. Mach's gut.« Ich versuche, eine Fluchtroute zu planen, aber die Art und Weise, wie er da so lässig mit seiner bedauerlicherweise erheblichen Körpergröße im Türrahmen lehnt, erlaubt kein Durchkommen. Wieso ist er Stunden nach unserem geplanten Date eigentlich hier? Warum hat er die Straße überquert und ist im selben Lokal gelandet wie ich?

»Hör mal, *Andy*«, sagt er spöttisch und zeichnet dabei zwei Anführungsstriche um meinen falschen Namen in die Luft. »Wenn du nicht mit mir ausgehen willst, dann hättest du es doch einfach sagen können.«

»Ich komme zu spät zu … äh …« *Komm schon, Bennet. Lass dir was einfallen. Irgendwas.* »Zu einer Taufe.« *Einer Taufe? Was zum Henker ist mit dir los?*

»Tatsache? Um diese Zeit … an einem Donnerst…«

»Ich muss los.«

Ich quetsche mich durch die Lücke zwischen seinem Arm und dem Türrahmen und stolpere in den Speiseraum.

Im Vergleich zum Neonlicht in der Toilette ist es hier beinahe stockdunkel, und ich brauche einen Moment, bis sich meine Augen daran gewöhnt haben. Überall im Essbereich sind altmodische laternenartige Lampen verteilt, die rotorange glühen wie kleine Zündhölzer. Die Tische stehen so dicht beieinander, dass es selbst einem nüchternen Menschen schwerfallen dürfte, dazwischen hindurchzugehen, ganz zu schweigen von einer betrunkenen Idiotin wie mir.

Ich mache mich auf den Weg durch die Dunkelheit und renne prompt in die blonde Barkeeperin hinein, die mich mit

Côtes du Rhône abgefüllt hatte. Sie reicht gerade einem nichts ahnenden Gast an einem Stehtisch ein Glas Rotwein, als wir kollidieren. Ich habe keine Zeit, stehen zu bleiben und mich zu entschuldigen, aber ich drehe mich noch mal um und erhasche einen Blick auf den Weinfleck, der sich wie Blut über die Brust des Mannes ergossen hat. Die Barkeeperin schimpft mir hinterher, während sie nach einem Lappen an ihrem Gürtel greift und damit seine Brust abtupft, um den Schaden, den ich angerichtet habe, zu minimieren. Was sinnlos ist, da er natürlich ein strahlend weißes Hemd anhat. Was sonst?

Als ich endlich die Tür erreiche und verzweifelt versuche, sie aufzuziehen, will sie sich einfach nicht bewegen. *Lieber Gott, wieso ich? Warum werde ich so bestraft? Womit habe ich das nur verdient?* Mein Herz hämmert, Schweiß tropft mir von der Stirn. Ich spüre einen Körper hinter mir. Seine Wärme an meinem Rücken. Ein Arm, an dem ein Tattoo halb unter einem pinkfarbenen Ärmel hervorschaut, greift über meine rechte Schulter hinweg. Der Mann drückt sanft gegen die Tür, die sich ohne Widerstand öffnen lässt.

Ich drehe mich um, wieder einmal eingeklemmt zwischen einem Typen namens Henry und einer Tür.

»Manchmal hilft drücken.«

KAPITEL 2

Ich habe mich nie als einen besonders energiegeladenen Menschen betrachtet, aber ich bin schon irgendwie stolz darauf, wie schnell ich aus dem L'Italiano verschwunden und in Rekordzeit an der U-Bahn war. Der ganze Abend hatte nur ein Gutes: Ich musste nicht allzu lange auf die Bahn warten. Nun sitze ich in der Linie B einer Frau gegenüber, die ein Kind im Arm hält, das schlafend quer über ihrem Schoß liegt. Ich massiere mir die Schläfen, als die U-Bahn die Haltestelle verlässt, meine Knie hüpfen auf und ab, während ich versuche, dieses Gefühl von Scham loszuwerden. Als ich die Frau mir gegenüber anblicke, schaut sie rasch weg, zieht das Kind auf ihrem Schoß enger an sich und drückt ihm einen Kuss auf die Stirn. Ich nehme mir schon mal vor, nicht beleidigt zu sein, wenn sie an der nächsten Haltestelle den Platz wechseln sollte. Ich bin mir ziemlich sicher, dass ich stinke, als hätte ich in der Kanalisation gebadet, und ich sehe vermutlich ein bisschen gestört aus.

Ich will eigentlich nie ich selbst sein, aber heute würde ich ganz besonders gern mit diesem U-Bahn-Sitz verschmelzen und in einem neuen Körper mit einem ganz neuen Leben erwachen. Aber leider erwache ich wie immer als Bennet Marie Taylor, und das ungefähr fünf Stationen hinter der, an der ich eigentlich aussteigen wollte.

Ich musste wohl irgendwo zwischen Columbus Circle und

125th Street weggedöst sein. Meine Lider sind schwer, und die Augen tränen, was ich durch Blinzeln zu beheben versuche. Es heißt ja, man sei kein echter New Yorker, wenn man nicht mindestens einmal in der U-Bahn geweint hat, aber es hat mich nie wirklich gekümmert, ob ich als echte New Yorkerin angesehen werde.

Ich stolpere zur Tür hinaus in die düstere U-Bahn-Station, versuche, mich zu orientieren. Es riecht hier wie in jeder anderen Haltestelle in der Bronx: muffig, säuerlich und nach Schweiß. Mein Blick fällt auf die Poritze eines Mannes, der auf die Gleise pinkelt. Mein Magen revoltiert. Es gibt keine Grenzen in dieser Stadt.

Ich schaue mich um, versuche festzustellen, wo genau ich bin, bis ich ein Schild sehe – *YANKEE STADIUM*. Ich bin am Yankee Stadium! Welch eine Erleichterung, dass ich eigentlich gar nicht so weit von meiner Wohnung in Harlem entfernt bin und nur die Linie D in die Gegenrichtung nehmen muss, um nach ein paar Haltestellen zu Hause zu sein.

Ich wende meinen Blick von der Kakerlake ab, die über das Schild krabbelt, und schaue in meine App. Die nächste Bahn Richtung Downtown kommt erst in neunundzwanzig Minuten.

Hm. Dies scheint eine gute Gelegenheit zu sein, mir endlich einmal mit eigenen Augen anzusehen, was es mit diesem ganzen Tamtam um ein Baseballstadion auf sich hat. Sams Lieblings-Baseballstadion.

Ich steige die Stufen hinauf, die aus der Station nach oben führen, gebe mir Mühe, mir dabei nicht auch noch den Knöchel zu verstauchen, und trete in die kühle Nachtluft hinaus. Das Stadion befindet sich auf der anderen Straßenseite von dem U-Bahn-Ausgang, für den ich mich entschieden hatte, deshalb muss ich an der Ampel warten, bis ich die Straße überqueren kann. Ich halte den Atem an und schaue auf meine Füße, als ich mich dem schlafenden Riesen nähere. Habe fast etwas Angst, mir möglicherweise das Erlebnis zu verderben, bevor ich direkt darunter angelangt bin. Als ich seine stoische Anwesenheit über mir spüre, bleibe ich stehen, hole tief Luft und blicke hinauf. Und immer weiter und weiter hinauf. Draußen ist es dunkel, aber der Schriftzug ist so hell erleuchtet, dass ich blinzeln muss. Es ist riesig. Größer, als ich es mir vorgestellt hatte. Wie ein Kolosseum des zwanzigsten Jahrhunderts, in dem Männer gegeneinander kämpfen. Obwohl es, wenn Sam spielte, eher ein eleganter, raffinierter Tanz war.

Die Yankees waren seine Lieblingsmannschaft. Einmal im Jahr fuhr sein Vater im Sommer mit ihm im Zug von Jersey nach New York, damit sie sich ein Spiel anschauen konnten. Ich stelle mir vor, wie er als Kind hier gestanden und an diesem riesigen Gebäude hinaufgesehen hat. Er hält dabei die Hand seines Vaters, während er in der anderen einen umgedrehten mit Dippin'-Dots-Eiscreme gefüllten Mini-Baseballhelm balanciert. Seine rosigen Wangen sind mit Zucker und Dreck verschmiert, und sein sandfarbenes Haar ist vom Wind verwuschelt. Ich habe Fotos von ihm in diesem Alter gesehen, immer fröhlich, während er heranwuchs. Ich stehe da wie eine Statue, blicke an diesem gewaltigen Stadion hinauf und fühle dabei alles und nichts zugleich. Minuten vergehen, obwohl es mir wie Stunden vorkommt.

Es ist kälter, als ich erwartet hatte für Ende Mai. Ich fröstele, als mir eine Brise das Haar ins Gesicht weht. Ich streiche es hinters Ohr, während mich die Kühle wieder in die Realität zurückholt. Ich habe keine Ahnung, wie lange ich schon hier bin, habe möglicherweise nun meine Bahn verpasst. Ich haste zurück in die unterirdischen Tunnel der Stadt, erwische die Bahn gerade noch und tauche in Harlem wieder auf.

Mein Zuhause befindet sich im fünften Stock. Es gibt keinen Fahrstuhl. Als ich endlich oben ankomme, bin ich außer Atem. Ich bete zu Gott, dass Sonya schon schläft, damit ich ihr mein Keuchen und den Geruch meines Toilettenbesuchs beim L'Italiano ersparen kann. Ehrlich gesagt, hat Sonya mich aber schon weitaus schlimmer erlebt. Wir kennen uns seit der Middle School. Aber das Leben in New York hat mich auf eine Art und Weise enthäutet, wie ich es nie erwartet hätte. Es verlangt mir alles ab, meinem gefühlsduseligen, durcheinandergeratenen Inneren nicht in unserer Wohnung freien Lauf zu lassen. Ich gebe mir alle Mühe, unsere Beziehung unter Kontrolle zu halten. In sicherer Entfernung. Sonya fühlt sich hier pudelwohl. Sie hat ihr Zuhause gefunden. Ihre Leute. Und ich bin bloß noch ein Schreckgespenst, nicht mehr die Freundin, die sie einmal gekannt hat. Ich geistere in ihrer Wohnung herum und kreische wie eine Harpyie, wenn mir jemand zu nahe kommt ... sogar, wenn es meine älteste Freundin ist.

Ich tauche die Hand in die dunklen Tiefen meiner Handtasche, wühle mich durch Kaugummipapier, zahlreiche Zuckerkrümelchen meiner letzten süßsauren Fruchtgummi-Orgie, Pflaster, Kleingeld und zwei Sonnenbrillen, bis meine Finger durch den Schlüsselring gleiten.

Während ich die Tür aufschließe, schicke ich ein Stoßgebet zum Himmel. *Lieber Gott, wenn's dich gibt, lass Sonya schon schlafen!*

Als ich durch die Tür ins Wohnzimmer trete, springt sie vom Sofa wie der Kuckuck aus der Uhr. Ich zucke zusammen.

»Wie war's?«, fragt sie und schlurft auf mich zu. *Das nervt!*

»Bin nicht hingegangen.« Ich schleudere meine Schuhe von den Füßen und husche an ihr vorbei. »Ich war noch nicht so weit.«

Sie legt den Kopf schräg und runzelt die Stirn über ihren

zutiefst besorgt dreinblickenden Augen. »Oh nein«, sagt sie. »Das tut mir leid.«

»Schon okay.« Ich reibe mir die Stirn und gehe zur Küchenecke hinüber, um mir ein Glas Wasser einzuschütten.

Sie folgt mir dicht auf den Fersen. »Willst du drüber reden?«

Darüber reden? Nein. Ich möchte es am liebsten für immer vergessen. Ich schüttele den Kopf. »Ich brauche einfach dringend Schlaf. Das ist alles.«

Ich drehe mich zu ihr um. Ihre großen braunen Augen sind auf mich gerichtet. Sie sieht mich auf eine Weise an, wie man ein Katzenjunges anschaut, das jemand in einem Karton auf einer Eingangstreppe ausgesetzt hat. Sie sorgt sich um mich. Sie sorgt sich ständig um mich.

Wir waren einander mit sechzehn einmal so ähnlich. Damals zu Hause, als wir jeden Mittwochnachmittag Physik geschwänzt hatten, um zu Starbucks zu gehen, bis uns ihre Eltern erwischten und wieder in die Schule zurückschleiften. Sie strickte mir jeden Winter eine neue Mütze, und ich erwiderte ihr Geschenk jedes Frühjahr mit einem Mixtape aus alten Songs, von denen ich wusste, dass sie sie mochte. Auch wenn CDs längst nicht mehr cool waren. Wir waren damals so albern. Ich weiß gar nicht mehr, wie es ist, albern zu sein.

»Es war nicht meine Absicht, irgendwas bei dir zu triggern«, sagt sie und lässt die Schulter hängen.

»Schon okay«, versichere ich ihr, obwohl es nicht so ist. »Bei mir ist alles in Ordnung«, füge ich hinzu, obwohl auch das nicht stimmt.

»Hast du mal über das nachgedacht, worüber wir gesprochen haben?«, erkundigt sie sich, vermeidet es aber, mich dabei anzusehen. »Ich meine wegen …«

»Ja, ja«, erwidere ich und verschränke die Arme vor der Brust.

Ich hatte in den letzten Monaten mit dem Gedanken gespielt, wieder nach Pennsylvania zurückzuziehen. Zu meinen Eltern. Wo mich sonst nichts erwartet. Ich war aus einem ganz bestimmten Grund nach New York gekommen und hatte dabei bislang kläglich versagt. Wenn ich diese eine Sache nicht schaffe, was bringt es dann noch, hierzubleiben? Sonyas Besorgnis mag ja gut gemeint sein, doch vermutlich sorgt sie sich vor allem aus dem Grund, weil wir Mitbewohnerinnen sind und sich meine Entscheidung dann auf sie auswirkt. Aber wenn ich ausziehen würde, könnte eigentlich ihre Freundin hier einziehen und sich die Miete mit ihr teilen. Das wäre kein großes Ding. Sie würde gut ohne mich klarkommen.

»Ich weiß es noch nicht«, sage ich. »Ich denke noch drüber nach.«

»Okay«, sagt sie und verlagert ihr Gewicht von einem Fuß auf den anderen. Einen Moment später geht sie zu ihrem Zimmer hinüber, wendet sich mir aber noch einmal zu und taxiert mich mit ihrem Blick. »Ich bin hier, wenn du mich brauchst, Bennet. Das weißt du doch, oder?«

»Ja, weiß ich.« Ich nicke und stürze ein paar Schlucke von dem Wasser hinunter. »Gute Nacht, Sonya.« Ich wende mich der Spüle zu, um mein Glas nachzufüllen, aber auch, damit ich nicht mitansehen muss, wie sie mich mit einer Mischung aus Mitleid, Frust und Besorgnis ansieht.

Ich lasse das Wasser über den Rand des Glases und meine Finger laufen. Irgendjemand hat mir mal erzählt, dass das Wasser in New York winzige Shrimps enthält, aber das macht mir nichts aus. Bei dem Gedanken daran muss ich sogar lächeln.

Als ich mich wieder umdrehe, ist Sonya verschwunden.

Ich wünschte, ich wäre immer noch dieses Mädchen, an das sie sich erinnert. Das so gern Brownies mit ihr und ihrer Mutter gebacken hatte, während Britney Spears durchs ganze

Haus dröhnte. Dieses Mädchen, das schmalzige Filme und LaserTag und Abenteuer liebte. Doch das war, bevor sich jedes Atom in meinem Körper neu anordnete und ich zu der wurde, die ich jetzt bin. Ich weiß nicht, wie ich jemals wieder die alte Bennet sein kann.

Ich trinke das Glas leer in der Hoffnung, dass ich damit den morgigen Kater in Schach halten werde.

Warum war ich nicht einfach ins Rosencrantz & Guildenstern gegangen, hatte komplizierte Cocktails gemixt und eine bedeutungslose Unterhaltung mit einem Typen namens Henry geführt? Wieso musste ich stattdessen einen ganzen Abend damit verbringen, mich selbst zu bestrafen und mit Wein und Nudeln zu beruhigen, die ich mir gar nicht leisten kann? Ich begreife das einfach nicht. Aber wenn es mir gelänge, hätte ich vermutlich das Geheimnis des Lebens entschlüsselt. Ich wäre der mächtigste Selbsthilfeguru der Welt, würde Millionen mit Büchern scheffeln wie »Panikattacken sind nur Erfindungen deines Verstandes, die dich verrückte Sachen machen lassen«, meine Tage in einer Villa in Griechenland verbringen, ein sorgenfreies Leben führen und mir nie wieder irgendwelche Fragen stellen.

Dabei verbringe ich den Großteil meiner Tage damit, mir Fragen zu stellen.

Wieso verstecke ich mich, wenn Sonya in die Küche kommt, um sich einen Kaffee zu machen?

Wieso schaffe ich es nicht, netter zu ihr zu sein?

Wieso grübele ich tagelang über eine einzelne SMS nach?

Wieso hat mir dieser eine Typ hinterhergepfiffen?

Wieso hat mir dieser eine Typ nicht hinterhergepfiffen?

Wieso schaffe ich nicht mal ein ungezwungenes Date?

Wieso komme ich nicht aus dem Bett?

Als ich hinter meiner Zimmertür in Sicherheit bin, ziehe

ich mein Shirt aus und erschaudere beim Anblick im Spiegel. Ich hatte mich von Sonya überreden lassen, einen Klebe-BH zu tragen, um zu verhindern, dass sich die Träger abzeichnen, und der war Richtung Süden gewandert und befand sich nun ein paar Zentimeter unterhalb meiner Nippel. Ich ziehe ihn ab und taste am klebrigen Teil entlang. Schweißperlen hinterlassen feuchte Spuren an meinem Daumen. Igitt.

Während ich mir meine Jogginghose anziehe, wandert mein Blick durch das dunkle, unordentliche Zimmer. Kleidungsstücke bedecken den Holzboden. Überall liegen Bücher herum, die ich niemals lesen werde. Mein Bett ist nicht gemacht und übersät mit Lippenpflegestiften, Make-up-Entferner, Unterwäsche und Socken. Das hier ist mein Rückzugsort, mein sicherer Hafen, und ich habe ihn in eine Müllhalde verwandelt.

Bevor ich mich ins Bett lege, gehe ich in Gedanken noch einmal all die Menschen durch, die ich heute enttäuscht habe:

Sonya,

die blonde Barkeeperin,

den Mann mit Rotweinflecken auf dem Hemd,

Sam,

mich – und

Henry.

Nachdem ich unter die Bettdecke gekrochen bin, besteht für mich mindestens acht Stunden keine Gefahr mehr, menschlicher Interaktion ausgesetzt zu sein, und der Gedanke allein reicht aus, um mich in einen tiefen, friedlichen Schlaf sinken zu lassen.

KAPITEL 3

Es wäre eine Untertreibung, zu behaupten, dass ich mir mein Leben nach meinem Umzug nach New York so vorgestellt hätte, wie es heute ist: Single, einsam und ohne Ziel. Sam hatte diese Vision für uns beide, als wir noch im College waren. Wir würden uns eine kleine Wohnung auf der Upper West Side mieten, bei Zabar's einkaufen, im Central Park spazieren gehen, samstags die Spiele der Yankees besuchen und gemeinsam alt werden. Er hatte immer gesagt, dass er unsere Zukunft hier sähe, wo es Museen und Theater gibt, wo Kultur in jeden Ziegel eingebrannt ist. Dass unsere kleine Stadt nicht groß genug für uns wäre und wir gemeinsam die Welt erobern würden. Ich liebte es, mir unsere gemeinsame Zukunft vorzustellen, welche Namen wir unseren Kindern geben würden, ob sie seine Nase oder meine Augen hätten. Aber ich hatte nie daran gedacht, in New York zu leben. Das war immer nur *sein* Traum gewesen.

Und trotzdem hatte ich mich entschieden, es zu versuchen. Aber jetzt, wo ich hier bin, gleicht mein Leben nicht im Mindesten dem, das er sich vorgestellt hatte. Ich besuche keine Museen. Ich gehe nicht ins Theater. Es ist traurig, erbärmlich und einsam, und ich glaube nicht, dass ich dafür geschaffen bin. Und wenn ich nicht dafür geschaffen bin, was mache ich dann hier?

Die Wohnung, die ich mir mit Sonya teile, ist klein, unsere

24

Küche winzig. Es gibt nicht viele Ecken und Winkel, aber sie sind alle bis zum Anschlag mit Kochzubehör gefüllt. Meine French Press wohnt auf dem Kühlschrank neben unserem Toaster und dem Handmixer. Ich muss mich auf die Zehenspitzen stellen, um dranzukommen.

An unserer Kühlschranktür haften nur wenige Magnete. Ein Bild von Shakespeare, ein Gedicht, eine Einladung zur Abschlussfeier von Sonyas Cousine und eine Save-the-Date-Karte für eine Hochzeit. *Die* Hochzeit.

Die Eltern der Braut und des Bräutigams laden Dich und einen Gast herzlich ein, der Vermählung von Alexandra Chase und Theodore Brightwood beizuwohnen.
Bitte haltet Euch den 15. September für uns frei.

Ich streiche mit dem Zeigefinger über die Ränder der Prägekarte. Alexandra sieht darauf aus wie Sam. Zumindest die Art, wie sie lächelt.

Mir fällt ein, dass ich gestern Abend Henry gegenüber ihren Spitznamen benutzt habe. Auf der Karte hier steht zwar Alexandra, aber für mich ist und bleibt sie Andy. Sams jüngere Schwester und meine beste Freundin.

Das Paar steht mitten in einem Tulpenfeld. Andys Haar ist pfirsichrot und Theos so dunkel wie Lakritze. Ich weiß, dass Andy eine wunderschöne Braut sein wird, und seit meinem ersten Zusammentreffen mit Theo bin ich davon überzeugt, dass er sie liebt. Wenn es jemals zwei Menschen gegeben hat, auf die die Bezeichnung Powerpaar zutrifft, dann sind es Andy und Theo.

Ich drehe die Karte um, sodass die Vorderseite zum Kühlschrank zeigt. Auf diese Weise muss ich sie nicht anschauen und mir eingestehen, dass meine alte Freundin inzwischen beinahe eine Fremde für mich ist. Dass unsere Leben in einer schrecklichen Nacht vor einigen Jahren zersplittert sind und wir kaum noch miteinander reden.

Ich schiebe den Gedanken beiseite. Ich vermag nicht, an das zu denken, was geschehen ist, als ich Andy zum letzten Mal gesehen habe. Was das Letzte war, was ich zu ihr gesagt habe.

Ich fülle unseren angerosteten Kessel mit Wasser, stelle ihn auf den Herd und gebe Kaffeepulver aus dem Coffeeshop von Sonyas Freundin in meine French Press. Der nussige Duft haucht meinen Lungen Leben ein.

Sonya hat einen hübschen Schmuckladen in Soho, der von neun Uhr morgens bis fünf Uhr abends geöffnet ist. Ich bin also allein. Deshalb bleibe ich in meinem ausgeleierten T-Shirt aus Highschool-Tagen und ziehe mir keinen BH an und auch keine Hose. Meine kurzen Haare stehen in alle Richtungen ab, und ich habe einen kleinen weißen Sabberfleck im Mundwinkel. Wie hatte Sam mich am Morgen jemals attraktiv finden können? Wenn er mich mit nach Hause nahm, sah ich hübsch aus wie Aschenputtel, und am nächsten Morgen wachte er neben der bösen Stiefschwester auf. Und dennoch hatte er sich zu mir herumgerollt, mir einen Kuss gegeben und gesagt, ich sei wunderschön.

Ich habe mich schon seit Jahren nicht mehr schön gefühlt.

An den Tagen, an denen Sam morgens zum Baseballtraining ging, brachte er mir Kaffee von Quik Mart mit. Ich erwachte zum Duft von wässrigem schwarzen Kaffee und zähen Bageln, und bevor ich überhaupt die Augen öffnete, wusste ich, dass ich geliebt wurde. Wenn ich an Sam denke, dann denke ich an diese Morgen. Er roch, wie es vielleicht viele College-Jungs tun, ein wenig muffig und etwas verschwitzt, aber vermischt mit etwas Süßerem – vielleicht Vanille – und dabei immer auch nach Kaffee von Quik Mart.

Meine Mutter sagte, dass ich Glück hätte, jemanden gefunden zu haben, der mit mir klarkam. Jemanden, der so geduldig war wie Sam. Ich hatte schon immer mit Ängsten zu kämpfen – manchmal sogar mit depressiven Stimmungen –, obwohl es erst viel später mit voller Wucht losging. Eine ganze Weile nach Sam. Im College gelang es mir noch, allein damit klarzukommen. Es unter Kontrolle zu halten. Es war zwar niemals leicht, aber nichts im Vergleich zu dem, wie es jetzt ist. Ich hatte immer meine Bewältigungsstrategien, gewisse Gewohnheiten, um mich über Wasser zu halten, und natürlich Sam. Sam war Balsam für mich. Mit ihm war ich fokussierter, ausgeglichener. Er war ein ruhiger Mensch, während sich in mir die ganze Zeit ein Hurrikan regte. Wir waren so unglaublich verschieden, aber überraschenderweise funktionierte es dennoch. Zumindest eine Zeit lang.

Das Pfeifen des Wasserkessels bohrt ein Loch in meinen Schädel, und ich kippe seinen Inhalt in die French Press. Ich kann nicht glauben, dass ich noch zehn weitere Minuten warten muss, bis mein Kaffee trinkfertig ist, aber als ich nach New York gezogen war, hatte ich mir geschworen, dass ich die Art von Mensch sein wollte, der seinen Kaffee aus einer French Press trinkt. Ich liebe Kaffee, aber wenn ich ehrlich zu mir wäre, dann würde ich zugeben, dass ich den Kaffee von Quik Mart lieber mag.

Mein Gehirn kämpft mit meinem Kater, und mein Kopf kommt mir vor, als wäre er mit Zement gefüllt. Ich kann einfach nicht länger warten. Ich drücke das Kaffeepulver auf den Boden der Glaskanne und gieße mir eine Tasse ein. Er ist zwar definitiv zu schwach, aber das ist mir egal.

Ich nehme meinen Becher mit ins Wohnzimmer, das

ebenso zusammengesucht ist wie die Küche. Wir haben einen grauen Futon, der unter meinem Gewicht nachgibt, als ich mich draufsetze. Vor mir steht ein ätzender Sofatisch, den wir an der Ecke der 149th Street entdeckt hatten und dessen schwarze Farbe schon an unzähligen Stellen abgeplatzt ist. Die Wände sind nackt bis auf ein paar abstrakte Leinwandbilder, die wir bei HomeFoods erstanden haben, und einem beigen Makramé-Wandbehang aus einem Secondhandladen. Außerdem gibt es noch einen kleinen TV-Ständer (ebenfalls auf der Straße entdeckt), einen blauen Teppich und ein paar nicht zusammenpassende Tabletts, die wir zum Essen benutzen. Man will ja nicht in etwas Schweres investieren, wenn man nicht weiß, ob man längere Zeit an einem Ort bleibt. Schwere Möbel sind etwas zu Dauerhaftes, zu Ernstes, deshalb ist alles hier drin billig und leicht und wird so gut wie keine Beweise liefern, dass wir jemals hier gewesen sind, wenn wir ausziehen – was wir zweifellos tun werden.

Ich werfe einen Blick auf mein Handy. Eine Nachricht von Andy Chase.

**Hi Bennet. Tausend Dank für die Kitchenaid!
Schade, dass du es nicht zu Theos und meinem JGA
geschafft hast, aber wir hoffen alle, dass
du zur Hochzeit kommen wirst. Lass es mich
möglichst bald wissen.**

Ich schließe die Nachricht. Für die Kitchenaid musste ich praktisch mein Konto leerräumen, aber ich wollte sie ihr unbedingt kaufen, zumal mich der Gedanke an ihre Hochzeit körperlich krank macht und mich das Schuldgefühl auffrisst. Theo ist ein erfolgreicher Medienanwalt in L. A., und bei seinem Einkommen und dem Vermögen der Familie Chase dürfte es kein

Problem sein, die extravagante Feier zu bezahlen, die Andy mit Sicherheit vorschwebt. Alles wird bis ins letzte Detail geplant und von erlesenem Geschmack sein, die Kuchen von Starköchen gebacken, die Blumenarrangements von einem bekannten Floristen zusammengestellt und die Fingernägel der Brautjungfern mit Ballet-Slipper-Nagellack verschönert. Es dürfte ein nach Zitronen duftender Traum mit orangenem und purpurfarbenem Sonnenuntergang und Gästen werden, die alle so umwerfend sind, dass man vermutlich in Zeitschriften über sie berichten wird. Andy wird alle Hebel in Bewegung setzen, und das Ergebnis wird all ihre großen Anstrengungen wert sein. Es wird ein wundervolles Wochenende werden. Und ich werde mich furchtbar mies fühlen.

Ich werde ihr später antworten.

Ich öffne meinen Laptop, um einen Blick in meinen Terminkalender zu werfen. Meine Schicht fängt um vierzehn Uhr an. Da kann ich vorher bestimmt noch eine kleine Einkaufstour reinquetschen.

Aus Neugier tippe ich bei Google *Yankee Stadium* ein und stelle fest, dass es das Stadion, vor dem ich gestern Abend gestanden hatte, noch gar nicht gab, als Sam sieben Jahre alt war. Ich hatte mir diesen Moment völlig falsch vorgestellt.

Großartig.

#

Falls du glaubst, du kennst den miesesten Laden in New York City, dann kann ich nur sagen: Falsch gedacht! Denn das ist zweifellos Trader Joe's auf der 72nd Street. Es scheint so, als würde sich zu jedem beliebigen Zeitpunkt die komplette obere Hälfte Manhattans in dem zweistöckigen Lebensmittelladen versammeln, und heute ist keine Ausnahme. Offene Schuhe zu tragen, ist in New York generell keine gute Idee, aber das gilt besonders in vollen Supermärkten. Letzten Sommer ist mir eine Frau mit ihrem Einkaufswagen über den Fuß gefahren und hat mir dabei einen Zehennagel gespalten. Als ich die Frechheit besaß, vor Schmerz aufzuschreien, hat sie bloß die Augen verdreht und ist weiter auf die Gnocchi zugesteuert, während ich mit meinem armen Zeh an dem Regal mit dem billigen Fusel stand und zu verbluten drohte.

Ich schnappe mir einen Korb und fahre mit der Rolltreppe nach unten in den Laden.

Ich lege überwiegend Junkfood und Tiefkühlgerichte in meinen Korb, zu mehr reicht es nicht, da ich weder kochen kann noch genügend Platz dazu in unserer Küche hätte. Als ich im Kassenbereich ankomme, schnappe ich mir noch eine Tüte Weingummis und eine zweite mit Peanut Butter Cups aus dunkler Schokolade, die dort in einem Verkaufsständer platziert sind.

Mein Kassierer scheint nicht älter als neunzehn zu sein, hat strohblondes Haar und Akne. Und außerdem die längsten Wimpern, die ich je gesehen habe. Jungs haben es leicht im Leben – werden mit all der Schönheit, aber ohne jedes Schönheitsideal geboren.

»Hallo«, trällert er. »Haben Sie alles gefunden?«

Ich wuchte meinen Korb auf die dafür vorgesehene Abstellplatte und nicke nur. Jetzt kommt der Teil, den ich hasse, der Teil, in dem ganz offensichtlich soziale Interaktion vorgesehen ist. Ich hoffe für uns beide, dass er nicht versuchen wird, mein Schweigen mit einer Bemerkung zu brechen oder – Gott bewahre! – eine weitere Frage zu stellen. Ich halte den Atem an, während sich mein Korb leert und sein Inhalt in braunen Papiertüten verschwindet.

»Das macht 189,45 Dollar. Stecken Sie Ihre Karte rein, wenn Sie so weit sind.«

Ich zucke zusammen. Das kann ich mir nicht leisten. Mein Essensgeld ist zu einem Großteil gestern Abend draufgegangen. Aber es wäre wirklich oberpeinlich, den Einkauf einfach hierzulassen und das Weite zu suchen, also greife ich in die Handtasche, um mein Portemonnaie herauszuholen. Stutze, als es nicht in dem üblichen Fach ist. Seltsam. Ich wühle mich durch den Kram am Boden der Tasche, finde es aber auch dort nicht. Shit.

»Tut mir leid, eine Sekunde bitte«, murmele ich.

Mir fällt der große Riss im Taschenfutter wieder ein. Manchmal verirren sich Dinge hinein. Das Portemonnaie muss dort sein.

Der Kassierer neigt lächelnd den Kopf zur Seite. »Haben Sie Apple Pay?«

Natürlich habe ich kein Apple Pay. Sonya hatte mich schon vor Monaten angefleht, es für mich einrichten zu dürfen, aber ich hatte keine Lust gehabt.

»Ich weiß, dass es hier drin ist«, schnaube ich.

Sein Lächeln erstirbt, als meine Hand zwischen dem Futter und der Außenseite der Tasche verschwindet und ich darin herumtaste. Ich entdecke bei der Gelegenheit zwar zwei Ohrringe, die nicht zusammenpassen, und eine Pfefferminzpastille, aber kein Portemonnaie.

»Tut mir leid, ich – ich muss es wohl zu Hause vergessen haben.«

Er umklammert die beiden Tüten, als würde ich jeden Moment mit ihnen davonstürmen.

»Dann kann ich Ihnen den Einkauf leider nicht aushändigen«, sagt er.

Oh Gott, Oh Gott. Er sieht mich mit einem so herablassenden Lächeln an, dass ich mir so klein vorkomme wie ein Korn von Trader Joe's gefrorenem Jasminreis.

»Schon okay. Ich, äh ... ich gehe dann.« Ich haste beschämt Richtung Ausgang. Als ich auf die Straße hinausstolpere, fällt mir ein, wo mein Portemonnaie sein muss.

Auf dem Toilettenboden des L'Italiano im East Village.

KAPITEL 4

Lieber Gott, kann es bitte mal eine Pause geben? Es kommt mir vor, als wären all die Dinge, die in den letzten zwölf Stunden geschehen sind, Wellen nach dem katastrophalen Bauchklatscher von gestern Abend und ich drohe, darin unterzugehen. Ich kann nicht glauben, dass ich noch mal in dieses furchtbare Restaurant gehen muss. Ich hatte zwar schon ein paar Mal angerufen, um zu fragen, ob das blöde Portemonnaie dort ist, aber entweder war besetzt, oder es ging keiner dran. Und sie haben keinen Anrufbeantworter. Welches Restaurant hat denn keinen Anrufbeantworter?

Das L'Italiano schließt um Mitternacht, also werde ich mir mein Portemonnaie nach meiner Catering-Schicht abholen. Mit ein bisschen Glück hat in der Zwischenzeit irgendeine außerirdische Lebensform die Erinnerung sämtlicher Angestellten dort gelöscht, und niemand wird sich an mich erinnern.

Als eine Frau ohne Qualifikationen und Ambitionen in einer Großstadt jobbe ich natürlich. Manchmal in der Gastronomie, manchmal verteile ich Postkarten auf der Straße, manchmal verkleide ich mich als Hotdog und gebe im Whole Foods Market Würzsoße in kleinen Bechern an Yuppies aus. All diese Jobs haben die gleiche Anforderung: Streif deine Persönlichkeit ab und tu, was dir gesagt wird.

Ich gelange über die Laderampe des New York Athletic Clubs ins Gebäude – es ist dem Servicepersonal untersagt, den

33

Vordereingang zu benutzen – und hänge meine Jacke an einen Ständer neben der Küchentür. Der NYAC ist ein Club für Leute vom Geldadel. Alles hier hat eine Geschichte, angefangen bei den antiken Pokalvitrinen bis hin zu den Büsten berühmter Sportler. Der ganze Laden stinkt nach Geld. Es gibt jede Menge massiver Möbel.

Ich habe hier schon ein paar Mal gearbeitet. Der Job ist manchmal sehr anstrengend, aber die Bezahlung liegt deutlich über dem Mindestlohn, und die Leute sind in Ordnung. Einmal hat mir ein Koch nach meiner Schicht einen ganzen Teller mit Filet Mignon und Kartoffelbrei, gerösteten Karotten und Soße mitgegeben, von dem ich mich zwei Tage ernährt habe. Solange es das Management nicht mitbekommt, kann ich hier umsonst essen, was gut ist, da mein Leben ein absolut peinlicher Witz ist, und ich heute nicht mal in der Lage war, Lebensmittel einzukaufen.

Ich habe mich heute Morgen für meine supersexy Dansko-Clogs entschieden. Als ich hier anfing, hatte ich zunächst versucht, halbwegs vorzeigbar zur Arbeit zu erscheinen, aber stylishe Schuhe sind nicht unbedingt gut für die Gelenke, wenn man zehn Stunden auf den Beinen ist. Außerdem gibt es hier eine genau einzuhaltende Dienstkleidung, und die umfasst schwarze Schuhe, schwarze Hose, weiße Hemdbluse mit goldfarbener Fliege und dazu ein weinroter Blazer. Heute sitzt der Blazer, den ich bekomme, ziemlich gut. Auf dem Namensschild steht *Anya*, was kein Problem für mich darstellt. Ich kann Anya sein.

»Sie sind zu spät«, ertönt eine bissige Stimme direkt an meinem Ohr. Es ist Mr. Kirk, der Oberkellner, ein ausgesprochenes Arschloch. Und ja, er hat sich ausgebeten, mit seinem Nachnamen angesprochen zu werden. Er ragt mit seiner dürren Gestalt und seinem hageren Gesicht über mir auf, Hände in die

Hüften gestemmt, die Lippen aufeinandergepresst. Wenn eine Stricknadel zum Leben erwachen und anfangen würde, Leute herumzukommandieren, dann wäre das Mr. Kirk.

»Es ist zwei Uhr. Ich bin vor fünf Minuten hier gewesen«, erwidere ich.

Er schaut mit feindseligem Blick auf mich herab. »Das bedeutet, dass Sie um zwei Uhr mit der Arbeit beginnen und nicht verloren an der Tür herumstehen.«

»Ich habe noch keine Anweisungen erhalten. Ich weiß nicht mal, in welchem Raum die Veranstaltung stattfindet.«

Sein Gesichtsausdruck verhärtet sich. Seine schmalen, spröden Lippen sind zu einem schmalen Strich verzogen. »Bei wie vielen Veranstaltungen haben Sie hier bereits bedient?«, fragt er mit Nachdruck.

»Keine Ahnung, zehn oder so?« Ich zerre an der kratzigen Fliege um meinem Hals.

Kirk verschränkt die Arme. »Und nach zehn Veranstaltungen muss man Ihnen immer noch erklären, was bei jedem einzelnen Schritt zu tun ist? Soll ich Ihre Hand halten? Ist es das?«

»Nein, Sir.« Kirks Augen verengen sich. »Ich werde dann mal anfangen, das Besteck zu polieren«, murmele ich.

Wie gesagt, die *meisten* Leute hier sind in Ordnung.

»Gut. Kommen Sie nicht noch einmal zu spät«, sagt er mit näselnd-schnarrender Stimme.

Ich nicke. »Jawohl, Sir.«

Drecksack.

Er rauscht davon wie der Bösewicht in einem Comic.

Die Küche ähnelt einem Labyrinth. Gemessen an ihrer Fläche ist sie vermutlich groß, aber mit all den Menschen darin, dem Geschirr, den Gewürzbehältern, den Kisten voller Obst und Gemüse und der Ausstattung einer Industrieküche fühlt sie sich so klein an wie eine Badewanne. Als ich sie betrete, läuft mir bei dem Geruch nach Knoblauch und Zwiebeln gleich das Wasser im Mund zusammen.

Ich schnappe mir einen Behälter mit Essbesteck, ein sauberes Küchentuch und ein Glas Sodawasser. Dann suche ich mir ein leeres Eckchen in der Küche und fange an zu polieren. Eintauchen, wischen, zur Seite legen. Eintauchen, wischen, zur Seite legen. Ich fahre mit dem Polieren fort, bis jede Gabel und jedes Messer funkeln und meine Gedanken zur Ruhe kommen.

#

Als ich meine Schicht beende, liegt ein feiner Nebel in der Luft. Der Abend ist heiß und kalt zugleich. Ich weiß nicht, ob mir die Bluse wegen des Regens am Rücken klebt oder weil ich schwitze. Während ich über die Straße gehe, um die Bahn Richtung Zentrum zu nehmen, wische ich mir mit dem Ärmel meiner Jacke über die Stirn. Mein Magen rumort. Mr. Kirk hatte mich dabei erwischt, wie ich mir einen Teller mit Hähnchen Cordon bleu genommen hatte, und ich war gezwungen gewesen, ihn wieder herzugeben. Als ich meinen Blazer und die Fliege in den Wäschekorb an der Tür warf, sah ich, wie er das Essen in den Abfall beförderte, und musste mir einen Kommentar verkneifen, der mich meinen Job gekostete hätte.

Ich werde es nicht vor zehn bis zum L'Italiano schaffen, was bedeutet, dass der abendliche Ansturm wohl vorbei wäre und höchstens noch ein paar Nachzügler an den Tischen sitzen würden. Ich hoffe nur, dass noch genug los sein wird, um mit wenig Tamtam hinein- und hinausschleichen zu können, aber nicht so viel, dass ich noch stundenlang warten muss, bis jemand Zeit für mich hat.

Ich nehme die F Richtung Zentrum und steige nach sechs Stationen aus, als ich über das Rumpeln und Kreischen der

Gleise die Durchsage Delancey Street vernehme. Ich gehe am Rosencrantz & Guildenstern vorbei, das ich von nun an immer mit einer weiteren Sache in Verbindung bringen würde, die ich aus Angst nicht getan hatte. Die Eingangstür macht sich über mich lustig. Verspottet mich. *Ach, geh doch zum Teufel, du blöde Tür*, denke ich, während ich die Straße in Richtung des warmen Lichtscheins des L'Italiano überquere. *Und alles, wofür du stehst, gleich mit.*

Es wäre viel einfacher für mich, sämtliche Karten in meinem Portemonnaie sperren zu lassen und mich auf den Heimweg zu machen, aber während ich auf den Eingang zugehe, gelange ich zu dem Entschluss, es nicht zuzulassen, dass meine Angst eine solche Macht über mich hat. Dennoch streiche ich mit meiner Hand erst noch unentschlossen über den Griff, um die Tür dann doch zu öffnen.

Der Duft von getoastetem Brot und geriebener Zitronenschale hängt in der Luft, als mein Blick durch das Lokal wandert. Zwei Tische im Speiseraum sind besetzt und an der Bar sitzt ein Paar. Die beiden kleben aneinander in einer sehr … *innigen* Umarmung. Er hat praktisch seine Finger in ihrem Mund.

Ich gehe zur Bar hinüber, setze mich aber nicht auf einen Hocker. Ich möchte auf keinen Fall den Eindruck erwecken, als würde ich auf einen Drink bleiben. Stattdessen lehne ich mich auf den Tresen und versuche, den Anschein zu erwecken, beschäftigt zu sein, indem ich mich in mein Handy vertiefe. Was eigentlich jämmerlich ist. Ich habe schon seit Stunden keine Textnachricht mehr bekommen und auf meinem Weg hierher bereits sämtliche Updates in meinem Instagram-Feed ausgeschöpft, also bleibt mir nur noch, ein Foto von Andy und Theo zu betrachten, das auf ihrem gemeinsamen JGA entstanden war. Im College hatte Andy immer verkündet, dass es albern und sexistisch wäre, einen Junggesellinnen- und einen Junggesellen-abschied getrennt zu feiern, da die Geschenke ohnehin meist aus Küchengeräten und Haushaltswaren bestünden, und es sei doch »*absolut lächerlich, dass solche Geschenke im einundzwan-zigsten Jahrhundert nur an die Braut gehen. Sollten wir nicht er-warten, dass auch der Bräutigam die Hausarbeit erledigt?*«

Solange ich sie kenne, wollte sie irgendwann heiraten, und sie hatte eine sehr klare Meinung zur Hochzeitsindustrie, seit sie angefangen hatte, sich sonntagmorgens, wenn Sam beim Baseballtraining war, *Die perfekte Hochzeit!* im Fernsehen an-zuschauen. Ich beiße mir auf die Unterlippe, hoffe, dass mir der Schmerz dabei helfen wird, diese Erinnerung aus meinem Kopf zu bekommen. Denn Sam würde bei keiner Hochzeit von uns beiden dabei sein.

Komm schon, Bennet. Reiß dich zusammen.

Endlich ist der Softporno neben mir zu Ende. Das Paar bricht auf und verschwindet eng umschlungen auf die dunkle Straße. Ich habe das Gefühl, als würden Stunden vergehen, während ich dort stehe und verlegen meinen Instagram-Feed aktualisiere. Wie können sie erwarten, bei einem solchen Ser-vice Geld zu verdienen? Ich könnte schließlich eine zahlende Kundin sein.

Gerade als ich aufgeben und meine Telefonnummer hinter-lassen will, mit der Bitte, mich zu benachrichtigen, wenn sie mein Portemonnaie finden sollten, schiebt es jemand vor mich auf den Tresen. Mein Blick gleitet über die Finger der Person hinauf zum Handgelenk, den mit hellbraunen Härchen be-deckten Unterarm bis zum Bizeps und der Ecke eines Tattoos, das unter einem kurzärmeligen Hemd hervorschaut.

Henry.

»Hätte nicht gedacht, dass ich dich noch mal wiedersehen würde«, sagt er mit hochgezogener Augenbraue.

KAPITEL 5

Shit. Shit. Shit.

»H… Hi«, stammele ich.

»Hi, Bennet.« Er lehnt sich auf den Tresen zwischen uns. »Oder sollte ich dich lieber Andy nennen?«

»Also …« *Shit.* »Könnte sein, dass ich das gesagt habe.«

»Zum Glück ist hier ja ein Ausweis drin, daher habe ich den Beweis, dass du es bist.« Seine Hand liegt weiterhin auf meinem Portemonnaie, während er mich über den Rand seiner Brille hinweg anblickt. »Und, wie war die Taufe?«

Er versucht, mich dazu zu bringen, ihm das Portemonnaie aus der Hand zu nehmen, aber ich möchte ihn nicht berühren, geschweige denn ein Tauziehen veranstalten.

»Arbeitest du hier?«, erwidere ich mit einem Quietschstimmchen. Mehr bringe ich nicht zustande, denn mein Mund ist mit einem Mal vollkommen trocken, und ich habe das Gefühl, als müsste ich mich noch einmal auf der Toilette des L'Italiano übergeben.

»Warum habe ich mir wohl einen Laden auf der anderen Straßenseite für unser Date ausgesucht?« Beim Klang des Wortes *Date* aus seinem Mund spüre ich, wie mein Gesicht zu glühen beginnt. Mit einem Mal wird mir bewusst, dass ich immer noch mein Catering Outfit trage, was total unsexy ist. Mich jetzt darin erwischen zu lassen, ist wirklich das Letzte, was ich brauchen kann. Ich habe braune Senfflecken auf den Oberschenkeln und rieche vermutlich nach Gorgonzola.

»Du bist Barkeeper und hast dir ein Seminar für Barkeeper ausgesucht. Das ist nicht fair.«

»Vielleicht wollte ich dich ja beeindrucken.« Er beugt sich vor, und seine Finger legen sich fester um mein Portemonnaie.

»Her damit«, blaffe ich und reiße es ihm förmlich aus der Hand.

Er neigt stirnrunzelnd den Kopf zur Seite. »Du könntest schon ein bisschen netter zu jemandem sein, der den ganzen Abend darauf gewartet hat, von dir zu hören.«

»Ich hatte einen miesen Abend«, erwidere ich und stopfe das Portemonnaie in meine Handtasche.

»Tja.« Er deutet mit dem Daumen Richtung Fenster zum Rosencrantz & Guildenstern hinüber. »Den hatte ich auch.« Er schüttelt den Kopf und runzelt in einer halb missbilligenden, halb niedergeschlagenen Weise die Stirn. Hatte ich diesen Typen etwa verletzt? Wir kennen uns doch gar nicht.

»Tut mir leid. Ich hätte nicht gedacht, dass dir was daran liegt. Es war ja bloß ein erstes Date«, sage ich.

»Ich habe allein an dem Cocktail-Kurs teilgenommen, und als er Stunden später zu Ende war, bin ich zu dem Schluss gelangt, dass ich geghostet wurde. Um dich dann, nachdem ich die Straße überquert hatte und von meinen Kolleginnen und Kollegen nach meinem Date gefragt worden war, betrunken in der Männertoilette zu finden. Ich muss zugeben, dass das eine ziemliche Überraschung war. Aus deinem Profil hätte ich nicht unbedingt geschlossen, dass ...«

»Dass ich so schlampig bin?«, falle ich ihm ins Wort.

Er schüttelt den Kopf. »Ich wollte eigentlich *herzlos* sagen.«

»Du kennst mich ganz offensichtlich nicht«, sage ich leise.

»Stimmt«, räumt er grinsend ein, lehnt sich mit einer Hüfte

gegen die Eisbox unter dem Tresen. »Und das wird jetzt auch so bleiben.«

Das ist wie ein Schlag in die Magengrube. Als hätte ich kontrollieren können, was gestern Abend passiert ist. Als hätte ich ihn beleidigen und mich dabei gleichzeitig demütigen wollen. »Sieht ganz so aus«, murmele ich, während ich vom Tresen zurückweiche. Ich spüre ein Brennen im Hals, als ich den Ausgang erreiche. Scheiß auf dieses Restaurant. Ich drücke die Tür auf, spüre, wie mir die kühle Frühlingsluft ins Gesicht weht.

»Wenigstens hast du mir zwanzig Mäuse eingebracht.«

Ich bleibe abrupt stehen, drehe mich auf dem Absatz um, halte aber mit einer Hand die Tür auf. »Was?«

»Sarah, die Barkeeperin von gestern Abend, hat mit mir um zwanzig Mäuse gewettet, dass wir dich nie wiedersehen werden. Ich hatte da aber so ein Gefühl, dass du zurückkommen würdest, also habe ich die Wette angenommen.«

»Ganz schön gemein von dir.«

»Eigentlich nicht«, sagt er, die Ellbogen auf den Tresen gestützt. »Ich habe ja auf dich gesetzt, schon vergessen?«

»Das ist nicht fair.« Ich hole ruckartig Luft. Warum sollte dieser Typ etwas an meiner Panikattacke verdienen? »Und ich finde, dass ich die Hälfte dieser zwanzig Dollar verdient habe.«

Er greift unter den Tresen und holt sein Portemonnaie hervor – wo auch immer er es während seiner Schicht dort aufbewahrt. Dann wühlt er kurz darin herum, zieht einen Zehn-Dollar-Schein heraus, hält ihn zwischen zwei Fingern in die Höhe und sagt: »Er gehört dir.«

Ich schließe die Tür und kehre zum Tresen zurück. Er rührt sich kaum, als ich auf ihn zugehe. Sobald ich nach dem Zehn-Dollar-Schein greife, rechne ich halb damit, dass er die Hand wegzieht, aber das tut er nicht. Er lässt zu, dass ich den Schein zwischen seinen Fingern herausziehe und ein paar Schritte zurücktrete.

»Danke«, murmele ich.

»Das ist nur fair«, sagt er.

»Okay …« Ich kratze mich am Kinn. »Dann mach's mal gut.«

»Warum bist du nicht zu unserem Date gekommen?«, fragt er und ignoriert meinen Abschiedsgruß.

»Ich, äh …« Ich beiße mir auf die Innenseite meiner Lippe, blicke zu Boden und zerknittere den Schein in meiner Hand. »Ich hatte eine Panikattacke.«

»Wegen mir?«

»Äh …« Meine Hände zittern. »Ich hatte schon sehr lange kein Date mehr und …« Ich schüttele den Kopf. »Meine Mitbewohnerin hat das Profil erstellt … Ich war noch nicht so weit.«

»Schon in Ordnung.« Als ich aufschaue, sieht er mich forschend an. Für einen Moment bin ich mir unsicher, ob er nicht möglicherweise auf etwas hinter mir schaut, daher werfe ich einen Blick über meine Schulter. Er lacht. Ich kapier's nicht.

»Ich hatte noch nie eine Panikattacke«, sagt er schließlich schulterzuckend.

Natürlich nicht. »Du Glückspilz«, erwidere ich. »Das ist kein Vergnügen.«

»Ich wollte dich nicht stressen«, sagt er. »Es war bloß ein Date.«

Da ist jetzt ein weicherer Ausdruck in seinen Augen, aber ich erinnere mich noch gut daran, wie er mich vorhin angeschaut hatte – wütend, verletzt und amüsiert zugleich.

Ich räuspere mich. »Hör mal. Bis du an die Toilettentür geklopft hast, hatte ich gar nicht wirklich darüber nachgedacht, dass ja ein echter Mensch mit deinem Profil verbunden ist. Du warst nur diese hypothetische Person auf meinem Handybildschirm. Und dann warst du auf einmal verdammt real. Und da fühlte ich mich noch furchtbarer und bin einfach weggerannt.«

Er schaut enttäuscht drein und weicht meinem Blick aus. »Nachdem du abgehauen bist, hab ich mich für den Rest des Abends wirklich beschissen gefühlt. Als hätte ich was Falsches gesagt oder getan oder … ich weiß auch nicht. Du hast mich nur kurz angesehen, und ich hatte den Eindruck, du müsstest dich gleich übergeben.«

»Ich habe mich auch übergeben …«, murmele ich in mich hinein. Mir wird jetzt erst bewusst, was für eine Scheiße ich da gestern angerichtet hatte. Der vergossene Wein, mein Gekotze in der Toilette – ich konnte mich nicht mal mehr daran erinnern, ob ich überhaupt für das Abendessen bezahlt hatte. »Oh Gott«, sage ich und schlage die Hände vors Gesicht. »Das war einer der erbärmlichsten Abende meines Lebens, und ich bin schuld, dass du dich so furchtbar gefühlt hast, und das tut mir leid.« Mein Kinn zittert und ich spüre, wie mir die Tränen kommen und meine Nase zu brennen beginnt. Ich werde keinesfalls vor irgendeinem Typen heulen. Nicht wegen eines Portemonnaies. »Shit«, murmele ich und wende mein Gesicht ab, damit er nicht sieht, wie ich mir die Augen abtupfe.

»Oh Mist«, sagt er. »Alles in Ordnung? Brauchst du eine Serviette?«

Er greift sich eine Cocktailserviette vom Tresen und hält sie mir hin. Ich gebe mein Bestes, die Tränen durch energisches Nasehochziehen zu bekämpfen.

»Nein«, erwidere ich und räuspere mich. »Alles okay.«

»Wein?«, sagt er fragend.

Ich stöhne und schüttele den Kopf. »Ich will wirklich nichts.«

»Pizza?«

Ich zögere für einen kurzen Moment, und mein Magen gibt ein Knurren von sich. Es ist so laut, dass Henry es mit Sicherheit gehört hat. Das Einzige, was mich hier hält, ist die Tatsache, dass ich am Verhungern bin.

»Pizza«, sagt Henry mit einem breiten Grinsen. »Volltreffer!«

Mein Magen hat mich verraten. Wieder einmal. Aber mir wird bewusst, dass ich bis zu meiner nächsten Schicht beim NYAC vermutlich keine Gelegenheit mehr haben werde, irgendetwas anderes zu essen außer Lean-Cuisine-Sachen aus der Tiefkühltruhe. Ich wende mich ihm widerwillig zu. »Habt ihr Peperoni?«, erkundige ich mich.

»Klar haben wir Peperoni. Das hier ist doch keine Imbissbude, sondern ein anständiges Lokal!«

Ich wende mich zur Tür, die Freiheit in greifbarer Nähe. Wende mich dann wieder Henry zu, mit der Pizza in Reichweite. Es ist eine echt schwere Entscheidung.

»Komm schon«, sagt er mit einem Blick auf seine Armbanduhr. »Wir haben noch fünf Minuten, bis die Küche schließt. Also jetzt oder nie.«

Mein Magen gibt wieder ein lautes Glucksen von sich. Offenbar habe ich es nicht mehr selbst in der Hand.

»Also schön«, sage ich. »Ich werde mein Wettgeld dafür benutzen.« Ich fische den Zehn-Dollar-Schein aus meiner Tasche.

Er schüttelt den Kopf. »Ich hatte schon eine für mich bestellt«, sagt er. »Wir können sie uns gern teilen.«

Dann greift er nach einem Wein aus der Flaschenwanne und zieht den Korken heraus. »Möchtest du?« Er stellt ein Weinglas vor mich auf den Tresen.

»Wieso bist du so verdammt nett zu jemandem, der dich geghostet hat?«, frage ich.

»Bist du immer so misstrauisch anderen Leuten gegenüber?«

»Bist du immer so nett zu Leuten, die dich ghosten?«

»Nein.« Er grinst. »Für gewöhnlich lerne ich sie gar nicht kennen.«

Ich spüre, wie ich rot werde. »Richtig. Wegen dem Ghosten.«

»Genau.« Er nickt und zieht den Korken aus der Flasche. »Darum geht's ja gerade.«

Jetzt, wo ich hier bin und er vor mir steht, wird mir klar, dass es gar nicht so furchteinflößend ist, mit einem Fremden etwas zu trinken. Vielleicht ist dies eine Gelegenheit, mich gewissermaßen zu rehabilitieren.

Ich atme tief durch, schlucke und nehme auf dem Barhocker Platz.

»Wow, du bleibst! Wer hätte das gedacht«, sagt er lächelnd und gießt mir ein Glas Rotwein ein.

Ich halte einen Finger in die Höhe. »Nur ein einziges Glas. Mehr nicht.« Er schiebt das Glas zu mir herüber. Ich gebe ein Stöhnen von mir und schüttele den Kopf. »Sorry, gern alles andere, aber bloß keinen Côtes du Rhône.«

»Wie du meinst«, sagt er schmunzelnd und nimmt einen Schluck aus dem Glas. »Dann werde ich ihn trinken. Wie wäre es mit einem Weißen?«

Ich nicke.

Das Haar fällt ihm ins Gesicht, als er sich zum Weinkühler hinunterbeugt. Er schraubt die Kappe von einer Weißweinflasche ab und gießt mir davon ein. Es ist dunkel im Restaurant, aber die Vintage-Leuchten an den Wänden bringen alles zum Glühen – wie Marshmallows über einem Feuer.

Als er mit Eingießen fertig ist, stellt er die Flasche wieder in den Kühler zurück. »Bin mal kurz weg. Verschwinde bitte nicht gleich wieder«, sagt er und geht in den Gastraum hinüber, vermutlich, um die Tische abzuräumen.

Der Wein schmeckt nach Grapefruit. Ich nehme ein paar Schlückchen, während ich mich zu entscheiden versuche, ob ich abhauen soll oder nicht. Was zum Teufel mache ich nur? Warum bin ich überhaupt hier? Wieso ist er so nett zu mir? Das hier ist schließlich kein Date, oder?

Henry ist mit einem Tisch fertig und macht sich daran, die Teller von einem anderen abzuräumen. Er bewegt sich, als würde ihn nichts belasten, als würde ihn nichts anderes umgeben als Luft. Eine Fähigkeit, die ich niemals besessen habe. Ich hinterlasse nie einen guten ersten Eindruck. Ich bringe kaum ein Wort heraus, bin unbeholfen, und manchmal fällt mir wirklich rein gar nichts ein, was ich sagen könnte, egal wie sehr ich mir auch den Kopf zerbreche. Es ist so, als wären mir sämtliche Worte meines Vokabulars abhandengekommen, und meine Persönlichkeit wird platt gedrückt zu einem Pfannkuchen.

Henry bringt die Rechnung zum letzten Tisch und verschwindet in die Küche. Wenn ich abhauen möchte, dann ist das jetzt die Gelegenheit. Aber ich rühre mich nicht von der Stelle.

Er taucht hinter dem Tresen mit einem Pizzablech und zwei Tellern wieder auf. Ich bin so stolz auf mich, weil ich dieses Mal nicht dem Drang nachgegeben habe, die Flucht zu ergreifen, denn diese Pizza duftet verdammt gut.

»Also«, sagt er, als er das Essen auf dem Tresen abstellt. »Dann erzähl mal.« Er greift nach einem Pizzastück, zieht es zu sich herüber und erschafft dabei eine so perfekte Käsebrücke, wie ich es noch nie gesehen habe. Sie erstreckt sich zwischen dem Stück und dem Rest der Pizza, bis sie schließlich reißt und er hineinbeißt.

Oh Gott, diese Pizza törnt mich mehr an als irgendein Mann in den letzten Jahren.

»Was soll ich denn erzählen?« Ich gebe mir alle Mühe, nicht interessierter an der Pizza zu wirken als an dem Mann, der sie isst.

»Irgendwas.«

Ich zucke mit den Schultern. »Also, da gibt's nicht viel.«

Henry hält sich beim Kauen eine Serviette vor den Mund. »Also, hör mal, wenn wir Freunde werden wollen, dann musst du mir aber schon was über dich erzählen.«

Ich betrachte die Pizza auf dem Tresen zwischen uns. Ich könnte in dem Fett baden, das sich in einer dieser gekringelten Peperoni gesammelt hat, und wäre für immer glücklich, aber ein Stück Pizza zu nehmen, fühlt sich an, als würde ich eine Verpflichtung eingehen.

»Wir wollen Freunde werden?«

Er faltet seine Serviette in der Mitte. »Klar.«

»Wieso?«

»Wieso nicht?« Er nimmt einen weiteren großen Bissen.

Ich trinke einen Schluck von meinem Wein. »Hast du denn keine eigenen Freunde?«

Er zuckt mit den Schultern. »Ich bin in die Stadt zurückgezogen, nachdem ich zwischenzeitlich ein paar Jahre zu Hause in Denver gelebt habe, und in der Zeit ist mein Netzwerk geschrumpft. Ich habe mich bei den Dating-Apps auch deshalb angemeldet, um neue Freunde zu finden.« Er wischt sich die Hände an einem Tuch ab.

»Warum ich?«

»Weil du hier bist.«

Ich runzele die Stirn. »Und weil ich durch dich zwanzig Dollar gewonnen habe«, fügt er hinzu.

»Zehn Dollar.«

»Ja, natürlich. Zehn Dollar.«

Ich beiße die Zähne zusammen, bin wie erstarrt. *Was gibt es da zu erzählen?* Ich komme mir so dämlich vor. Es hat einmal eine Zeit gegeben, da hat es mir Spaß gemacht, unter Leuten zu sein, aber heutzutage geht das meistens schief. »Ich weiß wirklich nicht, was ich sagen soll«, gestehe ich.

»Dann fangen wir doch mal ganz locker an«, sagt er. »Du bist aus Pennsylvania, stimmt's?«

Mir wird ganz flau im Magen. »Woher weißt du das?«

Er wendet sich von mir ab. Röte kriecht an seinem Hals hinauf. »Ähm … weil …« Sein Blick wandert zu seinem Handy, das mit dem Display nach unten auf dem Tresen liegt. »Weil es in deinem Profil steht«, sagt er.

Ich sehe ihn mit zusammengekniffenen Augen an. Habe ich das tatsächlich in meinem Profil erwähnt? Ich hatte es gestern Nacht, als ich wieder zu Hause war, gelöscht, also lässt es sich nicht mehr überprüfen. Aber wenn Henry weiß, dass ich aus Pennsylvania komme, dann muss er es irgendwoher erfahren haben. Schließlich war es Sonya, die mein Profil erstellt hat, also könnte es sein, dass sie meine Heimatstadt ohne mein Wissen hineingeschrieben hat. Auch wenn ich sie gebeten hatte, es allgemein zu halten …

Er räuspert sich, reißt mich damit aus meinen Gedanken. »Wo denn in Pennsylvania?«

»Lancaster County«, antworte ich zögerlich.

Er nickt. »Amish Country.«

»Ja«, erwidere ich und spiele an einem Splitter im Tresen herum. »Da komme ich her, und da werde ich wohl auch wieder hin zurückgehen.«

»Magst du New York nicht?«

Ich schüttele den Kopf. »Es mag mich nicht.«

»Warum bist du dann hier?«, erkundigt er sich, während

sein Blick auf meinem Zeigefinger ruht, der an dem Splitter herumkratzt.

»Wegen meines toten Ex-Freundes.«

Er verschluckt sich, wendet sich ab und schlägt gegen seine Brust, um das Stück Pizza aus seiner Luftröhre zu befreien. Nachdem er eine Minute lang gehustet hat, wendet er sich mir mit tränenden Augen wieder zu. »Oh Gott. Das tut mir sehr leid.«

»Du möchtest, dass wir Freunde werden? Okay. Das ist der Ballast, den ich mit mir herumschleppe. Ich dachte, ich spreche es gleich mal an, dann hab ich's hinter mir.«

Wenn ich in Therapie wäre, würde man mir vermutlich erklären, dass ich solch schockierende Dinge über Sam sage, um die Leute zum Verstummen zu bringen und von meinen wahren Gefühlen abzulenken, aber ich bin nicht in Therapie. Sam ist nicht mehr da, und das Ganze zu beschönigen, wird ihn auch nicht wieder lebendig machen. Wenn Henry auch nur ein bisschen Verstand besitzt, dann wird ihn das davon abhalten, sich mit mir anfreunden zu wollen.

Da ist ein sanfter Ausdruck in seinen Augen. Ich sehe, wie sich die Muskeln in seinem Kiefer anspannen, während er mich forschend ansieht. Er holt Luft, als wolle er etwas sagen, überlegt es sich dann aber anders. Er trommelt mit den Fingern auf dem Tresen zwischen uns und sagt: »Warte bitte kurz.«

Er durchquert den Gastraum und nimmt die Kreditkarte des letzten verbliebenen Gastes entgegen. Der Mann am Tisch steht auf, um Henry die Hand zu schütteln.

Ich schaue an meiner Bluse hinunter und entdecke einen fleckigen, roten Ausschlag, wo der Ausschnitt den Blick auf die Haut freigibt – den habe ich vermutlich meiner Nervosität zu verdanken. Ich schließe hastig den obersten Blusenknopf und greife zu meinem Handy. Eine Nachricht von Sonya:

Ist es okay, wenn Jamie hier übernachtet?
Wir schauen uns beide Teile von Mamma Mia an.
Bist du dabei?

Ich tippe eine Antwort.

Klar kann Jamie bleiben. Ich fühle mich
gerade nicht so toll. Vielleicht
beim nächsten Mal.

Ich klappe mein Handy zu, wohlwissend, dass es vermutlich kein nächstes Mal geben wird. Sonya wird es sehr bald leid sein, mich immer wieder zu bitten, Zeit mit ihr zu verbringen, und ich werde es ihr nicht übel nehmen.

Mit einem Mal sitzt Henry wieder vor mir.

Er nimmt seine Brille ab und reibt sich die Schläfen, ehe er zu mir aufblickt. »Ich glaube, mein Dad wird bald sterben.«

Ich sehe ihn verdutzt an, betrachte seinen gequälten Gesichtsausdruck. Was soll das denn jetzt? »Oh«, sage ich und trinke ein Schlückchen Wein.

»Das ist mein Ballast«, sagt er. »Er ist schon ziemlich alt.«

Ich spüre, wie mir der Wein den Magen wärmt. »Ist das der Grund, warum du in Denver gewesen bist?«, frage ich, weil mir nichts anderes einfällt. Ich bin es nicht gewohnt, auf dieser Seite einer deprimierenden Unterhaltung zu sein.

Er setzt seine Brille wieder auf. »Ja.«

»Wie alt?«

Er rümpft die Nase und schaut mich mit zusammengekniffenen Augen an. »Spielt das eine Rolle?«

»Ja.«

Er runzelt die Stirn. »Alt genug für Demenz«, sagt er. »Er vergisst eine Menge. Das macht mich nervös. Aber meine

Mom ist bei ihm, und ich habe eine Pflegerin gefunden, die einmal in der Woche vorbeikommt.« Er rückt sich die Brille auf der Nase zurecht. »Kein so großer Ballast wie bei dir, aber dennoch Ballast.«

»Ist das ein Versuch, dir mein Vertrauen zu erschleichen?«

Er zuckt mit den Schultern. »Kommt drauf an. Hat's funktioniert?«

Nein, denke ich. »Nein«, sage ich.

»Du bist …« Er verschränkt die Arme und legt den Kopf schräg. »Du bist witzig.«

Ich runzele die Stirn. »Ich glaube nicht, dass irgendetwas an dieser Unterhaltung witzig gewesen ist.«

»Das meinte ich auch nicht«, sagt er und kratzt sich am Ellenbogen.

»Und was hast du gemeint?« Ich verschränke ebenfalls meine Arme.

Er reagiert mit einem leichten Kopfschütteln und lächelt mich an. »Ich meinte damit, dass es sehr leicht sein dürfte, mit dir Freundschaft zu schließen.«

»Du bist total übergeschnappt«, sage ich. »Und es war überhaupt keine Rede davon, dass ich mich auf irgendetwas einlasse, egal wie oft du es auch wiederholst!«

»Du glaubst also nicht, dass uns das Universum zusammenbringen möchte?«, fragt er und greift nach seinem Weinglas. »Was wäre, wenn Sonya dir nie dieses Profil erstellt hätte? Wenn du nicht dein Portemonnaie hier vergessen hättest?«

»Dann hätte ich einen ruhigen Abend für mich gehabt«, erwidere ich. »Und woher kennst du den Namen meiner Mitbewohnerin?«

Er verdreht die Augen. »Den hast du mir in der App genannt«, sagt er. »Wieso bist du so misstrauisch?«

»Wieso bist du so hartnäckig?« Ich klinge herausfordernd.

»Wieso bist du noch hier?«, kontert er grinsend.

»Ich …« Ich schwenke den goldenen Wein in meinem Glas, erschaffe einen kleinen Strudel. Wieso bin ich eigentlich noch hier? »Keine Ahnung. Wegen der Pizza.«

Er verdreht wieder die Augen. »Nicht wegen der tollen Gesellschaft?«

»Nö. Wegen der Pizza und dem Wein.« Ich hebe mein Glas. Die Lampen des Restaurants scheinen bernsteinfarben durch den Wein hindurch. »Prost«, sage ich. »Auf deinen echt alten Dad.«

Henry lächelt und hebt ebenfalls sein Glas. »Auf deinen toten Ex-Freund.«

Und irgendwie fühlt es sich gar nicht verkehrt an, auf unseren Ballast anzustoßen.

Es tut gut, das mit Sam offen anzusprechen. Ich rede sonst mit niemandem ernsthaft über ihn. Ich lasse es kaum einmal zu, über ihn nachzudenken. Wenn er mir wieder einmal durch den Kopf geht, tue ich alles, um auf andere Gedanken zu kommen. Es liegt eine gewisse Sicherheit darin, ihn mit diesem Fremden zu teilen. Es besteht keine Gefahr, mich in seiner Gegenwart verletzlich zu zeigen, denn ich werde ihn nach dem heutigen Abend nicht wiedersehen. Wie sich herausstellt, fühlt sich selbst ein vorgetäuschter Freund real an, wenn man nur einsam genug ist.

Sobald der letzte Gast gegangen ist, wechselt Henry die Musik von Ella Fitzgerald zu den Alabama Shakes. Es fühlt sich irgendwie ein bisschen unartig an, außerhalb der Öffnungszeiten mit eingeschaltetem Licht in einem Restaurant zu sitzen. Es ist so, als würde ich einen Menschen zum ersten Mal nackt sehen, den ich eigentlich nicht so sehen sollte. Henry wirft sich einen Putzlappen über die Schulter und macht sich daran, schmutziges Geschirr abzuräumen. Ich ziehe ein Stück Pizza auf meinen Teller. Als ich ein Besteck ausrolle und mir einen Bissen abschneide, läuft mir das Wasser im Mund zusammen.

»Das kann ja wohl nicht wahr sein«, sagt Henry, der mir über die Schulter schaut. »Du schneidest deine Pizza?«

»Ich wollte mir nicht die Finger dreckig machen.«

»Langsam fange ich an, dieses ganze Freundschaftsding zu hinterfragen.« Er holt sich eine Sprühflasche von einer Kellnerstation an den Toiletten und macht sich daran, die Tische abzuwischen. Dabei fallen ihm ständig die Haare über die Augen.

»Wir sind keine Freunde«, sage ich, stecke den ersten köstlichen Bissen in meinen Mund und versuche, nicht vor Wonne zu erschauern.

»Noch nicht.« Er stapelt einige Teller aufeinander und stellt sie in eine Geschirrwanne.

»Du hast in deinem Profil gelogen. Wie soll ich dir da trauen?«

»Ich habe nicht gelogen«, erwidert er, den Kopf zur Seite geneigt.

»In deinem Profil stand, dass du Fotograf bist und nicht Barkeeper«, sage ich und nehme einen weiteren Bissen von der köstlichsten Pizza, die ich jemals gegessen habe.

»Bin ich auch«, sagt er, während er einen Tisch in der Nähe abwischt.

»Und warum bist du dann in diesem Restaurant?«

»Weil ich nicht so berühmt bin wie Annie Leibowitz«, erklärt er und fährt mit dem Wischen fort. »Ich arbeite hier, damit ich meine Miete zahlen kann, bis ich den Laden ans Laufen kriege.«

»Was fotografierst du denn so?«

»Menschen.« Er unterbricht das Wischen und schüttelt kurz den Arm aus, bevor er wieder zu dem Lappen greift. »Überwiegend Verlobungsfotos und Familienporträts, aber ich mache auch Hochzeiten und Konzerte und ähnlichen Kram.«

»Cool«, sage ich und vertilge einen weiteren Bissen.

»Und du? Was machst du?«

Ich halte eine Serviette vor meinen vollen Mund und murmele: »Nächste Frage, bitte.«

»Das gilt nicht.«

Ich nehme einen Schluck von meinem Wein, um einen kleinen Käseklumpen runterzuspülen. »Und ob das gilt!«

»Na schön. Aber das da ist ganz offensichtlich Gastronomiekleidung«, sagt er mit einem Lächeln und deutet auf meine Klamotten.

»Nein, so ziehe ich mich tatsächlich immer an, und ich bin beleidigt, dass du das anders siehst.«

»Also schön, dann sag's mir eben nicht.« Er zieht eine Augenbraue in die Höhe, versucht, mich zu ködern. »Aber das ist eine echt lahme Ausrede.«

Also schön, ich werde mitspielen. Wir sehen uns ja sowieso nicht wieder. »Heute Abend war ich Kellnerin. Morgen werde ich Rezeptionistin sein. Und am Tag danach? Wer weiß, vielleicht Präsidentin.«

Er lacht und kratzt sich am Kinn. »Du jobbst?«

»Ich hab's echt drauf, was?«

Er zieht sich einen Stuhl unter dem Tisch hervor, den er gerade abgewischt hat, und setzt sich hin. »Da gibt's doch nichts dran auszusetzen.«

»Ja klar! Ich serviere den oberen Zehntausend wirklich leidenschaftlich gern Mimosas und Cocktailwürstchen. Baue jeden Tag Stein für Stein an meiner Zukunft.« Ich schenke ihm ein sarkastisches Lächeln und klimpere mit meinen Wimpern.

»Komm schon«, sagt er, »jeder hat doch etwas, wofür er brennt.«

Ich schüttele den Kopf und werfe meine Serviette auf den Tresen.

»Ich aber nicht. Ich glaube, das nennt man Apathie.«

Hätte man mich in der Middle School gefragt, wäre meine Antwort »Journalismus« gewesen. Hätte man mich in der Highschool gefragt, hätte die Antwort »Schauspiel« gelautet. Hätte man mich auf dem College gefragt, hätte ich »Lyrik« als Vorliebe angegeben, genauer gesagt die peinlichen Gedichte, die ich über Sam geschrieben habe. Jetzt ist das Einzige, wofür ich mich brennend interessiere, wie ich es von einer Sekunde zur nächsten schaffe.

»Das kaufe ich dir nicht ab«, sagt Henry und dreht den Putzlappen zwischen seinen Fingern, als wolle er ihn auswringen.

»Das ist aber die Wahrheit, ob du es mir abkaufst oder nicht. Orientierungslose Loserin in den Zwanzigern ohne jede Passion.« Ich stürze den Rest meines Grapefruitweins hinunter. »Wenn du dein Freundschaftsangebot zurückziehen möchtest, wäre jetzt der richtige Zeitpunkt.«

»Ich suche mir meine Freunde nicht danach aus, welchen Job jemand hat«, sagt er.

»Nein, du scheinst dir deine Freunde ohne irgendein Kriterium auszusuchen.«

»Aber jeder Mensch braucht etwas, das er liebt«, sagt er, ohne auf meine Bemerkung einzugehen. »Für mich ist das so ziemlich der einzige Grund, morgens aufzustehen.«

Ich stelle mein Weinglas auf dem Tresen ab. »Willst du mir damit etwas sagen, dass du in Wahrheit zu dieser gruseligen

Spezies Typ Life-Coach gehörst? Wirst du mir jetzt einen Dreistufenplan präsentieren, damit ich meine Passion finde? Und was kommt als Nächstes? Vitaminpillen?«

»Nein«, erwidert er, blickt aus dem Fenster und reibt sich das Kinn. »Aber du bringst mich da auf eine Idee.«

»Das war ein Scherz«, sage ich. »Versuch bloß nicht, mir Vitaminpillen anzudrehen.«

Henry wendet sich mir mit einem plötzlichen Leuchten in den Augen wieder zu. Es kommt mir fast so vor, als würde ihm tatsächlich gerade ein Licht aufgehen.

»Wie wäre es, wenn ich dir dabei helfe, sie zu finden?«

Oh Gott. »Was finden?«

»Deine Passion«, erwidert er strahlend.

Jetzt bin ich verwirrt. Henry sitzt da, die Arme vor der Brust verschränkt, als hätte er gerade etwas völlig Normales gesagt und nicht etwas *total Schräges.*

»Hallo?« Er schnippt mit den Fingern. »Lebst du noch?«

»Sorry«, antworte ich blinzelnd. »Was?«

»Soll ich dir dabei helfen, deine Passion zu finden?«

Ich spieße mit einer ruckartigen Bewegung ein Stück Pizza auf die Gabel. Er zuckt zusammen. »So was zu einer Fremden zu sagen, ist schon ziemlich schräg, Henry«, erwidere ich und stecke mir das Stück Pizza in den Mund.

Er zuckt mit den Schultern. »Welcher Teil dieser Unterhaltung hat dir den Eindruck vermittelt, dass ich nicht schräg bin?«

Ich schüttele den Kopf. »Also, so furchtbar schräg fand ich dich jetzt auch wieder nicht.«

»Na ja, wir kennen uns ja kaum. Da ist noch viel Raum für Überraschungen«, sagt er lächelnd.

Ich verdrehe die Augen. »Ich weiß, wie so was läuft, Henry. Du willst nicht wirklich, dass wir Freunde werden. Du hast was getrunken, und ich habe was getrunken, und wir werden nachher auseinandergehen und nie wieder ein Wort miteinander wechseln. Selbst wenn ich zu allem, was du vorhast, ja sage, würde genau das passieren. Und wir werden uns beide morgen ziemlich dämlich vorkommen.«

»Ich verspreche dir, dass das nicht passieren wird, Bennet«, sagt er und sieht mich unverwandt an.

»Wieso?« Ich spüre, wie mir das Herz bis zum Hals klopft, und ich streiche mit meiner Handfläche darüber, um diese plötzliche, eigenartige körperliche Reaktion zu besänftigen. »Welchen Grund könntest du haben, mir deine Hilfe anzubieten, um etwas so Vages und Existenzielles zugleich zu finden? Einer völlig Fremden, jemandem, der dich geghostet hat?«

»Weil …«, setzt er an, weicht meinem Blick aus, schaut über meinen Kopf hinweg.

»Weil?«

»Weil …«, sagt er wieder, ohne weiterzusprechen. Habe ich ihn aus der Fassung gebracht? Er wirkt so, als wolle er etwas Bestimmtes sagen, scheint sich dann aber dagegen zu entscheiden und antwortet stattdessen: »Vielleicht glaube ich einfach, dass es Spaß machen würde. Wäre das denn so abwegig?«

Wenn ich ihn so anschaue, sehe ich jemanden, der aufrichtig ist. Was, wenn er recht hat? Wenn der einzige Grund, es zu tun, nur darin besteht, Spaß zu haben? Ich weiß schon gar nicht mehr, wann ich überhaupt das letzte Mal Spaß hatte.

Ich räuspere mich. »Angenommen, ich stimme der Sache zu …«

»Ja?«

»Was ich nicht tue«, setze ich hinzu, woraufhin er dramatisch die Augen verdreht. »Aber nehmen wir mal für einen

Augenblick an, dass es so wäre ... wie sähe so was überhaupt aus?«

Er zuckt mit den Schultern. »Keine Ahnung. Wir könnten einfach ein paar neue Sachen ausprobieren. Kurse besuchen, neue Orte entdecken. Uns einmal in der Woche treffen und etwas ausprobieren, das vielleicht zu einer Passion für dich wird. Ob du's glaubst oder nicht, mit mir kann man echt Spaß haben«, sagt er lächelnd.

»Wer behauptet das? Du?«

»Ach, komm schon. Ich kann dir ansehen, dass du ja sagen willst.«

»Nein, kannst du nicht.«

»Doch. Kann ich.«

»Kannst du nicht«, wiederhole ich verärgert. »Und ich finde es, ehrlich gesagt, auch ziemlich anmaßend von dir, zu glauben, dass du mir helfen kannst.«

»Falsch.« Er stützt das Kinn auf seine Hände. »Passionen sind nun mal meine Leidenschaft.«

»Oh Gott«, stöhne ich und verschränke die Arme vor der Brust.

Ich denke zurück an die junge Frau, die ich war, bevor das mit Sam passiert ist. Ich konnte es gar nicht erwarten, ins Leben zu starten, war so gespannt darauf, was die Zukunft für mich bereithielt. Ich sah nur endlose Möglichkeiten, Überraschungen hinter jeder Ecke. Aber während ich diesen Gelegenheiten nachjagte, verlor ich den Menschen, den ich am meisten liebte. Nun habe ich keinen Funken mehr übrig. Da ist nur Schuld und Trauer.

Wäre es denn wirklich so schlimm, es zu versuchen?

Ich schaue auf und sehe Henry an, der mich erwartungsvoll anschaut.

»Und was bringt es dir?«, frage ich ihn.

»Wieso muss es mir etwas bringen?«, fragt er zurück.

»Weil das Ganze sonst überhaupt keinen Sinn ergibt.«

»Also schön, es bringt mir eine neue Freundschaft. Eine Bennet in meinem Leben.«

»Sei nicht so herablassend.«

»Bin ich doch gar nicht«, erklärt er mit einem breiten Lächeln. Das Grübchen auf seiner Wange zieht für den Bruchteil einer Sekunde meinen Blick auf sich. »Ich bin bloß *spontan*.«

»Du bist *verrückt*.«

»Ach, komm schon«, sagt er. »Es gibt da einen Haufen toller Sachen, die ich gern machen würde, habe aber niemanden, der mitmacht. Du würdest mir wirklich einen Gefallen tun.«

Ich schließe die Augen, versuche mir vorzustellen, wie das mit uns wohl laufen würde. Einerseits habe ich in absehbarer Zukunft – abgesehen von diversen depressionsbedingten Nickerchen und einem Netflix-Marathon – nichts vor. Andererseits sind depressionsbedingte Nickerchen und Netflix-Marathons mein Safe Space, und es wäre so einfach, mich weiter vor der Welt zu verstecken, geschützt in meinem Kokon, wohlwissend, dass ich nicht versagen kann, solange ich gar nicht erst versuche, etwas zu unternehmen. Und außerdem bin ich beschwipst, und es kommt mir gerade vor, als wäre so ziemlich alles möglich. Dinge, die ich normalerweise niemals in Erwägung ziehen würde, erscheinen mir mit einem Mal überlegenswert.

»Ich kenne dich ja nicht mal«, antworte ich und öffne ein Auge.

»Also, ich würde dich gern mal mit einem wundervollen Konzept vertraut machen. Wie wäre es, jemanden über einen Zeitraum kennenzulernen, der mehr als bloß eine einstündige Unterhaltung umfasst?« Er strahlt mich an. Die Lichter des Restaurants spiegeln sich in seinen Brillengläsern. »Lust, es auszuprobieren?«

»Aber erspar mir bloß irgendwelche Rettungsszenarien. Ich bin keine Jungfrau in Nöten. Und du musst mir nicht beibringen, wie man lebt.«

Er hebt drei Finger in die Höhe. »Niemals. Pfadfinderehrenwort.«

»Wegen Feminismus.«

»Wegen Feminismus«, sagt er nickend.

»Und ich werde nur dann zustimmen, wenn du mir versprichst, dass wir nur Freunde sein werden.«

»Das hast du ja bereits sehr deutlich gemacht. Du hast mich versetzt, schon vergessen?«

»Das ist mein Ernst. Ich bin nicht … Es ist einfach nicht der richtige Zeitpunkt für mich.«

»Ist angekommen«, sagt er plötzlich mit ernstem Gesicht.

»Und ich sehe es auch nicht als meine Aufgabe an, Grenzen zu überschreiten, Bennet.«

Ich schlucke. Meine Kehle ist staubtrocken. »Ach, das gerade ist doch wirklich albern. Ich komme mir blöd vor.«

Er legt den Kopf in den Nacken und lacht. »Herrje, Bennet, so schlimm ist es jetzt auch wieder nicht. Hast du Lust, mit mir abzuhängen und tolle Sachen anzustellen, die Spaß machen, oder willst du weiter Typen auf Dating-Apps ghosten?«

»Irgendwie beides.«

»Okay«, sagt er grinsend. »Wir werden jeden Samstag etwas Neues ausprobieren. Das Ghosten kannst du dann, wann immer du willst, allein erledigen.«

Er hält mir die Hand hin und wartet darauf, dass ich einschlage.

Und obwohl ein Teil von mir das Ganze für idiotisch hält,

ein anderer Teil der Ansicht ist, dass Henry mir nicht alles erzählt, und der größte Teil glaubt, dass ich nicht für ein Leben voller Leidenschaft gemacht bin, ergreife ich seine Hand und schlage ein. Auch wenn ich nur dabei mitspiele. Ich muss beweisen, dass ich es kann. Dass ich nicht vor allem Angst habe.

KAPITEL 6

Sonnenschein fällt durchs Fenster, wirft einen streifigen Schatten auf den Boden und offenbart den wirklich katastrophalen Zustand meines Zimmers. Es bei Licht zu betrachten, ist eine ernüchternde Erfahrung. Ich war noch nie ein besonders ordentlicher Mensch, nicht in der Lage, das Zuhause sauber zu halten. Aber als ich mit Sonya zusammenzog, war mir klar, dass ich das Durcheinander auf meine Zimmer beschränken musste und nicht zulassen durfte, dass es sich auf den Rest der Wohnung ausbreitete. Die Aufrechterhaltung der Ordnung in den gemeinsamen Räumen hat das Chaos hinter meiner verschlossenen Tür nur noch verschlimmert.

Ich strecke mich im Bett, wecke meinen Körper auf. Ich habe die ganze Nacht mit den Zähnen geknirscht und massiere kurz mein Gesicht, bevor ich mich zur Seite drehe, um einen Blick auf mein Handy zu werfen. Keine Nachrichten. Irgendwie hatte ich schon mit einer Nachricht von Henry gerechnet. Er kannte meine Nummer ja noch von unserer ursprünglichen Verabredung und hätte sie inzwischen benutzen können. Aber bislang bestätigt sich meine Vermutung: Es war ihm nie ernst damit, dass wir Freunde würden, und es war mir nie ernst damit, meine Passion zu finden. Und ich komme mir schon ziemlich blöd vor. Also, ich werde ihm auf gar keinen Fall eine Textnachricht schicken, so viel ist sicher.

Mir tun die Füße weh von meiner Schicht im NYAC gestern Abend, und beim Aufstehen aus dem Bett knacken meine Knie.

Das Türscharnier quietscht wie immer, sobald ich den Knauf drehe und mich auf den Weg ins Badezimmer mache. Ich bleibe abrupt stehen, als ich jemanden auf dem Sofa sitzen sehe, der von oben bis unten schwarz gekleidet ist und einen strubbeligen Pixie Cut trägt.

Jamie.

»Morgen.« Sie steht auf, um mich zu begrüßen. Ich hatte ganz vergessen, dass sie letzte Nacht bei Sonya übernachtet hatte. »Ich hab Kaffee gekocht. Möchtest du einen?«

Sie führt meinen Lieblingsbecher zum Mund, und ich versuche, ihr keinen bösen Blick zuzuwerfen. Sie hat Kaffee in *meiner* French Press zubereitet und trinkt aus *meinem* Becher.

Ich rufe mir in Erinnerung, dass ich Jamie durchaus mag, auch wenn sie mich immer in meinen schlimmsten Momenten erwischt. Sie hat eine beruhigende Art an sich, und ihre Rocker-Chic-Ausstrahlung ist ein Ausgleich zu Sonya, die ihre Typ-A-Persönlichkeit schon als Jahrgangssprecherin der Abschlussklasse hatte.

»Nein, danke«, erwidere ich, obwohl er köstlich duftet und sich der dumpfe Schmerz hinter meinen Augen durch einen einzigen Schluck kurieren ließe.

»Sonya hat mir erzählt, dass du neulich abends ein Date hattest«, sagt sie. Sie ist für diese Uhrzeit für meinen Geschmack schon viel zu munter.

»Jaaah«, erwidere ich gähnend und trotte durchs Zimmer. »Sorry, Jamie, bin noch nicht richtig wach.«

»Oh, tut mir leid«, sagt sie und tritt zurück.

Ich schließe die Badezimmertür hinter mir, putze die Zähne und spritze mir etwas Wasser ins Gesicht.

Auf meinem Rückweg durchs Wohnzimmer steht das Sofa

verlassen da. Ich habe ein schlechtes Gewissen, weil ich Jamie verjagt habe, aber mein übler Kater macht mich gerade nicht sehr gesellig.

Ich setze mich auf mein ungemachtes Bett und öffne den Laptop, um in meinen Terminkalender zu schauen.

Freitag, 29. Mai: 11:00–17:00 Uhr
Rezeption New York Public Library,
Celeste Bartos Forum
Dresscode: Business casual.

Ich werfe einen Blick auf mein Handy. 10:27.
Scheiße.
Ich hatte ganz vergessen, dass ich heute arbeiten muss. Eigentlich hätte ich schon vor zehn Minuten durch die Tür sein müssen, um es rechtzeitig zum Bryant Park zu schaffen.

Business-Casual-Look? Was soll das verdammt noch mal heißen? Ich krame auf der Suche nach irgendwas, das einem legeren Büro-Outfit nahekommt, in diversen Haufen dreckiger Klamotten auf meinem Fußboden herum. Checke die Abfahrtszeiten der U-Bahn, während ich in eine schwarze Jeans mit hoher Taille schlüpfe. Gelten Jeans überhaupt als Business-Casual? Keine Zeit, es zu hinterfragen.

Ich mag zwar ein Wrack sein, aber ich komme nie zu spät. Die perfekte Ankunftszeit für ein Event oder einen anderen Job ist vier Minuten vor Beginn. Auf diese Weise kommt man nicht als respektlos rüber, weil man sich verspätet, und man muss nicht mehr als fünf Minuten Small Talk mit irgendwelchen notorischen Zufrühkommern verbringen. Mein Plan sieht vor, immer genau vier Minuten vorher da zu sein. Nicht früher und nicht später.

Ich sprinte zur U-Bahn und nehme gleich die erste, die

kommt, in der Hoffnung, dass mein flüchtiger Blick ausgereicht hat und es die richtige ist. Das passiert, wenn man sich von Leuten überrumpeln lässt. Ich habe zugelassen, dass Henry mich ablenkt, und nun komme ich zu spät zu einem Job. Ich war versackt, hatte zu viel geredet und zugelassen, dass diese merkwürdige Nacht mich fertigmachte. Und außerdem frage ich mich, warum er mir keine Nachricht geschrieben hat. Und wieso ich überhaupt darüber nachdenke, wo ich doch gerade ganz offensichtlich drängendere Probleme habe. Es gibt nur sehr wenige Dinge, die mich hier in New York durchhalten lassen, und auch wenn es nervtötend ist und keine Aufstiegsmöglichkeiten verspricht, so gehört dieser Job dennoch dazu. Würde ich ihn verlieren, so wäre es wohl ein endgültiges Zeichen für mich, dass ich nicht dazu bestimmt bin, hier zu leben.

Als ich endlich am Bryant Park ankomme, hetze ich die U-Bahn-Stufen hinauf, überquere die Straße und eile auf das Gebäude in dieser Stadt zu, das einem Tempel am nächsten kommt: die New York Public Library. Ich nehme mir eine Millisekunde Zeit, um es zu betrachten und dieses seltsame Zeitreisegefühl zu genießen, das ich in seiner Gegenwart verspüre – die grandiosen Bögen über den Türen, die schiefergrauen Säulen, die es tragen, die kunstvollen Figuren, die in die Vorderseite gemeißelt sind. Ich vergesse manchmal, dass es zwischen all diesen modernen Wolkenkratzern in dieser Stadt auch noch Geschichte zu entdecken gibt. Dieses Gebäude wirkt so fehl am Platz wie ein Relikt, doch als ich die Marmorstufen hinaufsteige, gelange ich zu der Erkenntnis, dass die Bibliothek ganz und gar nicht fehl am Platz ist und sie alles und jeden hier überleben wird.

Ich bin eigentlich diejenige, die fehl am Platz ist.

Ich atme tief durch und eile mit einem Brennen in Beinen und Lunge die restlichen Stufen hinauf, wobei ich das Gefühl habe, als hätten mich die gemeißelten Löwen auf beiden Seiten der Treppe dabei kritisch beäugt.

Aber jetzt interessiert mich viel mehr, wo zum Teufel das Bartos Forum ist.

Ich entdecke einen Plan am anderen Ende des gewaltigen Steinatriums und gehe darauf zu. Meine Schritte hallen in dem mächtigen Raum wider. Ich habe schon öfter hier gearbeitet, aber es gibt so viele Ecken und Winkel, dass ich mir niemals alles merken könnte. Ich ziehe mein Handy hervor, schicke ein Stoßgebet zum Himmel, dass niemand von der Zeitarbeitsfirma angerufen hat, um mich wegen meines Zuspätkommens zusammenzustauchen, und öffne die E-Mail mit den Anweisungen.

Benutzen Sie den Bibliothekseingang auf der 42nd Street.

Ich hatte den falschen Eingang genommen. Vielleicht sollte ich beim nächsten Mal die E-Mail vorher mal besser ganz durchlesen.

Ich haste zur Tür hinaus, trampele die Treppe hinunter zum vollen Gehweg und biege um die Ecke zur 42nd Street, wo ich den richtigen Eingang entdecke. Ich atme tief ein und schlängele mich durch die Besucher in der Hoffnung, dass kein Supervisor vor Ort ist, um mein Zuspätkommen zu bemerken.

Ich erblicke Sal – einen weiteren Zeitarbeiter, mit dem ich oft zusammenarbeite –, hinter einem kleinen Tisch. Der Stuhl neben ihm ist leer.

»Tut mir leid, hab verschlafen«, stoße ich keuchend hervor.

»Schon in Ordnung, Süße, ist denen gar nicht aufgefallen.« Sals Gesichtsfarbe erinnert an eine Aubergine. Ich mache mir Sorgen um seine Cholesterinwerte. Sein schlecht sitzendes weißes Button-up-Hemd ist entlang der Nähte leicht vergilbt. Er hat eine Stirnglatze, aber seine Gesichtszüge lassen noch ein wenig erahnen, dass er einmal ein gut aussehender Mann gewesen sein muss. Sal ist ein Mensch, der einen nie anlügen könnte. Und er ist ein Mensch, der einem innerhalb einer Sechsstundenschicht seine ganze Lebensgeschichte erzählt – und ich habe schon so manche Sechsstundenschicht mit ihm verbracht. Man kann ihm die Emotionen von seinem großen, ausdrucksstarken Gesicht ablesen. Er ist der einzige Mensch, der mich Süße nennen darf, ohne dass ich ihm am liebsten die Zunge rausgerissen hätte. Es ist ein väterliches »Süße«, kein gruseliges.

Ich bin ihm auch schon bei anderen Einsätzen begegnet, aber die Bibliothek entwickelt sich langsam zu seiner Homebase. Er kennt sich dort sehr gut aus – insbesondere, wo es umsonst Kaffee gibt, was eine wertvolle Information für eine Zeitarbeiterin wie mich ist, die nie lange genug in einem Unternehmen arbeitet, um sich mit den Gegebenheiten vertraut zu machen.

»Worum geht's?«, erkundige ich mich, als ich mich auf den Stuhl fallen lasse. Die Luft hier ist muffig, aber auf eine gute Art und Weise. Es riecht nach alten Buchseiten und Staub und echtem Marmor.

»Irgendein Firmenevent. Die haben da drin eine Bühne und ein Brunchbuffet aufgebaut. Du solltest mal einen Blick hineinwerfen, bevor sie loslegen. Ist wirklich nett.«

»Okay«, sage ich und verrenke mir den Hals, um in das Forum zu schauen. »Ich beeile mich.«

Ich schleiche mich zum Eingang hinein und lande inmitten des hektischen Treibens von Caterern und Event-Planern, die noch die letzten Feinheiten in dem atemberaubenden Raum vornehmen. Die kuppelförmige Decke wölbt sich über meinem Kopf wie das Oberteil eines Drahtvogelkäfigs. Es ist dunkel hier drin, aber nicht auf eine finstere Art und Weise – eher wie in einem Planetarium. Vielleicht erinnert es mich daran, weil die Decke in einem Himmelblau und einem leuchtenden

Violett erstrahlt, so satt und kräftig wie in einer fernen Galaxie. Vorn im Raum befindet sich eine Bühne mit zwei großen Bildschirmen rechts und links. Die Stühle sind im Stil eines Hörsaals aufgestellt, und im hinteren Bereich stehen ein paar Buffet-Tische für diejenigen, die frühstücken oder Brunch-Cocktails trinken.

Ich muss wohl etwas verblüfft ausgesehen haben, als ich zu unserem schäbigen Tisch in der Lobby zurückkehre, der bloß ein Klapptisch ist.

»Hab ich dir ja gesagt.« Sal kratzt sich am Kinn. »Die lassen sich das was kosten.«

Ich schüttele den Kopf, spüre die unermessliche Entfernung zwischen den Leuten da drin und mir hier draußen. »Wow«, sage ich. »Eine völlig andere Galaxie.«

»Wir zwei werden hier aber mehr Spaß haben«, sagt er lächelnd.

Wohl eher nicht, aber ich erwidere sein Lächeln dennoch. »Was ist zu tun?«, frage ich ihn.

»Wenn sie zum Tisch kommen, händigen wir ihnen ein Namensschild und eine Mappe aus und bitten sie hineinzugehen.« Er hat eine tiefe, kräftige Stimme. Vermutlich, weil er jahrelang Footballspielern in der Highschool Anweisungen zugebrüllt hat.

»Das ist alles?«

»Wir müssen ihre Namen auch noch auf diesem Klemmbrett abhaken, aber das ist ja ganz leicht.«

»Um wie viel Uhr geht's los?«

»Jeden Moment.«

»Klasse.« Ich streiche mir das Haar hinter die Ohren, das aber gleich wieder hervorspringt, atme einmal tief durch und versuche, diesen Moment der Ruhe zu genießen, bevor die Leute eintreffen.

Als ich zu Sal hinüberschaue, starrt der wie mit Laserfokus auf sein Handy.

Mir fällt plötzlich wieder ein, dass er auf sein erstes Enkelkind wartet, was er mir bei unserem letzten gemeinsamen Einsatz erzählt hatte. Ich wende mich ihm zu. »Textest du deiner Tochter?«

Sein Gesicht erhellt sich. »Ja.«

»Wie geht's ihr?«

»Sie muss Bettruhe halten, bis der kleine Kerl kommt. Irgendwas wegen ihrem Blutdruck. Aber Mary und ich sind so aufgeregt!«

»Es ist also ein Junge?« Wenn der Kleine seinem Großvater auch nur im Geringsten ähnlich sehen sollte, dann wird es ein pummeliges Auberginenbaby werden.

»Ja, ein Junge«, erwidert er strahlend. »Ich kann kaum glauben, dass ich Opa werde. Warte nur ab, Süße, bald schon wirst du das tun, was ich tue.«

Ich tue ja bereits, was du tust, denke ich bei mir.

Der erste Geschäftsmann nähert sich unserem Tisch und bringt mich zurück zu meiner anstehenden Aufgabe. Sal begrüßt ihn, überreicht ihm ein Namensschild und eine Mappe und schickt ihn in den Raum. Die Teilnehmenden treffen nun nach und nach an unserem Tisch ein. Alle sind schick angezogen und übertreffen einander mit Selbstvertrauen und Gelassenheit. Diese Leute sind in meinem Alter, schießt es mir durch den Kopf. Aber sie scheinen sich mit Dingen zu befassen, die mir völlig fremd sind. Wie sind sie nur so geworden? Ich verstehe es einfach nicht.

Es ist, als würde mich die Traurigkeit wie Schrumpffolie von allen Seiten umgeben, bis ich kaum noch atmen kann. Jede Bewegung, die ich mache, jeder Schritt vorwärts oder zurück ist zu schmerzvoll. Je kleiner meine Welt wird, desto einschüchterner kommt es mir vor, den Schmerz hinter mir zu lassen. In meiner Trauer fühle ich mich Sam nah. Es ist das Einzige, was mir von ihm noch bleibt.

Wenn Andy hier wäre, dann wäre sie in diesem Raum – vermutlich sogar als Hauptrednerin. Sie war schon immer so – mutig, temperamentvoll, unabhängig. Was sie zum Teil ihrer privilegierten Erziehung zu verdanken hat, aber es entspricht auch ihrer Natur. Ich habe nie erlebt, dass sie den Mut verliert, nicht einmal nach Sams Tod. Sie ist immer noch Andy, die Wege und Möglichkeiten findet, glücklich zu sein.

Ich blinzele, als ich einem Mädel in einem perfekt sitzenden Kostüm ihr Namensschild nebst Mappe aushändige und sie auf der Liste abhake. Sie verschwindet in dem wunderschönen Konferenzraum. Ihr rotes Haar, das sich über ihren Rücken ergießt, erinnert mich an Andy.

Ich bin jemand, der immer außen vor ist, und das werde ich auch immer bleiben, egal ob mir ein Typ mit grünen Augen und Brille bei Wein und Pizza für den Bruchteil eines Augenblicks das Gefühl gegeben hat, dass es anders sein könnte. Oder ob Sonya versucht, mich vom Gegenteil zu überzeugen.

Sal und ich machen weiter mit unserer Arbeit, und ich schalte mal wieder auf Autopilot, so wie ich es immer tue, wenn mich das Leben überfordert.

KAPITEL 7

Okay, was soll's. Dieser blöde Kerl hat mich praktisch angefleht, mit ihm Freundschaft zu schließen, und nun warte ich blöde Kuh auf eine blöde Textnachricht von ihm. Ich krieche in mein ungemachtes Bett und ziehe mir die Decke über das Gesicht. Was hatte ich mir bloß gestern Abend gedacht? Und warum fühle ich mich so … enttäuscht?

Etwas Vertrautes geschieht mit meinem Körper – ein Anspannen der Muskulatur, etwas Dunkles, das an meinem Rückgrat hinaufzukriechen scheint, das Verlangen, mich zusammenzurollen, die Augen zu schließen und zu verharren, bis es vorbei ist. Es mag jetzt noch schwach sein, aber es ist schon oft genug passiert, und ich weiß, dass es von meinem Magen bis zu meinen Fingerspitzen wachsen wird – so lange, bis es mich ganz umfängt.

Zum ersten Mal war es nach der Sache mit Sam aufgetreten. Diese Dunkelheit, die mich umgibt, mich tiefer und tiefer in dieses Loch hinunterzieht, aus dem ich nicht mehr herauskomme, selbst wenn ich es versuchen würde. Ich hatte das College geschmissen, aufgehört zu reden, aufgegeben.

Ich presse meine Handballen in die Augen, versuche, mir damit buchstäblich Dopamin ins Hirn zu drücken. Ich kann die miesen Gefühle nicht immer zurückhalten, aber ich kann versuchen, mich abzulenken.

Ich öffne meinen Laptop, um mir eine Folge von *Crimi-*

nal Minds anzusehen. Garcia versucht, den unbekannten Täter mithilfe seines Handys zurückzuverfolgen, aber sämtliche Nummern, die er angerufen hatte, waren blockiert. Mir ist bewusst, dass diese Fernsehserie völlig unrealistisch ist und dass die Technologie noch längst nicht so weit ist, um auch nur die Hälfte von all den ausgefallenen Sachen zu machen, die Garcia anstellt, um den Bösewicht zu finden, aber das ist mir egal. Ich mag Geschichten mit einem guten Ende, bei dem der Killer immer gefasst wird.

Moment mal.

Die Handy-Nummern waren *blockiert*.

Ich hatte Henry blockiert.

Wie bescheuert kann man sein! Ich scrolle durch meine Kontakte, bis ich *Grüne Augen Henry* finde. Tippe auf *Blockierung aufheben*. Und mit einem Mal strömen die Nachrichten nur so herein.

> Hey, Bennet! Bin am Tresen und trage
> eine rote Rose im Knopfloch, damit du mich
> erkennst. Und einen Zylinder.
> Das mit der Rose war ein Scherz.
> Das mit dem Zylinder auch.
> Sei denn, du stehst drauf?

Oh Gott, er ist verrückt. Da sind sogar noch mehr Nachrichten später am Abend.

> Ich stalke dich nicht. Ehrenwort.
> Ich arbeite im L'Italiano. Wollte
> bloß meinen Gehaltscheck abholen.
> Du hast dein Portemonnaie hier vergessen.
> Hast Glück, dass ich kein Dieb bin,

sonst würde ich dir dein ganzes Geld klauen.
Sind aber bloß 47 Cents drin.
Wenn du es abholen willst –
ich arbeite morgen Abend.

Unten am Ende der ganzen Textnachrichten ist die, nach der ich gesucht habe. Oder gehofft habe, dass ich sie nicht finden würde. Wie auch immer.

Guten Morgen, neue Freundin.
Ich weiß, dass du diese Woche
eigentlich Präsidentin werden
sollst, aber wenn du einen freien
Tag für ein Abenteuer hast, lass es
mich wissen.

Ich beginne zu tippen. Was schreibt man in einer solchen Situation? Möchte ich denn wirklich antworten?

Sorry, hatte deine Nummer blockiert,
bevor ich wusste, dass wir Freunde
werden würden.

Löschen.

Sorry, ich musste den ganzen Tag
arbeiten und habe nicht in meine
Nachrichten geschaut.

Löschen. Löschen. Löschen.

Sorry, bin mir nicht sicher, ob es
eine gute Idee ist,
Freunde zu sein, da ich den
Rekord im Enttäuschen von Leuten
halte, also sollten wir das Ganze
vielleicht abblasen.

Löschen. Ich versuche es noch einmal.

Meine Ernennung zur Präsidentin
wurde verschoben. Offenbar sind sie
bei der Bewerbung für den Posten
ziemlich streng, und es gibt erst noch
eine landesweite Wahl. Hast du das
gewusst? Finde ich unfair.

Senden. Denk nicht drüber nach. Er ist auch nur ein Mensch.
Ich gehe auf Zehenspitzen ins Badezimmer und stelle die
Dusche so heiß ein, wie es nur geht. Dann schiebe ich den Vorhang zur Seite, lasse meine Klamotten auf einen Haufen zu
Boden fallen und setze mich in die Wanne, umklammere dabei
meine an die Brust gezogenen Knie und lasse das heiße Wasser über meinen Rücken laufen, bis er brennt. Ich sitze so lange
da, bis das heiße Wasser nachlässt und meine Finger schrum-
pelig werden. Lange genug, dass ich beim Aufstehen schwindelig und benommen bin.

Nachdem ich aus der Wanne raus bin, wische ich den Was-
serdampf vom Handydisplay.

Eine Nachricht.

Irgendeine Idee, womit wir in Sachen
»Passion finden« loslegen sollen?
Weil es ja mit der Präsidentschaft nicht
geklappt hat :(

Ich wische mir die Hände am Handtuch ab, damit sie trocken genug sind, um zu tippen, was mir als Erstes in den Sinn kommt. Denn wenn ich zu lange darüber nachdenke, werde ich nie antworten.

Ich habe früher gern gezeichnet.

Sonya ist eigentlich die Künstlerin, nicht ich, aber es hat mal eine Zeit gegeben, in der ich auf jedem Stück Papier, das ich in die Hände bekam, herumgekritzelt habe. Ich war nie besonders gut darin.

Hmmm. Okay. Drinnen oder
draußen?

Ich spüre, wie ein Schauer durch meinen Körper geht.

Drinnen.

Er schreibt kurz, und dann erscheint seine Nachricht.

Super. Hab eine Idee für
morgen.

Mir rutscht das Herz in die Hose.

Schon morgen?

Er schreibt wieder.

Ich spüre förmlich deine Begeisterung.

Ich verdrehe die Augen. Bevor ich antworten kann, hat er schon wieder eine Nachricht geschickt.

Wir treffen uns um zwei.
Washington Square Park.

Ich schlinge das Handtuch fester um meinen Körper. Die Luft im Badezimmer kühlt sich um mich herum merklich ab. Ich atme einmal tief durch und antworte.

Du musst keine Rose mitbringen.

KAPITEL 8

Der Samstagmorgen begann eigentlich ganz normal. Ich wurde wach, warf mir etwas über, kaufte Lebensmittel ein (Take-2-Angebote), überflog meine E-Mails auf der Suche nach den Jobangeboten von Carlyle Staff Solution in dieser Woche und sagte für sechs Einsätze zu. Zwei beim NYAC, ein Firmenevent und drei in der Bibliothek.

Etwas war an diesem Morgen allerdings nicht normal: das Gefühl, dass ich jeden Moment ohnmächtig umkippen könnte. Wie konnte das passieren?

Mir bleibt noch eine Stunde, bevor ich mich mit Henry treffe. Ich tigere durch die winzige Wohnung.

Komm runter. Ich fächele mir mit einem Pappteller Luft unter die Achselhöhlen. *Du kannst immer noch absagen.*

Ich habe keine Ahnung, was er mitten am Tag im Washington Square Park geplant haben könnte. Für gewöhnlich meide ich diese Gegend wegen all der College-Studenten, der Musik und dem ganzen Chaos, das dort herrscht.

Ich durchwühle meine Klamotten. Alles, was ich anprobiere, sieht blöd aus. In meiner Lieblingsjeans fühle ich mich zu dick, mein Lieblingstop kommt mir kindisch vor, und mein Lieblingsblazer wirkt viel zu bemüht. Was ja auch stimmt. Nach mehreren gescheiterten Versuchen gebe ich auf und sinke in meiner Unterwäsche zu Boden. Ich könnte Schneeeengel in den ganzen Klamottenhaufen machen.

Ich ziehe in Erwägung, Henry zu schreiben, um den Termin zu verschieben. Und beim nächsten Mal, wenn wir Pläne haben, wieder zu verschieben. Auf diese Weise würde es eine endlose Reihe von Terminverschiebungen geben, bis einer von uns tot ist. Oder wir beide. Damit komme ich klar.

Ich streiche mit dem Finger über meinen Handy-Bildschirm, und da ist eine Nachricht von ihm.

Solltest du vorhaben, mich zu
ghosten, kannst du dich auf ein
Pizza-Embargo gefasst machen.
Denn ich habe die Macht, dich in jedem
Pizzaladen der Stadt auf die
schwarze Liste setzen zu lassen.

Und dann:

Wir treffen uns am Brunnen.

Mir fällt wieder ein, wie sauer er gewesen war, als ich ihn geghostet hatte. Wie überrascht ich gewesen war, dass es ihn überhaupt gestört hatte. Dass ich so gar nicht an seine Gefühle gedacht hatte, als ich seine Nummer blockierte. Das kann ich ihm heute nicht schon wieder antun. Ich muss da jetzt durch. Nur das eine Mal. Danach lässt er mich dann vielleicht in Ruhe, und wir können wieder Fremde sein, und ich bleibe die Einsiedlerin aus der 155th Street.

Nur dieses eine Mal.

Ich schließe die Augen und wiederhole mein Mantra. Das Mantra, mit dessen Hilfe ich immer wieder auf den Boden der Wirklichkeit zurückkomme, wenn sich mein Herz anfühlt, als würde es so schnell schlagen, dass es davonfliegen könnte.

Meine Wangen sind real. Mein Kinn ist real. Meine Lippen sind real. Ich bin real.

Als ich noch ein Kind war und das Ganze anfing, da ging meine Mutter jedes Mal vor mir in die Hocke und bat mich, ihr Dinge im Zimmer zu zeigen. *Zeig mir etwas, das rosafarben ist, Bennet,* forderte sie mich auf. Und ich zeigte ihr etwas Rosafarbenes. *Zeig mir etwas, das blau ist.* Ich zeigte auf etwas Blaues. Am Ende wählte sie immer die Farbe, die ich gerade trug, damit ich wieder mit meinem Körper verbunden war. Über die Jahre hinweg entwickelte es sich langsam zu meinem Mantra. Es lindert meine Angst, wenn ich mir in Erinnerung rufe, dass ich nur ein Körper bin, ein Haufen Organe und Fleisch. Es bringt mich wieder ins Gleichgewicht. Normalisiert meine Atmung.

Als ich mit Sam zusammen war, wurde daraus *Erzähl mir was Gutes, Bennet.* Er lächelte dabei und legte seine Hand auf meinen Bauch. *Sonnenblumen,* sagte ich vielleicht. *Andys Jeansjacke. Spaghetti. Sommer.* Er zog mich dann an sich und vergrub sein Gesicht in meiner Halsbeuge. *Du,* flüsterte ich. *Du.*

Ich tauche in die Tiefen meines Kleiderschranks, bis ich Andys Jeansjacke gefunden habe. Sie ist damals zwischen meine Sachen geraten, als wir beide nach Sams Tod die Uni verlassen hatten. Keine von uns hatte wirklich darauf geachtet, was wir da packten, und ich habe sie all die Jahre wie einen kleinen Schatz aufbewahrt. Etwas von Andy, von dem ich nicht einmal weiß, ob sie es vermisst hat. Ich ziehe die Jacke über ein schlichtes T-Shirt und hoffe, dass ihre Kraft mir dabei hilft, das hier durchzustehen.

Ich schnappe mir meine Handtasche und bin zur Tür raus. Kein Rückzieher. Ich mache das jetzt.

#

Ich steige die Treppe aus der U-Bahn hinauf und bin auf der belebten West Forth Street. Da ich Henry nirgendwo entdecken kann, überquere ich die Straße, um in den Park zu gelangen. Ich beschirme für einen Moment die Augen im hellen Sonnenlicht mit den Händen und mache mich in Richtung des mächtigen gemeißelten Bogens am anderen Ende des Parks auf den Weg. Unterwegs weiche ich Karikaturkünstlern und vorbeirasenden Skateboardern aus. Als ich auf einen Fußweg mit Grün auf beiden Seiten gelange, spüre ich, wie mir ein Schweißtropfen über den Nacken läuft. Es ist heiß inmitten all dieser Körper. Ich kann mich einfach nicht daran gewöhnen, so viele Leute um mich zu haben. Wann immer möglich, bevorzuge ich einen Mindestabstand von einem Meter zu meinen Mitmenschen, was sich in dieser Stadt leider selten in die Tat umsetzen lässt.

College-Studenten sausen auf Scootern vorbei. An jeder Ecke stehen Straßenmusiker, die sich mit ihrer Musik in die Quere kommen. Eine Frau dirigiert einen Vogelschwarm im Wind, als wären die Tierchen ihr eigenes kleines Orchester. Ich komme an einer Bank vorbei, wo es eindeutig nach Urin riecht, und erreiche die große runde Freifläche im Park mit dem Brunnen und seiner Fontäne in der Mitte, die einen feinen Nebel über den ganzen Bereich legt. Der Brunnen besteht aus einer großen Schüssel, auf deren abgestuftem Innenrand Leute zeichnen, plaudern, sonnenbaden. Ein paar Kinder toben im Sprühregen herum, und aus dem Augenwinkel sehe ich einen schimmernden Regenbogen. Paare küssen sich, alte Männer spielen Schach, Frauen stillen ihre Babys. Ein Zauberer unterhält ein junges Paar. Ich schlängele mich durch die Menschenmassen, bis ich Henry sehe.

Er redet mit irgendeinem Typen, der auf dem Brunnenrand sitzt. Beide lachen. Der Typ hält ein Taschenbuch in der

Hand und hat seinen Zeigefinger als behelfsmäßiges Lesezeichen zwischen die Seiten geklemmt.

Henry, der Jeans und ein blaues T-Shirt trägt, lacht lauthals über irgendeinen Witz, den ich nicht hören kann.

Drei tiefe Atemzüge.

»Hey!«, rufe ich, als ich auf die beiden zugehe, und meine Stimme überschlägt sich dabei. Fängt ja toll an.

»Bennet!« Henry blickt auf, und da ist wieder dieses breite, strahlende Lächeln, bei dem sein Grübchen zu sehen ist. »Das hier ist Martin. Martin, das ist Bennet.«

»Freut mich, dich kennenzulernen«, sage ich und versuche, mir meine Nervosität beim Sprechen nicht anmerken zu lassen.

»Ganz meinerseits.« Martins rauchige Stimme passt so gar nicht zu seinem Aussehen. Er trägt ein farbenfroh kariertes Hemd zu einer Kakihose und sitzt mit übergeschlagenen Beinen da.

»Prima …«, sagt Henry und schaut auf seine Uhr. »Wir müssen dann auch los. Lass uns doch mal ein Bier zusammen trinken.«

Verdammt. Er kommt nicht mit uns. Ich hatte auf einen Puffer gehofft. Henry schüttelt Martin die Hand und wendet sich mir zu.

»Bereit?« Sein zerzaustes Haar bewegt sich im Wind. Da ist ein erwartungsvolles Funkeln in seinen Augen, so als liege ihm etwas auf der Zunge.

»Nein.«

Henry verdreht die Augen und lächelt. »Ach, komm schon.«

Ich kann kaum mithalten, als ich ihm durch das Gedränge folge. Sein Tempo liegt irgendwo zwischen Spaziergang und Jogging.

»Hey!«, rufe ich, in der Hoffnung, ihn zu bremsen.

Mein Plan funktioniert. Henry bleibt kurz stehen und blickt sich zu mir um.

»War das eben ein Freund von dir?«

»Vielleicht wird er ein neuer Freund von mir.« Er setzt sich wieder in Bewegung, aber dieses Mal schaffe ich es, mitzuhalten.

»Was soll das heißen?«

»Ich hatte gesehen, dass er einen Lieblingsroman meines Vaters liest, und ihn gefragt, wie er ihm gefällt. Und irgendwie fingen wir an zu quatschen. Seine Freundin hat ihn vor Kurzem sitzen lassen und ist letzte Woche zu seinem besten Freund gezogen. Martin unterrichtet am Brooklyn College.«

»Du hast ihn einfach … angequatscht?« Schräg.

Er zuckt mit den Schultern. »Ja.«

»Und er hat dich nicht für verrückt gehalten?«

Er weicht einer Frau aus, die mit einem Kinderwagen unterwegs ist. »Wieso sollte er?«

Langsam gerate ich auf unserer Speed-Walking-Tour durch den Park ein wenig außer Atem. »Ist das ein Hobby von dir? Dich mit Leuten zu unterhalten wie ihm … und *mir*?«

»Könnte man so sagen«, erwidert er mit einem Grinsen.

»Warum?«

»Du weißt schon, was ich darauf antworten werde.« Er streckt seine Arme wie eine Katze über den Kopf, und ich vernehme ein leises Knacken der Wirbel. »Warum denn nicht?«

»Ich finde das schon etwas seltsam.«

»Was soll ich sagen? Ich mag Menschen. Ist doch kein Verbrechen.« Er schaut vor dem Überqueren der Straße nach links und rechts. »Das war schon immer so. Ich rede gern mit ihnen, höre ihnen gern zu und fotografiere sie gern.«

»Klingt wie *Humans of New York* – bloß mörderischer. Was übrigens tatsächlich ein Verbrechen ist.«

»Ich folge ihnen auch gern nachts nach Hause. Verstecke

sie in meinem Keller. Und ich mag auch den Geschmack von Menschenfleisch. Ganz normale Sachen eben.« Er lacht.

»Serienkiller können unglaublich charmant sein, also tust du dir gerade keinen Gefallen.«

»Ach«, sagt er mit hochgezogener Augenbraue. »Du findest mich also charmant.«

»Iiih«, stöhne ich unwillkürlich. »Da hast du dir wohl den falschen Teil rausgepickt. Meine Behauptung bezog sich auf *Serienkiller*!«

»Schon gut. Dann verschieben wir die Besichtigung meiner Folterkammer eben auf später. Du bist ganz offenbar noch nicht so weit.«

Es gelingt mir nicht, ein kleines Kichern zu unterdrücken, obwohl ich es krampfhaft versuche.

»Wohin gehen wir?«, sage ich hastig mit ausdrucksloser Stimme, um der Alberei ein Ende zu bereiten.

Henry bleibt vor einer verwitterten Ladenfront stehen. »Hier rein.«

Die bröckelige Backsteinfassade ist schwarz gestrichen. Kletterpflanzen kriechen daran entlang wie Gartenschlangen. Ich erblicke zwei spritz-lackierte Vögel rechts und links von einem Schild auf dem *The Raven Tattoo-Studio* zu lesen steht.

»Oh Gott, bloß nicht.« Mir bleibt vor Schreck fast das Herz stehen. »Nein, nein, nein, nein, nein.« Das Wort *nein* hallt in meinem Kopf wider und ergießt sich aus meinem Mund wie ein unwillkürlicher Zwang. »Bist du irre? Ich werde mir auf gar keinen Fall ein Tattoo stechen lassen!«

Henry fängt an zu lachen. Wie schön, dass er das lustig findet. Dabei hatte ich doch tatsächlich gehofft, dass das hier kein Fehler sein würde, dass er möglicherweise etwas total Normales vorschlagen und ich heute einmal ausnahmsweise zwei Stunden haben würde, in denen ich mir nicht wie eine totale

Enttäuschung für die menschliche Rasse vorkäme. Aber nein, Henry möchte offenbar sehen, wie ich mich herauswinde. Sein Lachen brennt auf meiner Haut.

»Das hier war eine blöde Idee«, sage ich. Ich entferne mich hastig ein paar Schritte und verziehe mich in eine schattige Ecke in der Nähe des Eingangs, wo ich mir Luft zufächele – ganz das Tableau einer schockierten Dame aus den historischen Liebesromanen, die meine Mutter so gern liest.

»Hey, hey, hey!« Henry ist mir gefolgt, verschränkt die Arme vor der Brust und lehnt sich gegen die Wand. »Was ist denn los?«

»Wo soll ich anfangen? Erstens: Sich ein Tattoo stechen zu lassen, ist keine Passion. Das kann ich doch nicht zum Beruf machen. Zweitens: Du musst total verrückt sein, zu glauben, dass ich mir eins mit *dir* stechen lassen würde. Und drittens: Ich kann so was nicht einfach aus einer Laune heraus machen. So was will geplant und gut durchdacht sein. Also, vielen Dank für deinen Versuch, mich in Verlegenheit zu bringen, aber daraus wird nichts.«

Henry lacht etwas unbeholfen und weicht ein paar Schritte zurück. »Also, erstens weißt du doch noch gar nicht, was wir hier machen, also flipp nicht aus, bevor es überhaupt einen Grund zum Ausflippen gibt.« Seine Augenbrauen wandern in die Höhe. »Und zweitens erwarte ich natürlich nicht von dir, dass du dir heute ein Tattoo stechen lässt. Glaubst du, ich bin wahnsinnig?«

»Ein bisschen schon, ja.«

»Und drittens habe ich dir meine Hilfe angeboten, damit du deine Passion findest. Nicht etwa deinen Traumjob. Das sind zwei Paar Schuhe. Und auch wenn ich kein viertes benötige, aber du hast mir gestern erzählt, dass du früher gern gezeichnet hast. In diesem Laden findet jeden Samstag ein Tattoo-Workshop statt. Sie bringen einem bei, wie man mit den Nadeln umgeht, und man kann an einer Honigmelone üben.«

»Oh.« Ich verschränke die Arme und runzele die Stirn.

Er schaut mich an, als stünde ich auf dem Fenstersims eines Hauses und er würde versuchen, mir auszureden hinunterzuspringen. »Es ist bloß ein Workshop«, sagt er lächelnd. »Wir lassen es langsam angehen. Aber wenn du keine Lust dazu hast, dann müssen wir es nicht tun.«

Ich glaube ihm. Er wird mich nicht zwingen.

»Henry«, sage ich verlegen. »Ich verstehe wirklich nicht, warum du das für mich tust.«

»Also, es wird garantiert keinen Spaß machen, wenn du mich das immer wieder fragst. Lass dich einfach darauf ein.«

Ich sinke in mich zusammen. *Lass dich einfach darauf ein.*

»Ich bin nicht besonders gut darin, Freundschaften zu schließen. Bin ein bisschen aus der Übung.«

»Du machst das prima.«

»Stimmt nicht.« Ich lasse meine Arme sinken. »Das wird wohl doch alles etwas schwieriger werden, als ich es mir vorgestellt habe.«

»Ach was«, sagt er kopfschüttelnd. »Ich glaube, du verkomplizierst die Sache. Entspann dich.«

»Hat dir noch keiner gesagt, dass man einer Frau niemals raten sollte, sich zu entspannen?«

»Ja, ja, aber ich hätte schon Bock auf diesen Workshop und fände es irgendwie gut, wenn du mitmachen würdest …« Er sieht mich mit Dackelblick an.

Ich seufze. Wie könnte ich da Nein sagen? »Okay.«

»Super.« Da ist wieder dieses verdammte Grinsen, als er zum Eingang hinüberdeutet. »Sollen wir dann?«

#

Das Tattoo Studio ist klein, düster und wirkt ein wenig schmuddelig. Der Klang von Rockmusik und das Surren der Tätowiermaschinen erfüllen die Luft. Bilder von nackten Frauen, Ankern, Totenköpfen und Blumen bedecken die Wände. Ich stelle mir Henry hier drin vor, wie er auf eines der Motive zeigt und auf einem dieser Stühle sitzt. Es ist mir immer noch nicht gelungen, einen Blick auf sein Tattoo zu erhaschen, und es gefällt mir gar nicht, dass ich so neugierig darauf bin.

Henry winkt einer Frau zu, die einem großen Mann in einem weißen Tanktop einen Drachen tätowiert.

»Henry«, sagt sie mit einem breiten Lächeln. »Ich bin hier fast fertig, geh schon mal runter zum Rest der Gruppe.«

»Danke, Kira.« Er geht zielstrebig weiter, ruft ihr noch zu: »Das ist übrigens Bennet.«

»Freut mich«, sagt Kira.

Henry führt mich durch den Laden eine Treppe hinunter und durch eine Tür in einen schmalen Raum, der wie ein Schullabor aufgebaut ist: sechs breite Labortische und eine Tafel vorn. Auf jedem Labortisch liegen zwei Melonen und zwei in Plastik verpackte Sätze scheinbar chirurgischer Instrumente. Einige Leute haben bereits an den Tischen Platz genommen und unterhalten sich.

Henry und ich setzen uns an den letzten Tisch hinter eine Gruppe Mädels, die alle eine rosa Schärpe tragen (vermutlich ein Junggesellinnenabschied). Das ist ein guter Platz für mich. In den hinteren Reihen fühle ich mich immer am wohlsten.

»Du hast dir hier also schon ein Tattoo stechen lassen?«, frage ich ihn.

»Ja«, erwidert er, ohne mir besagtes Tattoo zu zeigen, was mich ärgert. Ich habe keine Ahnung, warum ich derart krankhaft neugierig bin, aber es nervt mich, dass ich es mir nicht anschauen kann. Ich bin mir nicht sicher, ob es überhaupt zum guten Umgangston gehört, sich nach Tattoos zu erkundigen, und da er mir keinen Blick darauf anbietet, halte ich lieber den Mund. »Kira ist toll. Meine Freundin Sarah hat sie mir empfohlen, als ich aus Denver zurückkam.«

Sarah. Er hatte schon einmal eine Sarah erwähnt. »Sarah, die Barkeeperin?«

»Oh ja, ich hatte ganz vergessen, dass du ihr ja schon begegnet bist«, sagt er mit einem aufreizenden Lächeln. »Unser Manager hat ihr nach deinem Besuch ziemlich die Hölle heißgemacht wegen dieses Malheurs mit dem Rotwein.«

»Oh Gott«, ich halte mir die Hände vors Gesicht. Spüre, wie ich rot werde. »Ich bin in deinem Restaurant vermutlich jetzt als wandelnde Katastrophe bekannt.«

»Das war nur ein Scherz«, sagt er unbeschwert. »Ist aber verdammt leicht, dich aufzuziehen!«

Ich nehme meine Hände vom Gesicht und reibe mir stattdessen die Schläfen. »Ich trinke auch normalerweise nicht so viel.«

Er trommelt mit den Fingern auf dem Tisch. »Ist schon okay. Keiner hat es merkwürdig gefunden. Wir haben doch alle schon solche Abende gehabt. Zwar meistens in einem Club oder auf einer Party und nicht in einem italienischen Restaurant, aber hey, jedem das Seine.«

»Halt die Klappe.«

»Siehst du?« Er lächelt. »Leicht aufzuziehen.«

Kira stürmt auf der Rückseite des Raumes zur Tür herein. Sie trägt ein Racerback Tank Top, schwarze Jeans und dicke schwere Stiefel. Fast jeder sichtbare Zentimeter ihrer Haut ist mit Tattoos bedeckt. Auf ihrem Schlüsselbein prangt das Gesicht einer Frau, der Tränen über die Wangen laufen. Auf ihrer Schulter erblicke ich ein Porträt von Edgar Allan Poe. Daher stammt wahrscheinlich auch der Name des Ladens. The Raven – der Rabe. Sie trägt buchstäbliche eine Darstellung dessen, was sie ausmacht, auf ihrer Haut. Es sagt mir, dass sie weiß, wer sie ist, und dass sie den Mut und die Furchtlosigkeit besitzt, ein Statement abzugeben, wie stolz sie darauf ist, Kira zu sein.

Was sagen mein schlichtes T-Shirt und meine Jeansjacke dagegen über mich aus? Wenig bis gar nichts.

Sie zeigt uns Diagramme von Tätowierpistolen und erklärt genau, wie sie funktionieren. Dann hält sie ihre eigene Tätowierpistole in die Höhe und demonstriert, wie man sie anstellt. Wir folgen ihrem Beispiel mit den Pistolen an unseren Tischen. Unverzüglich setzt ein Chor surrender Maschinen ein und bringt meine Trommelfelle zum Vibrieren.

»Bevor es weitergeht«, sagt Kira und legt ihre Pistole zur Seite, »müssen wir aber erst noch lernen, wie man die Tattoo-Vorlage erstellt.«

Sie zeigt uns an der Tafel Schritt für Schritt, wie man das Logo des Ladens – den Raben – zeichnet. Als sich die Workshop-Teilnehmer unbeholfen daran versuchen, den kleinen schwarzen Vogel mit einem Stift auf Papier nachzuzeichnen, sorgt das für Gesprächsstoff, und es bricht hier und da Gelächter aus.

»Wie klappt's bei dir?« Henry lehnt sich zu meinem Platz herüber, um mein Werk zu betrachten.

»Hier wird nicht geschummelt«, erwidere ich und verdecke das Blatt mit meinem Unterarm.

»Es ist schlichtweg unmöglich zu schummeln«, sagt er und zupft an der Ecke meines Blatts. »Wir machen doch hier alle das Gleiche.«

Ich ziehe das Blatt zu mir. »Pfoten weg«, brumme ich.

»Also, wenn du mir deins nicht zeigst, dann zeige ich dir

auch nicht meins. Und das willst du wirklich sehen, das kannst du mir glauben. Es ist vermutlich ein Meisterwerk.«

»Also schön«, schnaube ich. Ich bin tatsächlich neugierig. »Auf drei. Eins, zwei, drei.«

Wir halten unsere Zeichnungen vor unserer Brust in die Höhe.

»Oh mein Gott«, entschlüpft es mir. Henrys Zeichnung ist furchtbar. Wirklich furchtbar. Eine schreckliche Kritzelei. Ich kann mir mein Lachen nicht verkneifen. »Das ist echt unfassbar schlecht«, keuche ich.

»Wie bitte?« Er betrachtet sein Werk mit gerunzelter Stirn. »Das ist … abstrakte Kunst.«

Ich lache, dass mir die Tränen kommen. »Das sieht aus, als hätte es ein vom Teufel besessenes Kleinkind mit verbundenen Augen gezeichnet.« Ich schnappe nach Luft. »Nein, warte. Das sieht aus, als sei jemand auf einen Vogel getreten und hätte dann versucht, ihn aus dem Gedächtnis wieder zusammenzusetzen.«

»Du bist so was von gemein«, entgegnet er, muss dann aber auch lachen.

»Henry, der Vogel ist echt abartig.«

Er dreht das Blatt zu sich, betrachtet es zum ersten Mal eingehend und bricht beim Anblick des Monsters in Gelächter aus.

Kira steuert auf unseren Tisch zu. Wir versuchen, unser Lachen vor der Lehrerin zu unterdrücken. »Was gibt es denn hier so Komisches?«, erkundigt sie sich mit einem aufgesetzten Lächeln, wirkt ein wenig verärgert.

»Eigentlich nichts. Ich habe bloß ein Tor zur Unterwelt gezeichnet«, erwidert Henry.

Kira lehnt sich über seine Schulter, um seine Zeichnung besser anschauen zu können, und legt ihre Hand auf seinen oberen Rücken.

»Ist doch gar nicht so schlecht«, sagt sie und tätschelt ihn zwischen den Schulterblättern. »Versuch es weiter, du wirst besser werden.« Sie schenkt ihm einen Blick, der eindeutig in Richtung Flirten geht. Mich ignoriert sie und geht weiter zum nächsten Tisch.

»Wie wird man denn so schnell Lieblingsschüler?«, frage ich mit hochgezogener Augenbraue.

»Ich kann doch nichts dafür, dass sie ein wahres Genie erkennt.«

»Klar.« Ich verdrehe die Augen. »Als ob sie an deiner *Kunst* interessiert wäre.«

»Ist doch nicht meine Schuld, wenn du auf mein Talent eifersüchtig bist. Ich finde, jemand sollte sich das hier als Tattoo stechen lassen. Wenn du Bock darauf hast, lege ich gleich los – ein Wort von dir genügt.«

»Niemand würde diese Zeichnung jemals als *Ist doch gar nicht so schlecht* bezeichnen, außer jemand versucht, dich ins Bett zu kriegen.«

»Dann sollte ich mir angesichts deines Kommentars – ich zitiere *echt unfassbar schlecht* – wohl keine Hoffnungen machen.«

Ich schlucke meine Antwort herunter. Das hier geht definitiv zu sehr Richtung Flirten, und ich bin dringend bemüht, das Thema zu wechseln. »Yep«, murmele ich nur und beuge mich wieder über meine Zeichnung. Henry folgt meinem Beispiel, und wir zeichnen eine Weile schweigend vor uns hin.

Dann ist endlich die Melone an der Reihe. Kira weist uns an, erst mit geraden Linien und mit Kringeln zu beginnen, ehe wir uns am Vogeltattoo versuchen.

Bei meinem ersten Versuch richte ich ein Honigmelonenschlachtfest an. Hätte ich menschliche Haut tätowiert, wäre dieser bedauernswerte Mensch nun auf dem Weg ins Krankenhaus. Der klebrige Saft läuft mir über die Hände, und ich lege die Pistole zu Seite, wische ihn an meiner Jeans ab und beobachte Henry bei der Arbeit, der gar nicht so schlecht ist. Es mag ihm an künstlerischen Fähigkeiten mangeln, aber er hat eine ruhige, sanfte Hand.

Am Ende des Workshops haben wir alle eine kleine Melone, die aussieht wie Vin Diesels Kopf, wenn er mit Rabentattoos bedeckt wäre. Ehrlich gesagt bin ich beeindruckt von mir. Die meisten Leute werfen ihre Melonen auf dem Weg nach draußen in den Mülleimer, aber ich behalte meine. Mir ist klar, dass sie rasch verderben wird, aber ich kann mich noch nicht von ihren wundervollen Unvollkommenheiten trennen, die ich selbst geschaffen habe. Vielleicht werde ich ihre verunstaltete Schale noch tagelang anstarren.

Henry und ich spazieren in aller Ruhe am Rande des Parks zur U-Bahn-Station. Die Bäume und ein mit Kletterpflanzen bedeckter schmiedeeiserner Zaun, der entlang des Weges verläuft, verdecken die Sonne und spenden einen fleckigen Schatten. Ich atme den rauchigen Duft von Sabrett-Hotdogs ein, der von einem Handwagen herüberzieht, und lausche den gedämpften Klängen einer karibischen Steeldrum, die aus irgendeiner Ecke im Park ertönt. In Momenten wie diesen, wenn man dem Chaos bestimmter Gegenden in New York entkommen kann, aber immer noch nahe genug ist, um es zu hören und zu riechen, dann mag ich die Stadt am liebsten. Es ist so, als würde man dem Ozean durch eine Muschelschale lauschen, als würde man die Augen schließen und den Duft frisch gebackener Plätzchen einatmen. Ein Moment zwischen dem wirklichen Leben und einem Traumzustand. Das hat fast etwas Hypnotisches.

Henry wirft seine Melone zwischen den Händen hin und her.

»Und?«, sagt er fragend wie ein Kind, das darauf wartet, gelobt zu werden. »Hat es dir Spaß gemacht?«

Ich verziehe stirnrunzelnd das Gesicht, versuche, ihm nicht die Genugtuung eines Lächelns zu geben. »Es war ganz okay.«

Er klemmt sich die Melone unter den Arm. »Ach, komm schon. Du hast doch jeden Moment genossen!«

»Du wirst es nie erfahren.«

»Aus dir wird vermutlich keine Tattookünstlerin werden, aber es war wenigstens ein kleines Abenteuer.«

»Das war es«, gebe ich zu, drehe die Melone in meinen Händen, betrachte die Linien und Formen. »Danke, dass du … dass du mich dazu überredet hast.«

»Ach was«, sagt er und winkt ab. »Du hättest das auch ohne mich gemacht.«

Hätte ich nicht, aber ich lasse ihn in dem Glauben.

»Bis zum nächsten Mal?«

Er setzt zu einer Umarmung an, aber ich strecke ihm rasch meine klebrige Hand zum Schütteln entgegen. Er neigt lächelnd den Kopf zur Seite.

»Okay«, sage ich. »Bis zum nächsten Mal.«

KAPITEL 9

Seit ich das letzte Mal mit Henry gesprochen habe, ist beinahe eine Woche vergangen. Am Sonntag hatte mich die Zeitarbeitsfirma zu einem Einsatz vor dem Flatiron Building geschickt, wo ich im strömenden Regen Zeitschriften verteilen durfte. Montag war es ein Essen im NYAC zu Ehren ihrer Mitglieder im Ruhestand. Dienstag, Mittwoch und Donnerstag erneut gemeinsame Einsätze mit Sal in der Bibliothek, was uns zum heutigen Tag bringt. Eine weitere Schicht im NYAC, und dann habe ich das Wochenende frei, um mir *Criminal-Minds*-Folgen anzusehen. Zwei ganze Tage, an denen nichts geplant ist.

Mein Handy brummt in meiner Gesäßtasche und hört nicht wieder auf, was seltsam ist, da mich heutzutage kaum noch jemand anruft. Ich öffne den Bildschirm und atme tief durch, als ich sehe, dass es meine Mutter ist. Ich schlucke und räuspere mich, um gleich gut gelaunt und fröhlich zu klingen. Für meine Eltern lebe ich hier in New York meinen Traum und bin glücklich und zufrieden.

»Hallo«, sage ich mit einer Stimme, die ein bisschen zu hoch ist, um natürlich zu klingen.

»Hallo, mein Engel!« Im Hintergrund ist leise Musik zu hören – vermutlich kocht sie gerade.

»Hallo, Mom, ich kann gerade nicht. Ich arbeite.«

»Das sagst du jedes Mal, wenn ich anrufe.« Durch das Telefon ist das Geräusch des Mixers zu hören. Also kocht sie nicht, sondern bereitet gerade einen Smoothie für meinen Vater zu. »Ich wünschte, du würdest dich öfter melden.«

»Ich weiß«, sage ich und marschiere vor der Laderampe des NYAC auf und ab. »Ich habe nur gerade ziemlich viel um die Ohren«, lüge ich. »Können wir uns später unterhalten? Ich muss jetzt wirklich Schluss machen.«

»Natürlich«, sagt sie mit einem sorgenvollen Unterton in der Stimme. »Pass auf dich auf. Ich hab dich lieb.«

»Ich dich auch«, sage ich rasch, lege auf und nehme einen tiefen Atemzug – durch die Nase ein und durch den Mund wieder aus.

Ich denke an das schreckliche Jahr daheim zurück, nachdem ich das College geschmissen hatte und bevor ich nach New York gezogen war. Meine Mutter war furchtbar besorgt um mich gewesen. Ich wollte nichts essen. Weil das Essen seinen Geschmack verloren hatte, und außerdem behielt ich ohnehin nichts bei mir. Ich schaute nicht fern, las keine Bücher und scrollte auch nicht durch Instagram. Ich existierte. War katatonisch. Sonya kam ein paar Mal vorbei. Vermutlich dachte meine Mutter, dass ihre Anwesenheit mich dazu bewegen würde, mein Zimmer zu verlassen, aber ich verkroch mich nur noch mehr.

Eines Abends saß meine Mutter auf meiner Bettkante und schluchzte, flehte mich an, mir von ihr helfen zu lassen. Aber da war nichts mehr übrig, dem sie helfen konnte. Ich war kein Mensch mehr. Hatte kein Interesse daran, dass es mir besser ging.

Ich vermag meiner Mutter nicht zu sagen, dass ich mich immer noch wie damals zu Hause im Bett fühle, still daliege und das Leben verpasse. Ich bin mir nicht sicher, ob sie es ertragen würde, wenn ich es täte.

Ich vermisse meine Eltern, aber es ist besser so mit diesen Fake-Anrufen und einem gelegentlichen Schnappschuss von Sonya und mir, auf dem wir normal und glücklich aussehen, als wäre alles *prima*. Es ist besser, wenn sie die Wahrheit nicht kennen.

Ich bleibe noch einen Moment an der Laderampe des NYAC stehen. Mir graut vor dieser Schicht. Vielleicht liegt es daran, dass Mr. Kirk ein solches Arschloch ist oder die Vorstellung von einem Haufen alter Männer, die mich für einen Klecks Mayonnaise wie eine Verrückte durch den ganzen Laden rennen lassen, oder vielleicht bin ich es auch leid, unsichtbar zu sein. Manchmal kehre ich von diesen Einsätzen mit dem gruseligen Gefühl zurück, dass ich eigentlich gar nicht existiere, lediglich ein Produkt meiner Einbildung bin, dazu da, um zu lächeln und zu bedienen.

Bedauerlicherweise hänge ich daran fest, denn man verdient verdammt gutes Geld dabei, das ich dringend brauche. Ich ziehe meinen weinroten Blazer und meine Fliege an. Mein heutiges Namensschild lautet *Brad*. Wenigstens ist weit und breit keine Spur von Kirk. Vielleicht hat er heute Abend frei.

Ich greife mir ein Tablett mit Krabbencocktails und mache mich auf zur Party auf der Dachterrasse. Die Gäste haben sich alle an den Black-Tie-Dresscode gehalten: Die Männer tragen Smoking, die Frauen bodenlange Abendroben oder elegante Cocktailkleider. Alle duften nach Zitronenparfum und Lavendelseife und sehen aus, als würden sie sich die Zähne mit Mineralwasser putzen. Ich bekomme diese Seite New Yorks immer nur durchs Vergrößerungsglas zu sehen, ohne wirklich selbst Teil davon zu sein.

Nachdem ich gefühlt stundenlang Shrimps angeboten habe, nehmen die Gäste die Plätze an ihren zugewiesenen Tischen ein. Ich gehe mit einer großen Wasserflasche, die von einer weißen Serviette umhüllt ist, von Tisch zu Tisch und fülle Gläser nach, bis eine Frau in einem stahlblauen Hosenanzug behutsam meinen Ellenbogen umfasst und mich aus dem Speiseraum zieht.

»Darling«, sagt sie auf eine Weise, die mir sagt, dass sie aus den Südstaaten stammt. »Ich muss Sie um einen Gefallen bitten.«

Meine Hand, die den Flaschenhals stützt, beginnt zu schwitzen.

»Es ist mir peinlich, Sie danach zu fragen, aber haben Sie zufällig einen Tampon für mich?« Sie wirft einen nervösen Blick zu ihrem Tisch hinüber. Sie ist mindestens vierzig und wohl zu verlegen, um eine ihrer piekfeinen Freundinnen zu fragen.

»Ich darf den Speiseraum nicht verlassen«, erwidere ich und beiße mir dabei auf die Lippe.

»Bitte …« Sie verlagert ihr Gewicht in ihren Kitten Heels von einem Fuß auf den anderen. »Es ist ein Notfall.«

Ein kalter Wassertropfen läuft mir in den Ärmel hinein, als ich mich daran erinnere, wie mich Kirk zusammengestaucht hatte. »Ich könnte Ärger bekommen.«

Sie zieht die Augenbrauen zusammen, und ihre Stirn legt sich in Falten, als sie zu ihrem Tisch zurückblickt. »Ich soll einen Toast aussprechen.«

Vielleicht bin ich versucht, ihr zu helfen, weil sie der erste Gast ist, der mit mir spricht, oder weil ich es leid bin, Wasser und Wein auszuschenken. »Ich glaube, ich habe einen in meiner Handtasche, aber dazu müsste ich nach unten laufen. Können Sie hier warten?«

»Großartig!«, sagt sie und scheint etwas von ihrer Anspannung zu verlieren. »Ich werde mich nicht von der Stelle rühren.«

»Fünf Minuten«, rufe ich ihr noch zu, als sich die Türen des Personalaufzugs hinter mir schließen. Es dauert eine ganze

Weile länger als fünf Minuten, um nach unten in den Keller zu gelangen und mich durch den Inhalt meiner Handtasche zu wühlen, aber ich finde, wonach ich suche, und mache mich wieder auf den Weg nach oben. Ich drücke den Aufzugknopf, aber nichts rührt sich. Die Anzeige über der Tür sagt mir, dass er sich im fünften Stock befindet.

Es sind jetzt schon zehn Minuten.

Ich habe nicht die Zeit, hier zu warten.

Die Treppen in diesem Gebäude sind wie ein Leiterspiel. Man verläuft sich leicht, aber wenn ich einfach immer weiter hinaufsteige, müsste ich irgendwann die Lounge auf dem Dach erreichen, wo die Veranstaltung stattfindet. Ich mache mich also auf den Weg nach oben, immer weiter und weiter hinauf, bis ich zu einer Tür komme, die mich zu einer mit Teppich ausgelegten Treppe führt. Ich steige die Stufen hinauf, bis ich wieder die Musik von der Party höre. Mein Herz hämmert, meine Oberschenkel brennen, und ich bin völlig außer Atem. *Verdammt, Bennet, wäre es wirklich so furchtbar, hin und wieder mal etwas Sport zu machen?* Ich finde mich wieder zurecht, als ich den vertrauten Türdurchgang erblicke, der zum Dach hinaufführt. Meine Hand hat beinahe die Klinke erreicht, als mich von hinten jemand an der Schulter packt und unsanft umdreht.

Mr. Kirk.

Er schaut mich mit seinen bösen, kleinen Schlangenaugen an. »Wieso sind Sie nicht im Speiseraum?«, fragt er mit näselnder, scharfer Stimme.

»Da wollte ich gerade hin«, erwidere ich und versuche wegzuhuschen.

Er schneidet mir den Weg ab. »Fredo hat gesagt, dass Sie vor einer Viertelstunde aufgehört haben, Wasser zu servieren. Das ist inakzeptabel.« Er tut so, als wäre es gleichbedeutend mit einem Schlag ins Gesicht, wenn irgendein Reicher nicht schnell genug sein Mineralwasser bekommt.

»Ein Gast hatte mich gebeten, etwas für sie zu tun«, erklärte ich und schiebe den Tampon in meinen Ärmel.

»Und was war so wichtig, dass Sie den Raum verlassen haben?«

»Eine Frauensache.«

»Wieso sind Sie damit nicht zu mir gekommen?« Er stemmt die Hände in die Hüften. Erinnert mich an einen Cartoon-Paperclip mit großen, hervorquellenden Augen.

Weil ich die nette Dame in dem coolen Hosenanzug nicht in Verlegenheit bringen wollte und alle anderen vom Personal Cis-Männer sind.

»Entschuldigen Sie, ich war davon ausgegangen, dass sie keinen Reserve-Tampon in der Tasche haben, Mr. Kirk«, erwidere ich kühl.

Er presst die Lippen aufeinander und funkelt mich an. *Das hätte ich besser nicht sagen sollen.*

»Ich werde mich bei Carlyle über Sie beschweren.«

Mein Herzschlag setzt für einen Moment aus, und ich ändere sogleich meine Taktik und bettele um Gnade. »Das wird nicht noch einmal passieren. Wirklich, Sir, ich schwöre es.« Ich hasse mich dafür, dass ich ihn anflehe und mich nicht wehre, aber ich brauche diesen Job, egal was für ein Blödmann Mr. Kirk auch ist. »Bitte, Sir.«

»Das hier ist die zweite Warnung, Bennet. Bei der dritten werden wir Sie nicht mehr anfordern.«

»Die zweite Warnung? Wann hatte ich denn die erste?«

»Letzte Woche, als Sie zu spät dran waren«, knurrt er.

»Ich war nicht zu spät dran! Ich war hier …«

»Soll ich vielleicht schon jetzt eine dritte Warnung aussprechen? Denn mir gefällt Ihre Einstellung ganz und gar nicht.«

»Nein, es … es tut mir leid. Bitte.« Ich hole tief Luft. »Ich brauche diesen Job.« Ich darf nicht schon wieder bei irgendetwas versagen.

Kirk knirscht mit den Zähnen und blickt mit zusammengekniffenen Augen auf mich herab. Zieht eine Show ab und lässt sich alle Zeit der Welt, darüber nachzudenken, was er mit mir machen soll. Endlich sagt er: »Dass das nicht noch mal vorkommt!«

Ich nicke. »Wird es nicht.«

Er dreht sich auf dem Absatz wie ein Kreisel und läuft die Treppe hinunter Richtung Küche.

Verdammter Mistkerl.

#

Ich zerre mir die Fliege vom Hals, entledige mich des hässlichen weinroten Blazers und stürme zur Tür hinaus in die kalte Nachtluft. Was hätte ich denn seiner Ansicht nach tun sollen? Die arme Frau vor aller Augen bluten lassen?

Wann immer ich in der Schule derart wütend wurde, gingen Sam, Andy und ich zum Schlagkäfig. Ich war nicht unbedingt gut darin, einen Baseball zu treffen, aber ich fühlte mich immer besser, wenn ich einen Schläger in der Hand hielt und auf etwas einschlug. Andy erklärte mir, dass es gesund sei, seine Wut rauszulassen, anstatt sie in sich hineinzufressen. Sam war immer für uns da, wenn wir einen Werfer benötigten. Er wurde nie böse oder sauer, sondern war immer freundlich, besonnen und vernünftig. Ein Problemlöser.

Andy war echt schlecht im Baseball. Das liebte ich so an ihr – dass jemand, der in allem so gut zu sein schien, nicht in der Lage war, einen Ball mit einem Schläger zu treffen, egal wie leicht auch die Bälle waren, die Sam warf. Ich genoss es, etwas zu haben, womit ich sie aufziehen konnte, auch wenn es sie wahnsinnig machte. Unser einziger echter Streit, bevor das mit Sam geschah, fand an einem dieser Abende statt. Andy schaffte es nicht, den Ball zu treffen, egal wie oft sie es auch versuchte, und sie bestand darauf, dass wir so lange blieben, bis es ihr gelang. Sam und ich waren erschöpft und versuchten, sie zu überzeugen, es dranzugeben, woraufhin sie ausrastete und uns anschrie, dass wir nicht mehr auf ihrer Seite wären, Sam und ich sie ausschließen würden. Es war wie ein Schock für mich. Ich hatte immer den Eindruck gehabt, dass Andy unsere Beziehung befürworten würde, aber ich war mit Andy befreundet, bevor ich mich in Sam verliebte. Sie hatte uns einander vorgestellt. Wir schrien uns an, bis Andy davonstürmte, und Sam fuhr mit mir schweigend zu seiner Wohnung.

Als ich am nächsten Tag die Tür von Sams Apartment öffnete, um zur Vorlesung zu gehen, lag da ein Baseball auf der Fußmatte. Ich hob ihn auf, drehte ihn und erblickte die mit rotem Filzstift geschriebenen Worte *Sorry! Hab dich lieb.* Das wurde zwischen Andy und mir zu einer Art weißer Flagge – jedes Mal, wenn wir uns stritten oder uns entschuldigen wollten, legten wir den Ball heimlich irgendwohin, wo ihn die andere finden würde, und schon war alles wieder gut. Vergeben und vergessen. *Sorry! Hab dich lieb.*

Unser Sorry-Ball funktionierte, bis ich alles total vermasselte und nun nicht einmal mehr weiß, wo der blöde Baseball eigentlich abgeblieben ist.

Da ich am Columbus Circle gerade keinen Schlagkäfig zur Verfügung habe, beschließe ich, etwas durch die Gegend zu laufen, um Dampf abzulassen. Ich gehe an Müllhaufen vorbei, an einem Mann, der leere Limonadenflaschen in großen Plastiktüten sammelt, einer Frau, die einen Einkaufstrolley hinter sich herzieht. Ich rieche das süße Zimtaroma der gezuckerten Nüsse von den Rollwagen der Straßenhändler. Ich laufe an einem Mann vorbei, der an einem Stand Shirts mit Graffiti-Mustern zusammenpackt, an einem Kind, das mit Leuchtstäben spielt. Laufe am Lincoln Center vorbei.

Es ist, als würde alles zusammenkommen, diese ganze innere Anspannung wegen meiner beruflichen Sackgasse, wegen Andy, Sam, Sonya und Mr. Kirk. Ich bin einfach so verdammt *frustriert*. Weil Andy es geschafft hat, Dinge hinter sich zu lassen. Sonya versucht hat, mich zu verkuppeln, obwohl ich noch nicht dazu bereit gewesen war. Sam gestorben ist. Und ich bin frustriert, was mich selbst angeht, wegen … wegen einfach allem.

Wenn ich es mir recht überlege, bin ich auch frustriert, weil Henry zu glauben scheint, dass es so einfach sein wird, mein Leben und mich gleich dazu in Ordnung zu bringen. Dass es so einfach sein wird, eine Passion zu finden und mein Leben umzukrempeln.

Ich gehe an einem schlafenden Mann vorbei, der auf einem flach gedrückten Pappkarton schläft. Ich komme an einer leeren Bodega vorbei und an einem rumknutschenden Paar auf einer Treppe.

Meine Wangen sind real. Mein Kinn ist real. Meine Lippen sind real.

Ich begegne einer Frau, die eine Katze an der Leine führt. Einem Mann, der von Kopf bis Fuß mit Silberfarbe bedeckt ist und sich offenbar auf dem Rückweg befindet von einem Einsatz als menschlicher Roboter am Columbus Circle.

Atme.

Kirk ist bloß ein verunsicherter Mann, der als Kind nicht genug Macht besessen hat und sie deshalb heute ausnutzt. Vermutlich wird er mich nicht einmal melden. Ich bin eine gute Mitarbeiterin. Ich halte den Mund und mache meinen Job. Er ist bloß ein Sprücheklopfer.

Henry ist einfach nur nett. Andy versucht nur zu überleben. Sonya und Jamie existieren halt. Sam ist eben ... tot.

Komm mal wieder auf die Erde zurück, Bennet.

Mein Körper schmerzt nach der Acht-Stunden-Schicht und meinem fünfzehn Straßenblöcke umfassenden Powerwalk zum Abreagieren. Daher gebe ich nach und nehme für den restlichen Nachhauseweg die U-Bahn. Ich werde langsam ruhiger, senke meinen Puls mit jeder Haltestelle.

Morgen ist Samstag, der Tag, den ich eigentlich mit Henry verbringen sollte, aber es ist an diesem Freitagabend inzwischen fast schon elf, und ich habe noch nichts von ihm gehört.

Erst als ich die Haustür meines Apartmenthauses erreicht habe, kommt mir der Gedanke, dass *ich* ja auch *ihm* texten könnte. Ich erschauere. Bei dem Gedanken, jemanden zu fragen, ob er Lust hat, mit mir abzuhängen, bekomme ich Sodbrennen. Ich kann mich nicht einmal mehr daran erinnern, wann ich das zum letzten Mal getan habe.

Ich wäge das Für und Wider ab, ihm eine Textnachricht zu schicken, während ich zu vermeiden versuche, die Treppe zu meiner Wohnung hinaufzusteigen, wo Jamie und Sonya vermutlich auf dem Sofa kuscheln.

Pro: Es wird sich gut anfühlen, eine Freundschaft zu pflegen.

Kontra: Es ist eine Freundschaft mit einem verrückten Typen, der sich gern mit Fremden unterhält.

Pro: Ich könnte herausfinden, was meine Passion ist.

Kontra: Würde ich meine Passion finden, hätte ich keine Entschuldigungen mehr.

Pro: Ich hätte Pläne für morgen.

Kontra: Ich hätte Pläne für morgen.

Ich marschiere auf dem Gehweg auf und ab. Es ist bloß eine

Textnachricht. Das sollte eigentlich keine große Sache sein. Ich öffne meine Nachrichten und fertige einen Entwurf an.

> Deine Zeichnung vom teuflischen Raben hat mir wohl besondere Kräfte verliehen. Habe heute Morgen einige Federn im Duschabfluss gefunden und ein Wasserglas allein mit der Kraft meiner Kralle zerdrückt. Ups, ich meinte natürlich mit meiner »Hand«. Ist das normal?

Senden. Denk nicht drüber nach.

Ich gehe zum Laden an der Ecke, um mir einen Beutel Salz-und-Essig-Chips und ein Ginger Ale zu holen, mein bevorzugter Mitternachtssnack. Als ich gerade zahlen will, vibriert mein Handy in der Tasche.

> Habe mich mit dem tätowierten Honigmelonenmann beraten, der in meinem Schrank lebt. Er erwachte kurz nach unserem Workshop zum Leben. Er sagt, das geht in Ordnung.

Die Kassiererin erwischt mich dabei, wie ich kichere. Ich schiebe rasch meine Karte in das Lesegerät und bezahle meinen Einkauf. Als ich wieder draußen auf der Straße bin, schreibe ich zurück:

> Hat der Honigmelonenmann einen Abschluss in Medizin? Ist er nicht

zu jung, um solche Ratschläge zu
geben, wo er doch erst vor einer
Woche geboren wurde ...?

Henry benötigt mehr als eine Minute für seine Antwort. Ich
öffne die Chipstüte und lehne mich an eine Straßenlaterne. Es
sind nicht allzu viele Leute unterwegs, aber ich nehme Blickkontakt auf mit der dicksten Bulldogge, die ich jemals gesehen
habe. Sie wird von einer fitten Frau ausgeführt, die ungefähr in
meinem Alter zu sein scheint und von Kopf bis Fuß in Lulu-
lemon gekleidet ist. Ich verdrehe die Augen. Wie passt so was
zusammen? Mein Handy vibriert.

Er sagt, man solle ihn
besser nicht infrage stellen.

Die Nachricht kommt mit einem Selfie von Henry mit der
Melone, bloß dass nun ein wütendes Gesicht mit Filzstift drü-
bergekritzelt ist. Er hält sich ein Messer an die Kehle, als ob ihn
der Melonenmann bedrohen würde.

Bitte sag mir, dass du erst
aufstehen musstest, um dieses Messer
zu holen, und es nicht neben deinem
Bett liegt. Zu viele Serienkiller-Vibes!

Er beginnt sofort eine Antwort zu tippen.

Die blauen Punkte erscheinen am unteren Bildschirmrand,
verschwinden aber rasch. Vermutlich ist es nicht gerade sehr
nett, jemanden die ganze Zeit als Serienkiller zu bezeichnen.
Schließlich erscheinen die Punkte wieder, und Henry antwortet.

Was hast du dir als Kind
am meisten gewünscht?

Ich klicke den Bildschirm aus, klemme das Handy unter mein Kinn. Die Lululemon-Frau geht wieder mit der Bulldogge an mir vorbei. Der Hund trottet missmutig neben ihr her, sein Bauch streift dabei beinahe den Bürgersteig. Im Moment komme ich mir wie diese Bulldogge vor, nur dass es Henry ist, der mich mitschleift.

Immerhin fällt mir nun eine Antwort auf seine Frage ein.

Ein Haustier.

Er beginnt zu tippen, hört dann aber wieder auf. Ich warte eine kleine Weile, aber als er nicht antwortet, stecke ich mein Handy in die Tasche und mache mich auf den Weg nach oben.

Ich schleiche auf Zehenspitzen zu meinem Zimmer, weiche den Haufen dreckiger Wäsche auf dem Boden aus und falle aufs Bett. Dann kicke ich meine Clogs von den Füßen, die mit einem Poltern auf dem Boden landen. Ich platziere meinen Laptop auf meinem Busen, sodass der Bildschirm nur wenige Zentimeter von meinem Gesicht entfernt ist, und vergrabe meine Hand in der Chipstüte. Ich gebe mir alle Mühe, zu vergessen, dass es Freitagabend in einer der einwohnerstärksten Städte der Welt ist und ich vermutlich das einzige Mädel Mitte zwanzig innerhalb eines Fünfzig-Meilen-Radius bin, das allein in seinem Zimmer hockt.

Ich stecke mir einige Chips in den Mund und scrolle durch Instagram, während auf meinem Laptop *Criminal Minds* läuft. Andy hat ein weiteres tolles Foto von ihrem Verlobungsshooting gepostet. Das Knirschen der Chips hallt laut in meinen Ohren wider, als ich es heranzoome.

Andy war Theo ein Jahr nach Sams Tod begegnet. Sie hatte gerade erst ein Praktikum bei einem Art-Buyer in einer Marketingagentur begonnen, der für einen von Theos Promi-Klienten arbeitete, und Andy hatte offenbar Eindruck hinterlassen. Sie hatte schon immer einen tollen Geschmack, und da Sam und sie mit einem goldenen Löffel im Mund auf die Welt gekommen waren, auch einen ausgesprochen teuren. Mr. und Mrs. Chase sorgten dafür, dass es ihnen an nichts mangelte, und als ich auftauchte, kam auch ich in den Genuss ihrer Großzügigkeit. Sam war der Reichtum seiner Familie immer peinlich, aber Andy hatte kein Problem damit. Was nicht bedeutete, dass sie es auf eine eingebildete oder egoistische Art und Weise tat, sie ging einfach ganz ungezwungen damit um. Sie blühte auf bei ihrem extravaganten Praktikum in Los Angeles. Es schien fast so, als sei sie schon immer dazu bestimmt gewesen, mit den schillerndsten Persönlichkeiten zu verkehren – unter anderem auch mit einem attraktiven Medienanwalt namens Theo.

Ich habe die beiden nur ein einziges Mal zusammen in Aktion erlebt, nachdem ich auf Andys Drängen – und ihre Kosten – nach L. A. geflogen war. Sie waren damals noch nicht lange zusammen, und ich befand mich noch in meinem fast katatonischen Zustand. Theo führte uns aus in schicke Restaurants, nahm uns mit zu Führungen durch Aufnahmestudios, deren Namen ich vergessen habe, und stellte uns sogar ein paar seiner Klienten vor. Ich habe jede Sekunde davon gehasst. Habe die Stadt gehasst. Habe es gehasst, sie so glücklich zu sehen.

Und ich habe es gehasst, dass ich all das hasste, kam aber nicht dagegen an.

Andy bat mich am Ende meines Aufenthalts, zu ihr zu ziehen. Ich erinnere mich noch an unsere letzte Unterhaltung, die, mit der alles endete.

»Bennet, du kannst so nicht leben. Das hätte Sam nicht gewollt.«

Wir lagen auf ihrem Bett in ihrer Strandwohnung nur wenige Stunden vor meinem Heimflug. Die Fenster standen einen Spalt breit offen, und die Smogluft von Los Angeles wehte sanft durch die Gardine.

»Ich weiß, was Sam wollte, und das war, mit mir in New York zu leben.«

»Er würde wollen, dass du glücklich bist. Er würde wollen, dass du nach vorn blickst.« Andys rotes Haar ergoss sich über ihre seidene Bettdecke.

»Das kann ich nicht.« Ich presste meine Lider zusammen, um es nicht ansehen zu müssen.

»Was ist mit dem Mädel passiert, das mit mir nach der Schule durch Europa reisen wollte? Hmm? Was ist mit *dieser* Bennet passiert? Seitdem du hier bist, habe ich dich noch kein einziges Mal lächeln sehen.«

Ich gab ein alles andere als nettes Lachen von mir. »*Du* scheinst kein Problem damit zu haben zu lächeln.«

Sie schoss förmlich in die Höhe, und ihr Haar wirbelte um ihre Schultern. »Herrgott, Bennet.«

»Du wirkst so gefasst.«

»Was soll das denn heißen?«

»Nichts.« Ich rollte mich von ihr weg zu einem Ball zusammen. »Vergiss es einfach.«

»Nein, ich will hören, was du zu sagen hast.« Ich lag schweigend da, verweigerte eine Antwort. Andy rüttelte an meiner Schulter. »*Sag es.*«

»Also schön.« Ich setzte mich im Bett auf und wandte mich ihr zu. »Wie kannst du einfach weitermachen? Vermisst du ihn überhaupt? Denn es kommt mir nicht so vor. Wie lange ist es jetzt her? Zwei Jahre? Es scheint, als würdest du hier draußen dein glamouröses Leben mit diesem Fremden verbringen und den Tod deines Bruders abgehakt haben. Das ist beleidigend, Andy.«

Sobald die Worte aus meinem Mund heraus waren, hätte ich sie am liebsten zurückgenommen.

Ihre Kiefermuskeln spannten sich an, und ihr Blick verdunkelte sich. Diesen Gesichtsausdruck hatte ich erst ein einziges Mal gesehen: damals im Schlagkäfig, kurz bevor sie vor Sam und mir ausgerastet war. Dieses Mal war ihre Stimme ruhig, als sie sprach, die Lautstärke gemäßigt, aber sie triefte vor Wut. »Glaubst du, ich vermisse meinen Bruder nicht, nur weil ich mein Leben lebe? Wie kannst du es wagen, so etwas zu behaupten?«

»Andy …«

»Du hattest deine Chance zu reden. Jetzt bin ich an der Reihe. Vergiss nicht, dass ich ihn schon wesentlich länger geliebt habe als du. Ich denke jede Sekunde eines jeden Tages an ihn. Wenn ich mit Theo zusammen bin, ist das die einzige Zeit, in der mein Herz nicht in tausend Stücke zerbricht. Also, nur zu, verurteile mich ruhig, aber ich *kenne* meinen Bruder, und er würde sich für mich freuen.«

Meine Atmung war flach. »Andy, ich …«, stieß ich hervor.

»Weißt du was? Es ist mir egal. Geh nach New York. Schmeiß dein Studium hin. Leb in deiner Welt des Elends. Mach, was du willst, Bennet, aber wage es nicht, meine Trauer um meinen Bruder oder meine Liebe zu ihm infrage zu stellen!«

Sie stand auf und ging zur Tür, legte ihre Finger um den Knauf. Im letzten Moment drehte sie sich noch einmal um und sagte mit zitteriger Stimme: »Ich liebe dich, Bennet. Meine Familie, wir alle lieben dich so sehr, und mir ist klar, dass du zu tief in deinem Schmerz versunken bist, um zu begreifen, wie sehr mich deine Worte verletzt haben.« Eine Träne rollte ihr über die Wange. »Ich …«, setzte sie an, schien noch etwas hinzufügen zu wollen, überlegte es sich dann aber anders und schüttelte den Kopf. »Falls dich jemand zum Flughafen fahren soll … Theo kommt in zehn Minuten von der Arbeit.«

Sie schloss die Tür hinter sich, und ich packte meinen Koffer zu Ende.

Danach blieb von unserer Freundschaft nicht mehr viel übrig. Ich weiß, dass ich ihre Gefühle verletzt habe, als ich mich zurückzog. Es war mir damals schon bewusst, aber ich konnte einfach nicht anders. Es war, als ob mich eine Krankheit befallen hätte, die meinen Körper zerstörte und ich nichts dagegen tun konnte, als ihr zu erliegen. In den folgenden Monaten ging ich nicht dran, wenn sie anrief. Wenn sie eine Textnachricht schickte, antwortete ich erst Tage später, wenn überhaupt. Und nun diese letzte Geste von ihr: die Einladung zu ihrer Hochzeit.

Ich bin auf dem Boden der Chipstüte angelangt und werfe sie in den Abfalleimer neben meinem Bett. Dann greife ich mit fettigen, salzigen Fingern nach meinem Handy, und eine Nachricht von Henry erscheint auf dem Display:

Location für morgen gesichert.
Lass die schicken Klamotten
im Schrank.

Ich antworte mit einem Daumen-hoch-Emoji und einem Melonen-Emoji.

KAPITEL 10

Jeder liebt Henry, selbst die Hunde tun es. Sie stemmen die Vorderpfoten auf sein Bein, schlafen auf seinem Schoß, lecken ihm die Nase. Ich dagegen werde ignoriert. Bin Luft für sie.

Jeden Tag könnte sich der Frühling jetzt in Sommer verwandeln, während die Bäume aufblühen oder bereits in vollem Grün stehen. Die Dreckpfützen auf den Gehwegen sind gesäumt von milchig-gelben Pollen, und die Leute laufen mit Papiertaschentüchern in den Taschen durch die Gegend. Das Frühjahr mag Matsch und Dreck und Allergien mit sich bringen, aber es fühlt sich wirklich gut an, nach einem langen Winter zu entfrosten.

Henry und ich sitzen hinter einem Klapptisch im Morningside Park neben einem Zwinger voller Hunde, die miteinander spielen oder sich in der Sonne aalen. Wir tragen beide königsblaue T-Shirts, auf denen quer über der Brust *PUPPY PALS* zu lesen ist. Henry hatte meinen Kindheitswunsch nach einem Tier wörtlich genommen und uns als Freiwillige bei einer der Adoptionsveranstaltungen dieser Organisation eingetragen.

Die Hunde sind unterschiedlich alt – von Welpen bis zu ausgewachsenen Satos, die von den Straßen Puerto Ricos gerettet worden waren. Darunter befindet sich auch ein alter Basset mit rötlich-braunem Fell namens Fred, der nach dem Tod seines Herrchens im Tierheim gelandet war. Dort sitzt er nun schon ein Jahr und hat noch kein neues Zuhause gefunden. Er muss mit ansehen, wie die kleinen Welpen nacheinander Herrchen und Frauchen finden, während ihm niemand auch nur die geringste Aufmerksamkeit schenkt, und ich habe Mitleid mit ihm. Ich hoffe, dass er mit seinen dunklen Glupschaugen und seiner feuchten Nase heute endlich adoptiert wird.

Die niedlichen Hunde ziehen Passanten an, und Henry und ich notieren uns Namen und E-Mail-Adressen möglicher Interessenten. Henry ist natürlich der geborene Vermittler trotz des teuflischen Chihuahua auf seinem Schoß, der nach den Fingern der Leute schnappt.

Der Organisator, Terrance, ist ein kleiner Kerl mit schulterlangem, lockigem Haar und dem Hauch eines Oberlippenbarts. Er stellt uns die Hunde vor, stattet uns mit Klemmbrettern und Kugelschreibern aus und überreicht uns einen Stapel Postkarten mit traurig dreinblickenden Vierbeinern, die wir verteilen sollen.

»Hattest du als Kind einen Hund?«, erkundige ich mich und kritzele dabei das Raben-Logo auf ein Adoptionsformular.

»Nein«, erwidert er grinsend. »Aber ich hatte schon ein Haustier.«

»Eine Katze?« Henry scheint mir überhaupt kein Katzenmensch zu sein.

»Nein«, sagt er. »Ich hatte eine Echse namens Fuchur.« Er greift sich ein Kauspielzeug vom Tisch vor uns und hält es dem Hund in seinem Schoß hin. Der schnappt direkt danach und beginnt zu knurren, als Henry mit ihm Tauziehen spielt.

»Versteh das jetzt bitte nicht falsch, aber ich weiß wirklich nie, was als Nächstes aus deinem Mund kommt. *Eine Echse? Echt jetzt?*« Der Chihuahua knurrt, als Henry eine Runde Tauziehen gewinnt. Der Kleine scheint auf Blut aus zu sein.

»Ich stand auf Reptilien. War ein echter Freak.«

Ich lasse mich in meinen Stuhl zurücksinken und lege den

Stift auf den Tisch. Mir läuft ein Schauer über den Rücken, als ich an ein schuppiges Reptil denke.

»Fuchur?«, frage ich. »Wie Atréjus Drache aus der *Unendlichen Geschichte*?«

»Welcher sonst?«

»Wow. Dann warst du ja wirklich ein echter Freak«, sage ich. »Als Nächstes erzählst du mir noch, dass du eine Steinsammlung hast.« Der Chihuahua starrt mich mit seinen schwarzen Augen an, und es kommt mir vor, als würde er für einen Moment in die Tiefen meiner Seele blicken. Er nimmt die Rolle von Henrys Beschützer für meinen Geschmack langsam ein wenig zu ernst.

»Ich …« Seine Wangen röten sich, und er sieht auf seinen Schoß.

»Nein«, sage ich.

»Möglicherweise habe ich eine Steinsammlung, ja.«

»Oh mein Gott!«

Sein Grinsen ist so breit, dass sich die Haut um seine Augen kräuselt. »Ich habe jeden Stein nach einer Figur aus *Star Wars* benannt.«

»Oh, bitte sag mir, dass das ein Scherz ist. Ich flehe dich an!«

»Da muss ich dich leider enttäuschen. Vielleicht werde ich dieses Kerlchen hier adoptieren und Fuchur Junior nennen«, sagt er und füttert den Chihuahua mit einer Reihe von Leckerli, wobei ihm Fuchur Junior fast einen Finger abbeißt.

Die Vorstellung von einem kleinen Jungen, umgeben von Actionfiguren und Spielzeugsteinen, der seine Nase an das Glas eines Terrariums presst, bringt mich zum Lächeln. Ich weiß nicht, wie ich mir Henry als Kind hätte vorstellen sollen, aber ganz gewiss nicht so. Dadurch fühlt er sich für mich irgendwie realer an – weniger wie ein gut aussehender Fremder voller Energie, Geheimnissen und verrückter Ideen.

»Bitte komm nicht auf die Idee, diesen Hund zu adoptieren. Diese Kreatur ist ein Dämon. Sieh nur.« Ich strecke die Hand aus, um Fuchur Junior zu streicheln, und er gibt sogleich den gruseligsten Laut von sich, den ich jemals von einem so kleinen Wesen gehört habe. Seine Lippe hebt sich dabei und entblößt seine Hai-ähnlichen Zähne. »Siehst du? Er kann mich nicht ausstehen.«

»Er spürt, dass du ihn nicht magst. Stimmt doch, Fuchur Junior?« Er kratzt Fuchur am Hals, und der schmilzt wie Wachs in seinen Händen dahin.

»Und das beruht auf Gegenseitigkeit.« Ich grinse höhnisch. Der Chihuahua gibt ein Jaulen von sich.

Henry setzt ihn in einen eingezäunten Bereich, wo er herumlaufen und weitere potenzielle Interessenten anlocken kann. Er ist zwar ein bösartiges kleines Kerlchen, aber schon auch irgendwie niedlich.

Henry lehnt sich entspannt so weit wie möglich auf seinem Klappstuhl zurück. Er schlägt lässig die Beine übereinander und lächelt mich schelmisch an. »Heiraten, vögeln, killen: Han Solo, Luke oder Finn?«

»Nein«, erwidere ich kopfschüttelnd. »Aus dem Alter bin ich raus.«

»Komm schon«, sagt er und klimpert mit den Wimpern. »Bitte, bitte.«

Ich weiß inzwischen, wie beharrlich dieser Mann sein kann. Er wird nicht lockerlassen. Also beschließe ich nachzugeben. Es ist zwar schon eine Weile her, seit ich diese Filme gesehen habe, aber ich erinnere mich noch gut genug daran, um mitzuspielen. »Heiraten Han, killen Luke, vögeln keinen, weil ich kein Nerd bin.«

Er lacht. »Luke killen? Das hätte ich jetzt echt nicht von dir gedacht.«

»Jetzt ich. Heiraten, vögeln, killen: Chewbacca, Jabba der Hutte, Jar Jar Binks.«

Er wird etwas bleich um die Nase. »Auf gar keinen Fall.«

»So ist das also. Austeilen kannst du, aber einstecken nicht.«

Er sieht mich mit einem entsetzten Blick an. »Du bist echt krank.«

»Stimmt.« Ich ziehe eine Augenbraue in die Höhe. »Jetzt mach schon.«

»Na, schön.« Er schließt die Augen, um sich zu konzentrieren. »Heiraten Chewie, weil der loyal ist.« Er verzieht das Gesicht in Anbetracht der beiden anderen Möglichkeiten. »Ähhhh … Killen Jabba der Hutte. Damit bleibt nur noch …«

Ich kann mir mein Lachen nicht länger verkneifen und pruste los. »Du bist schon ein bisschen pervers.«

»Und du bist der Inbegriff des Bösen.« Eine leuchtende Röte kriecht an seinem Hals bis zu den Ohren hinauf.

»Ich kann einfach nicht glauben, dass du mit …«

»Sprich es bloß nicht aus.« Er fängt an zu lachen, und seine Wangen beginnen sich ebenfalls zu röten. »Bitte lass es.«

»Aber du und Chewie, ihr würdet ein hübsches Paar abgeben.«

Er lässt die Stirn auf den Tisch vor sich sinken, bedeckt sein Gesicht. »Ich werde den Rest des Tages hier verbringen. Bitte lass mich in Ruhe.«

»Das ist bloß die Rache dafür, dass du mich hierher geschleppt hast.«

»Aber wir haben doch Spaß, oder etwa nicht?«, sagt er, hebt den Kopf und stützt das Kinn in seine Hand.

Ich wende mich ihm zu und ahme seine Pose nach. »Ich gebe es nur ungern zu, aber ich schätze, das stimmt.«

»Wieso gibst du es nur ungern zu?«

Ich habe nicht die geringste Ahnung.

»Hallo?«, unterbricht eine Stimme meinen Gedankengang. Wir nehmen beim Klang der verärgerten Frauenstimme auf der anderen Seite des Tisches sogleich Haltung an.

»Sorry«, sage ich und räuspere mich. Ich habe keine Ahnung, wie lange sie schon dort steht.

»Ich interessiere mich für diesen Hund da drüben.« Sie zeigt auf einen hinreißenden Sato-Welpen namens Gumby.

»Möchtest du das übernehmen, Bennet?«

Ich nicke und lächele die Frau an. »Folgen Sie mir, bitte.«

Ich führe sie zu dem eingezäunten Bereich und gebe ihr eine Handvoll Leckerli für Gumby. Gumby wedelt mit dem Schwanz, ihr karamellfarbenes Fell glänzt in der Sonne. Es scheint fast so, als würde sie uns anlächeln.

»Ich wusste gar nicht, dass Hunde aus dem Tierheim so niedlich sein können.«

Ich rümpfe die Nase über diese Bemerkung. »Alle Hunde verdienen ein Zuhause, insbesondere Hunde aus dem Tierheim.«

»Natürlich.« Die Frau hebt Gumby in die Höhe. »Sie ist perfekt.«

Ich schaue zu Henry hinüber, der uns aufmerksam beobachtet. »Darf ich Ihnen noch einen weiteren Hund zeigen, der ein neues Zuhause sucht?«

Henry schüttelt energisch mit dem Kopf. Tu das nicht. Ich werfe ihm einen bösen Blick zu.

Ich wuchte Fred in die Höhe und halte ihn in meinen Armen. »Das hier ist Fred. Er ist ein bisschen älter als die anderen Hunde, aber er ist liebevoll und sanft und … schauen sie sich nur sein zerknittertes kleines Gesicht an.« Ich tätschele Freds Kopf.

Sie runzelt die Stirn. »Er ist bestimmt ein ganz lieber Hund, aber ich interessiere mich nur für einen Welpen.«

»Fred ist schon ein Jahr im Tierheim. Gumby dagegen erst zwei Wochen …«

»Ich möchte, dass wir ihn selbst erziehen und ihm alles beibringen. Woher soll ich wissen, wie dieser Hund erzogen wurde? Und es ist schwierig, eine solche Verpflichtung bei einem Hund einzugehen, der vielleicht nicht mehr lange zu leben hat.«

»Fred ist der einzige Hund, der heute noch verfügbar ist. All die anderen haben schon neue Besitzer gefunden. Entweder Fred oder gar kein Hund«, erkläre ich, was natürlich nach Strich und Faden gelogen ist.

Sie schüttelt den Kopf, und ihre Wangen röten sich vor Ärger. »Vielleicht nächstes Mal«, sagte sie.

Ich drücke Fred an mich und kehre verärgert zu meinem Platz zurück. »Sie wollte sich Fred nicht mal ansehen. Keiner von diesen Arschlöchern ist bereit, ihm auch nur einen Blick zu schenken. Ich finde es furchtbar, dass er übersehen wird, bloß weil er anders ist.«

Henry legt mir eine Hand auf die Schulter. »Wir werden es weiter versuchen«, sagt er.

»Ich würde dich adoptieren, wenn ich könnte«, sage ich zu dem Hund. »Es tut mir so leid.«

Während Fred seine feuchte Nase in meine Armbeuge drückt, nähert sich uns ein alter Mann in einem Tweed-Sakko und mit einer Kappe auf dem Kopf, was für diese fast schon sommerlichen Temperaturen viel zu warm ist. Sein Blick ist auf Fred gerichtet, und er tritt zögernd an unseren Tisch.

»Was für ein schöner Hund«, sagt er, und dabei kräuseln sich seine Augenbrauen.

Henry sieht mich mit großen Augen an, als wolle er sagen *Der ist es!*

Ich stehe auf und halte Fred so, dass der Mann sein schwermütiges Gesicht bewundern kann. Er betrachtet den Hund eingehend, und dabei kommen ihm die Tränen. Er lacht, wischt sich die Augen. »Entschuldigung«, sagt er mit rauer Stimme. »Ich hatte mal einen Hund, der genauso aussah wie dieser. Da kommen alte Erinnerungen hoch.«

»Das hier ist Fred«, sage ich und wiege ihn wie ein Baby. »Sag Hallo, Fred.« Der Hund wackelt mit dem Schwanz.

Der Mann atmet hörbar ein, scheint fast so, als müsse er einen Schrei unterdrücken. »Mein altes Mädchen hieß Ginger.«

Mit stockt der Atem, und Henry scheint es ähnlich zu gehen. Fred Astaire und Ginger Roger – das Traumpaar der 1930er-Jahre.

Ich drücke Fred noch einmal an mich und sage lächelnd: »Ich glaube, dann soll es wohl so sein, Sir. Würden sie ihn gern adoptieren?«

Der Mann nickt, und ein Ausdruck kindlicher Freude breitet sich auf seinem faltigen Gesicht aus. Seine Augen glänzen vor Rührung.

Ich fülle mit hämmerndem Herzen den Papierkram aus und teile ihm mit, dass das Tierheim noch einen Hausbesuch machen wird, bevor sie ihm Fred aushändigen, versichere ihm aber, dass er bis dahin in den besten Händen ist.

Ich kann einfach nicht aufhören, den Bassett in der nächsten Stunde immer wieder anzustarren. Denke an diesen freundlichen alten Mann, der einmal eine Hündin namens Ginger hatte und nun einen Fred bekommen wird – das kann kein Zufall sein.

Henry sieht mich aus dem Augenwinkel lächelnd an, als wüsste er, wie viel es mir bedeutet, dass Fred ein neues Zuhause bekommt. Ich fühle mich leichter, fröhlicher, fast schon beschwingt, und ich riskiere ein kleines Lächeln in seine Richtung, während eine Frühlingsbrise einige kleine weiße Blütenblätter wie Konfetti durch die Luft bläst.

Und in diesem Moment pinkelt mir Fuchur Junior wie aufs Stichwort auf den Fuß.

#

Terrance kommt wie ein Superheld angerannt und wedelt mit einem Paar Tevas in der Luft herum. Als ich einen spitzen Schrei ausstieß, weil mir Fuchur Juniors Geschenk in die Sneaker sickerte, war Terrance rasch ins Büro des Tierheims gelaufen, das nur zwei Straßen entfernt ist, um mir Ersatzschuhe zu besorgen.

»Die werden zwar nicht richtig passen, aber das ist besser, als in vollgepinkelten Sneakern rumzulaufen«, sagt er, als er sie mir überreicht.

Ich ziehe mir die Socke vom Fuß und spüle ihn mit Wasser aus der Flasche ab, bevor ich in die Sandalen schlüpfe. Henry hat die Tüte mit meinen Schuhen und Socken in der Hand.

»Danke«, sage ich und betrachte forschend meine Füße in den Sandalen. Die sind mindestens drei Nummern zu groß. »Ich werde sie so bald wie möglich zurückbringen.«

Henry und ich wenden uns zum Gehen, und ich gerate gleich ins Straucheln, weil ich über meine Tevas stolpere. Henry packt mich am Ellenbogen und hilft mir, mein Gleichgewicht zu finden. Sein Griff, mit dem er mich aufrecht hält, ist fest.

»Alles okay bei dir?«, fragt er.

»Ja.« Ich nicke, stehe wieder gerade. »Danke.«

Henry lässt mich los, und ich streiche mit den Fingern über die Stelle an meinem Arm, wo er mich gerade berührt hat. »Danke«, sage ich.

»Hast du schon mal gesagt.«

Ich spüre, wie ich rot werde. »Lass uns gehen«, sage ich.

»Wartet mal«, ruft Terrance. »Habt ihr Lust, noch was trinken zu gehen?«

Henry stimmt natürlich sofort zu, und damit bleibt mir wohl nichts anderes übrig, als mitzumachen.

Terrance führt uns zu Tom's Restaurant, das sich ganz in der Nähe befindet. Die Vorderseite des Lokals kommt mir irgendwie bekannt vor. Anfangs habe ich keine Ahnung warum, aber mir fällt auf, dass einige Leute Fotos von dem rot-blauen Neonschriftzug über der Tür machen.

»*Seinfeld*«, flüstert mir Henry zu, als wir zur Tür hineingehen. »Daher kennst du es.«

Natürlich! Den Neonschriftzug hatte ich schon gesehen, wenn ich mal wieder vor dem Fernseher eingeschlafen war und nachts aufwachte. Aber er kam mir vor wie von einem stinknormalen einfachen Restaurant – dabei war es ja sozusagen ein nationales Aushängeschild vor der Nase von allen Leuten, das sich hier auf einer Straße in Upper Manhattan befindet, als ob es überhaupt keine Berühmtheit wäre.

Wir nehmen in einer kleinen Nische Platz. Henry und ich sitzen dicht gedrängt nebeneinander, Terrance uns gegenüber. Es duftet nach brutzelndem Speck, Ahornsirup und Kaffee. Einfach göttlich.

Ich bestelle einen Milchshake, den ich so schnell in mich reinsauge, dass mir fast das Hirn gefriert.

Henry rührt seinen Erdbeershake gemächlich mit dem Trinkhalm um, während Terrance an seinem alkoholfreien Rootbeer nippt.

»Bin euch echt dankbar für eure Hilfe.« Terrance spricht mit einer kehligen Stimme, die Worte abgehackt. »Die Milchshakes gehen auf mich.«

Ich kippe meinen Becher, damit ich auch noch die letzten Reste der Eiscreme erwische, und versuche dann, sie mit meinem Trinkhalm herauszufischen, bevor mir klar wird, dass mich Henry und Terrance dabei beobachten. »Danke«, sage ich, als ich den Becher auf den Tisch stelle und mit zwei Fingern wegschiebe. Henry gibt neben mir ein kleines, prustendes Lachen von sich.

»Was hat euch beide denn dazu bewegt, uns heute zu helfen?«, fragt Terrance.

»Wir wollten einfach mal was Neues ausprobieren«, erwidert Henry schulterzuckend.

»Krass. Cool von euch.« Terrance nickt ungefähr dreißig Mal.

Henry blickt kurz zu mir herüber. »Bennet hatte sich in Fred verliebt.«

»Ich bin so froh, dass ihr einen neuen Besitzer für ihn gefunden habt, sonst hätte ihn vermutlich meine Freundin adoptiert.« Er nimmt einen Schluck aus seinem Becher. Der Schaum von der Eiscreme bleibt in seinem Schnäuzer hängen, und ich schaue zu, wie sich die platzenden Bläschen in nichts auflösen.

»Wieso arbeitest du im Tierheim, Terrance?«, erkundigt sich Henry.

Der räuspert sich, als hätte er schon sein ganzes Leben darauf gewartet, dass ihm jemand diese Frage stellt. »Meine Mom hatte bei uns zu Hause im Keller einen Hundesalon, deshalb war ich immer schon ein Tierfreund. Aber hauptberuflich arbeite ich als Kassierer bei einer Bank. Das geht für die Miete drauf, aber meine wirkliche Leidenschaft gehört der Musik.«

»Tatsache? Bist du etwa in einer Band?«, erkundigt sich Henry und grinst mich an. Ich unterdrücke das Verlangen, ihn gegen den Knöchel zu treten.

»Ja, bin ich«, sagt Terrance. »Wir nennen uns The Curtanas. Wir covern Rocksongs, schreiben aber auch unsere eigenen Songs über amerikanische Geschichte. Meine Freundin Molly ist unsere Leadsängerin, und sie ist einfach unglaublich!« Er schlägt mit den Handflächen auf seine Oberschenkel. »Ihr solltet mal zu einem unserer Konzerte kommen.«

Henry und ich dienen in der nächsten Stunde als Publikum für Terrance und seine One-Man-Show. Wenn Henry nicht gewesen wäre, hätte ich niemals zugestimmt, noch etwas mit Terrance zu trinken – aus Angst vor Peinlichkeiten oder weil er mich anbaggern könnte, aber erstaunlicherweise überlebe ich es. Es ist, ehrlich gesagt, ein kleiner Schock für mich, festzustellen, dass mich der Umgang mit Menschen in den letzten beiden Wochen bislang nicht gekillt hat. Trotzdem wünsche ich mir, dass Terrance verschwindet und ich allein mit Henry Manöverkritik halten kann.

Nachdem wir ausgetrunken haben, macht sich Terrance auf den Weg zur Bandprobe. Henry verspricht, dass wir uns The Curtanas eines Tages mal live anhören werden, und die beiden tauschen Telefonnummern aus. Als Terrance sich verabschiedet, rechne ich eigentlich damit, dass Henry ihm folgt, doch stattdessen wechselt er auf die andere Seite und greift nach der Speisekarte.

»Möchtest du was essen?«, fragt er.

Gott sei Dank. »Bin am Verhungern.«

Wir bestellen einen Teller Kartoffelkroketten, einen Stapel Pancakes und zwei Gläser Cola.

Henry fährt sich mit der Hand durchs Haar, nimmt seine Brille ab und legt sie umgekehrt auf den Tisch. »Also, jetzt weiß ich tatsächlich mehr über Terrance als über dich.«

»Du kennst meinen vollen Namen«, erwidere ich. »Ich kenne nicht mal deinen Nachnamen.«

Er lächelt. »Adams«.

»Oh nein«, erwidere ich stirnrunzelnd. »Wie furchtbar!«

Er legt den Kopf schräg. »Das ist so ziemlich der gewöhnlichste Nachname auf diesem Planeten.«

»Nein, ich meine *Henry Adams*. Du hast zwei Vornamen!«

»Entschuldige bitte, *Bennet Taylor*, aber dürfte ich darauf hinweisen, dass auch du zwei Vornamen hast?«

Ich schüttele den Kopf. »Ich habe tatsächlich einen Vornamen und einen Nachnamen, bloß in der falschen Reihenfolge.« Ich ziehe die Augenbrauen in die Höhe und schiebe mir eine Krokette in den Mund.

»Woher kommt denn der Name Bennet?«

Ich schlucke die knusprige kleine Krokette herunter, antworte lediglich: »Ich habe ihn schon immer gehasst.«

Er lehnt einen Ellenbogen auf den Tisch. »Zumindest klingt dein Name nicht wie ein Gründervater.«

»Oh, Gott«, erwidere ich lachend. »Henry Adams klingt tatsächlich wie ein Gründervater. Und du siehst auch noch wie einer aus.«

»Tu ich nicht«, sagt er beleidigt.

Doch, das tut er. Er hat ein American-Pie-Lächeln, eine kantige Kieferpartie und welliges Haar, das ihm ins Gesicht fällt. Auf dem Nasenrücken sieht man noch die Abdrücke, wo normalerweise seine Brille sitzt, und sein Körper erweckt den Eindruck, als wäre er dafür geschaffen, eine Nation mit den bloßen Händen aufzubauen – nicht, dass er muskelbepackt wäre, aber er wirkt stark. Er besitzt diese entwaffnende Energie, gegen die nicht einmal ich mich mit meiner zurückhaltenden Art zu wehren vermag. Terrance, Martin, Kira, sogar Fuchur, der Hund, hatten sich von ihm angezogen gefühlt wie Motten vom Licht.

Ich spüre, wie die Erinnerung an Sam an die Hinterseite meines Gehirns klopft und mir sagt, dass ich mich schuldig fühlen sollte, solche Dinge an Henry zu bemerken. Ich versuche, das Geräusch zum Verstummen zu bringen, und sage mir, dass es sich bei all dem lediglich um objektive Fakten handelt. Ich bemerke Dinge an Henry, so wie man beispielsweise die Pinselstriche an einem Wandgemälde bemerkt oder ... keine Ahnung ... Warzen auf einem Frosch.

»Alles, was du brauchst, ist eine gepuderte Perücke«, sage ich und wende mich ab.

»Na schön«, sagt er und hebt die Hände. »Ich akzeptiere es. Möchte aber betonen, dass ich nicht glücklich darüber bin.« Er rutscht auf seinem Stuhl hin und her, und dabei berühren sich aus Versehen unsere Knie.

»Entschuldigung«, sagt er, als er sich zurückzieht.

Ich rücke meinen Stuhl ein Stück nach links, um uns beiden mehr Platz zu verschaffen. »Schon okay«, erwidere ich und versuche, nicht die Stelle anzufassen, wo wir uns berührt hatten.

»Jetzt, wo ich in Sachen Gründervater nachgegeben habe, musst du mir aber auch erzählen, wieso du Bennet heißt.«

Ich puste Luft zwischen meinen Lippen hindurch. »Meine Mutter war besessen von Jane Austen, und sie wollte mich eigentlich nach Elisabeth Bennet nennen, aber Lizzy oder Beth war ihr wohl zu gewöhnlich. Also hat sie den Nachnamen genommen und ihn zu meinem Vornamen gemacht.«

Sam hatte mich in seinen besonders liebevollen Momenten manchmal Lizzy genannt. Hatte sich, wenn er glaubte, dass ich schon schlief, im Bett zu mir herübergelehnt, mir einen Kuss gegeben und *Gute Nacht, Lizzy* geflüstert.

Ich streiche über die Gänsehaut auf meinem Unterarm.

»Okay ...« Henry schaut mich mit zusammengekniffenen Augen von der Seite an. »Elizabeth Bennet also, hm?«

»Jetzt sag bloß, du kennst *Stolz und Vorurteil* nicht.«

Er kratzt sich am Kinn. »Ich glaube, ich hab's mal in der Schule gelesen, aber ich erinnere mich nicht mehr daran.«

»Die Verfilmung mit Keira Knightly ist ein Meisterwerk. Der beste Film, der je gemacht wurde!«

»Starke Worte.«

»Und die meine ich auch so.«

»Dann sollte ich ihn mir wohl mal ansehen, stimmt's?«, sagt er lächelnd. Ich wünschte wirklich, ich würde dabei nicht jedes Mal dieses Grübchen bemerken.

Ich schürze die Lippen. »Aber nur, wenn du nichts gegen Liebesgeschichten hast.«

Er denkt eine Sekunde lang nach, und sein Blick wandert zum Nebentisch, wo ein kleines Kind in einem Hochstuhl einen Pancake in seiner Faust hält und Ahornsirup über den Tisch verteilt.

Henry schnappt sich eine Krokette von dem Teller, der zwischen uns steht, steckt sie in den Mund, kaut und zuckt mit den Schultern. »Alle Geschichten sind Liebesgeschichten.«

KAPITEL 11

Wie aus dem Nichts wird es wieder schlimm.

Heute Morgen hat mein Handy dreimal geklingelt, aber ich bin nicht drangegangen. Zweimal war es Andy und einmal meine Mutter. Andy hatte aufgegeben und mir stattdessen eine Textnachricht geschickt:

Stimmt deine Adresse noch? Werde dir
bald unsere Einladung schicken.

Ich schaffte es nicht, ihr zu antworten.

Jetzt sitzen Sonya und Jamie auf dem Sofa, und ich stecke in meinem Zimmer fest. Ich hocke schon den ganzen Tag hier. Ihre Anwesenheit in der Wohnung ist wie ein Graben, der mich in einen Turm einschließt.

Ich presse meine Stirn gegen die Tür, lege meine Hand um den Türknauf, versuche, die Willenskraft aufzubringen, ihn zu drehen, aber ich bin wie erstarrt. Meine Muskeln wollen mir nicht gehorchen. Ich gleite an der Wand nach unten, sinke in den Kleiderhaufen auf dem Boden. Ich muss etwas essen, aber wenn ich in die Küche gehe, werden Sonya und Jamie mit mir reden wollen, was natürlich nicht schlimm ist, aber ich will im Moment einfach nicht mit ihnen reden. Ich muss wohl inzwischen schon vier oder fünf Mal aus dem Bett aufgestanden und zur Tür gegangen sein und versucht haben, den Mut aufzubringen, sie zu öffnen. Ich fühle mich völlig machtlos.

Es lief doch so gut mit Henry, und ich habe mich mit Leuten unterhalten, gelacht, gegessen, gelächelt. Wieso nur bin ich wieder an diesem Punkt?

Es muss gar nichts falschlaufen, damit ich mich so fühle. Auch wenn alles wunderbar ist, lande ich dennoch immer wieder hier. Das digitale Gesundheitsportal WebMD nennt es ein chemisches Ungleichgewicht. Ich nenne es ein chemisches Ungleichgewicht verursacht durch das Schuldgefühl, den eigenen Freund getötet zu haben. Es ist einfach ein Teil davon, Bennet zu sein.

Ich hebe die Hände an mein Gesicht, taste mit den Fingern über meine Wangenknochen zu meinem Kinn hinunter, an meiner Unterlippe entlang. Dann weiter an meinem Hals bis zu den Schlüsselbeinen und lasse meine Hände auf meiner Brust ruhen.

Spüre, was real ist. *Meine Wangen sind real, mein Kinn ist real, meine Lippen sind real. Ich bin real.*

Es funktioniert nicht.

Ich krieche zurück zu meinem Bett, vermag mich mit der Schwere meiner Trauer nicht mehr auf den Beinen zu halten.

Ich schlafe zwei Tage. Beantworte keine Textnachrichten, lese meine E-Mails nicht, registriere mich nicht für Jobs, schlafe einfach. Wenn ich schlafe, dann muss ich nichts spüren. Ich höre Sonya kommen und gehen. Einmal klopft sie leise an meine Tür, was mir Übelkeit verursacht. Ich stehe auf und schließe ab.

Im Schlaf träume ich von Sam. Dem herzensguten Sam. Sandbraunes Haar, melancholischer Blick. Immer besonnen, immer damit beschäftigt, die Welt um sich herum zu analysieren. Ich gehe auf ihn zu, berühre ihn, küsse ihn … aber er entfernt sich immer weiter und weiter von mir. Er lächelt mich über einen schwarzen Graben hinweg an, und dann ist er verschwunden. Ich presse die Lider zusammen in der Hoffnung, dass er wieder da ist, wenn ich sie öffne. Doch als ich es tue, sehe ich jemand anderes. *Henry.* Er bleibt stehen, als er gerade nahe genug ist, dass ich die Farbe seiner Augen erkennen kann: grün wie Seerosenblätter. Er streckt mir seine Hand entgegen. Ich rühre mich nicht. Er zieht die Augenbrauen in die Höhe, als wolle er sagen: *Ist schon in Ordnung. Nimm sie.* Panik erfüllt mich, und ich blicke mich hektisch um auf der Suche nach Sam, aber er ist nicht hier. Meine Augen brennen, als ich mich zu Henry umdrehe, doch alles, was ich sehe, ist sein Rücken, während er auf den endlosen Horizont zuläuft.

Nach drei Tagen taue ich wieder auf. Der erste kostbare Tropfen Serotonin gelangt in meine Blutbahn. Der Elefant sitzt nicht mehr auf meiner Brust. Ich fühle mich leichter. Ich habe es geschafft.

Als ich die Augen öffne, sehe ich den Staub im goldenen Licht durch die Luft tanzen.

Mit kraftlosen Fingern checke ich erst einmal meine E-Mails, ob ich Jobangebote von Carlyle erhalten habe, die ich mir noch nicht gesichert habe. Ich melde mich für vier Einsätze und schleiche dann auf Zehenspitzen hinaus ins Wohnzimmer. Vermutlich stinke ich nach Schweiß. Mein Mund ist trocken wie ein Wattebausch. Ich bleibe wie angewurzelt stehen, als ich sie erblicke.

Jamie.

Mir graut vor dem, was sie vermutlich sagen wird. So etwas wie *Sieh an, wer sich doch mal entschlossen hat, sein Zimmer zu verlassen,* oder *Gott sei Dank, wir dachten schon, du wärst da drin gestorben.* Aber sie schaut mit ihren dunklen Augen zu mir auf und lächelt mich an.

»Hättest du gern einen Kaffee?«

Als wäre nichts geschehen. Ich bin ihr so dankbar, dass ich heulen könnte.

Ich nicke, traue meiner Stimme nicht.

»Ich habe Lavendelsirup gemacht. Hättest du gern ein Glas?« Ich nicke erneut. Blinzele eine Träne fort. Der Kaffee ist so köstlich wie immer, wenn Jamie ihn zubereitet, bitter und blumig mit einem Hauch von Süße. Sie schaut mich an, als wolle sie etwas sagen, entscheidet sich dann aber dagegen. Ich sehe ihr mit dem dampfenden Becher in der Hand nach, wie sie auf Sonyas Zimmer zugeht.

Sie bleibt stehen, dreht sich zu mir um. »Also, das da …« Sie deutet zu meiner Zimmertür hinüber, wirkt dabei fast ein wenig verlegen. »Das passiert mir auch.«

Ich spüre, wie es mir den Hals zuschnürt. »Was meinst du?«, presse ich hervor.

»Dieses …« Sie nimmt einen tiefen Atemzug und räuspert sich. »Dieses Depressionsding. Sonya hat nicht immer Verständnis dafür. Ich aber schon.«

Meine Finger zittern, als ich in die dunkle Flüssigkeit in meinem Becher blicke. »Ich verstehe es nicht.«

»Ich auch nicht.«

»Es ist grauenhaft«, sage ich, wische mir mit dem Knöchel übers Auge.

»Echt übel«, pflichtet sie mir bei.

Jamies Mundwinkel zuckt, der Anflug eines Lächelns, und plötzlich brechen wir in schallendes Gelächter aus. Ich stütze mich auf die Küchenarbeitsplatte, damit ich vor Lachen nicht das Gleichgewicht verliere. Meine Bauchmuskeln taten schon vom Weinen weh, und es wird jetzt durchs Lachen nur noch schlimmer. Etwas Kaffee schwappt aus meinem Becher auf den Boden.

Ich schüttele den Kopf, versuche, mich wieder in den Griff zu bekommen. »Eine echte Strafe.«

»Es sollte eigentlich nicht komisch sein«, sagt sie und bedeckt ihren Mund.

»Ist es auch wirklich nicht«, erwidere ich und schaffe es endlich, mir ein Kichern zu verkneifen.

Jamies Lachen macht Platz für einen Moment der Stille und ein wissendes Lächeln. »Sonya und ich gehen heute Abend mit ein paar Freunden ins Kino. Hast du Lust, mitzukommen?«

»Oh … ähm …« Ich beginne damit, mir irgendwelche Ausreden einfallen zu lassen, um aus dieser Einladung herauszukommen, ohne allzu traurig zu wirken. Vielleicht muss ich ja morgen schon ganz früh arbeiten. Vielleicht habe ich Magenschmerzen.

»Das wird ganz entspannt. Versprochen«, fügt sie hinzu, drängt mich damit ein wenig.

Nein, nein, denke ich mir, ich bin noch nicht bereit, der Welt gegenüberzutreten und neue Leute kennenzulernen, stelle aber zu meinem Entsetzen fest, dass mein Kopf nickt.

Sie lächelt, scheint ebenso überrascht wie ich selbst, dass ich zugestimmt habe. »Die Details schick ich dir noch.« Und dann verschwindet sie hinter der Tür.

\#

Ich habe Kinos schon immer geliebt. Den Duft von Popcorn, den klebrigen Boden, die Snacks … Aber am besten von allem ist es, mit einem Haufen fremder Menschen in einem riesigen Raum zu sitzen, ohne sich gedrängt zu fühlen, etwas zu sagen.

Ich musste bis Prospect Park rausfahren, da es nur ein einziges kleines Programmkino in New York gibt, das den Film spielt, den Sonya und Jamie unbedingt sehen wollen. Sie stehen zusammen mit einem kleinen Typen und einem blonden Mädel am Ticketschalter, als ich das Kino betrete.

»Juhuh!«, ruft Sonya. Sie packt meine Hand, drückt sie und hüpft auf und ab. »Ich habe dich vermisst.«

»Ich dich auch«, erwidere ich und gebe mein Bestes, ein Lächeln zustande zu bringen.

Sie zieht mich ein Stück von der Gruppe weg und flüstert mir ins Ohr. »Ich habe das Gefühl, dass du mir aus dem Weg gegangen bist«, sagt sie stirnrunzelnd. »Seit dem ... du weißt schon. Dem Date.«

»Ich war bloß sehr beschäftigt«, sage ich, obwohl das gelogen ist.

»Wir müssen mal wieder reden!«, sagt sie. »Außerdem habe ich ziemlich gute Neuigkeiten. Harper & Jane werden möglicherweise meine Ohrringe verkaufen!«

»Oh«, sage ich. »Welche, die du ausgesucht hast?«

Sie runzelt die Stirn und lässt meine Hand fallen wie eine heiße Kartoffel. »Welche, die ich entworfen habe!«

»Natürlich.« Das war definitiv cringy. Schmuck zu entwerfen, ist Sonyas neue Leidenschaft. Sie ist immer schon eine Künstlerin gewesen, aber sie wechselt andauernd das Medium, und manchmal fällt es mir schwer mitzuhalten. »Das ist ja großartig!«

»Danke«, sagt sie und fummelt an dem Anhänger ihrer Halskette herum. »Ich habe meine Chefs ja bloß das ganze letzte Jahr über angefleht, etwas von meinem Schmuck zum Verkauf anzubieten und dich damit zugelabert.«

Autsch.

»Es tut mir wirklich leid, Sonya. Hatte ich vergessen.« Letztes Jahr war es Keramik. Das Jahr davor Acryl. Bin ich wirklich eine so miese Freundin, weil ich vergessen habe, was es aktuell ist?

Allerdings muss zu ihrer Ehre gesagt werden, dass sie es rasch abschüttelt. »Sie werden mir bis nächste Woche mitteilen, ob sie sie wirklich ins Sortiment nehmen. Wenn sie's tun, werde ich eine Party schmeißen. Da kommst du, oder ich bring dich um.«

»Natürlich werde ich zu deiner Party erscheinen«, erwidere ich. »Halt mich auf dem Laufenden.«

Jamie legt ihre Hand auf Sonyas Schulter, beendet diesen peinlichen Moment. »Sie hat die Einladung doch schon über Google Kalender bekommen.«

Mein Handy vibriert, als ich die Einladung erhalte. »Ich gehe auf Nummer sicher«, sagt Sonya und klappt die Handyhülle zu. »Man soll sich so verhalten, als hätte man bereits das, was man sich wünscht, um es zu bekommen.«

»Macht Sinn«, sage ich. »Ich werde da sein.«

»Bennet, das sind Kevin und Sarah«, sagt Jamie und deutet dabei auf die beiden Leute, die bei uns stehen. »Alte Freunde von der Arbeit.« Jetzt, wo ich näher dran bin, stelle ich fest, dass die Frau definitiv keine Fremde ist. *Sarah.* Sarah, die Barkeeperin aus dem L'Italiano, die mir all die Gläser Côtes du Rhône serviert hatte, bis ich mich auf der Toilette übergeben musste. Es ist ja nicht so, als würde ich unbedingt noch mehr Beweise benötigen, dass mein Leben ein einziger Witz ist, aber das Universum schickt sie mir dennoch fröhlich weiter.

»Wir sind uns schon mal begegnet«, sagt Sarah, die auf einer Schokorosine herumkaut. Was leider stimmt, denn dabei hatte ich sie gerammt, und infolgedessen war der Inhalt eines ganzen Rotweinglases auf dem Hemd eines arglosen Gastes gelandet.

»Sorry deswegen …«, sage ich mit so leiser Stimme, dass ich kaum in der Lage bin, meine eigenen Worte zu hören. »Ich war nicht zurechnungsfähig.«

»Leute, ihr hättet sie sehen sollen. Es war zum Totlachen. Ich hatte sie zu sehr abgefüllt, und sie …«

»Ich habe auf der Toilette gekotzt«, platze ich heraus, in dem Versuch, die Erzählung zu kontrollieren. »Und dann … dann gab es dieses Malheur mit dem Gast und dem verschütteten Wein. Es war alles etwas chaotisch.«

»Sie hatte eigentlich ein Date mit unserem Freund Henry, aber der Ärmste hat sie stattdessen auf der Männertoilette entdeckt. Wir haben ihn eine ganze Woche damit aufgezogen«, zwitschert Sarah. Ich verspüre ein Engegefühl in der Brust.

»Ach, du bist das«, sagt Kevin. »Ich hab schon viel von dir gehört.«

Großartig. Offenbar weiß schon das ganze Restaurant über mich Bescheid.

Meine Brust wird heiß, und mein Hals beginnt zu jucken. »Es sollte eigentlich ein Date sein, aber wir sind nicht … So ist es nicht. Wir sind bloß Freunde.«

»Das war der Abend von eurem Date? Seit wann seid ihr denn Freunde?«, fragt Sonya, den Kopf zur Seite geneigt.

»Ich rufe ihn an, frage, ob er Lust hat herzukommen«, sagt Sarah und zieht ihr Handy aus einer gelben Umhängetasche.

»Nein!« Meine Stimme ist lauter, als ich erwartet hatte. »Nein, stör ihn nicht.« Diese seltsame Freundschaft mit Henry musste ja nicht unbedingt jeder mitbekommen. Zumindest jetzt noch nicht. »Ich hatte nicht damit gerechnet, dass wir uns anfreunden würden, Sonya«, sage ich. »Es war … ein Zufall. Ich hatte es nicht geplant.«

Sie verzieht den Mund, wirft Jamie einen Blick zu, bevor sie wieder mich ansieht. »Ich finde das großartig, B. Aber wir zwei haben definitiv Nachholbedarf, okay? Lass uns bald mal reden. Ich vermisse dich.«

»Okay«, erwidere ich erleichtert. »Werden wir.« Ich wende

mich Jamie, Sarah und Kevin zu. »Jamie, du hast gesagt, es kämen Freunde von der Arbeit mit. Ich wusste gar nicht, dass du im L'Italiano gearbeitet hast.«

Sie räuspert sich, scheint sich mit einem Mal unwohl zu fühlen. »Oh, das war lange bevor ich im Angry Bean angefangen habe. Aber immer bis spät in die Nacht arbeiten war nicht mein Ding, und so hab ich von Rotwein zu Kaffee gewechselt.«

»Du … du kennst Henry also?«, erkundige ich mich.

Sie zuckt mit den Schultern. »Nicht wirklich. Hab ihn ein paar Mal getroffen, das ist alles.«

Sonya lehnt sich gegen Jamies Schulter. »Deshalb ist er wohl auch in deinem Online-Dating-Profil aufgetaucht. Gemeinsame Freunde.«

Jamie wirft Sonya einen strengen Blick zu. Sonya saugt an ihrem Strohhalm und zuckt mit den Schultern. »Was denn?«

»Warum hast du mir denn nicht gesagt, dass du ihn kennst?«, frage ich. Das wäre doch mit Sicherheit eine wertvolle Information für jemanden gewesen, der ein Date mit ihm hat. »Sonya, wusstest du, dass Jamie Henry kennt?«

Jamie knabbert an ihrer Lippe und sieht Sonya an, die schweigend mit ihren Augen zu kommunizieren scheint.

»Ich habe ihr erst hinterher erzählt, dass ich euch zusammengebracht hatte«, sagt Sonya. »Dachte, du würdest es lieber für dich behalten. Und als ich Jamie dann sein Foto zeigte, da hat sie mir erzählt, dass sie ihn kennt. Ich hatte nicht damit gerechnet, dass du ihn wiedersehen würdest, also warum sollte ich mir die Mühe machen, die Sache zu erwähnen?«

Tatsache? Das ist … ziemlich rücksichtsvoll von ihr. »Oh«, sage ich. »Danke.«

»Kein Problem.« Sonya wirkt irgendwie erleichtert.

»Henry kann sowieso nicht herkommen. Er muss heute Abend arbeiten, weil wir beide hier sind«, sagt Kevin zu Sarah. Der arme Kevin. Ich hatte völlig vergessen, dass er dort steht.

Jamie zieht fünf Ticketabschnitte aus ihrer Tasche und hält sie in die Höhe, sodass wir sie alle sehen können. »Sollen wir reingehen?«

Ich atme aus und bete, dass wir dieses Thema nun für den Rest des Abends abgehakt haben.

Wir folgen einander im Gänsemarsch in den Kinosaal und nehmen unsere Plätze ein, um uns *Vergiss mein nicht* anzusehen. Leider werde ich dabei von Sonya und Jamie getrennt und lande neben Sarah, die die Gelegenheit ergreift, sich während der Vorschauen mit mir zu unterhalten.

»Henry ist in Ordnung«, sagt sie in einem komödienhaft lauten Flüsterton.

Ich stelle mein Handy auf lautlos und brumme nur, ohne mich festzulegen.

»Hat das Zeug zum festen Freund«, fügt sie hinzu und stopft sich eine große Handvoll Popcorn in den Mund.

Das lässt mich schaudern, und ich sage rasch: »Nein, nein, nein. Ich bin nicht auf der Suche nach einem festen Freund.«

»Ich dachte ja nur.« Sie zuckt mit den Schultern. »Wenn du ihn dir nicht schnappst, wird es bald eine andere tun.«

Ich zucke mit den Schultern. »Er kann tun und lassen, was er will. Wir kennen uns ja kaum.«

Sie mustert mich mit zusammengekniffenen Augen und saugt dabei einmal kräftig am Strohhalm ihrer Diät-Cola.

Ich werde nicht so recht schlau aus Sarah. Hat sie den Vorfall in der Toilette aus Boshaftigkeit ausgeplaudert oder weil sie es witzig fand? Fragt sie mich gerade über Henry aus, weil sie ihn schützen will oder weil sie eifersüchtig ist?

Aber warum sollte sie eifersüchtig sein? Da ist ja nichts zwischen ihm und mir.

Ich mag es nicht, auf diese Weise über Henry zu reden. Oder überhaupt über ihn zu reden. Es zu etwas zu machen, was es nicht ist. Es ist so, als würde das allzu häufige Ausprechen seines Namens alles ruinieren. Über ihn zu quatschen, würde unsere noch frische Freundschaft trivialisieren, sie mindern, so als ob man eine glänzende Oberfläche zu viele Male berührt und sie ihren Glanz verliert. Außerdem gibt es ohnehin nicht viel zu sagen.

»Ich glaube, der Film fängt an«, sage ich und lasse mich tiefer in meinen Kinosessel sinken.

»Na dann«, brummt Sarah und wendet ihre Aufmerksamkeit der Leinwand zu.

Wir sehen, wie sich Jim Carrey und Kate Winslet verlieben und einander dann wieder vergessen. Ich schließe die Augen und stelle mir vor, was für eine Erleichterung es wäre, vergessen zu können, in der Zeit zurückzugehen und mich davon abzuhalten, Sam zu begegnen, mich davon abzuhalten, mich in ihn zu verlieben, mich davon abzuhalten, mit ihm zu streiten, ihn davon abzuhalten, mitten in der Nacht zu mir zu fahren, um mich zu sehen. All dies einfach ungeschehen zu machen.

Auf meiner rechten Seite halten Sonya und Jamie Händchen. Kevin versucht heimlich, einen Vape Pen zu rauchen. Sarah schreibt Textnachrichten – das blaue Licht ihres Bildschirms erleuchtet ihr Gesicht. Ich sauge an einem blauen Sour Patch Kid, dessen säuerlicher Geschmack im Hals beißt.

KAPITEL 12

Sal trägt heute eine grüne Krawatte, und seine runden Wangen quetschen sich beim Lächeln gegen seine Augen. Er quasselt sofort los, als ich in der Bibliothek ankomme.

»Guck mal, Süße! Ist das nicht unglaublich?«, ruft er und hält mir dabei sein Handy vors Gesicht.

»Wow«, antworte ich, bin mir allerdings nicht ganz im Klaren, was ich da sehe. Sal zittert vor Aufregung, deshalb kann ich es auf seinem Bildschirm nicht genau erkennen. »Halt mal still, Sal, damit ich es mir angucken kann.«

»Tut mir leid, ich bin so aufgeregt!« Er hält es mir direkt unter die Nase, sodass der Bildschirm des Handys verschwimmt.

»Lass es mich mal halten.« Ich nehme ihm das Handy aus der Hand und bin endlich imstande, mir das Bild anzuschauen. Aber alles, was ich sehe, ist ein orangefarbener Klecks.

»Was genau sehe ich mir denn hier gerade an?«, sage ich und lege den Kopf schräg.

»Das Ultraschallbild vom Kind! Ist er nicht wunderschön?«

»Ohhhh«, sage ich und kneife die Augen etwas zusammen. Ich habe keine Ahnung, wie dieser orangefarbene Klecks ein Auberginenbaby sein kann. »Das ist wirklich unglaublich«, sage ich – was ja auch im doppelten Wortsinn stimmt – und reiche ihm das Handy zurück.

»Hast du seine Hände gesehen? Seine kleinen Finger?« Sal vergrößert mithilfe von Daumen und Zeigefinger eine besonders formlose Stelle. »So was hätten wir damals, als Marjorie unterwegs war, gar nicht sehen können!«

Ich bringe es nicht übers Herz, ihm zu sagen, dass ich überhaupt keine menschlichen Züge auf seinem Display erkennen kann, daher lächele ich nur und nicke. »Er ist wunderschön, Sal.«

»Ich kann es dir schicken. Bist du auf Facebook?« Er öffnet die Facebook-App und blickt mich erwartungsvoll an.

»Oh ja. Bennet Taylor. Ich glaube, ich bin die Einzige.« Mein Handy brummt, als er mir die Anfrage sendet.

»Ich werde alles an meiner Pinnwand posten, dann verpasst du nichts.«

Ich habe noch nie erlebt, dass sich jemand derart über etwas freut. Es wäre wirklich ein Verbrechen, ihn abzuwürgen.

»Dann bin ich mal gespannt darauf, deine Updates zu sehen«, sage ich mit einem Lächeln, das nicht aufgesetzt ist.

»Ich habe ihm einen kleinen Schlafsack gekauft, der die Form eines Footballs hat. Den musst du dir unbedingt anschauen.« Er beginnt durch seine Fotos zu scrollen, aber seine Wurstfinger können nicht mit seinem Gehirn Schritt halten, und er tippt immer wieder auf das falsche Foto.

»Vielleicht sollten wir erst mal zu unserem Tisch gehen, Sal.«

»Verdammt. Du hast recht.« Er steckt sein Handy ein und flüstert. »Ich hatte ganz vergessen, dass wir im Dienst sind.«

Sal und ich setzen uns an unsere Plätze draußen vor dem Forum. Aus dem, was die Leute beim Einchecken erzählen, schließe ich, dass es sich um eine Konferenz zu einem psychologischen Thema handelt. Wir finden in einen Rhythmus hinein, händigen Umhängebänder und Goodie-Bags aus, sodass ich anfangs überhaupt nicht wahrnehme, dass jemand meinen Namen ruft.

»Die Welt ist doch klein«, sagt Henry, als er mit einem breiten Grinsen im Gesicht auf unseren Tisch zutritt.

Von allen Menschen auf diesem gottverdammten Planeten muss es ausgerechnet er sein.

»Was für ein Zufall«, sagt er und lehnt sich an den Tisch. Seine Wangen sind gerötet, was wohl an der Hitze draußen liegt.

»Bist du etwa auch noch Psychologe?«, frage ich und mustere ihn von oben bis unten.

Er schüttelt den Kopf und deutet auf mein Klemmbrett. »Ich bin hier, um Fotos zu machen.«

Mein Blick huscht auf der Suche nach Bestätigung über die Liste, und tatsächlich, da steht sein Name. »Echt jetzt?«

Er zuckt mit den Schultern. »Ja.«

»Bitte nimm's mir nicht übel«, sage ich, »aber als du davon gesprochen hast, dass du Fotograf bist, dachte ich, du wärst nur so hipstermäßig-analog unterwegs.«

»Ob du's glaubst oder nicht, die Leute bezahlen mich sogar manchmal dafür.« Er sieht zu Sal hinüber. »Oh hallo, tut mir leid, ich bin Henry. Ein Freund von Bennet.«

Wenn es zwei Menschen gibt, von denen ich nie gedacht hätte, dass sie sich mal begegnen würden, dann sind es diese beiden.

»Freut mich, Sie kennenzulernen.« Sal klopft Henry enthusiastisch auf den Rücken. Der Mann hat Jahrzehnte an der Highschool Football unterrichtet und weiß, wie man einem Kerl auf den Rücken klopft. »Möchten Sie mal was Tolles sehen?«

Henry nickt. »Klar.«

Sal hält ihm sein Handy vors Gesicht, wie er es bei mir getan hat. Henrys Augen beginnen sofort zu leuchten. »Wen haben wir denn da?«

»Das ist mein Enkelsohn!«

Er nimmt Sal das Handy ab und vergrößert das Bild. »Wow.« Sein Blick wandert über den Bildschirm, sein Kiefer hängt herab, und ein bewunderndes Lächeln erscheint auf seinem Gesicht. Er schaut es sich wirklich an, nimmt es ernst. Es ist ihm nicht scheißegal. Keine Ahnung warum, aber ich spüre ein Prickeln in meinem Bauch.

Er hält das Handy in die Höhe, um es mit Sals Gesicht zu vergleichen. »Er sieht aus wie Sie.«

Verdammt, Henry ist wirklich gut. Es scheint fast so, als wüsste er genau, was er sagen muss, um die Menschen ins Herz zu treffen.

Und dem großen, gefühlvollen Sal schießen Tränen in die Augen. »Verrückt, dass Sie das sagen. Genau das habe ich auch gedacht.«

»Sie müssen sehr stolz sein.« Henry schüttelt ihm die Hand. »Glückwunsch.«

»Bennet, ich mag diesen Kerl«, sagt Sal halb weinend, halb lachend.

»Geht allen so«, sage ich.

»Allen?«, fragt Henry und sieht mich grinsend an.

Ich verdrehe die Augen. »Treib's nicht zu weit.«

»Hey«, sagt Sal und hält Henry sein Handy hin. »Wie lautet Ihr Facebook-Account? Ich setze euch beide in einen Gruppenchat.«

Henry tritt der Gruppe bei, ohne zu zögern. Sal quietscht förmlich vor Begeisterung, als er uns die Ultraschallbilder schickt, und ich erwische mich dabei, wie ich Henry dankbar anlächele.

»Hier«, sage ich und reiche ihm sein Umhängeband. »Zur Veranstaltung geht's durch diese Türen«, sage ich und deute hinter uns. »Viel Spaß.«

»Danke«, sagt Henry, streift sich das Band über den Kopf und rückt den Tragegurt seiner großen Kameratasche auf der Schulter zurecht. Dann verschwindet er ins Forum hinter mir, und ich bleibe ein wenig irritiert zurück.

Ein echter Fotograf. Henry ist ein echter Fotograf, der echtes Geld für echte Fotos bekommt. Ich hatte geglaubt, er sei ebenso an seinen Zielen gescheitert wie ich, aber dem ist nicht so. Das ist bewundernswert und deprimierend zugleich.

#

Nachdem wir eine ganze Stunde lang Leute eingecheckt haben, lässt die Flut der Teilnehmer nach, und Sal und ich drehen Däumchen. Was Sal natürlich ausnutzt, um Henry und mir eine Flut von Ultraschallbildern in den Gruppenchat zu senden.

Obwohl Henry hier ist, um zu fotografieren, reagiert er mit Begeisterung auf beinahe jedes Foto von Sal. Ich stelle fest, dass ich ihn gern einmal in Aktion erleben und bei seiner Arbeit beobachten würde.

»Hey«, sage ich und lehne mich zu Sal hinüber. »Hast du was dagegen, wenn ich mich reinschleiche und ein bisschen zugucke?«

Sal schüttelt den Kopf. »Geh nur, Süße. Ich hab hier alles im Griff.«

»Danke«, sage ich und bin schon aus meinem Stuhl heraus und durch die Tür. Ich bin wieder einmal überrascht von der Schönheit des Forums, obwohl ich es ja schon mal gesehen habe. Es kommt mir vor, als würde ich in einem Observatorium stehen, nur wenige Meter von den Sternen entfernt.

Henry ist auf der anderen Seite des Raumes und beobachtet aufmerksam den Referenten, die Kamera im Anschlag. Ich folge der Linie seiner Linse zur Bühne, wo ein groß gewachsener Mann mit grau meliertem Bart spricht.

Ich halte den Atem an, als ich das Thema seines Vortrags auf dem Bildschirm hinter ihm erblicke.

Heilsam trauern –
Patienten nach Verlust begleiten
Referent: Dr. Carlos Barrera, Diplompsychologe

Alle kritzeln eifrig mit, um jedes Wort von ihm festzuhalten. Das Klicken von Henrys Kamera kommt mir mit einem Mal weit weg vor. Ich schlucke schwer. Das Herz hämmert in meiner Brust, als ich mich auf Dr. Barrera konzentriere.

Er ist gerade dabei, eine Geschichte von einem Patienten namens Ross zu erzählen, der nach zweiundfünfzig Jahren Ehe seine Frau verloren hatte. Ross verspürte nach ihrem Tod körperliche Schmerzen in seiner Brust, die zu wiederholten Krankenhausaufenthalten führten. Es stellte sich heraus, dass Ross einen Haufen Schuldgefühle mit sich herumschleppte. Er fühlte sich schuldig, weil er nicht im Zimmer gewesen war, als seine Frau starb, weil er der Ansicht war, er hätte eigentlich vor ihr sterben sollen, und weil er ihr nicht ein letztes Mal gesagt hatte, dass er sie liebte. Die Schuldgefühle hatten ihn von seinem Schmerz abgelenkt, sodass der Schmerz physisch in seiner Brust in Erscheinung getreten war.

Ich bin wie gebannt von Dr. Barrera, von seinen Worten. Vermag mich nicht zu rühren.

Sam, Sam, Sam ist alles, was ich höre.

Es schnürt mir die Kehle zu, und ich beiße die Zähne aufeinander, versuche, die unvermeidlichen Tränen zurückzuhalten, versage aber kläglich. Meine Lungen beginnen zu brennen, und ich lasse die Luft in Form eines verzweifelten Seufzers raus.

»Alles okay?«

Henrys Stimme holt mich zurück in die Realität. Er ist direkt neben mir, und ich habe keine Ahnung, wie lange er schon dasteht und wie viel er mitbekommen hat.

Ich wende mich ab und hole tief Luft, um das Ganze abzuschütteln. »Mir geht's gut«, sage ich, springe auf und renne zum Ausgang.

Sal sitzt am Tisch und scrollt durch sein Handy, als ich herausgestürmt komme.

»Was ist los, Süße?«, fragt er besorgt.

Ich schüttele den Kopf und versuche, den Kloß in meinem Hals herunterzuschlucken. »Ich brauche eine Sekunde. Kommst du allein klar?«

»Natürlich«, erwidert er, und die Falte zwischen seinen Augenbrauen vertieft sich. »Lass dir Zeit.«

Ich spritze mir in der Toilette Wasser ins Gesicht und versuche mich zu beruhigen. Jetzt ist nicht der richtige Zeitpunkt für einen Zusammenbruch. Nicht der richtige Zeitpunkt, um Sam zu vermissen. Als hätte ich eine Wahl. Als sei es nicht Teil meiner DNA, ihn zu vermissen. Als wäre ich nicht gerade daran erinnert worden, wie weh es tut. Es kommt mir vor, als hätte man mich ins Meer geworfen und ich würde immer tiefer sinken, egal wie kräftig ich auch strampele, wie viele Rettungsringe man mir auch zuwirft, ich sinke einfach immer tiefer und tiefer in die Dunkelheit hinab. Ich wünsche mir nichts sehnlicher, als aus diesem Leben in ein anderes zu springen. Ein Leben, in dem Sam noch hier ist und ich vielleicht nicht. Ich würde sofort tauschen. Das würde ich wirklich.

Ich verlasse die Toilette, zögere aber noch, zum Tisch zurückzukehren. Ich atme durch die Nase ein, versuche, meinen Körper dazu zu zwingen, bewege mich jedoch, wie von einem Instinkt geleitet, in die andere Richtung.

Ich gehe in ein Treppenhaus, höre das Klackern meiner Schuhe an den Marmorwänden widerhallen. Der monotone Klang geistert mir im Kopf herum. Ich erkunde Flure, biege immer wieder wahllos ab, ohne mich an einem Plan zu orientieren, verliere mich im Labyrinth.

Irgendwann lande ich in einem Raum, der wie eine gotische Kathedrale wirkt. Meine Augen erfreuen sich an der Schönheit, den aufwendig geschnitzten großen Holztischen, die aufgereiht dastehen, jeder mit einer mittig platzierten Lampe, die schier endlos scheinenden Bücherregale, die die Wände säumen, die gewaltigen Bogenfenster, die das Tageslicht hereinlassen. Gemälde von rosafarbenen Wolken an der Decke sind umgeben von dunkelbraunen, mit Gold verzierten Täfelungen. Mit Lichtern bedeckte Kronleuchter hängen in Reihen vom Himmel. Lange Schatten neigen sich über die Böden, wie Finger, die von den Fenstern nach den Büchern greifen. Selbst die Schatten wollen die Schönheit greifen und festhalten. Einige Leute sitzen mit gebeugten Köpfen über Büchern oder Laptops an den Tischen, tippen oder lesen oder starren ins Leere.

Ich durchquere den Raum, versuche die Stille hier drinnen nicht zu stören. Ich atme den Geruch von Papier, Staub und Holz ein, lausche dem gelegentlichen Umblättern einer Seite, dem gedämpften Klicken einer Tastatur. Mein Körper summt vor Adrenalin, als ob er wüsste, dass ich eigentlich nicht hier sein sollte. Ich bin keine Studentin. Ich bin gar nichts. Aber die Stille, die Schönheit, der Stolz dieses Raumes lassen mich verharren, machen es mir schwer, wieder zu gehen.

Sam hätte es hier gefallen.

Ich setze mich auf einen Stuhl an einem leeren Tisch, massiere mir die Schläfen mit den Fingern, während ich langsam und kontinuierlich ein- und ausatme. Ich habe keine Ahnung, wie lange ich dort sitze, aber es ist lange genug, dass ich nicht mehr das Gefühl habe zusammenzubrechen.

Ich hole mir meine Sachen am Tisch ab. Sal und die meisten der Konferenzteilnehmer sind inzwischen gegangen – offenbar hatte ich das Ende verpasst und damit vermutlich auch Henry.

Ich ziehe den Kopf ein, als ich mich auf den Weg zur Tür mache, aber eine Stimme lässt mich innehalten.

»Bennet, warte.« Ich drehe mich um und erblicke Henry, der sich seine Tasche über die Schulter zerrt und auf mich zukommt. »Du bist verschwunden«, sagt er. »Ich habe Sal gefragt, wo du hin bist, und er hatte keine Ahnung, also habe ich gewartet.«

Meine Stimmung hellt sich ein wenig auf. »Warum?«, frage ich.

»Ich wollte dich fragen, ob du noch Lust hast, mit mir abzuhängen«, sagt er und verschiebt den Gurt auf seiner Schulter ein wenig. »Also ... hast du noch Lust?«

Dieses ganze Gerede über Trauer hat mich aufgewühlt, und ich bin müde von der Arbeit, was normalerweise dazu führt, dass ich am Nachmittag allein zu Hause bleibe, um meine Batterien aufzuladen, aber plötzlich scheint es mir sicher zu sein, den Tag mit Henry zu verbringen. Fast genauso gut, als wäre ich allein.

»Ja«, sage ich nickend. »Okay.«

Als wir auf den belebten Gehweg hinaustreten, brennt die Sonne vom Himmel herab. Schweiß sammelt sich in meinen Achselhöhlen.

»Es ist wunderschön hier draußen«, sagt Henry und hält die Hand in die Höhe, um die Sonne zu verdecken.

»Wir könnten in den Park gehen«, schlage ich vor.

»Ich müsste erst noch einen Abstecher in meine Wohnung

machen, um das ganze Zeug loszuwerden, aber sie liegt in der Nähe von meinem Lieblingsplatz.« Bei dem Gedanken an seine Wohnung wird mir flau im Magen. Hineinzugehen. Zu sehen, ob er ordentlich ist oder ein Chaot. Seine aufgereihten Schuhe an der Tür zu sehen. Zu erfahren, welche Seife er benutzt.

»So eine Wohnung ist schon eine ziemlich intime Angelegenheit«, sage ich.

»Für normale Menschen nicht«, erklärt er.

»Ich bin nicht normal, Henry«, rufe ich ihm in Erinnerung.

»Stimmt«, antwortet er. »Trotzdem.«

Henrys Wohnung liegt im Stadtteil Inwood, ganz im Norden, gerade noch in Manhattan. Es ist ein kleines Viertel mit Eckläden und Stadthäusern. Keine hohen Gebäude. Hübsch.

»Hier ist es«, sagt er und bleibt an einem Treppenaufgang stehen.

»Ich warte draußen«, erwidere ich, während er in seiner Hosentasche nach dem Schlüssel kramt.

»Jetzt komm schon«, sagt er und schiebt den Schlüssel ins Schloss. »Nur zwei Sekunden. Mehr musst du nicht ertragen.«

Ich verdrehe die Augen. »Also schön.«

Wir laufen ein paar knarrende, mit Teppich ausgelegte Stufen hinauf zu seiner Wohnungstür. Drinnen ist ein winziges Studio-Apartment, vollgestopft mit schweren Möbeln und seiner Fotoausrüstung. Es gibt ein großes Bett mit einer olivgrünen Decke und zwei Kissen-Sets, einen kleinen Nachttisch, eine Kommode und einen Schreibtisch mit einem PC-Bildschirm. Auf der anderen Seite befindet sich eine winzige Küchenzeile mit einer Mikrowelle, einem kleinen Kühlschrank, Spüle und einem Ofen neben einer Badezimmertür, die einen Spalt breit offen steht. Die weißen Wände sind bis auf das gerahmte Bild einer Gebirgskette nackt. Auf dem Boden neben seinem Bett liegt ein Paar achtlos dort zurückgelassene Plüschpantoffeln.

»Die sind ja süß.« Ich vergleiche einen der Pantoffeln mit der Größe meines eigenen Fußes. Er ist erheblich größer. »Ich glaube, die würden meiner Großmutter gefallen«, sage ich.

»Die würde ich gern mal kennenlernen«, sagt er, während er auf der Suche nach frischen Klamotten in einer Kommodenschublade herumkramt.

Ich wende meine Aufmerksamkeit einem kleinen Steinhaufen zu, der oben auf der Kommode liegt. »Das war also kein Witz. Du hast tatsächlich eine Steinsammlung?«

»Hm-hm.« Er beugt sich hinunter, um eine weitere Schublade zu öffnen. Ich gehe zu ihm hinüber und recke den Hals, um mir die Steinsammlung anzusehen, die wirklich aus hübschen kleinen Kostbarkeiten zu bestehen scheint und nicht bloß aus Steinchen mit aufgeklebten Wackelaugen. Dabei wandert mein Blick kurz in die geöffnete Schublade, in der er gerade herumwühlt. Er dreht den Kopf zu mir und zieht eine Augenbraue in die Höhe. »Bist du etwa neugierig auf meine Unterwäsche?«, fragt er.

Ich spüre, wie mir heiß wird. »Ich habe gar nicht hingeguckt«, sage ich. Was gelogen ist.

»Schon okay, du Freak«, sagt er und öffnet die Schublade darunter.

Ich greife nach einem hellroten Stein. »Wo ist der her?«

»Arizona.«

Wir stehen zu eng beieinander, und ich spüre, wie das Blut in meinem Magen vor Energie schwirrt. Es gibt in diesem Apartment nicht genug Platz zum Atmen. Meine Wohnung ist klein und stickig und dunkel, aber wir haben wenigstens mehr als nur ein Zimmer. Henrys Wohnung ist wie ein winziger Würfel, ganz für ihn allein.

»Hast du dem Stein einen Namen gegeben?«

Er grinst. »Darth Maul.«

Ich lege ihn wieder zurück an seinen Platz zu den anderen. »Ich schäme mich für dich.«

»Wenn du dich weiter über mich lustig machst, werde ich dir nicht meine Insektensammlung zeigen.«

»Du hast eine *Insektensammlung*?«

Er grinst, tippt mit dem Finger oben auf die Kommode. »Nein. Allerdings habe ich mal ein Silberfischchen im Bad gesehen.«

Ich atme erleichtert aus. »Wann bist du hierher gezogen?«

»Als ich von Denver zurück war.«

»Ich bin überrascht, dass du allein lebst.«

Er schiebt die Schublade mit seiner Hüfte zu. »Wieso?«

»Keine Ahnung. Du scheinst mir jemand zu sein, der immer gern einen Haufen Leute um sich hat.«

»Stimmt, ich bin gern mit Menschen zusammen, kann aber auch gut mal allein sein.« Er klemmt sich die Klamotten unter den Arm und wendet sich ab zum Bad. »Setz dich ruhig hin, wenn du willst, bin gleich wieder da.«

Die Tür schließt sich hinter ihm.

Es gibt einen Schreibtischstuhl, der aber derzeit mit Henrys Fotoausrüstung belegt ist, und es bleibt mir keine andere Wahl, als mich auf sein Bett zu setzen. Ich hocke mich ganz am Rand auf die Kante. Meine Oberschenkel brennen.

»Ganz schön weiter Weg zur Arbeit«, rufe ich.

»Ja, total nervig, aber es gefällt mir hier«, sagt er hinter der Tür.

»Ich war letztens mit Sarah im Kino«, sage ich.

Die Tür fliegt auf. »Echt?« Das blaue T-Shirt, das Henry nun trägt, schmiegt sich eng an seine Schultern und betont die Konturen seiner Muskeln. Ich bemerke, dass ich ihn eine

Sekunde zu lange anstarre, und wende meinen Blick rasch ab.

Muskeln zählen wohl eher nicht zu den rein platonischen Dingen, die einem bei jemandem auffallen.

»Sie kennt die Freundin meiner Mitbewohnerin.« Ich stehe vom Bett auf in der Hoffnung, keine allzu große Vertiefung hinterlassen zu haben. »Jamie?«

»Du sprichst also in meiner Abwesenheit über mich?«, fragt er mit verschränkten Armen.

»Nein, ich ... kennst du sie?«

»Jamie?« Er kratzt sich stirnrunzelnd am Kinn. »Ich glaube nicht, dass ich eine Jamie kenne.«

Ich streiche eine Haarsträhne hinter mein Ohr, spüre, wie die Hitze in meinem Körper emporsteigt. »Sie hat gesagt, dass ihr zusammengearbeitet habt, bevor du nach Denver gezogen bist. Weißt du noch? Jamie?«

Henry verharrt, schaut in die Ferne, als versuche er, seine Gedanken zu sammeln. Dann wendet er sich mir wieder zu. »Meinst du etwa Jamie Kiernan«, fragt er, den Kopf zur Seite geneigt. »Kurzes Haar? Trägt immer eine Lederjacke? Sicher kenne ich Jamie!«

Ich schaue ihn mit zusammengekniffenen Augen an. »Ja, Jamie Kiernan. Wie lange habt ihr denn zusammengearbeitet?«, frage ich.

»Äh«, er beißt sich auf die Unterlippe. »Weiß ich nicht mehr genau. Ist schon so lange her. Das ganze Personal hat inzwischen gewechselt.«

»Oh.« Ich greife nach meiner Tasche auf dem Boden und schwinge sie mir über die Schulter. Aber Sarah kannte sowohl Jamie als auch Henry, und Kevin kannte die beiden ebenfalls. Also konnte wohl kaum das ganze Personal gewechselt haben. »Soll ich sie von dir grüßen?«

»Klar, mach das«, sagt er enthusiastisch. »Ja. Ist schon eine Weile her.« Er greift in den Kühlschrank, nimmt zwei Dosen Spiked Seltzer heraus und reicht mir eine.

»Bereit?«

KAPITEL 13

Wir spazieren fünfzehn Blocks von Henrys Apartment hinunter bis Washington Heights, wo wir auf einen geschlängelten Fußweg abbiegen, der durch die Bäume verläuft, die uns glücklicherweise vor der Sonne schützen. Da ist ein leises Brummen in der Luft und ein fischiger Geruch in der leichten Brise. Durch eine Lücke im Grün sehe ich, dass das Brummen von den über uns hinwegrumpelnden Autos auf der George Washington Bridge stammt und der fischige Geruch vom Hudson kommt, der darunter hindurchfließt. Wie immer habe ich Mühe, mit Henry Schritt zu halten, und finde es frustrierend, dass das einzige Tempo, mit dem er sich fortbewegt, ganz offenbar sehr viel schneller ist als mein eigenes.

Der schattige Fußweg führt uns in einen langen, schmalen Park mit Grünflächen entlang des Flusses. Ich atme die frische Luft ein, gewöhne meine Ohren an die Geräusche der Stadt an diesem Ort. Eine angenehme Brise drückt mir die Bluse an den Körper, und obwohl der Park voller Menschen ist, verspüre ich ein Gefühl der Ruhe, des Friedens.

Henry und ich finden einen freien Platz unter einem Baum neben einer Betonmauer, die schon ein bisschen bröckelig ist, aber die Überreste eines aufgesprühten Penis sind noch sichtbar.

»Banksy?«, frage ich grinsend, als wir uns auf unserem Fleckchen unter dem Baum zur Flussseite niederlassen.

»Ich habe gehört, dass er jetzt von politischen Statements zu Phallussymbolen übergegangen ist.« Henry sitzt mit dem Rücken an den Stamm gelehnt und streckt seine Füße Richtung Wasser.

»Schade, dass das Ding abbröckelt. Ich hätte es gern in seiner ganzen Pracht gesehen.«

»Ich habe das Gefühl, er kompensiert damit irgendwas.«

»Banksy könnte auch eine Frau sein. Schon mal daran gedacht?«

»Du hast absolut recht«, sagt er, während er seine Dose Seltzer öffnet. »Da bin ich meiner eigenen Voreingenommenheit auf den Leim gegangen.«

Die George Washington Bridge ist ein Riese, der den Park überragt – fast wie ein Beschützer. In bin schon viele Male über diese Brücke gefahren. Wenn man auf ihr ist, dann will man nur von A nach B, aber darunter wird man an seine eigene Winzigkeit erinnert.

»Das Ding ist so riesig«, sage ich.

»Meinst du den Penis?«

Ich gebe ein Schnauben von mir. »Nein. Die Brücke, du Idiot.«

Er schlägt die Beine an den Fußgelenken übereinander und folgt meinem Blick zu der seilartigen Struktur über uns, die vor Aktivität pulsiert und dennoch standhaft und unerschütterlich bleibt.

»Große Brücke, kleiner Leuchtturm.« Er zeigt zu dem roten Leuchtturm hinüber, der unter der Brücke steht. Ich hatte ihn noch gar nicht bemerkt. Neben dem riesigen Bauwerk wirkt er wie eine Schachfigur. »Der hat mal die Schiffe nachts den Hudson hinaufgeleitet.«

»Der ist niedlich«, sage ich und sehe zu, wie ein Fahrradfahrer um seinen Sockel herumkurvt.

»Jetzt erledigt das Licht von der Brücke diese Aufgabe, aber angeblich konnte sich die Stadt nicht dazu durchringen, ihn abzureißen, und die New Yorker haben dafür gekämpft, dass er bleibt.«

Das gefällt mir. Ein Stück Geschichte, das vermutlich von vielen übersehen wird, aber gefeiert von denen, die sie kennen.

Ich ziehe die Knie an meine Brust. »Ich kann nicht glauben, dass wir uns heute bei einem meiner Jobs begegnet sind«, sage ich und lege mein Kinn auf die Knie. »Echt schräg.«

»Die Leute tun immer so, als sei New York eine Riesenstadt, aber in Wahrheit ist es ziemlich klein.« Er wedelt mit der Hand, um eine Fliege von seinem Gesicht zu vertreiben.

»Das habe ich inzwischen auch schon gemerkt«, sage ich. »Irgendwie.«

»Du musst einfach deinen eigenen Platz finden. Und du bist auf dem Weg dahin.« Er lehnt seinen Hinterkopf an den Baumstamm, verschränkt die Arme vor dem Bauch und schließt die Augen. »Hilf mir dabei, für nächste Woche eine mögliche Passion zu finden, die du ausprobieren kannst. Was wolltest du als Kind werden?«

»Nichts.« Ich fummele an einem Sockenbund herum. »Alles.«

»Warst du auf dem College?«

»Hab's im letzten Semester geschmissen.«

»Ich habe nicht studiert.«

Ich wende mich ihm zu. »Warum nicht?«

Seine Augen sind immer noch geschlossen. »Meine Familie konnte es sich nicht leisten.«

»Wir sind wohl beide hoffnungslose Fälle«, sage ich.

»Sieht ganz so aus.« Er nimmt seine Brille ab und putzt die Gläser mit dem Saum seines T-Shirts. Ich lehne mich gegen den Baumstamm und spüre, wie der Ärmel seines T-Shirts meinen Arm berührt.

Ich hole mein Handy hervor, damit es nicht so aussieht, als würde ich von ihm abrücken. Bloß eine Nachricht von Sonya, sonst nichts. Ich klicke den Bildschirm aus.

»Also …«, sage ich und stecke das Handy wieder in meine Tasche. »Erzähl doch mal, woher du wusstest, dass du Fotograf werden willst.«

Sein Blick folgt einem Vogel, der von Baum zu Baum fliegt und dann übers Wasser verschwindet. »Ist eine lange Geschichte.«

»Ich würde sie gern hören.«

Er lächelt ein wenig gequält und sieht mich von der Seite an. »Dann schnall dich mal an.«

Ich mime das Anlegen eines Sicherheitsgurts.

Er gibt ein Kichern von sich und schüttelt den Kopf. »Ich hatte als Kind eine Sprachstörung und habe deshalb nicht viel geredet. Meine Eltern machten sich Sorgen, dass ich niemals normale Sprachfähigkeiten entwickeln würde, und ich war wie versteinert, wenn ich mit Menschen reden sollte. Also nahm mich mein Vater jedes Wochenende mit in Parks und Restaurants und an andere öffentliche Orte, die er aussuchte. Dort begann er eine Unterhaltung mit einem Fremden über irgendetwas. Er erklärte mir, dass er üben würde und dass ich es auch mal probieren sollte. Was ich dann auch getan habe. Am Anfang ist es mir schwergefallen, aber irgendwann fing ich an, mich darauf zu freuen.«

Er verändert seine Körperhaltung, winkelt ein Bein an und legt den Unterarm aufs Knie. »Allmählich konnte ich besser sprechen, aber ich wollte mit meinen Unterhaltungen weitermachen. Und ich wollte das Ganze für mich dokumentieren und habe all die Leute, mit denen ich gesprochen hatte, mit

Einwegkameras fotografiert. Das gefiel mir dann auch, und ich habe mir eine richtige Kamera gekauft ... der Rest ist Geschichte. Oder zumindest gewissermaßen, denn ich arbeite immer noch dran.« Er zupft einen Grashalm aus und reißt ihn mit den Fingern auseinander.

»Das ist wirklich toll, Henry«, sage ich. »Dein Vater scheint ein außergewöhnlicher Mensch zu sein.«

»Ich habe das bisher noch niemals ausgesprochen«, sagt er im Flüsterton. »Aber ich glaube, der andere Grund, warum ich Fotos mache, ist ...« Er schluckt, wendet den Blick von mir ab. »Weil er sich an nichts mehr erinnern kann. Manchmal hat er noch einen hellen Moment. Dann erkennt er jemanden auf einem Foto. Oder er gibt sich zumindest Mühe. Wenn ich ihm ein altes Foto von unserem Nachbarn zeige, dann kann er mir manchmal sofort den Namen nennen. Dieser eine helle Moment ist es wert. Den möchte ich für ihn bewahren. Und auch für mich selbst. Denn Fotos vermögen die Realität zu zeigen. Auch wenn sich seine Realität zunehmend verändert.«

Mir wird bewusst, wie verschieden unsere Erfahrungen mit Trauer sind. Sam war von einer Sekunde auf die andere fort. Bevor es mir bewusst wurde, war er nur noch eine Erinnerung. Aber jemanden langsam zu verlieren, ist so, als wenn man den Menschen und die Erinnerung an ihn, wie er zu Lebzeiten war, zur selben Zeit hat. Vermutlich muss Henry ständig an seinen Vater denken. Ich frage mich, warum er überhaupt hier ist und nicht zu Hause.

»Wie geht es deinem Vater denn?«

Er verzieht den Mund und wirft den Grashalm zur Seite. »Mal so, mal so. Tagesformabhängig.«

Offenbar will er das Ganze herunterspielen, aber ich möchte wissen, wie es wirklich aussieht. »Wieso bist du wieder nach New York zurückgekommen?«

»Du willst eigentlich fragen, warum ich nicht bei ihm geblieben bin, stimmt's?«

Ich nicke.

»Wegen meiner Mutter«, sagt er mit einem kleinen Lächeln. »Sie hat mich praktisch rausgeworfen. Hat mir erklärt, dass ich ihnen in die Quere kommen würde. Ich glaube, sie wollte einfach nicht, dass ich etwas von meinem Leben verpasse ... oder was auch immer. Ich habe aber ständig das Gefühl, nicht genug zu tun.«

Ich kenne Henry zwar noch nicht sehr lange, aber ich sehe, was er für ein Mensch ist. Er kümmert sich auf jeden Fall um seine Eltern – auch aus der Ferne. »Du bist ein guter Sohn.«

»Ich bin mir nicht sicher, ob du damit richtigliegst, aber danke, dass du es sagst.«

Ich richte meinen Blick wieder auf den Fluss. »Darf ich dich etwas fragen, auf das du mir mal ausnahmsweise eine ernsthafte Antwort gibst?«

»Du kannst es ja versuchen.«

Ich hole tief Luft. »Warum hast du dich wirklich entschieden, mir zu helfen? Du gibst dir schon verdammt viel Mühe für einen Menschen, den du gerade erst kennengelernt hast.«

Henry stößt einen Seufzer aus und setzt sich aufrecht hin. »Keine Ahnung.« Er tippt mit dem Finger gegen seine Dose. »Wie offen darf ich denn sein, ohne dass du ausflippst?«

»Kommt drauf an, wie abgedreht es ist.«

Er kichert und nimmt einen Schluck aus seiner Dose. »Gar nicht abgedreht, eher ein bisschen erbärmlich.«

»Jetzt sag schon, Henry«, dränge ich und sehe, wie sein Gesicht einen ernsten Ausdruck annimmt.

Ein Muskel zuckt kurz auf der für mich sichtbaren Seite seines Kiefers, als er über den Fluss hinwegblickt. »Es war noch eine Menge mehr mit mir los, als ich nach Hause zurück bin.

Vor meiner Rückkehr nach Colorado bestand mein Leben nur aus machen, machen, machen. Bloß kein Stillstand. Aber als ich wieder zu Hause war, da gab es nichts. Tag für Tag dieser ganze Scheiß mit meinem Vater, all die Pillen und zusehen zu müssen, wie meine Mutter zu seiner Krankenschwester wird ... das war alles etwas viel. Und ich war gezwungen, stillzusitzen und wirklich über alles nachzudenken. Ich war nach Hause zurückgezogen, um zu helfen, aber ... ich war zu nichts zu gebrauchen. Ich konnte mich einfach nicht aufraffen, mich um ihn zu kümmern. Konnte mich eigentlich zu gar nichts aufraffen. Ich fühlte mich plötzlich wie ein Versager. Wollte nicht mal mehr Fotograf werden, obwohl ich es mir, seit ich ein kleiner Junge war, schon immer gewünscht hatte. Du hältst mich vielleicht für einen tollen Sohn, weil ich nach Hause zurückgezogen bin, um zu helfen, aber im Grund war ich für meine Mutter nur eine weitere Person auf der Liste der Menschen, um die sie sich kümmern musste. Nicht gerade eine Glanzleistung von mir.«

»Ich bin mir sicher, es hat ihnen geholfen, dass du da warst.«

»Das hat es ganz und gar nicht. Und deshalb hat mich meine Mutter auch rausgeworfen und mich damit gezwungen, wieder auf eigenen Füßen zu stehen. Es war anfangs schwer für mich, hier zu sein, weit weg von ihnen. Echt unglaublich schwer. Manchmal ist es das noch. Aber ich habe mich erst langsam besser gefühlt, als ich anfing, Dinge zu unternehmen, spazieren zu gehen, mein Apartment aufzuräumen – erst nur kleine Dinge und später dann die größeren, wie eine mir völlig Fremde einzuladen, sich gemeinsam mit mir auf die Suche nach etwas zu machen, das zu ihrer Passion werden könnte.«

Sein Lachen klingt wie ein kleines Schnauben. »Als ich hierher zurückkam, war mir klar, dass ich die Dinge irgendwie am Laufen halten musste, um zu verhindern, dass ...«

»... du dich beschissen fühlst.«

»Ja«, er reibt sich mit der Hand übers Gesicht, »dass ich mich beschissen fühle.«

»Du hast dich also einsam gefühlt und wolltest dich beschäftigen«, sage ich.

»Und ich wollte mit dir abhängen, Bennet. Du bist bezaubernd, wenn du nicht gerade mit dem Kopf über der Kloschüssel hängst.« Er wendet sich mir lächelnd zu. »Ich hätte mir durchaus eine andere Begleitung für meine Abenteuer suchen können, weißt du. Du hast wirklich Glück.«

»Ja klar.« Ich beiße mir auf die Innenseite meiner Wange.

Sein Blick kehrt zu dem Vogel zurück, der nun über unseren Köpfen herumflattert. »Wenn ich Menschen kennenlerne, kommt es mir manchmal so vor, als würde ich immer noch diese Gespräche wie damals führen. Als wäre ich bloß imstande, Fragen zu stellen und Geschichten zu sammeln und diese dann auf einem Regalbrett zu archivieren. Weißt du, mein Dad und ich haben nie wieder mit diesen Leuten gesprochen. Nach dieser ersten Unterhaltung folgten keine weiteren mehr. Deshalb fällt es mir manchmal schwer, Menschen auf einer tieferen Ebene kennenzulernen, und sie enden als eine weitere Geschichte in meinem Regal und erwecken den Anschein eines erfüllten Lebens … was aber nicht stimmt.« Er schluckt und schaut auf den Rasen hinunter. »Die Leute erwarten immer etwas Bestimmtes von mir und scheinen enttäuscht zu sein, wenn ich dann nicht ständig so bin. Ich lasse nicht viele Menschen an mich heran, Bennet. Auch wenn du und andere das vielleicht annehmen, weil ich so kontaktfreudig oder was auch immer bin, und ich müsste gut darin sein, mich mal verletzlich zu zeigen. Aber ehrlich gesagt, habe ich noch nie mit jemandem über meinen Dad gesprochen, so wie gerade mit dir. Weil ich immer Bedenken hatte. Aber bei dir ist das anders. Mit dir möchte ich darüber reden.«

Ich würde ihn so gern berühren, aber stattdessen balle ich meine Hände zu Fäusten. »Ich bin froh, dass du es mir gesagt hast. Und ich …« Ich presse kurz die Lippen zusammen, versuche, den Wortsalat in meinem Kopf zu Sätzen zu formen. »Also, ich höre zu, wann immer du drüber reden willst.«

Er lächelt und nickt. »Danke.«

»Und du kannst mich in dein Regal stellen oder was auch immer. Also, wenn du das willst.«

Er lacht und sieht mich an. Sein strahlendes Lächeln lässt mich den fast schon ernsten Ton in diesem Moment vergessen. »Ich glaube, was ich eigentlich sagen wollte, ist, dass ich mir wirklich große Mühe gebe, genau das mit dir nicht zu tun.«

Wir starren einander für den Bruchteil einer Sekunde an, und ich habe beinahe das Gefühl, als würde ich einen anderen Menschen ansehen. Er ist kein extrovertierter Typ, der durch eine Laune der Natur halt so ist. Kein simpler Optimist. Ihn bloß als extrovertierten Menschen zu bezeichnen, wird seiner Persönlichkeit nicht gerecht. Er denkt über Dinge und Menschen nach, und er vermisst seinen Vater. Er hat eine Geschichte. Eine traurige, zu Herzen gehende Geschichte, die selbst mich nicht ganz kaltlässt. Ich komme mir gefühlsduselig vor und fühle mich unbehaglich, verspüre Neugierde und Verunsicherung zugleich.

Wir wenden unsere Blicke voneinander ab und schauen auf das Wasser vor uns hinaus. Die Sonne verschwindet langsam hinter den Gebäuden und taucht den Himmel in ein Bonbonrosa. »Ich werde auch mein Bestes geben«, sage ich.

Dann verbringen wir den Rest des Nachmittags damit, uns Lebensgeschichten für die Menschen im Park auszudenken. Wir stellen Vermutungen darüber an, welche Paare verheiratet und welche Geschwister sind, wer sich trennen will, wer der oder die Eifersüchtige in einer Clique ist. Wir erfinden

Stimmen für sie und umfangreiche Hintergrundinformationen. Wir bleiben dort unter dem Baum, bis der Park schließt. Ich schlinge die Arme um meinen Körper, als Henry mich zur Haltestelle begleitet.

Als wir am U-Bahn-Eingang ankommen, verziehen sich seine Mundwinkel zu einem Lächeln. »Samstag?«

Ich nicke. »Werde da sein. Wo auch immer.«

Er tritt mit geöffneten Armen auf mich zu, erstarrt aber, als ihm bewusst wird, dass wir uns für gewöhnlich zum Abschied nicht umarmen. Stattdessen hält er mir lachend die Hand hin. Ich ignoriere sie und lege, ohne groß darüber nachzudenken, meine Arme um seine Taille. Einen Herzschlag später legt er seine Arme um meine Schultern. Ich lasse mich in die Umarmung hineinsinken.

Ich weiß schon gar nicht mehr, wann ich meine letzte richtige Umarmung hatte. Eine, die sich auch noch so gut angefühlt hatte wie diese.

Sein Hemd duftet nach Minze, und ich schließe die Augen an seiner Brust und atme tief ein.

Als ich sie wieder öffne, wird mir bewusst, dass ich … zögere.

Ich weiche zurück. »Entschuldige«, sage ich und streiche über die Vorderseite meines T-Shirts. Mir wird klar, dass der Grund, warum sich das so falsch anfühlte, der war, dass es sich gar nicht so falsch angefühlt hatte.

Er lächelt, wobei er meine kurze Schrecksekunde glücklicherweise ignoriert. »Mach's gut, Bennet.«

KAPITEL 14

Schweißperlen laufen mir an den Schläfen hinunter, während ich mit der Fensterklimaanlage kämpfe. Der Juni ist da in all seiner Pracht, und der Juli ist ihm auf den Fersen und droht, die ganze Stadt zu verschlingen. Es ist nicht nur die Sonne, es sind das Pflaster, die Körperwärme und all die Energie, die benötigt wird, um diese gigantische Stadt zu versorgen. Alles ist heiß.

Ich balanciere das Klimagerät auf meinem Oberschenkel und versuche, es immer näher an die Fensterbank zu bugsieren. Dann hieve ich es in die dafür vorgesehene Öffnung und schließe rasch das Fenster, damit es auch an Ort und Stelle bleibt. Ich stelle es an und verspüre das erste Mal Erleichterung, seit sich der Frühling offiziell in Sommer verwandelt hat. Volle zehn Minuten halte ich mein Gesicht in den Luftzug, bevor ich einen Muskel rühre.

Ich steige über einen Kleiderhaufen, trete dabei auf eine leere Packung, die einmal Kosmetiktücher enthalten hatte, rutsche weg und falle beinahe hin. *Jetzt reicht's aber!* Ich kann so nicht mehr leben. Genug ist genug. Ich hieve die Klamotten auf mein Bett, sehe sie durch und werfe auf den Boden, was gewaschen werden muss. Der kleine Rest kommt zurück in den Schrank. Dann ziehe ich das Bett ab, lege Laken und Bettbezug zur Schmutzwäsche und trage alles nach unten in den Keller zur Waschmaschine. Anschließend sammele ich die herumstehenden Gläser ein, spüle sie und trockne sie mit der Hand ab. Ich schrubbe jede Oberfläche in meinem Zimmer, bis alles glänzt, wische verkrusteten Staub und tote Insekten weg. Dann trage ich den Müll raus und sauge anschließend überall, sogar unter dem Bett. Aber ich bin noch längst nicht fertig.

Ich wische die Küchenarbeitsplatte, befördere alles, was ich zuvor zur Seite gestellt hatte, wieder an Ort und Stelle und bringe anschließend Ordnung in die Schubladen. Ich falte die Kuscheldecke und wische den Couchtisch ab. Dann nehme ich mir noch den Kühlschrank vor, schrubbe die klebrigen Saftflecken weg und schmeiße verdorbenes Gemüse in den Müll. Zum Abschluss falte ich meine saubere Wäsche, die ich zwischendurch in den Trockner gesteckt habe, und beziehe mein Bett. Danach lasse ich mich aufs Futonsofa fallen, dessen Holzfüße unter meinem Gewicht wackeln. Ich bin verschwitzt und müde, aber ich fühle mich gut. Irgendwie leicht.

Ich würde gern diese Bennet sein, diese ordentliche Bennet, denn je mehr Müll man in seinem Leben akzeptiert, desto stärker ist das Gefühl, ihn verdient zu haben. Ich möchte nicht mehr länger das Gefühl haben, ihn zu verdienen. Das hier fühlt sich an wie die Bennet-vor-Sam, das Mädel, das jede Woche seine Wäsche gewaschen und Aufgaben immer rechtzeitig erledigt hat. Zum ersten Mal seit einer ganzen Weile fühle ich mich dieser anderen Bennet wieder nah. Doch so schnell sie aufgetaucht ist, so schnell ist sie auch wieder verschwunden. Die dunklen Wolken kehren zurück, so wie sie es immer tun, und ich lasse es zu. Heiße sie sogar willkommen.

Dennoch habe ich Pläne. Ich ziehe mir ein T-Shirt über, dazu Jeansshorts und weiße Sneaker und mache mich auf zu meinem Treffen mit Henry, den ganzen Weg bis nach Flatbush. Er wartet auf mich am Eingang des Brooklyn College.

Wir spazieren gemeinsam über den Campus, und ich komme mir vor wie in einer Blase – hellgrünes Gras, rote Backsteingebäude, Studenten mit Rucksäcken. Wir befinden uns auf einer akademischen Insel mitten in der Stadt. Vor einem dieser Backsteingebäude halten wir an, und Henry sagt: »Voilà! Die Murray Koppelman School of Business!«

»*Business?*«, sage ich und betrachte das Gebäude. »Also das ist keine besonders originelle Wahl, wenn du mich fragst.«

»Das wird uns guttun.« Er stemmt die Hände in die Hüften und sieht mich im hellen Sonnenlicht mit zusammengekniffenen Augen an.

»Guttun? Wieso?«

»Wie ich kürzlich herausgefunden habe«, sagt er schulterzuckend, »haben wir beide keinen Collegeabschluss.«

»Henry, ich habe kein Interesse an Mathe.«

»Ich glaube, es geht dabei um mehr als nur Mathe.«

Ich verschränke die Arme vor der Brust und ziehe einen Schmollmund. »Können wir nicht was tun, was Spaß macht?«

»Es geht nicht immer nur um Spaß.«

»Ich behalte mir das Recht vor, zu verschwinden, wenn mir das Ganze zu langweilig wird.«

»Da wäre Martin aber sehr enttäuscht.«

Moment mal. »*Martin?* Aus dem Park?«

Wie aufs Stichwort tritt Martin aus dem Park in einem anderen farbenfroh karierten Hemd und Kakihose durch die glänzende Tür nach draußen. Henry schüttelt ihm zur Begrüßung die Hand.

»Hallo, Bennet«, sagt er, als er mich bemerkt. »Henry hat mir erzählt, dass du dich für ein Studium in meinem Fachbereich interessierst.«

»Hat er das?«, presse ich zwischen zusammengebissenen Zähnen hervor.

Er lächelt und entblößt dabei einen Mund voller winziger

Zähne. »Ich habe dafür gesorgt, dass ihr heute als Gasthörer teilnehmen könnt. Folgt mir.«

Martin öffnet eine der Glastüren, und wir folgen ihm hinein, eine offene Treppe hinauf, vorbei an Wasserspendern und geschlossenen Türen.

»Schmoll nicht«, flüstert mir Henry unterwegs zu.

»Ich kann schmollen, wann und soviel ich will. Ich hatte mich gerade daran gewöhnt, mit Hundewelpen zu spielen und zu lernen, wie man Tattoos sticht.«

»Viele Leute machen leidenschaftlich gern langweiliges Zeug. Wer weiß, welche Türen sich dabei öffnen? Und es kann ja nicht schaden, falls ich jemals ein Geschäft gründen werde.«

»Ach so, hierbei geht's also um dich!«, stichele ich.

»Gib dem Ganzen doch eine Chance.« Er sieht mich mit Dackelblick an, was mich an die Welpen erinnert, mit denen ich heute nicht spielen kann. »Bitte, bitte!«, sagt er flehentlich.

»Auf die Art und Weise lasse ich mich bestimmt nicht umstimmen.« Ich versuche, eine ausdruckslose Miene aufzusetzen. »Ich habe ein Herz aus Stein.«

»Also, das nehme ich dir nicht ab.«

Ich verschränke die Arme, verziehe das Gesicht und sage: »Also schön. Aber nur, weil ich eines Tages deine Fotos sehen will.«

»Das kannst du jederzeit.« Er versetzt mir einen kleinen Knuff und marschiert dann weiter den Gang entlang. Ich haste hinterher, um ihn einzuholen.

Martin führt uns in einen kleinen Hörsaal voller Kinder, wie mir scheint. Alle hier kommen mir viel jünger vor, als wir zwei es sind. Henry und ich entdecken zwei leere Plätze ganz hinten. Ich versuche auszublenden, wie wir angestarrt werden, als wir vorbeigehen. Hier drin komme ich mir uralt vor. Ich erinnere mich daran, wie ich einmal an ihrer Stelle gewesen war und geglaubt hatte, dass die Welt voller Möglichkeiten ist, solange man alles tut, was einem gesagt wird und man den vorgezeichneten Weg beschreitet. Keinen Bock auf Lernen und dennoch voller Wissensdurst.

Martin steht vorn im Hörsaal und beginnt mit seiner Vorlesung. Einführung in die Ökonomie. Ich verurteile Leute nicht, weil sie so etwas spannend finden, aber für mich ist es ungefähr so interessant wie ein Salzcracker. Mein Blick wird glasig, während Martin mit monotoner Stimme etwas über das Bruttoinlandsprodukt vor sich hin faselt, bis ich es nicht mehr aushalte. Ich nehme mir so unauffällig wie möglich ein Blatt von einem herrenlosen Notizblock, der auf einem Pult ganz in meiner Nähe liegt. Dann reiße ich ein Stück ab, schreibe darauf *Ich hasse dich* und falte es so klein wie möglich zusammen. Anschließend tippe ich Henry auf die Schulter und reiche ihm die Nachricht unter dem Pult rüber.

Er öffnet sie und lächelt beim Lesen, versteckt sie aber sogleich unter seiner Hand und verfolgt weiter die Vorlesung.

Verlegenheit überkommt mich. Vielleicht gefällt ihm das Ganze hier tatsächlich, und ich verderbe es ihm gerade.

Doch meine Angst löst sich in Wohlgefallen auf, als Henry auf mein Pult tippt und mit den Lippen unhörbar das Wort *Stift* formt.

Ich reiche ihm den Kugelschreiber unter dem Pult und warte auf seine Antwort. Ich bin irgendwie total aufgedreht, weil wir uns Nachrichten schicken wie in der Highschool. Als er mir den Zettel zurückgibt, schaue ich direkt nach.

Glaub ich dir nicht.

Ich reiße ein weiteres Stück von dem Blatt ab und kritzele:

Ich tauge nicht zum #girlboss :(

Henry tippt sich für einen Moment mit dem Kugelschreiber ans Kinn und schreibt dann seine Antwort.

Pass lieber auf, sonst erzähle ich dem Dozenten,
dass du eine Theorie hast, die du gern mit
allen hier teilen würdest.
Ich schreibe sofort zurück.
Das traust du dich nicht.
Er nimmt mir die Nachricht aus der Hand, sieht mich dabei verschmitzt an und hebt langsam den Arm. *Oh nein, oh nein. Lenk bloß nicht die Aufmerksamkeit auf uns, Henry, sonst kille ich dich.*

»Ja, Henry?« Martin unterbricht seine Vorlesung.

Henry wirft mir ein teuflisches Grinsen zu.

Nach einer theatralischen Pause sagt er: »Könntest du bitte noch einmal kurz den Begriff Knappheit erläutern? Ich war für einen Moment abgelenkt.« Und dann grinst mich Henry auf eine ganz und gar nicht dezente Art und Weise an.

Martin beantwortet Henrys Frage, und mein Herzschlag normalisiert sich langsam wieder. Henry reicht mir den Zettel zurück.

Beim nächsten Mal bist du fällig.

Martin fährt noch eine stinklangweilige Stunde fort.

Nach der Vorlesung setzen Henry und ich uns in den Boba Spot auf der anderen Straßenseite und bestellen Donuts und Bubble Tea. Ich nehme einen Bissen von meinem Mochi-Donut, der so glasiert ist, dass er wie ein Kätzchen aussieht und nach Kokosnuss schmeckt. Henry hat seinen Panda förmlich inhaliert, und es ist nur noch ein kleines Ohr übrig.

»Hast du wenigstens etwas gelernt?«, frage ich und lecke mir die Finger ab. »Ich fand's nämlich furchtbar.«

»Das habe ich, vielen Dank auch.« Er steckt sich den letzten Bissen von seinem Donut in den Mund und hält sich die Hand davor, als er weiterspricht. »Und woher sollte ich wissen, dass du es furchtbar finden würdest? Du erzählst ja nicht gerade sehr viel über dich. Ich muss mich hier total auf irgendwelche Schwingungen verlassen.«

»Dann muss ich wohl an den Schwingungen arbeiten, die ich aussende.«

Er lacht und zerknüllt das Donut-Papier. »Dann such du doch nächste Woche mal was aus. Hau mich vom Hocker.«

»Weißt du was? Genau das werde ich tun.«

»Okay. Dann zeig mal, was du drauf hast. Nächste Woche entscheidest du allein.«

Ich stecke mir den Boba-Strohhalm in den Mund, kaue auf seinem Ende. »Das wird garantiert umwerfend«, murmele ich, bevor ich daran sauge.

Henrys Augenbrauen wandern in die Höhe. »Du kriegst ja jetzt schon Panik.«

»Tu ich nicht«, erwidere ich und mustere ihn mit zusammengekniffenen Augen.

»All die Zellen in deinem Gehirn arbeiten bereits auf Hochtouren, das sehe ich dir doch an.«

Ich verschränke die Arme vor der Brust und lehne mich auf meinem Stuhl zurück. »Stimmt was nicht mit meinem Gesicht?«

Er zuckt mit den Schultern. »Nein, mit deinem Gesicht ist alles in Ordnung.«

Ich spüre, wie ich rot werde, und schaue weg. Presse meine kalten Finger in meinen Nacken, um mich abzukühlen. »Woher weißt du denn dann, was ich denke?«

»Du verziehst dein Gesicht, wenn du angestrengt nachdenkst.« Sein Versuch, mich nachzuahmen, ist nicht hilfreich.

Ich reibe mir nachdenklich übers Kinn. Das hat mir noch niemand gesagt, aber …

»Genau so!«, sagt er strahlend. »Diesen Gesichtsausdruck meine ich.«

»Ach, halt den Mund«, sage ich und entspanne meinen verkrampften Kiefer. »Und spar dir dein süffisantes Grinsen. Das ist nämlich ein Gesichtsausdruck, den *du* gut draufhast!«

»Süffisant? Ich fühle mich wirklich geschmeichelt, Bennet! Und schon ist da wieder dieser Gesichtsausdruck!«, frohlockt er und rammt mir dabei fast seinen auf mich gerichteten Zeigefinger auf die Nasenspitze.

»Wenn du nicht aufhörst, dich über mich lustig zu machen, dann geht unser nächster Ausflug zum Times Square«, sage ich, was einer Todesdrohung gleichkommt.

»Nein!«, ruft er und fasst sich mit gespieltem Entsetzen an die Brust.

»Ich werde Fotos von dir mit Elmo und dem Krümelmonster machen.«

»Oh nein!«, ruft er und sinkt auf seinem Stuhl zusammen.

»Und dann werde ich dich zwingen, einen dieser grünen Schaumstoffhüte mit der Freiheitsstatue zu tragen. Und wenn du dann noch nicht genug gelitten hast, gehe ich mit dir ins Olive Garden am Times Square.«

Er gibt mit aufgerissenen Augen ein Keuchen von sich. »Das würde mir den Rest geben!«

Ich kichere, während ich am Strohhalm kaue. Ich werde ganz bestimmt nicht mit ihm zum Times Square gehen. Aber ich werde das Gefühl nicht los, dass wir vermutlich sogar Spaß hätten, wenn wir es täten.

#

Ich stehe an einem Tisch mit einem Tablett voller Mimosas, während meine Gedanken kreisen. Es ist fast eine Woche vergangen, und bisher ist mir noch keine einzige gute Idee für unser kleines Projekt eingefallen. Wie soll ich ein Abenteuer für Henry und mich aussuchen, wenn mir das seit meinem Umzug nach New York noch kein einziges Mal für mich allein gelungen ist? Eigentlich seit Sams Tod schon nicht mehr. Die einzigen Orte, die ich in New York kenne, sind der NYAC – wo ich mich gerade befinde –, die Bibliothek, meine Wohnung und die Locations, zu denen mich Henry mitgenommen hat.

Beim Duft des knusprigen Bacons, der Rühreier und Buttermilch-Pfannkuchen beginnt mein Magen zu knurren. Wäre es wirklich so schlimm, wenn ich ein kleines Stück Wurst stibitzen würde? Ich verbanne den Gedanken rasch wieder aus meinem Kopf, da Mr. Kirk mich mit seinen fiesen kleinen Augen im Blick hat. Ich nehme mir vor, später eine Mini-Schachtel Cheerios mitgehen zu lassen, bloß um ihn zu ärgern.

Wenigstens arbeite ich heute auf der Dachterrasse, die mir die liebste aller NYAC-Veranstaltungsflächen ist.

Der Barkeeper reicht mir ein frisches Tablett mit Mimosas, und ich mache mich wieder auf den Weg hinaus auf die Terrasse, um sie den Gästen anzubieten. Kurz nachdem mein Tablett leer geworden ist, beginnt ein Mann, eine Rede zu halten, und das ist meine Chance, mich davonzuschleichen.

Ich stelle mich an den Rand des Daches. Der NYAC befindet sich am oberen Ende des Central Parks. Von dort, wo ich stehe, scheint es so, als hätte jemand eine Fläche von New York freigelegt und darunter wäre eine Piste aus Grün zum Vorschein gekommen. Hinter dem Park erblicke ich die Schönheit der Stadt, feinste Details. Von hier oben kann man sie wunderbar betrachten. Ich spüre die warme Brise in meinem Gesicht und atme die frische Morgenluft ein. Wenn ich doch noch höher hinaufkönnte. Über New York hinwegfliegen wie ein Vogel.

Ich wünschte, die Stadt würde mich leiten, mich inspirieren, mir irgendeinen Hinweis geben, aber da ist nichts – zumindest bin ich nicht imstande, es zu erkennen. Ich möchte diese Verbindung spüren, wie ich sie in der Bibliothek gespürt habe – etwas, das meine Seele berührt, das mir sagt, dass ich mich am richtigen Ort befinde. »Komm schon«, murmele ich, während ich mit meinen Augen die Wagen verfolge, die sich wie Spielzeugautos auf einer Spur durch die Straßen bewegen. Aber ich bekomme keine Antwort.

Meine kleine Auszeit endet, weil ein Tisch Kaffeenachschub benötigt. Ich bereite eine frische Kanne zu und fülle die Tassen der Gäste bis zum Rand.

Als ich nach Hause komme, finde ich Sonya auf dem Sofa vor, alle viere von sich gestreckt. Wie ein Seestern. Sie trägt ein Tank Top und winzige Shorts und auf ihrer Brust liegt ein Eisbeutel. Ihre Haut ist mit einem Schweißfilm überzogen.

»Ist das heiß!«, stöhnt sie, als ich hereinkomme. Unsere Wohnung gleicht einem Backofen. Scheint die Hitze von draußen hier drinnen zu speichern.

»Warum gehst du nicht in dein Zimmer? Hast du die Klimaanlage angestellt?« Ich öffne den Gefrierschrank und halte mein Gesicht in die Kälte.

»Weil ich sichergehen wollte, dass du morgen kommst.« Sie setzt sich auf und grinst.

Ich schnappe mir den zweiten Eisbeutel aus dem Gefrierschrank und halte ihn mir an den Nacken. »Morgen?«

Ihr fröhlicher Gesichtsausdruck schmilzt dahin. »Ich habe dir eine Textnachricht geschickt.«

Ich denke nach. Eine Textnachricht. Welche Textnachricht? Ich beiße mir auf die Lippe und vermeide Augenkontakt.

»Meine Party, Bennet. Weil Harper & Jane meine Ohrringe verkaufen werden? Ich habe dir eine Textnachricht geschickt, eine Kalendereinladung und dir davon erzählt, als wir im Kino waren. Klingelt da was?«

Ich habe keine Erinnerung daran. Null. Ich setze ein Lächeln auf und sage: »Das ist ja toll!«

»Ja.« Sie räuspert sich.

»Tut mir leid, Sonya«, sage ich. »Ich muss deine Nachricht übersehen haben.«

»Oder ignoriert«, murmelt sie und durchbohrt mich mit ihrem Blick. Was schon nicht ohne ist für jemanden wie sie, der von Natur aus immer gut drauf zu sein scheint.

Ich habe bei ihr schon so oft Mist gebaut, das kann ich ihr einfach nicht schon wieder antun. Ich möchte, dass sie mich nicht mehr böse anstarrt, sondern anstrahlt. »Ich war mit meinen Gedanken woanders. Tut mir leid. Ich werde zu deiner Party kommen. Ich freue mich schon!«

»Also noch mal zur Erinnerung. Sie findet morgen Nachmittag um drei Uhr statt.« Sie steckt sich den Kühlbeutel unter die Achselhöhle. »Im Frying Pan. In der City.«

»Ich werde da sein. Versprochen.«

Sie nickt und schlurft in ihr Zimmer.

Morgen. Samstag. An meinem Henry-Tag. Vielleicht können wir bis nächste Woche warten. Kann *ich* bis nächste Woche warten?

Ich schicke ihm eine Textnachricht.

> Mir ist was dazwischengekommen.
> Können wir unser kleines Projekt auf
> nächstes Wochenende verschieben?

> Du willst dir bloß keine Location
> aussuchen.

Hab ich schon. Muss aber
leider unsere Reservierung bei
Bubba Gump Shrimp Co. canceln.
Hab tatsächlich was anderes vor.
Ich füge ein Schock-Smiley hinzu.

Ich entdecke ganz neue Seiten an dir.

Wir kennen uns ja auch kaum.

Gut genug, um zu wissen, dass das
mit dem Fischlokal ein Joke ist.

Er fügt einen Winky-Face-Emoji hinzu.

Wir sprechen von jetzt an nur noch
von unserem Passion Project.

Ich lächele mein Telefon an wie eine Idiotin.

Schnulzig!

Ich lege mein Handy mit der Vorderseite nach unten auf die
Arbeitsplatte.

Es ist schon okay für mich. Ich kann eine weitere Woche
warten.

Ich weigere mich, mir einzugestehen, wie enttäuscht ich
bin. Oder dass ich ihn vermissen werde, wenn ich ihn nun
zwei ganze Wochen nicht sehe.

KAPITEL 15

Die Sonne knallt auf meine Schultern herab, als ich über die Holzplanken am Pier 66 zu dem dort dauerhaft im Wasser liegenden Kahn hinausgehe, der in eine Bar verwandelt worden ist: The Frying Pan. Zwei weitere Schiffe sind ebenfalls dort angedockt: die ursprüngliche Frying Pan, nach der das Restaurant benannt ist, und ein kleineres rotes Feuerwehrboot. Ich nehme mir einen Moment Zeit, um unter dem strahlendblauen Himmel die frische Sommerluft einzuatmen und den Geruch nach Fisch und Frittieröl. Das Geschrei der Möwen, die dumpfen Schläge der Musik und die Stimmen, die vom Restaurant herüberdringen, werden lauter, je näher ich komme. Ich blicke über meine Schulter zurück zur Stadt hinter mir, den braunen und grauen Gebäuden, die mir im Nacken sitzen. Ich verbringe selten Zeit in diesem Teil von Chelsea, aber das hier ist wichtig für Sonya, also trotze ich der Herausforderung.

Sonya ist meine älteste Freundin, aber manchmal fühlt es sich unmöglich an, dass es zwischen uns jemals wieder so werden könnte, wie es einmal war. Da wir nicht am selben College studierten, haben wir uns damals aus den Augen verloren, obwohl sie mich einmal besucht hat. Das war, bevor es zwischen Sam und mir ernst wurde. Andy und ich waren zu dem Zeitpunkt bereits beste Freundinnen. Es hatte sich komisch angefühlt, meine älteste beste Freundin meiner neuen besten Freundin vorzustellen, aber Sonya und Andy kamen schnell miteinander klar, obwohl sie nur ein paar Tage zur Verfügung hatten, um sich kennenzulernen. Wir drei verbrachten das Wochenende mit zu viel Alkohol und schlechten Filmen. Da es bei dem einen Besuch blieb, hat Sonya Sam nie kennengelernt. Ich bin mir nicht sicher, ob ich deswegen dankbar sein soll oder unendlich traurig.

Mit der Zeit hatte Sonya ihren Freundeskreis von der Kunsthochschule, und ich verlor mich in meiner Beziehung zu Sam, sodass wir einfach irgendwie auseinandergedriftet waren. Es war reiner Zufall, dass Sonya zur selben Zeit nach New York ziehen wollte wie ich. Und ich habe es auch nur erfahren, weil sie es meiner Mutter erzählt hatte.

Ich gelange zu dem trubeligen offenen Restaurantbereich auf dem Kahn, der so groß ist, dass man fast das Gefühl hat, sich an Land zu befinden. Auf allen Seiten stehen die Tische dicht an der Reling und in der Mitte verteilt Stehtische und Picknicktische. Ich entdecke Sonya und Jamie an einem großen Tisch an der Reling. Sie sitzen mit einem Haufen von Leuten zusammen, die ich nicht kenne. Sonya winkt mir zu, und ich mache auf dem Absatz kehrt, denn mich überkommt mit einem Mal das Gefühl, dass ich besser zuerst einen Drink an der Bar holen sollte, bevor ich mich hinüberbegebe und an einen Tisch voller Fremder trete.

Ich bestelle mir irgendeinen kokosnussigen Cocktail und bin etwas erschrocken, als mir der Barkeeper ein neonblaues Getränk serviert. Ich nehme einen Schluck und erschaudere. Ich habe wohl den widerlichsten Drink auf der Karte erwischt. Darin könnten genauso gut Gummienten schwimmen.

Ich hole tief Luft und sammele mich. Vielleicht kann ich diese Gelegenheit nutzen, um das zu tun, was Henry getan hat: mich darin üben, mit Menschen zu reden, bis ich keine Angst mehr habe.

Als ich auf den Tisch zugehe, betrachte ich die Gesichter in der Hoffnung, eines darunter zu finden, das ich kenne. Sonya und Jamie sitzen jetzt beide mit dem Rücken zu mir und sind in eine Unterhaltung mit jemandem vertieft, den ich definitiv noch nie gesehen habe. Ich erkenne niemanden wieder, bis ich einen Schimmer blondes Haar entdecke – es ist Sarah, die in meine Richtung blickt.

»Du meine Güte, wen haben wir denn da?«, sagt sie und steht auf, als ich mich nähere. Vielleicht wird das hier doch nicht so übel werden. Ich lächele und öffne den Mund, um hallo zu sagen, aber sie geht an mir vorbei, ohne auch nur Notiz von mir zu nehmen, und begrüßt jemanden hinter mir.

Oh Gott! Peinlich *trifft es nicht mal annähernd.*

Ich mache auf dem Absatz kehrt, um wieder auf die Bar zuzusteuern, kollidiere dabei aber mit einer sehr breiten, kräftigen Brust, verschütte meinen blauen Drink und hinterlasse einen klatschnassen Fleck auf der Vorderseite eines weißen Shirts. In dem Moment schaukelt der Kahn, und ich verliere das Gleichgewicht, kippe beinahe nach hinten. Doch der Mann packt mich an den Oberarmen und hält mich fest. Seine Daumen pressen sich fest und dennoch sanft in meine Haut. Ich kenne diese Hände.

»Das war also dein toller Plan für diesen Samstag? Drinks verschütten und Randale machen?«

Henry. Natürlich ist er hier. Warum auch nicht? Er ist ja überall. Ich wäre nicht überrascht, wenn er eine Armee identischer Brüder hätte, die, über ganz New York City verteilt, in geheimer Mission unterwegs sind, um mich in peinlichen Situationen zu erwischen. Aber er ist es selbst. Der einzige wahre Henry. Und ich hasse es, wie mein Herz zu rasen beginnt, als ich ihn nur ansehe.

Ich lasse zu, dass er mich festhält, und muss mich beherrschen, um nicht noch näher an ihn heranzurücken. »Was machst du denn auf einer Party meiner Mitbewohnerin?«

Er zuckt mit den Schultern. »Sarah hat mich eingeladen.«

Er lässt mich erst los, als ich wieder aufrecht stehe und mich berappelt habe. Dann beugt er sich hinunter, um mein Plastikglas vom Boden aufzuheben. Dabei fallen einige blaue Tropfen von der Vorderseite seines weißen Shirts.

Was für ein Zufall, dass er hier ist. Aber ich bin zu abgelenkt, um darüber länger als eine Millisekunde nachzudenken, denn der Fleck, den mein Cocktail bei ihm hinterlassen hat, breitet sich aus.

»Komm mit«, fordert er mich lächelnd auf und deutet auf sein Shirt. »Ich glaube, da drüben ist eine Toilette. Machen wir uns etwas sauber.«

Ich bemerke, wie uns Sarah mit geschürzten Lippen beobachtet, als wir zusammen hineingehen. Jetzt scheint sie mich wohl nicht mehr zu übersehen.

Die Toilette hat nur eine Kabine, ist ziemlich klein, und an den Wänden befinden sich Decksplanken und zwei Bullaugen hoch über unseren Köpfen. Das Waschbecken ist winzig und der Spiegel darüber noch winziger.

Meine Klamotten haben das Ganze relativ unbeschadet überstanden. Das meiste des blauen Cocktails ist auf meiner Haut gelandet. Aber Henrys T-Shirt sieht aus, als wäre es gebatikt worden.

»Wusstest du, dass ich hier sein würde?«, frage ich ihn, während ich mir die Brust mit einem Papiertuch abtupfe.

»Nein«, erwidert er lächelnd. »Ich scheine eine Glückssträhne zu haben.«

Das Blut in meinen Adern fühlt sich heiß an. Ich tupfe immer weiter, nur um meine Hände zu beschäftigen.

»Ich habe nicht vor, irgendwas Schräges zu machen, versprochen, aber ich werde jetzt mal mein Shirt ausziehen, wenn das okay für dich ist«, sagt er und deutet auf die vom Cocktail durchnässte Vorderseite.

Ich nicke.

Er zieht es sich über den Kopf und lässt im Becken Wasser über den Fleck laufen.

Ich betrachte die Wand, sehe aber aus dem Augenwinkel nackte Haut aufblitzen, die meinen Blick magisch anzieht. Und dann kann ich nicht mehr wegschauen. Sein Körper ist anders, als ich erwartet habe, viel schlanker. Fitter. Seine Haut spannt sich über die Konturen seiner Muskeln. Ich entdecke ein Muttermal auf seiner Brust, das die Form einer Kidneybohne hat, und mein Blick wandert zu seinem Bizeps. Aber so, wie er dasteht, vermag ich nicht zu erkennen, was für ein Tattoo er hat.

Er erwischt mich dabei, wie ich ihn anstarre.

»Was ist?«, fragt er mit einer hochgezogenen Augenbraue.

»Nichts.« Mein Magen vollführt einen Salto. Ich gebe mir alle Mühe, Augenkontakt zu vermeiden, während er sein Shirt energisch schrubbt und sich dabei die Muskeln unter seiner Haut immer wieder anspannen. Härter und weicher werden. Mein Hals ist mit einem Mal ganz trocken.

Ich weiß nicht, was plötzlich mit mir los ist, aber ich erinnere mich an seine Hände um meine Arme. Wie er mich davor bewahrt hat, auf meinem Hintern zu landen. An seine Verletzlichkeit im Park … Ich *schwitze*. Und mir wird bewusst, dass ich schon viel zu lange nicht mehr in einem Raum mit einem Mann gewesen bin, dessen Oberkörper nackt ist. Die Tatsache, dass es Henry ist, sorgt bei mir für einen kleinen Kurzschluss.

»Henry?« Ich zerknülle die Papiertücher und werfe sie in den Abfalleimer.

»Ja, Bennet?« Er wirft mir einen Blick aus dem Augenwinkel zu, und ich spüre ein nervöses Kribbeln im Bauch.

»Ich wüsste mal gern, was du da für ein Tattoo hast.«

Er wirft sich das Shirt wie einen Lappen über die Schultern und streckt den Arm aus, um es mir zu zeigen. »Es ist eine Bergkette.« Ein Wassertropfen läuft an seinem Unterarm entlang. »Mein Dad und ich sind früher viel gewandert.« Ich betrachte die zerklüfteten Bergränder auf der Innenseite seines Arms. Ich möchte meine Fingerkuppen darübergleiten lassen und seinen muskulösen Arm unter der Tinte spüren. »Die ersten Anzeichen für seine Demenz habe ich tatsächlich zum ersten Mal auf einer unserer Wanderungen wahrgenommen. Er hat es nicht mehr geschafft, uns den Weg zurückzuführen. Obwohl wir ihn schon hundert Mal gewandert waren.«

Er greift nach seinem Shirt und hält es unter den Handtrockner. »Tut mir leid«, sage ich.

Er zuckt mit den Schultern und tut es einfach so ab, wie er es immer macht. »Schon okay.«

Ich sehe zu, wie sich seine Schulterblätter bewegen, betrachte die Biegung seines Rückgrats bis hinunter zu seinen Hüften. Ich frage mich, wie warm seine Haut wohl wäre, wenn ich darüberstreichen würde.

Wenn mir bisher etwas an Henrys Aussehen aufgefallen war, hatte ich es immer innerhalb von zwei Sekunden wieder abgeschüttelt. Aber jetzt will mir das einfach nicht gelingen. Ich presse die Handflächen gegen meine Augen, versuche das Bild von ihm aus meinem Kopf zu bekommen, doch als ich sie wieder wegnehme, ist er immer noch da, mit dem Rücken zu mir und immer noch halb nackt. Es ist mir ja durchaus nicht entgangen, dass Henry gut aussieht. Aber ich habe es erst jetzt so richtig wahrgenommen.

Er streift sich das Shirt über den Kopf und streicht mit den Händen über seinen Oberkörper, um es zu glätten. Aber die feuchte Stelle bleibt an seiner Brust haften.

»Henry«, sage ich und schlucke. »Ich muss dir jetzt mal ein Kompliment machen.«

Er fährt sich mit den Fingern durchs Haar. »Du hast mich halb nackt gesehen, und jetzt willst du mir ein Kompliment machen? Du steckst ja wirklich voller Überraschungen.«

Meine Haut glüht. Ich sollte das wirklich nicht tun, aber ich fühle mich in dieser schrecklichen Toilette irgendwie verwegen. Ich schlucke. »Das Tattoo ist ... echt geil.« *Oh Shit, was zum Teufel mache ich hier bloß?*

Ein überraschter Ausdruck huscht über Henrys Gesicht. »Bennet. Flirtest du etwa mit mir?«

»Nein!« *Mist.* »Ich hätte nichts sagen sollen. Mir gefällt dein Tattoo, das ist alles. Bist du jetzt zufrieden?«

»Ich kann nicht glauben, was ich da höre.«

Ich vergrabe mein Gesicht in den Händen. Kann ihn nicht anschauen. »Es ist bloß, weil du immer so gepflegt und ordentlich bist, und deshalb ist es ... eine Überraschung.« Ich verziehe das Gesicht hinter meinen Handflächen.

Sein unbeschwertes Lachen erfüllt den winzigen Raum. »Ich fühle mich wirklich sehr geschmeichelt.«

»Oh Gott. Das wirst du mir jetzt nicht vergessen, stimmt's?«

Er schüttelt den Kopf und grinst dabei auf mich herab. »Niemals.«

»Ich bereue, dass ich es dir gesagt habe. Tu einfach so, als gäbe es mich gar nicht.«

»Aber klar. Als ob ich das könnte.« Die Verspieltheit in seinen Augen weicht einem anderen Ausdruck. Wir sind einander so nah, dass ich das Duschzeug riechen kann, das er benutzt. Es ist etwas anderes als Minze. Süßlicher. Der Puls an meinem Hals rast, und ich fühle mich schwach.

Ich würde diesen Ausdruck, mit dem er mich gerade ansieht, am liebsten in Flaschen abfüllen und mich daran berauschen. Diese schweren Lider, das Aftershave, das nach Minze duftet. Ich komme mir größer vor, strahlender. Als würde ich in seinen Augen funkeln.

Ich schlucke, erlaube mir einen Blick auf seine leicht geöffneten Lippen. »Henry?«

»Mmhm?«

Wir stehen so eng zusammen, dass die Tropfen von seinem Shirt an der Vorderseite meines Beins entlanglaufen. »Dein Hemd ist immer noch klatschnass.«

»Oh.« Er blickt auf den Fleck, der an seiner Brust zu kleben scheint.

»Lass mich mal.« Ich greife mir einen Stapel Papiertücher und tupfe die feuchte Stelle an seinem Oberkörper ab. Sein Körper spannt sich an, wann immer ich ihn berühre. Ich befördere ein durchnässtes Papiertuch nach dem anderen in den Abfall, bis wir sie alle aufgebraucht haben.

»Na also«, sage ich mit der Handfläche auf seiner Brust. Der Stoff ist zwar noch feucht, aber nicht mehr klitschnass. »Schon besser.«

Er betrachtet meine Hand auf seiner Brust, sieht mich dann mit großen Augen an. Sein Kiefer ist angespannt. Ich weiß genau, dass er das denkt, was ich denke – und ich fühle mich mit einem Mal sehr lebendig. Meine Hand gleitet an seiner Brust hinauf, und ich spüre seinen ungleichmäßigen Herzschlag unter meiner Handfläche. Er bewegt sich nicht, wendet seinen Blick nicht von mir ab.

Ausnahmsweise verspüre ich nicht den Drang wegzuschauen. Ich möchte genau so bleiben und Henry betrachten. Möchte seine unterschiedlichen Gesichtsausdrücke studieren und was sie bedeuten. Diesen hier habe ich bislang noch nicht gesehen. Da muss ich erst noch herausfinden, was er bedeutet.

Wir verharren so, versuchen, den anderen zu ködern, damit er einen Schritt unternimmt, doch keiner von uns beiden rührt sich. Dann endlich ist er es, der sich bewegt, der mir eine Hand auf die Seite meines Halses legt, über meinem Schlüsselbein. Ich sehne mich danach, dass er mich weiter berührt.

Ich bewege mich Zentimeter für Zentimeter auf seinen Mund zu, schließe meine flatternden Lider. Mein Herz hämmert, und meine Finger zittern, und ich kann nicht mehr denken.

»Bennet«, flüstert er, drückt dabei sanft meine Schulter zurück und stoppt damit meinen Annäherungsversuch.

»Was denn?«, frage ich und öffne die Augen.

Seine Hand gleitet an meinem Arm hinab und umfasst meinen Bizeps. »Nein.«

Sämtliche Luft entweicht aus meinen Lungen. »Nein?«

»Nein, ich werde dich nicht küssen.«

»Oh«, sage ich und schließe den Mund rasch wieder, als mir klar wird, dass er offen steht wie bei einem Fisch.

»Ich werde dich nicht küssen«, wiederholt er und lässt meinen Arm los. »Weil du gesagt hast, dass du nur mit mir befreundet sein willst. Und ich glaube dir. Du lässt dich nur gerade von diesem Moment mitreißen. Das hier ist nicht wirklich das, was du willst.«

»Ich weiß nicht, was ich will.« Ich lege meine Hand erneut auf die feuchte Stelle auf seinem Shirt. Er zuckt zusammen, als ich ihn berühre.

»Mag ja sein …« Er greift nach meiner Hand und drückt sie kurz, bevor er sie von seinem Körper wegzieht. Da, wo sich unsere Haut berührt, ist sie glitschig von Wasser und Cocktail. »Ich aber schon.«

Was soll das bedeuten? Was will er denn? Ich öffne den Mund, um ihn zu fragen, doch in dem Moment ertönt ein wütendes Klopfen an der Tür und reißt uns auseinander.

»Einen Augenblick.« Henry wendet sich von mir weg und tupft sein Shirt kurz noch einmal ab.

»Scheiße.« Ich halte mir die Hände vor die Augen.

»Wir sind in einer Sekunde draußen«, ruft er.

»Oh mein Gott«, sage ich erschrocken, und es kommt mir so vor, als würde der kleine Toilettenraum noch weiter um mich herum schrumpfen. Ich hatte versucht, ihn zu *küssen*! Und eine Abfuhr erhalten. Am liebsten hätte ich mich in Luft aufgelöst. »Oh mein Gott.«

»Ist schon okay«, sagt er.

»Ich habe gerade versucht, dich …« Ich verschränke die Arme vor der Brust und sacke auf dem Toilettensitz in mich zusammen. Ich wünschte, ich könnte auf die Größe eines Klosteins zusammenschrumpfen. Als ich die Augen schließe, sehe ich Sam vor mir, der mich schräg anschaut und dabei den Kopf schüttelt. Mein Herz schlägt mir mit einem Mal bis zum Hals. Es ist schlimmer, als ich dachte. Ich wollte, dass mich ein Mann berührt. Ein Mann, der nicht Sam ist. Wie daneben ist das denn?

»Jetzt flipp deshalb bitte nicht aus«, sagt Henry, und seine Augenbrauen nähern sich, sodass eine kleine besorgte Falte mitten auf seiner Stirn entsteht.

»Und wie soll ich das machen?« Ab jetzt wird es komisch zwischen uns sein. Er hat recht. Ich bin noch nicht bereit für so was. Nicht, solange ich mich noch jeden einzelnen Tag so schuldig fühle wegen Sam. Warum musste ich ihm auch dieses Kompliment wegen seines blöden Tattoos machen? Keine Ahnung, was ich mir dabei gedacht habe. Es fühlt sich alles so falsch an. Wieso hatte ich überhaupt angenommen, dass er mich küssen wollte? Klar, wir haben Spaß zusammen, aber vielleicht habe ich mehr Spaß als er? Vielleicht war es die ganze Zeit nur ein rein platonischer Spaß? Wie naiv von mir – fast schon anmaßend – zu glauben, dass etwas zwischen uns laufen könnte. Dass jemand darüber hinwegsehen kann und gewillt ist, sich darauf einzulassen.

Er runzelt die Stirn. »Möchtest du darüber reden?« Ich blicke auf zu seinem attraktiven Gesicht mit der kantigen Kieferpartie, dem walnussbraunen Haar, den freundlichsten Augen der Welt, und eine weitere Welle der Scham überkommt mich. Er wollte mich gar nicht küssen. Ich dachte, er wollte es, und ich lag falsch. Ich glaube nicht, dass ich ihm gegenüber in Worte fassen könnte, was ich gerade empfinde, selbst wenn ich es gewollt hätte. Ich wünschte, es gäbe Zeitreisen und ich könnte diese letzten zehn Minuten meines Lebens auslöschen. Oder besser noch gleich die letzten zehn Jahre.

»Ich möchte nicht darüber reden«, murmele ich.

Im Grunde war ja gar nichts passiert, also warum komme ich mir vor, als hätte ich ein Verbrechen begangen? Mich selbst verraten. Und Sam. Und Henry.

»Lass uns hier verschwinden und das Ganze vergessen«, sage ich.

»Bennet ...«

»Bitte, Henry. Ich meine es ernst.«

»Okay.« Er hebt die Hände in die Luft, als wolle er sagen *Ich gebe auf.* »Also gut.«

Wir stürzen aus der Toilette und treffen draußen auf Sonya, die dort wartet und mit der Fußspitze ungeduldig auf den Boden tippt.

Erwischt.

»Ihr wollt mich wohl verarschen.« Sie beißt die Zähne zusammen, und ihr Blick huscht zwischen uns beiden hin und her. »Ich hab euch überall gesucht.«

»Wir haben nicht ... äh ... da war nichts zwischen uns«, sage ich.

Sie verschränkt die Arme vor der Brust. Ihr Mund ist zu einer schmalen Linie verzogen.

»Sie hat ihren Drink auf mein Shirt gekippt.« Henry deutet auf den feuchten Fleck. »Wir haben es sauber gemacht.«

»Schon okay«, sagt sie und drängt sich zwischen uns durch.

»Sonya, warte …«

Sie fährt herum. »Weißt du was? Nein. Es ist nicht okay. Seit wir hierher gezogen sind, habe ich dich angefleht, mit mir abzuhängen. Wieder meine Freundin zu sein. Und endlich werde ich mal erhört, und was machst du? Du schließt dich mit einem Typen in der Toilette ein. Ist es wirklich so furchtbar, Zeit mit mir zu verbringen?«

»Aber nein, ich …«, setze ich an.

Doch nun nimmt sie Henry aufs Korn. »Wusstest du, dass Bennet meine älteste Freundin ist? Und jetzt macht sie sich nicht mal mehr die Mühe, mir auf meiner eigenen Party Hallo zu sagen.«

Henry schiebt seine Hände in die Hosentaschen, weicht meinem Blick aus.

Sonya wendet ihre Aufmerksamkeit wieder mir zu. »Und du hast dich überhaupt nicht daran erinnert, dass ich Schmuck entwerfe! Du kannst dich nicht mal an irgendwelche wesentliche Details meines Lebens erinnern.«

»Es tut mir so leid«, stottere ich. »Ich habe viel um die Ohren …«

»Das haben wir alle, Bennet, und ich bin es leid, so zu tun, als wäre dein Verhalten nicht verletzend. Jamie hat mir geraten, es dir durchgehen zu lassen, weil du eine schwere Zeit durchmachst, aber das ist keine Entschuldigung mehr. Bloß weil du immer alles in dich reinfrisst, heißt das noch lange nicht, dass der Rest von uns das auch tun muss. Und nur weil du glaubst, ganz allein zu sein, bedeutet es nicht, dass du es auch wirklich bist. Es gibt Menschen, denen du nicht egal bist. Denen du etwas bedeutest. Also hör auf, so zu tun, als wären wir der Feind. Das ist wirklich nervig.« Sie knallt die Toilettentür hinter sich zu, und ich habe das Gefühl, als würde mein Herz in sich zusammensinken.

»Oh Gott«, flüstere ich. Ich hatte keine Ahnung, dass sie so empfindet.

»Das ist also Sonya …«, sagt Henry.

Ich habe den nettesten Menschen gegen mich aufgebracht, den ich kenne. Ich habe sie noch nie ein schlechtes Wort über irgendjemanden sagen hören. Ich blicke zu Henry hinüber, der fassungslos zu sein scheint.

»Ich weiß nicht, was ich sagen soll«, erklärt er.

»Sag einfach gar nichts«, erwidere ich. Es klingt schroffer, als ich wollte.

»Ich …« Er kratzt sich am Kinn. Das letzte Mal, dass ich diesen Ausdruck auf seinem Gesicht gesehen habe, war im L'Italiano, als wir uns zum ersten Mal begegnet waren. Als er seine Wunden leckte. Er fährt sich mit der Hand durchs Haar und starrt zu Boden. »Vielleicht brauchst du mal ein bisschen Freiraum.«

Er sieht mich an und erwartet, dass ich etwas sage, aber ich kann nicht.

Bitte geh nicht, denke ich. *Sag es, Bennet: Geh nicht. Lass ihn nicht einfach so davonspazieren.* Vielleicht habe ich mich ja gerade furchtbar blamiert, und vielleicht bin ich durcheinander, aber eines weiß ich: Ich will nicht, dass er geht. Ich will, dass alles wieder normal zwischen uns ist.

Aber ich bringe es nicht fertig. Ich stehe einfach nur da wie erstarrt.

»Okay«, sagt er mit einem kleinen Nicken. »Ich werde jetzt gehen.« Er wendet sich ab und macht sich auf den Rückweg in die große Stadt, die ausnahmsweise einmal weit entfernt scheint, und schüttelt dabei den Kopf.

Tränen schießen mir in die Augen. Ich habe Henry zu nah an mich herangelassen und Sonya zu weit weggestoßen. An einem einzigen Tag ist es mir gelungen, die fragile Beziehung, die ich zu beiden hatte – welcher Art sie auch immer gewesen sein mag – zu zerstören.

Ich überlege, einen Wiedergutmachungsversuch zu starten und zur Party zurückzukehren, bin mir aber nicht sicher, wie das aufgenommen werden würde. Außerdem weiß ich nicht, was ich sagen oder tun soll. Ich will bloß, dass das alles aufhört.

Ich blicke Henry hinterher, bis er so weit weg ist, dass ich ihn nicht mehr sehen kann, und folge dann dem Weg, den er runter von diesem Kahn genommen hatte, wünsche mir sehnlichst, wieder festen Boden unter den Füßen zu haben.

KAPITEL 16

»Es wird eine Football-Mottoparty zur Geburt des Babys geben.« Sal vibriert förmlich, als er das erzählt. »Ich habe in einer Bäckerei in Jersey kleine Cupcakes in Football-Form bestellt. Vanille-Schoko. Hab dir und Henry ein Foto geschickt. Schon gesehen?«

Sal hatte Henry und mich in unserem Facebook Messenger Gruppenchat andauernd angepingt – Ultraschallfotos, Babyklamotten, alles Mögliche. Ich freue mich wirklich, von Sal zu hören, und finde es toll von Henry, dass er immer schneller antwortet als ich, aber die letzte Nachricht, die Sal an uns beide geschickt hatte, war unbeantwortet geblieben. Hauptsächlich, weil Henry und ich nicht miteinander reden.

»Tolle Idee«, erwidere ich lächelnd. Ich versuche, der Unterhaltung zu folgen, aber meine Gedanken sind Gott weiß wo. Bei Henry, der mich zurückgewiesen hat. Bei Sonya, die mir die Toilettentür vor der Nase zugeschlagen hat. Wie konnte ich ihr gegenüber nur so gefühllos sein. Ich hatte es ausgenutzt, dass sie eine solche Frohnatur ist, bis es selbst ihr schließlich zu viel wurde und sie ausgerastet ist. Ich hatte es mal wieder vermasselt, so wie immer.

»Und schau dir nur diesen Hintergrund für Fotos an. Sie lassen es so aussehen, als würdest du am Torpfosten stehen. Guck mal!« Sal zoomt auf seinem Handy heran, was er bei Amazon gefunden hat. »Oh! Und diese Luftschlangen …« Er scrollt weiter runter in seiner Bestellhistorie, um mir die Luftschlangen aus Metallicfolie zu zeigen, die er bestellt hatte.

»Und was ist, wenn er größer wird und kein Football mag?«, erkundige ich mich.

Sal zuckt mit den Schultern. »Er kann mögen, was immer er will«, sagt er. »Die Babyparty ist ja sowieso mehr für uns.« Die Gespräche mit Sal in der Bibliothek waren in den letzten Wochen meine Rettung gewesen. Ohne ihn würde ich wohl rund um die Uhr nur heulen. Stattdessen fühle ich mich in den Glücksstunden, die ich neben ihm am Tisch sitze oder mich in andere wundervolle Ecken der Bibliothek davonschleichen kann, nicht ständig den Tränen nah. Ich mag ihn immer mehr und fühle mich von diesen Flutwellen der Liebe, die er verströmt, getröstet.

»Du hast recht, Sal«, sage ich, während ich die Sachen vom Tisch zusammenpacke. »Er ist ein Glückspilz.«

»Ich bin froh, dass du diese Woche so oft hier gewesen bist, Süße«, sagt er, während er sich seinen Rucksack auf die breiten Schultern schwingt. »Erzähl es bloß nicht den anderen, aber du bist meine Lieblingskollegin bei Carlyle.«

»Das habe ich gar nicht verdient«, sage ich, während wir zum Ausgang gehen und wieder einmal die Ereignisse im Frying Pan wie ein Film in meinem Kopf ablaufen. Ein Horrorfilm. Mit mir als Schurkin.

»Das macht es aber nicht weniger wahr«, sagt er und zwinkert mir zu. »Ich werde jetzt noch ein paar Sachen für die Babyparty besorgen«, erklärt er, als wir die Bibliothek verlassen und auf den belebten Bürgersteig hinaustreten. »Was hast du noch vor?«

Ich werfe einen Blick auf meine Armbanduhr. »Ich komme zu spät zu meiner Schicht im NYAC, wenn ich mich nicht beeile.« Ich ziehe mir die Tragetasche mit meinen Klamotten darin höher auf die Schulter. »Bis bald, Sal«, rufe ich und düse los. Während Sal das Gegenmittel für mein emotionales Chaos ist, ist der Job beim NYAC das reine Gift dafür.

Ich reibe mir in der U-Bahn auf dem Weg zum Columbus Circle die Schläfen. Es ist eine Woche und vier Tage her, seit ich Henry gesehen oder mit ihm gesprochen habe. Ich habe diese Blamage immer noch nicht verarbeitet. Ich komme mir wie eine Idiotin vor und habe keine Ahnung, wie ich ihm jemals wieder gegenübertreten soll. Sonya meidet mich, indem sie jede Nacht bei Jamie verbringt, und wenn sie dann doch einmal in unserer Wohnung ist, dann macht sie sich rar. Ich fülle meine Zeit mit Arbeitseinsätzen bei Carlyle. Übernehme manchmal zwei oder drei Schichten pro Tag. Ich gebe der Einsamkeit keine Chance, mich einzuholen. Heute bedeutet dies Bibliothek und NYAC hintereinander.

Bloß weil du glaubst, ganz allein zu sein, bedeutet es nicht, dass du es auch wirklich bist.

Damit lag Sonya falsch. Ich hatte meine Chance gehabt. Es hatte diesen einen Menschen gegeben, und seitdem er fort war, war mir klar, dass ich keine weitere Chance bekommen würde. Dieser ganze Schlamassel ist der Beweis.

Sam war dieser eine Mensch gewesen.

Ich steige aus der Bahn und eile die Laderampe zum NYAC hinauf, schlucke meine Emotionen herunter. Wen kümmert es schon, wenn hier die Leidenschaft fehlt. Leidenschaft verkompliziert die Dinge nur. Kann dir das Herz brechen.

Der NYAC veranstaltet seine alljährliche Feier zur Aufnahme in die Hall of Fame, bei der sie eine Handvoll ihrer Mitglieder ehren. Was für mich bedeutet, dass es jede Menge teuren Champagner und prominente Gäste geben wird. Ich versuche gar nicht erst, so zu tun, als würde ich irgendjemanden kennen, aber ich bin ja auch nicht hier, um zu plaudern.

Ich bin hier, um zügig und ohne viel Aufhebens das Essen unter die Leute zu bringen.

Aber sosehr ich auch versuche, meine Emotionen zu zügeln, es bleibt die Angst, dass ich ihnen jeden Moment freien Lauf lassen könnte.

Ich kann einfach nicht glauben, dass ich gehofft hatte, in dieser Toilette würde irgendetwas zwischen Henry und mir laufen. Habe keine Ahnung, wie ich ihm das erklären soll. Wie ich es mir selbst erklären soll. Ich wünschte, er wäre die ganze Zeit bei mir, und gleichzeitig bin ich nicht bereit zu etwas, das über Freundschaft hinausgeht – und trotzdem bin ich beinahe über ihn hergefallen. *Gott, ich komme ja selbst dabei ganz durcheinander.*

Alles, was ich im Augenblick weiß, ist, dass ich ihn vermisse. Und ich vermisse Sonya. Und Jamie. Ich vermisse die kleine – wenn auch instabile – Gemeinschaft, die ich mit meinen Freunden hatte, aber ich habe keine Ahnung, wie ich ihnen gegenübertreten soll.

Ich schlüpfe in der Toilette in mein Catering-Outfit und die Dansko-Clogs und haste zum Meeting mit Mr. Kirk, das vor jeder Schicht stattfindet. Er wirft mir einen bösen Blick zu, als ich zu der Gruppe auf der Rückseite des Raums stoße, sagt aber nichts. Kann er auch nicht. Ich bin drei Minuten zu früh. *Du kannst mich mal!*

Ich gebe mir im Stillen ein High Five dafür und höre mir dann den Rest seines Gelabers an. Drei-Gang-Menü. Kein Problem. Kann ich im Schlaf.

Als ich mit einer Champagnerflasche für den Toast an einen Tisch trete, packt mich ein Mann mit fleckigem Nacken am Handgelenk, um mir zu sagen, wie hübsch ich bin. Ich lächele und versuche, so schnell wie möglich von ihm wegzukommen. Als ich mit den Salaten zurückkehre, hält er mich am Ellenbogen fest und teilt mir mit, dass ich gut dufte. Ich lächele und versuche, so schnell wie möglich von ihm wegzukommen. Als ich mit dem Filet Mignon zurückkehre, schlingt er den Arm um meine Taille und teilt mir mit, dass ich öfter lächeln solle. Ich lächele und versuche, so schnell wie möglich von ihm wegzukommen.

Kurz bevor das Dessert serviert wird, spreche ich Mr. Kirk in der Küche an.

»Sir?«, sage ich mit zittriger Stimme. »Dürfte ich den Bereich für das Dessert wechseln?«

»Was ist es diesmal?« Kirk ist damit beschäftigt, Eiscreme auf die Teller mit den Lavaküchlein zu löffeln.

»Ein unangenehmer Gast an Tisch sechs.«

Er blickt zu mir auf und starrt mich wütend an. »Inwiefern unangenehm?«

»Er ... fasst mich immer wieder an.«

»Bennet«, sagt er und stellt die Flasche mit dem Schokoladensirup ab. »Glauben Sie, dass Sie die Einzige sind, die unangenehme Begegnungen mit Gästen hatte? So ist das nun mal in der Dienstleistungsbranche. Wenn Sie damit nicht klarkommen, dann sollten Sie wohl besser gehen.«

»Es wird niemand bemerken, wenn ich tausche ...«

»Es ist zu spät, um die Bedienung jetzt noch zu wechseln. Kommen Sie damit klar.« Er macht sich wieder ans Eiscremelöffeln. Offenbar ist das Gespräch für ihn beendet.

Ich beiße die Zähne zusammen und versuche, meine Wut nicht herunterzuschlucken.

Ich fülle mein Tablett mit Lavaküchlein und hebe es auf meine Schulter. Mein Puls beschleunigt sich, als ich mich ein weiteres Mal dem Tisch nähere. Sobald ich am letzten Platz ankomme, begrapscht mich der Mann am Hintern, kneift hinein und erklärt mir, dass ich viel zu hübsch sei, um hier zu arbeiten. Ich erwidere sein Lächeln nicht. Ich versuche auch nicht, so schnell wie möglich von ihm wegzukommen. Stattdessen kippe ich ihm seinen Teller mit Lavaküchlein und Eis in den Schoß und ein volles Glas Champagner vom Tisch gleich hinterher.

Dann spaziere ich davon.

#

Natürlich feuern sie mich. Mr. Kirk brüllt mich zwanzig Minuten lang an, dass seine Spucke nur so durch die Gegend fliegt. Er ist nicht der Einzige, der wütend ist. Ich stehe kurz davor, dass mir vor Zorn die Sicherung durchbrennt. Ich schmeiße ihm meine Cateringklamotten vor die Füße und renne aus dem Gebäude.

Sobald ich an der frischen Luft bin, verwandelt sich mein Zorn in einen Weinkrampf. Ich krümme mich mitten auf der Straße und hyperventiliere in ein U-Bahn-Gitter. Lasse es zu, dass mich Scham und Wut und Frust und Verlegenheit überkommen. Heiße all das willkommen und begrüße die Gefühle, die es bei mir auslöst. Die Welt um mich herum verschwimmt immer wieder, während ich versuche, die Kontrolle zurückzuerlangen.

»Hey.« Ich drehe ruckartig den Kopf in Richtung der Stimme. Eine Frau starrt mich mit einem Gesichtsausdruck an, der eine Mischung aus Besorgnis und Verärgerung ist. »Alles okay bei Ihnen?«

Verlegenheit überkommt mich, und ich versuche, meine Emotionen in den Griff zu bekommen. »Ja. Danke«, erwidere ich und wische die Tränen weg.

»Brauchen Sie Hilfe, um irgendwohin zu kommen?«, fragt die Frau mit schräg gelegtem Kopf, und mir wird klar, dass ihr

Gesicht nicht Verärgerung widerspiegelt, sondern sie offenbar in Eile ist und sich trotzdem die Zeit genommen hat, um mich zu fragen, ob ich Hilfe benötige.

»Ähm.« Ich blicke mich um, betrachte die Stadt, die an mir vorbeizieht, die Menschen auf den noch vollen Bürgersteigen, die um uns vorbeieilen. Niemand hat mich auf der Straße jemals genauer angeschaut. »Nein. Ich glaube, ich komme klar.«

»Okay«, sagt sie und lächelt mich freundlich an. »Was auch immer passiert ist. Es ist die Sache nicht wert.«

Und dann marschiert sie mit schnellen Schritten davon.

Dieses Zusammentreffen erschüttert mich ein wenig, da ich mit einem gewissen Grad an Anonymität auf diesen Gehwegen gerechnet hatte. Davon ausgegangen war, dass niemand es bemerken oder sich darum scheren würde, wenn eine Fremde dort in Tränen ausbricht. Oder falls es doch jemand bemerkt, niemand seine Hilfe anbietet. Denn New Yorker haben eigentlich keine Zeit für so einen Quatsch. Aber offenbar nehmen sie sich dafür doch manchmal Zeit.

Sobald sie fort ist, spüre ich, wie meine Lippen zu zittern beginnen, als ich versuche, ein Schluchzen zu unterdrücken. So gern ich ihr auch glauben würde, dass es die Sache nicht wert ist, weiß ich doch, dass sie es ist. Und wie sie es ist!

Mir fällt nur ein Ort ein, wohin ich jetzt gehen könnte.

Als ich dort ankomme, ist die Tür verriegelt. Sie müssen heute früher geschlossen haben. Ich spähe durchs Fenster in das von warmem Licht erleuchtete Lokal. Henry ist allein, wischt gerade den Tresen ab. Er bewegt sich mit großer Anmut, und ich schaue bewundernd zu, wie sich sein Umriss im orangefarbenen Licht der flackernden Kerzen abhebt. Ich klopfe ans Fenster, und er hält inne. Wendet sich mir langsam zu, wobei er sich den Lappen über die Schulter wirft, und schaut blinzelnd herüber.

Ich sehe ihm an, wie er mit sich ringt, ob er mich hereinlassen soll oder nicht.

Bitte, denke ich. *Ich will nicht allein sein.*

Er kratzt sich am Kinn, kommt zur Tür herüber und schließt sie auf.

»Hallo«, sagt er und dreht den Lappen zwischen seinen Fingern.

Als ich ihn sehe, kommen mir wieder die Tränen, und ich wende mich ab. »Tut mir leid«, sage ich und wische mir mit dem Knöchel über die Wange. »Tut mir leid. Ich hätte nicht herkommen sollen.«

»Was ist denn los?« Er stopft sich den Lappen in die Tasche.

Die Muskeln in meinem Magen ziehen sich zusammen, als ich spüre, wie die Emotionen aus meinem tiefsten Inneren in mir aufsteigen. Ich schlinge die Arme um mich und versuche, nicht zu schluchzen.

Henry scheint sich nicht sicher zu sein, was er tun soll. Wie er mit mir umgehen soll. »Tut mir leid«, stoße ich hervor. »Ich steh total neben mir.«

Die Tränen trüben meinen Blick, als Henry langsam auf mich zukommt. »Bennet«, sagt er. »Was ist los?« Er legt mir mit sanftem Druck eine Hand auf jede Schulter.

Ich schließe die Augen und konzentriere mich auf seine Hände. Wie sie sich auf meinen Schultern anfühlen. Ich spüre, wie die warme Sommerluft über mein Gesicht streicht und die feuchten Kleckse auf meinem Gesicht trocknet. Nach ein paar tiefen Atemzügen beginnt sich mein Herzschlag zu normalisieren, und ich kann auch wieder freier atmen.

Ich öffne die Augen, wische mit den Fingern schniefend unter meinen Wimpern entlang. »Tut mir leid«, sage ich. »Ist schon gut.«

Ich wünschte, ich könnte seinen Gesichtsausdruck sehen,

die Details seines Gesichts, aber er steht mit dem Rücken zum beleuchteten Restaurant. Er nickt zur Tür hinüber. »Komm«, sagt er und drückt sie auf. Er führt mich zu dem Barhocker vom ersten Abend und gießt mir ein Glas Wein ein. Er versucht nicht, mich zum Reden zu bringen, und gibt mir auch nicht das Gefühl, mich schämen zu müssen, sondern wischt einfach nur in aller Ruhe die restlichen Tische ab.

Anschließend gießt er sich auch ein Glas ein und setzt sich neben mich.

»Was ist passiert?«, fragt er mit einem ernsten, besorgten Gesichtsausdruck, ohne dabei mitleidig zu wirken.

Es bricht aus mir heraus. »Man hat mich gefeuert und es meiner Zeitarbeitsfirma gemeldet. Und das nur, weil mich so ein alter Kerl begrapscht hat und ich ihm Champagner in den Schoß gekippt habe. Und Sonya will nicht mit mir reden, weil ich so eine miese Freundin bin, und du bist sauer auf mich, und es kommt mir so vor, als würde ich immer nur riesige Scheiße bauen.« Ich schniefe, und das nicht gerade auf damenhafte Art und Weise. »Jedes Mal, wenn ich das Gefühl habe, als hätte ich mein Leben ein klitzekleines bisschen besser im Griff, mache ich gleich wieder tausend Schritte zurück. Und ich verstehe einfach nicht, warum es für alle anderen Leute so leicht ist, bloß nicht für mich.« Mein Kinn zuckt, als ich versuche, die Tränen zurückzuhalten, die schon wieder drohen. »Ich habe keine Ahnung, wie ich es anstellen soll.«

»Lass uns eine Sache nach der anderen angehen.« Er dreht sich auf seinem Stuhl zu mir um. »Erstens: Ich bin nicht sauer auf dich. Vielleicht ein bisschen verwirrt, aber ich wollte dir nur etwas Freiraum geben, das ist alles.«

»Ich will gar keinen Freiraum.« Ich spüre, wie es mir bei der Erkenntnis, dass ich genau das Gegenteil will, den Hals zuschnürt.

»Ich auch nicht.« Er lächelt, und die Erleichterung, die ich empfinde, ist überwältigend. »Zweitens: Im Grunde weiß eigentlich kein Mensch, was er wirklich tut. Die meisten Leute sind einfach gut darin, es zu verbergen. Glaubst du im Ernst, ich arbeite lieber hier anstatt als Fotograf mit eigenem Geschäft? Natürlich nicht. Mach dich doch nicht so fertig. Du bist großartig und tapfer und klug und unglaublich witzig. Du solltest dir mehr zutrauen.«

Ich spüre, wie meine Wangen zu brennen beginnen, und auch wenn gerade kein Spiegel in der Nähe ist, bin ich mir sicher, dass ich gerade knallrot geworden bin.

»Drittens: Sonya hat dich gern. Niemand lässt eine solche Schimpftirade vom Stapel, wenn ihm jemand gleichgültig ist.«

»Aber ich habe sie enttäuscht. Ich enttäusche die Leute andauernd.«

»Aber so sind die Menschen nun mal. Wir sind nicht perfekt. Wir verletzen einander, aber ich bin mir absolut sicher, dass du es wiedergutmachen wirst.«

»Das werde ich«, sage ich mit zittriger Stimme. Das werde ich.

»Und zuletzt«, sagt er und umklammert dabei den Rand des Tresens so fest, dass seine Knöchel weiß werden. »Ich kann nicht glauben, dass dich heute Abend jemand angefasst hat, und wäre ich dabei gewesen, dann hätte er sich mehr eingehandelt als bloß eine kleine Champagnerdusche.« Die Muskeln in seinem Kiefer spannen sich an. »Alles okay bei dir?«

Ich nicke, wische mir die Augen. »Alles okay. Es war einfach blöd. Ist schon gut.«

»Okay«, sagt er und lockert seinen Griff. »Und …«, er kratzt sich am Schlüsselbein und weicht einem Blickkontakt aus. »Was die Sache im Frying Pan angeht …« »Tut mir leid«, platzen wir zur gleichen Zeit heraus.

»Es muss dir nicht leidtun«, sage ich. »Es ist mir total peinlich.«

Er lacht, verschränkt die Arme vor der Brust und lehnt sich ein wenig auf seinem Barhocker zurück. »Was hältst du davon, wenn ich mein Tattoo ab jetzt vor dir verstecke?«

Ich schneide eine Grimasse. »Ich bin mir nicht sicher, ob ich schon darüber lachen kann.«

»Sorry.« Er nimmt einen Schluck von seinem Wein. »Das wird schon.«

Ich spüre eine Enge und eine Hitze in meinem Brustkorb. Wenn ich in diesem kurzen Moment in der Toilette auf dem Kahn gewusst hätte, dass ich ihm nie wieder so nahekommen würde, dann hätte ich vielleicht versucht, es mir besser zu merken. Ich bin eigentlich gar nicht der Typ für so etwas. Selbst wenn es sich gut anfühlt. Auch wenn es Henry nicht gewollt hatte. Seine Botschaft war eindeutig gewesen. Nein.

»Henry«, sage ich und kneife die Augen zusammen. »Du hattest recht, ich … ich habe keine Ahnung, wieso ich … ich mich ständig vor dir blamiere.«

»Das muss dir nicht peinlich sein. Diese Toilette war wirklich sexy. Ich kann's dir nicht mal übel nehmen.«

Ich gebe ein Stöhnen von mir. »Können wir bitte einfach wieder ganz normal miteinander umgehen? Ich brauche wirklich dringend Normalität.«

»Klar«, sagt er. Aber ich habe das dumpfe Gefühl, dass wir das nicht können. Dass wir eine neue Normalität finden müssen, weil ich mich nun in seiner Nähe anders fühle. Etwas nervöser. Etwas weniger zurückhaltend. »Okay?«, sagt er fragend und stupst mit seiner Schulter gegen meine. Dieser eine Stupser reicht, um mein Herz schneller schlagen zu lassen.

»Okay«, erwidere ich.

Er verzieht den Mund zu einem schiefen Grinsen. »Jetzt, wo das geklärt ist, brauchen wir unbedingt Musik.«

Er verschwindet in die Küche. Nach ein paar Augenblicken der Stille dröhnt Dolly Partons »9 to 5« aus den Lautsprechern.

Henry stürmt mit einem rosafarbenen, tief in die Stirn gezogenen Cowboyhut auf dem Kopf aus der Küchentür. »Oh mein Gott«, kreische ich lachend. »Wo hast du denn den her?«

»Junggesellinnenabschied letzte Woche«, erwidert er in meine Richtung und tippt sich dabei an den Hut. »Wie durch ein Wunder ist keine so besoffen gewesen, dass sie auf der Toilette kotzen musste.«

»Hey!«

Er zuckt mit den Schultern. »Können wir wenigstens darüber lachen?«

Ich rümpfe die Nase. »Na schön«.

»Prima.« Er grinst. Der Refrain ertönt laut und heiter aus den Boxen. Henry zeigt in die Luft. »Jetzt kommt der beste Teil!«, sagt er.

Er singt jedes einzelne Wort des Songs mit, schwingt dabei seine Hüften wie Elvis, und meine Tränen verwandeln sich in Lachen. Er ergreift meine Hand und führt mich in die Mitte des Restaurants zwischen die leeren Tische. Er setzt mir den Hut auf, schwingt mich herum, und wir drehen uns im Kreis, bis ich ganz schwindelig bin und vor Lachen nicht mehr kann. Als der Song zu Ende ist, bin ich völlig außer Atem und gut drauf, und Henrys Gesicht ist knallrot.

»Genau das habe ich gebraucht«, sage ich und sacke zu Boden, als gerade der Beginn von *Hush-A-Bye Hard Times* aus den Lautsprechern ertönt.

»Jeder braucht hin und wieder ein bisschen Dolly«, sagt er, als er sich ebenfalls niederlässt. Wir sitzen einander im Schneidersitz gegenüber. »Fühlst du dich jetzt besser, Cowgirl?«

Ich sehe in seinem Gesicht eine solche Freundlichkeit und Güte, dass ich mich ihm öffne und etwas erzähle, was ich schon eine ganze Weile empfunden habe, mich aber zu sehr geschämt hatte, um mit irgendjemandem darüber zu reden. »Weißt du, wenn man sich ein Piercing machen lässt oder eine Transplantation vorgenommen wird und der Körper das neue Organ als etwas Fremdes erkennt und es abzustoßen beginnt, obwohl es harmlos ist und einem das Leben retten würde …«

Er nickt, als ob es sich dabei um einen ganz normalen Vergleich handeln würde.

»Ich glaube, so ist das bei mir mit New York.«

Er schüttelt den Kopf, sein Brustkorb hebt und senkt sich, und er wirkt müde. »Das geht vermutlich bis zu einem gewissen Grad jedem hier so.«

»Dir auch?«

»Klar«, erwidert er lachend. »Glaubst du etwa, es sei etwas Selbstverständliches für einen Jungen aus den Bergen, hier zu leben?«

»Wohl eher nicht.«

Er blickt mich mit gerunzelter Stirn an. »Ich freue mich übrigens, dass du hier bist. Ich hoffe, du weißt das.«

Ich reibe mit den Fingern über meinen Brustkasten, versuche, das unberechenbare Klopfen meines Herzens darunter wegzumassieren. Durchforste vergeblich mein Gehirn nach den richtigen Worten, benutze stattdessen seine. »Ich freue mich auch, dass du hier bist.«

Er schaut mich mit einem freundlichen, aufrichtigen Lächeln an und klatscht in die Hände. »Prima.«

»Können wir denn mit unserem kleinen Projekt weitermachen, damit ich meine Passion finde?«

»Solange du immer noch unsere nächste Location aussuchst.« Er klaubt mir den Hut vom Kopf, zieht ihn sich übers Gesicht und lehnt sich wie ein schläfriger Cowboy gegen den nächsten Stuhl.

»Das kriege ich hin.«

KAPITEL 17

Die NYAC hatte den Vorfall an Carlyle Staffing Solutions gemeldet, die mich daraufhin zu einer »Neubewertung« herbeizitierten. Was vermutlich bedeutet, dass ich gefeuert bin. Und das gilt vermutlich nicht nur für den NYAC, sondern auch für all meine anderen Jobs, die mir diese Zeitarbeitsfirma vermittelt hat.

Sollte das passieren, steht mir ein Umzug zurück nach Pennsylvania bevor. Vor ein paar Wochen hätte ich das möglicherweise noch als eine Entschuldigung betrachtet, in den Schoß der Familie zurückzukehren, aber heute erfüllt mich das nicht mehr mit Erleichterung, sondern in meinem Kopf läuten die Alarmglocken.

Ich warte im Empfangsbereich von Carlyle auf meinen Termin. Der Raum ist derart hell, dass ich Kopfschmerzen davon bekomme. Boden und Wände sind strahlend weiß und die meisten Möbelstücke in Neonfarben. Der Tresen ist neonlila, die Stühle sind neongrün, die Bilderrahmen mit den Motiven neonblauer Fische sind neonorange. Ich frage mich, wie irgendjemand an einem Ort wie diesem überhaupt eine Arbeit erledigen kann.

Ich schließe die Augen, um mir vorzustellen, wie dieses Meeting verlaufen wird, aber ich sehe Henry vor mir, wie er im gedämpften Licht des Restaurants zu Dolly Parton tanzt und wie er meinen ganzen verkorksten Abend mit einem rosafarbenen Hut und einem albernen Grinsen umgedreht hat.

Ich habe nicht den leisesten Schimmer, was ich mit ihm an unserem »Projekttag« unternehmen soll. Ich versuche, mich auf Dinge zu fokussieren, die mir früher Spaß gemacht haben. Die Dinge, die mich vor Sam glücklich gemacht haben. Vielleicht kann ich dieses Gefühl der Freude bis zu etwas Bestimmtem zurückverfolgen. Es fühlte sich gut an, als ich am College angenommen wurde, weil ich damit etwas Großes erreicht hatte, worauf ich immer stolz sein konnte. Es fühlte sich gut an, als ich mitgeholfen hatte, Fred zu vermitteln, und der Basset so ein neues Zuhause gefunden hatte. Es fühlte sich gut an, mit Henry in der Toilette vom Frying Pan zu sein …

Ich schüttele den Kopf, als würde mir dadurch dieser Gedanke aus den Ohren purzeln. *Was ist bloß los mit dir?* Wir sind nur Freunde, mehr nicht.

Es fühlte sich gut an, nach dem Tod meiner Großmutter für meine Eltern das Abendessen zu kochen. Wir waren alle unglaublich traurig, aber meine Mutter war damals am Boden zerstört gewesen. Eine solche Kleinigkeit für sie zu tun – auch wenn es sich bloß um Makkaroni mit Käse gehandelt hatte –, war die beste Möglichkeit für mich, meine Liebe auszudrücken. Das ist jetzt nicht unbedingt eine heiße Spur, aber dennoch nimmt eine Idee in meinem Kopf Gestalt an. Ich schicke Henry die Adresse einer Filiale von Home Depot in der Bronx. Ich weiß jetzt, was wir unternehmen werden.

Als ich gerade mein Handy in der Tasche verschwinden lasse, kommt eine zierliche Frau in einer gepunkteten Bluse auf mich zu.

»Bennet?«, sagt sie fragend. Ich stehe auf und stelle fest, dass ich gute zehn Zentimeter größer bin als sie, dabei trägt sie hohe Absätze. »Mein Name ist Anna. Bitte folgen Sie mir.«

Wir betreten ein kleines Büro mit einer gelben Tür. Sie bedeutet mir, Platz zu nehmen, was ich auch tue. Sie räuspert sich und schaut mich über ihren Schreibtisch hinweg an. Ich kann einfach nicht glauben, dass mich diese entzückende Person, die sehr viel jünger zu sein scheint als ich, gleich feuern wird.

»Wie ich gehört habe, läuft es mit den Jobs in der Gastronomie nicht so gut«, sagt sie.

Ich schüttele den Kopf. »Es ist lediglich der NYAC. Sie könnten mich woanders einsetzen.«

»John Kirk war am Telefon sehr verärgert. Er hat gedroht, sich von unserer Firma zu trennen. Das ist eine ernste Sache, Bennet. NYAC ist unser bester Kunde.«

»Verstehe.« Ich schlage die Beine übereinander, stelle sie aber gleich wieder nebeneinander.

Sie neigt ihren Kopf zur Seite. Ihre Lippen sind zu einer schmalen Linie verzogen. »Möchten Sie weiterhin für Carlyle arbeiten?«

»Ja«, erwidere ich. Und das entspricht der Wahrheit. Ich möchte noch etwas länger in New York bleiben. Ich möchte, dass diese Transplantation erfolgreich ist.

»Okay«, sagt sie seufzend, und ich vernehme die Klickgeräusche, die ihr Daumen dabei dem Kugelschreiber entlockt, den sie festhält. »Wir werden die Zusammenarbeit mit Ihnen zunächst einmal auf Probe fortsetzen, Sie aber nicht mehr an Kunden aus der Gastronomie vermitteln.«

»Okay.« Ich presse den Daumen in meinem Schoß gegen die Fingerknöchel und bringe sie zum Knacken.

»Allerdings würde das Team der Bibliothek gern in regelmäßigen Abständen mit Ihnen weitermachen. Wie Sie wissen, hat Sal Thomas die Stadt verlassen, um seine Tochter nach einem medizinischen Notfall zu unterstützen. Er hat Sie empfohlen, um einige seiner Aufgaben zu übernehmen.«

Oh Gott, das Auberginenbaby.

»Entschuldigen Sie«, sage ich blinzelnd. »Was genau ist denn passiert?«

»Persönliche Details unserer Auftragnehmer darf ich nicht weitergeben.«

»Verstehe«, sage ich, trommele mit meinen Fingern gegen die Knie und denke dabei: *Komm schon, wenigstens einen kleinen Hinweis.*

Wieder dieses Klickgeräusch. »Werden Sie sich an das halten, was wir besprochen haben?«, fragt sie.

»Natürlich. Die Bibliothek. Keine Gastronomie. Alles klar.«

»Wunderbar.« Perlweiße Zähne schimmern zwischen ihren geschminkten Lippen. »Dann sind wir ja hier fertig. Wissen Sie, wie Sie wieder aus dem Gebäude herauskommen?«

Ich nicke. Mein Herz rast, und ich sprinte aus ihrem Büro.

Das Erste, was ich tue, als ich in dem kitschig-grünen Aufzug bin, ist, durch Sals Facebook-Seite zu scrollen. Nichts mehr seit dem 3-D-Ultraschall. Keine Neuigkeiten sind gute Neuigkeiten, nicht wahr? Wenn etwas Schlimmes passiert wäre, gäbe es doch bestimmt online irgendwelche Hinweise, oder? Mir wird flau im Magen. Natürlich gäbe es die nicht, denn wenn es schlechte Neuigkeiten wären, würde man sie für sich behalten.

Ich tippe rasch eine Nachricht im Facebook-Chat mit Sal und Henry, frage mich aber, ob das okay ist. Was ist, wenn ich nichts von den Gesundheitsproblemen seiner Tochter wissen soll? Wenn er es geheim halten möchte? Ich lösche die Nachricht wieder. Stattdessen schreibe ich Henry.

> Hast du was von Sal gehört?
> Im Gruppen-Chat ist es ruhig geworden ...
> Ich glaube, da stimmt was nicht.

Mir ist klar, dass das ziemlich unwahrscheinlich ist.

Die blauen Punkte erscheinen sofort.

Habe seit den Babyparty-Nachrichten
nichts von ihm gehört. Sorry.

Und dann eine weitere Nachricht.

Soll ich mal versuchen, ihn zu
erreichen?

Nein, lass nur. Mache mir
vermutlich umsonst Sorgen.

Ich möchte nicht, dass Sal sich in einer schwierigen Zeit be-
drängt fühlt. Als ich getrauert habe, wollte ich auch mit niemandem reden. Mir ist schon klar, dass Sal ein anderer Mensch
ist als ich, aber es ist so schwierig zu beurteilen, was angemes-
sen ist und einem Menschen, der leidet, helfen könnte.

Aber ich mache mir verdammt große Sorgen.

Ich muss diese Panik loswerden, deshalb versuche ich, einen
Plan für mein kleines Projekt zu entwerfen. Ich stelle ein paar vor-
läufige Recherchen auf meinem Handy an, um herauszufinden,
ob es überhaupt möglich ist, und öffne dann meine Taschen-
rechner-App, um zu checken, wie viel es wohl kosten würde. Als
ich dann in der U-Bahn sitze, stelle ich fest, dass ich es mit dem
Geld aus den Überstunden der letzten zwei Wochen und meinem – wenn auch bescheidenen – Talent fürs Einrichten eigentlich hinkriegen sollte. *Wir* es hinkriegen sollten.

Die Begeisterung über meinen Plan und die Aufregung,
was dabei herauskommen wird, reichen aber nicht aus, um
mich auf dem Heimweg davon abzuhalten, ständig an Sal und
seine Tochter zu denken.

KAPITEL 18

Als ich mich mit Henry im Home Depot treffe, trage ich einen Denim-Overall, ein gelbes Tanktop, weiße Sneaker und eine Sonnenbrille, die ich bei Duane Reade gekauft hatte. Er hat ein hellblaues Shirt an, das hinten im Kreuz verschwitzt ist.

»Du hast mich verwirrt. Was machen wir hier?« Er nimmt seine Sonnenbrille ab und wischt mit dem Saum des Shirts die Gläser.

»Wir werden Sonya eine Freude machen«, erwidere ich.

»Hast du vor, deine Wohnung umzumodeln?« Er wirkt besorgt. »Es klingt vielleicht nicht sehr sexy, aber ich bin nicht besonders praktisch veranlagt.«

Ich verziehe das Gesicht. »Ähm ...« Ich presse mir die Sonnenbrille gegen die Nasenwurzel und verkneife mir eine scherzhafte Bemerkung über Henrys Sex-Appeal, weshalb ich keinen Ton hervorbringe. Alles, was mir im Kopf herumschwirrt, ist »*Henry*« und »*sexy*« und ein sehr lautes Furzgeräusch. »Okaaaay«, sage ich gedehnt, weil mir absolut nichts anderes einfällt.

Sein Gesicht nimmt einen gequälten Ausdruck an. »Also, ich wollte damit nicht andeuten, dass ... äh ...«

»Äh ... ja«, sage ich rasch und blicke auf meine Schuhe hinunter. »Sorry, ich hatte für einen Moment den Faden verloren.«

»Also«, sagt er, »aus irgendeinem Grund sollten wir uns hier

bei Home Depot treffen, und dann habe ich einmal das Wort
›sexy‹ benutzt, und alles wurde irgendwie komisch.«

»Hör auf, das zu sagen«, platze ich heraus. »Sorry, äh … lass
uns doch einfach reingehen.« Ich führe ihn zum Outdoor-
Bereich. Dort schnappe ich mir fünf Meter Kunstrasen, eine
Rolle doppelseitiges Klebeband und zwei zusammenklapp-
bare Liegestühle. Henry schiebt den Einkaufswagen hinter mir
her, während ich eine kleine tragbare Vernebelungsmaschine
und einen Plastikflamingo aussuche. Dann stelle ich noch zwei
Katzenpalmen auf die Ladefläche des Wagens und lege zum
Schluss eine Lichterkette dazu. Dann gehen wir zur Kasse.

Henry ruft uns einen Wagen, und ich tippe meine Adresse
in sein Handy. Ich habe niemanden in meine Wohnung gelassen seit … keine Ahnung, vermutlich war noch nie jemand
hier – außer Sonya und Jamie. Und nun Henry.

Wir müssen dreimal die Treppen der fünfeinhalb Stockwerke
bis zum Dach hinaufsteigen, um alle Sachen hochzutragen, aber
schließlich haben wir es geschafft – wenn auch total verschwitzt,
mit knallrotem Kopf und kurz vorm Umkippen. Unser Dach
bietet keinen schönen Anblick. Es ist eigentlich nicht für Menschen gedacht. Leere Flaschen und tote Vögel liegen herum, und
die hüfthohen Mauern am Rand sind mit Graffiti beschmiert.
Es gefällt mir gar nicht, dass uns lediglich eine mickrige Brüstung davon abhält, vom Dachrand zu fallen, aber wie schon gesagt, dieses Dach ist nicht für Leute vorgesehen.

Noch nicht.

Wir lassen den Kram erst mal dort oben liegen und begeben
uns in meine Wohnung, um Putzzeug und Abfallsäcke zu holen und etwas Kaltes zu trinken.

»Das ist also deine Wohnung?« Er schaut sich um, betrachtet ein Bild an der Wand, das wir günstig bei HomeGoods gekauft hatten.

»Mitsamt einem Haufen kaputter Möbel, die wir auf der Straße gefunden haben.«

»Sie ist wirklich … hübsch.« Er lässt sich auf das Sofa fallen und breitet seine Arme oben auf dem Rand aus.

»Nein, ist sie nicht.« Ich fülle zwei Gläser mit Wasser und gebe Eiswürfel hinein. »Das Sofa fällt auseinander, die Zimmer müssten dringend frisch gestrichen werden, und es ist so dunkel hier drin wie in einem Verlies.« Ich reiche ihm eins der Gläser und er presst es sich direkt an den Hals.

»Das ist aber nicht das eigentliche Problem hier, das weißt du, oder?«

Ich nehme einen großen Schluck Wasser. »Ach, wirklich? Und was ist das Problem?«

Ein Wasserspritzer aus seinem Glas landet beim Trinken auf seinem T-Shirt und hinterlässt dort einen kleinen Fleck. Ich versuche, nicht an das letzte Mal zu denken, als sein Shirt nass geworden war und wie es sich an meine Handflächen gepresst angefühlt hatte. »Sie passt nicht wirklich zu dir«, sagt er und senkt sein Glas.

Es gelingt mir, meinen Blick von ihm abzuwenden und durchs Zimmer wandern zu lassen. Die Bilder an der Wand erinnern an die abstrakte Kunst, wie man sie in Hotelzimmern findet. Ich hatte sie immer als Provisorium betrachtet, bis wir alles irgendwann richtig aufhübschen würden, doch das hatten wir nie getan. Das Sofa war das billigste und leichteste, das wir finden konnten, und die Deko besteht aus Dingen, die wir uns gar nicht genauer angeschaut hatten, ehe wir sie irgendwo hinstellten. Er hat recht. Nichts hiervon entspricht auch nur annähernd Sonyas oder meinem Geschmack.

»Ich glaube, wir haben uns nie große Mühe mit der Wohnung gegeben, weil wir nicht wussten, wie lange wir bleiben würden. Wir haben hier nie wirklich Wurzeln geschlagen.«

Er stellt sein Glas auf dem Sofatisch ab. »Das wird sich jetzt ändern, stimmt's?«

Ich lächele. »Das wird es.«

Ich werfe ein paar Abfallbeutel, Desinfektionsmittel, Schwämme, Gummihandschuhe und Papiertücher in eine Ikea-Tasche, und wir machen uns auf den Weg nach oben.

Wir suchen uns eine Ecke auf dem Dach aus, die ein bisschen Schatten bietet. Ich schrubbe den Boden und die Brüstung, während Henry den Müll einsammelt. Ich glaube, ich sehe ihn einmal eine alte Spritze aufheben, ignoriere es aber. Als ich auf einen toten Vogel stoße, streift Henry sich Gummihandschuhe über und hebt ihn auf, ohne mit der Wimper zu zucken. Ich mache ein Würgegeräusch.

»Ich habe Fuchur immer mit lebenden Würmern gefüttert. Das hier ist gar nichts.«

Sobald alles halbwegs sauber ist, messen wir das Klebeband ab, schneiden es zu und befestigen es auf dem Boden. Als Henry die schwere Rolle mit dem Kunstrasen aufhebt und sie an die richtige Stelle hebt, gebe ich mir Mühe, nicht auf seine Muskeln zu starren, die sich dabei anspannen. Sobald sich der Rasen an Ort und Stelle befindet, bekommen die beiden Katzenpalmen ein Plätzchen in den entferntesten Ecken, bündig mit der Brüstung. Dann stelle ich den Flamingo in den Schatten einer Palme und die beiden Liegestühle in die Mitte. Henry hängt die Lichterkette an der Brüstung auf, und ich platziere die Vernebelungsmaschine am Rand des Rasens gegenüber von den beiden Stühlen, damit, wer auch immer dort sitzt, sie anstellen und sich ein wenig von der drückenden Hitze erholen kann. Es ist nicht viel, aber wir haben eine kleine Gartenoase auf dem Dach geschaffen.

Ich lasse mich in einen der Stühle sinken. Henry liegt auf dem Rücken im Gras.

Er beschattet seine Augen mit den Händen, um sie gegen die langsam untergehende Sonne zu schützen. »Ist das jetzt deine Art, mir zu sagen, dass du gern Landschaftsarchitektin werden würdest?«

Der Nebel der Maschine besprüht uns sanft. »Nicht wirklich. Ich wollte einfach etwas Nettes tun für Sonya.«

Henry rollt sich auf die Seite, um mich anzusehen. »Mission erfüllt.«

»Ich war ein bisschen zu sehr auf mich fixiert und hatte ihr wohl nicht mehr das Gefühl gegeben, dass sie mir wichtig ist.«

»Es wird ihr gefallen«, sagt er und lässt sich wieder auf den Rücken sinken.

»Henry«, sage ich und blicke mit zusammengekniffenen Augen auf ihn hinab, wie er dort mit gespreizten Beinen im Gras liegt.

»Hm?«, murmelt er.

»Hast du Lust auf Rum?«

Er stützt sich auf beide Ellbogen und lässt den Kopf zurückfallen. »Unbedingt.«

Ich laufe rasch zur Bodega an der Ecke und besorge eine Dose Ananassaft und Sonnencreme und überquere dann die Straße, um eine Flasche Rum zu holen. Als ich wieder oben auf dem Dach ankomme, liegt Henry zusammengesunken in einem der Stühle und schläft tief und fest. Ich nehme mir einen Moment, um ihn zu betrachten, möchte ihn nicht stören. Es kommt nicht oft vor, dass er so still und ruhig ist, und ihn nun so zu sehen, ist irgendwie seltsam, aber schön. Ich wünschte, es wäre so einfach. Dass ich normal sein könnte und er mich nicht zurückweisen würde. Dass ich ihn in meiner Einsamkeit bewundern könnte. Denn wenn er schläft, muss ich das, was ich für ihn empfinde, nicht verstecken. Muss nicht verbergen, wie sehr er mich durcheinanderbringt. Aber ich kann ihn ja nicht ewig anstarren. Und ohne Sonnencreme wird er mir noch verbrutzeln.

»Henry«, sage ich und klopfe ihm leicht auf die Schulter. »Wach auf, ich habe Rum.«

Er lächelt mich an, bevor er überhaupt die Augen öffnet. »Gott sei Dank.«

»Und ich habe Sonnencreme mitgebracht. Du siehst jetzt schon ziemlich rot aus.«

Er blickt durch schwere Lider blinzelnd zu mir auf. »Versuchst du mich zu bemuttern?«

»Nimm die Sonnencreme, Klugscheißer.« Ich reiche ihm die Tube. Er spritzt sich etwas davon in die Handfläche und schmiert sie sich ins Gesicht. Hinterlässt dabei weiße Streifen auf Wangen und Nase.

»Jetzt siehst du aber komisch aus.«

»Ist schon okay«, sagt er und schmiert sich etwas auf die Stirn. Als er fertig ist, sieht er aus, als hätte er eine Sahnetorte ins Gesicht bekommen.

»Nein, das ist nicht okay, du hast es nicht richtig verrieben.«

»Wo muss ich denn noch?«, fragt er und reibt sich mit dem Handrücken, der auch mit Sonnencreme bedeckt ist, über die Wange.

»Überall«, sage ich.

Er schmiert sich die restliche Sonnencreme auf die Arme und wischt sich die Hände an einem Handtuch ab. »Ich gebe auf.«

»Igitt!«, stöhne ich. »Lass mich mal.« Ich knie mich neben ihn und lege meine Finger auf seine Wangen. Dann massiere ich die Creme in seine Haut, die sich unter meinen Fingerspitzen warm und weich anfühlt.

Henrys Augenlider schließen sich zuckend, und ich bewundere seinen geraden Nasenrücken, der sich leicht rosa färbt, und die kleinen Sommersprossen darauf. Ich bewundere die

Art und Weise, wie sich seine Wimpern wie ein Fächer über seinen Unterlidern ausbreiten.

Im selben Moment öffnet er langsam die Augen, und unsere Blicke treffen sich. Im gleißenden Sonnenlicht ziehen sich seine Pupillen zusammen, und das satte Grün und Gold seiner Iris wirkt strahlender.

»Sorry«, sage ich, beende das Verteilen der Sonnencreme und lehne mich verlegen zurück. Verreibe den Rest in meinen Handflächen. Freunde cremen einander nicht auf diese Weise mit Sonnenschutz ein.

»Ist schon okay«, sagt er und lässt seinen Kopf wieder in den Liegestuhl zurücksinken. »Du musst nicht jedes Mal ausflippen, wenn du mich berührst. Eigentlich sollen wir doch ganz normal miteinander umgehen. Schon vergessen?«

Ich weiche ein Stück zurück. »Halt die Klappe. Das hier ist normal.«

Er gibt ein Schnauben von sich. »Okay. Wenn du meinst.«

Ich lasse mich in den Stuhl neben ihn fallen und gieße jedem von uns ein Glas mit Rum und Ananassaft ein. Nach ein paar Schlucken beginne ich mich schläfrig zu fühlen, und meine Muskeln tun weh von der ganzen Schlepperei. Henry neben mir hat seine Augen wieder geschlossen, und ich folge seinem Beispiel.

Ich muss wohl eingeschlafen sein, denn als ich das nächste Mal die Augen öffne, ist es dunkel. Die Lichter der Kette hängen wie Sterne über uns. Die Geräusche der Stadt sind schwach und fern.

Ich wende mich Henry zu, dessen Kinn auf die Brust gesunken ist. Ich lächele und schaue wieder in den Himmel hinauf, verbringe die ganze Nacht schlafend neben ihm.

#

Ich trage ein albernes Hawaiihemd von Party City, eine pink-farbene Sonnenbrille und eine bunte Blumenkette aus dem Ein-Dollar-Laden. Mit dem restlichen Saft vom gestrigen Abend bereite ich zwei Ananas-Bellinis zu, hänge mir eine Blumenkette für Sonya um den Ellbogen und stehe nun allein in unserem Wohnzimmer und warte darauf, dass sie nach Hause kommt.

Als ich das Geräusch eines Schlüssels im Schloss der Wohnungstür höre, bleibt mir fast das Herz stehen.

»Sonya?« Sie betritt die Wohnung mit einer Tasche voller Klamotten und einem Haufen Post. »Wo bist du gewesen?«

»Ich habe bei Jamie übernachtet.« Sie versucht, an mir vorbeizuflitzen, so wie ich es bei ihr schon so viele Male getan habe.

»Sonya, ich würde gern mit dir reden. Aber zuerst muss ich dir etwas zeigen.« Ich gebe mein Bestes, um Henrys breites, offenes Lächeln nachzuahmen, als ich ihr einen Bellini anbiete.

»Bennet, ich bin müde.« Sie lässt die Tasche aufs Sofa plumpsen.

»Du musst auch nie wieder mit mir reden, aber ich glaube, dass dir gefallen wird, was du gleich zu sehen bekommst.« Ich halte ihr noch einmal mein Friedensangebot in Form eines Cocktails hin. »Bitte.«

Sie nimmt das Glas mit gerunzelter Stirn entgegen. Ich führe sie ins Treppenhaus und zur Oase hinauf, wo bereits »Dancing Queen« aus einem Lautsprecher ertönt.

Sonya neigt mit ausdruckslosem Gesicht den Kopf zur Seite.

»Ich dachte mir, da unsere Wohnung so heiß ist, warum verwandeln wir das hier oben nicht in ein kleines tropisches Paradies?« Ich deute mit einem Ta-da zum Kunstrasen hinüber. »Es gibt eine Vernebelungsmaschine zum Abkühlen, und auch wenn man es jetzt nicht sehen kann, diese Lichterkette da sieht wirklich im Dunkeln sehr hübsch aus. Ach, übrigens, diese Pflanzen da drüben sind echt, aber ich verspreche dir, dass ich mich um sie kümmern werde, du musst dir deshalb keine Sorgen machen.«

Sie beißt sich auf die Lippe. »Warum hast du das gemacht?«

Ich hole tief Luft. »Ich bin dir schon seit sehr langer Zeit keine gute Freundin mehr. Ehrlich gesagt, bin ich dir in letzter Zeit gar keine Freundin mehr gewesen. Und das tut mir leid.«

Sie blickt von mir weg zum Horizont hinüber.

»Ich glaube, manchmal denke ich«, fahre ich fort, »dass ihr beide, du und Jamie, keine Zeit mit mir verbringen wollt, weil, offen gesagt, nicht einmal ich selbst Bock darauf habe, Zeit mit mir zu verbringen.«

Sie presst ihre Lippen zu einer schmalen Linie zusammen und sagt: »Als du mir gesagt hast, dass du mit mir hierher ziehen wolltest, da war ich geschockt – aber ich habe mich auch so gefreut, dass du wieder Teil von meinem Leben warst. Ich dachte, wir könnten unsere alte Verbindung wiederherstellen, aber du hast es ja nicht einmal zugelassen, dass ich es versuche. Du benimmst dich, als wolltest du mich nicht in deiner Nähe haben. Und dann habe ich dich mit Henry gesehen … einem Fremden. Du fühlst dich wohler mit einem Fremden als mit mir.«

»Ich weiß«, sage ich. »Ich habe dich wirklich lieb, Sonya. Es gab nur eine Zeit, als alles zusammengebrochen ist und ich irgendwie durchgedreht bin und irgendwann gar nicht mehr wusste, wie ich mich überhaupt noch jemandem öffnen sollte. Und ehrlich gesagt, glaube ich, dass es mit neuen Leuten etwas leichter für mich ist, weil sie nicht wissen, wie ich früher gewesen bin. Sie kennen nicht die alte Bennet, sondern nur den Menschen, der ich jetzt bin. Es gibt keine Erwartungen, keine Erinnerung an mich vor Sam oder mit Sam oder sonst was. Aber *du* kennst mich. Ich glaube, du kennst mich besser als jeder andere Mensch auf dieser Welt, und ich glaube, das jagt mir Angst ein, weil ich das Gefühl habe, ich wäre nicht mehr dieser Mensch. Ich würde es so gern wieder sein, aber ich bin es nicht. Und du durchschaust mich. Deshalb ist es etwas leichter für mich, mit jemandem wie Henry zusammen zu sein als mit dir oder Andy. Er ist eben neu in meinem Leben. Und glaub mir, es ist mir auch bei ihm schwergefallen, mich in seiner Nähe wohlzufühlen. Ehrlich gesagt, gelingt mir das immer noch nicht ganz.«

Sie runzelt die Stirn, starrt auf ihre Füße. »Das verstehe ich ja«, sagt sie. »Es ist nur schwer, wenn mir meine beste Freundin wie eine Fremde vorkommt und sie sich nicht mal die Mühe macht, die Frau kennenzulernen, die ich liebe.«

»Ich mag Jamie!«, sage ich mit Nachdruck. »Das hier ist für euch beide. Ich dachte, ihr könntet hier oben das schöne Wetter genießen und Cocktails trinken. Es ist nichts Besonderes, aber ich hoffe, dass es dir gefällt. Und auch wenn du mir niemals verzeihst, wie ich dich behandelt habe, und selbst wenn du nie wieder mit mir reden willst – ich hoffe trotzdem, dass du mir glaubst, wie sehr ich all das bedauere. Ich versuche, mich wirklich zu bessern.« Ich schüttele den Kopf. »Nein, ich versuche es nicht nur, ich *werde* mich bessern.«

Sie nimmt einen langsamen Schluck von ihrem Cocktail.

»Okay«, sage ich. »Ich lasse dich jetzt mal in Ruhe. Unten sind noch mehr Drinks, und sollte es zu warm werden, dann schalte einfach die Maschine an. Und ich sag's noch mal: Es tut mir wirklich leid, Sonya.« Ich wende mich ab zum Treppenhaus. Zumindest habe ich es versucht.

»Wir werden hier oben aber noch einen Stuhl brauchen.«

Ich verharre wenige Schritt vor der Tür. »Noch einen Stuhl?«

»Für uns drei. Jamie, ich und du.«

Ich drehe mich zu ihr um. Sie hat ein breites Grinsen im Gesicht. Ich könnte heulen.

»Natürlich habe ich die alte Bennet geliebt«, sagt sie. »Sie war meine beste Freundin. Hat mir bei meinem Coming-out geholfen und mir zur Seite gestanden, als ich es meinen Eltern gesagt habe und die ersten Dates mit Mädels hatte, die mich nicht leiden konnten. Sie hat meine Bilder in Coffeeshops hineingeschmuggelt, in der Hoffnung, dass jemand meine Malerei mögen und sie kaufen würde. Sie hat in meinen Armen geheult, als klar war, dass wir an verschiedenen Unis studieren würden. Und sie hat mich ihrer neuen Freundin Andy vorgestellt, von der ich weiß, dass sie Bennet auch liebt. Aber eins verstehst du, glaube ich, nicht. Auch wenn ich die Bennet von damals geliebt habe und auch wenn du mich verletzt hast, sehe ich dich heute nicht mit anderen Augen als damals mit sechzehn. Du bist immer noch du selbst, nur mit mehr Farben, mehr Tiefe und ja, auch mit mehr Schmerz. Und in dieser ganzen Zeit habe ich mir bloß gewünscht, dass du mich miteinbeziehst und mir zugestehst, dich mit all diesen Facetten zu lieben. Ob alte Bennet oder neue Bennet – das sind nur verschiedene Teile eines Ganzen. Du bist kein gruseliger Mensch«, fährt sie fort. »Du bist witzig und fürsorglich und fühlst alles tief in dir drin. Du solltest den Leuten diese Dinge nicht nehmen, nur weil du sie selbst nicht sehen kannst.«

»Ich möchte auch all deine Facetten kennen«, erwidere ich mit zitternden Fingern. »Und es tut mir so leid.«

Sonya lacht und nimmt damit all den Emotionen die Schwere. »Also schön, ich vergebe dir. Können wir uns jetzt endlich umarmen?«

Ich schlinge meine Arme um ihre schmale Gestalt. Im ersten Moment versteift sie sich noch ein wenig, aber dann erwidert sie die Umarmung. »Ich habe das vermisst«, sagt sie.

»Ich auch«, gebe ich zu.

Sie drückt mich noch einmal einen Pulsschlag lang. »Du musst aber trotzdem meine Ohrringe kaufen. Mindestens drei Paar.«

Ich trete lächelnd einen Schritt zurück. »Abgemacht.«

»Und falls du jemals wieder vergessen solltest, dass ich Schmuck entwerfe, ziehe ich aus«, sagt sie.

»Kommt nicht wieder vor.«

Sie streicht ihr langes, dunkles Haar zurück. »Gut.«

»Es tut mir so leid, Sonya. Es tut mir so leid, dass ich dich so lange weggestoßen habe. Ich war mit mir selbst beschäftigt, hab einfach dichtgemacht. Aber das wird nicht mehr passieren. Damit ist ab heute Schluss. Versprochen.«

Sie umarmt mich noch einmal, und ich atme ihren vertrauten Geruch ein. »Ich vergebe dir«, sagt sie. »Natürlich vergebe ich dir!«

#

In der Wohnung unten angekommen, schaue ich die Post durch und entdecke einen dicken Umschlag aus Postkartenkarton. Die offizielle Einladung zur Hochzeit von Andy Chase. Meine Ohren beginnen zu summen, als ich das Kuvert öffne.

Sonyas Freundschaft hatte ich durch einen Mangel an Sonnenlicht und Wasser verkümmern lassen, Andys dagegen mit der Gartenschere erledigt.

Ich spüre das Gewicht des Umschlags in meinen Händen, bis er mir zu schwer ist, um ihn festzuhalten. Ich schiebe ihn – ohne ihn zu öffnen – ganz nach unten in unsere Besteckschublade.

KAPITEL 19

Ich treffe mich mit Henry draußen vor der Penn Station. Er trägt eine große schwarze Tasche über der Schulter und eine weitere an der Seite in der Hand. Die Sonne versteckt sich hinter einem Wolkenschleier, deshalb ist er wärmer angezogen als sonst, mit Jeans und Rundhalspullover. Seine große Gestalt ist zu einer Seite gebeugt. Als ich nahe genug bin, um seine Augen sehen zu können, zwinkert er mir zu, und es ist wie ein direkter Schuss in mein Nervensystem.

Verdammt, warum muss er nur so aussehen?

»Was machen wir denn dieses Mal?«, erkundige ich mich und beäuge die beiden Taschen.

»Ich habe ein Shooting«, sagt er und lächelt auf mich herab. Beim Anblick seines Grübchens spüre ich wieder dieses Gefühl in der Magengrube. »Ich dachte, du könntest meine Assistentin sein.«

»Hoffentlich nicht draußen«, erwidere ich und deute zum Himmel, der einem Bluterguss ähnelt und aussieht, als könne es jeden Moment ein Gewitter geben.

»Nein, nicht draußen«, sagt er und reicht mir eine der Taschen. Die ist so schwer, dass ich sie sogleich unsanft abstelle.

»Oh mein Gott«, sage ich und versuche es noch einmal. Dieses Mal gelingt es mir mit großer Mühe, sie vom Boden zu heben.

»Okay, dann nimm die hier.« Er reicht mir die andere Tasche herüber. Die ist wesentlich leichter.

»Anscheinend wolltest du das schwere Ding an mich loswerden.«

Er grinst und schaut mich aus dem Augenwinkel an. »Einen Versuch war's wert.«

Wir kaufen Fahrkarten für den New Jersey Transit, schieben uns durch verschwitzte Körper hindurch und steigen in den vollen Zug. Wir schaffen es, noch zwei freie Plätze zu ergattern, wenn auch auf verschiedenen Seiten des Ganges und in unterschiedlichen Reihen. Statt neben Henry zu sitzen, finde ich mich neben einer älteren Frau wieder, die ein Parfüm trägt, das die Membranen meines Lungengewebes mit jedem Atemzug attackiert.

Ich werfe verstohlene Blicke zu Henry hinüber, der drei Reihen vor mir sitzt. Von hier kann ich den Umriss seines linken Arms auf der Armlehne sehen, der sich jedes Mal anspannt, wenn er auf sein Handy schaut. Er dreht sich zu mir um, als könne er spüren, dass ich ihn ansehe. Ich schließe rasch die Augen und tue so, als ob ich schliefe. Ich kann sein Lachen bis zu meinem Platz hören.

Nach ein paar Stationen steht Henry auf und bedeutet mir, ihm zu folgen.

»Maplewood, New Jersey«, lese ich laut von dem Schild auf dem Bahnsteig ab, als wir aus dem Zug steigen. »Wirst du mir jetzt verraten, was wir hier machen?«, frage ich mit einem Gähnen.

»Weißt du doch schon. Ich habe ein Fotoshooting.« Er kratzt sich am Kinn und blickt zum Parkplatz hinüber.

»Vielleicht finde ich heraus, dass meine Passion das Fotografieren ist, und dann schnappe ich dir all deine Kunden weg.«

»Von wegen. Du könntest mir nie meine Kunden abspenstig machen.«

»Wie bitte?« Ich verschränke die Arme vor der Brust. »Du solltest mich lieber nicht unterschätzen.«

»Tue ich auch nicht. Ich glaube, du möchtest, dass ich denke, du würdest so was tun, aber du magst mich zu sehr, um mir meine Kunden wegzuschnappen.«

Mir wird flau im Magen, und ich erstarre. Öffne den Mund, um ihm zu antworten, irgendeine flapsige Bemerkung zu machen, dass ich ihn so sehr auch wieder nicht mag, aber die Worte wollen mir einfach nicht über die Lippen kommen.

Sein Blick lässt mich nicht los, und sein Grinsen scheint mich zu verspotten. »Du wirst rot«, sagt er.

»Hör auf, mich anzuschauen«, erwidere ich und lege mir die Hände auf die Wangen. Sie sind warm.

»Wohin soll ich denn schauen?«

»Keine Ahnung«, sage ich, werfe einen Blick auf die Gleise und sehe etwas Großes, Pelziges darüber hinweghuschen. »Da ist eine Ratte. Schau die an.«

»Du bist echt schräg!«, sagt er.

In dem Moment ertönt eine Autohupe, und eine Stimme ruft: »Süße!«

Ein Mann steht in der geöffneten Fahrertür eines ramponierten blauen Wagens und winkt mir wie ein Verrückter zu. Ich kneife die Augen zusammen, um ihn besser sehen zu können.

»Sal?«

Henry stupst mich mit dem Ellenbogen in die Rippen. »Hab dir doch gesagt, es würde dir gefallen.«

»Oh mein Gott«, kreische ich, als ich die Stufen zu Sals Wagen hinunterlaufe. Ich schlinge meine Arme um ihn, ohne darüber nachzudenken, wie merkwürdig es ist, Sal, meinen Freund von der Arbeit, zu umarmen, der mir ein echter Freund geworden ist, was ich erst jetzt begreife. »Ich hab mir solche Sorgen gemacht!«

Er tätschelt meinen Rücken. »Marjorie hat uns einen kleinen Schrecken eingejagt, aber ihr und dem Baby geht es prächtig.«

Henry begrüßt Sal mit einem kumpelhaften Händedruck. »Danke fürs Abholen.«

Sals gerötetes Gesicht fängt an zu strahlen. »Was für ein Kerl!« Henry verschwindet für einen Moment in seiner Umarmung und wirft mir dabei einen Blick zu, als wolle er sagen: *Er zerquetscht mir die Lunge!*

»Wir sollten zusehen, dass wir noch vor dem Regen am Haus sind. Legt euren Kram am besten in den Kofferraum.« Sal öffnet ihn, und ich stelle erschrocken fest, dass er voll ist mit Windelkartons, einem Mobile und einer Babypuppe, die aussieht, als stamme sie aus den 1920er-Jahren und sei von Dämonen besessen. Da ist absolut kein Platz für die Fotoausrüstung. Wir müssen sie auf dem Rücksitz unterbringen. Henry besteht darauf, dass ich auf dem Beifahrersitz Platz nehme, sodass er sich mit dem ganzen Zeug die Rückbank teilt. Bei seiner Größe muss er sich wie ein C zusammenkrümmen.

»Ich bin so froh, dass es allen gut geht«, sage ich zu Sal, der am Steuer sitzt. »Was war denn los?«

Sals Gesicht nimmt bei der Erinnerung für einen Moment einen ernsteren Ausdruck an. »Bei Marjorie wurde Präeklampsie festgestellt, was im Grunde bedeutet, dass ihr Blutdruck zu hoch war. Es wurde sehr rasch viel schlimmer. Nachdem wir zwei uns das letzte Mal gesehen hatten, rief mich ihr Mann an und teilte mir mit, dass sie die Geburt schon früher einleiten müssten. Mary und ich haben alles stehen- und liegenlassen und sind sofort los, um uns um sie zu kümmern.«

Seine Stimme klingt rau und gepresst. »Jedenfalls haben wir, während das Baby auf der Neugeborenenintensivstation lag, das ganze Kochen und Saubermachen übernommen und uns um alles Mögliche gekümmert, weshalb ich gar keine Zeit hatte, irgendjemandem Bescheid zu sagen, dass alles in Ordnung ist. Ehrlich gesagt, habe ich nicht mal bei Facebook reingeschaut und deshalb auch keine eurer Nachrichten gelesen. Erst als dieser junge Mann hier Marjories Telefonnummer von zu Hause rausbekommen hatte, wurde mir bewusst, dass ich dich hatte hängenlassen.«

Ich drehe den Kopf mit einer ruckartigen Bewegung zum Rücksitz um und sehe Henry an, der meinem Blick ausweicht. »Wie hast du das angestellt?«

Er schaut aus dem Autofenster und zuckt mit den Schultern. »Er war nicht so schwer zu finden, nachdem ich einen alten Football-Artikel entdeckt hatte. Der hat mich zu Marjories LinkedIn und einem Büro gebracht, wo sie mal gearbeitet hat, und dann hab ich sie schließlich gefunden.«

Mein Mund steht sperrangelweit offen, während er lässig mit den Fingern auf sein Knie tippt. »Henry, das ist das Netteste, was irgendwer jemals für mich getan hat.«

»Ich dachte, sie hätten vielleicht gern ein Baby-Shooting«, sagt er mit einem bescheidenen Lächeln und schaut mich endlich an. »Natürlich kostenlos.«

Eine Welle der Zuneigung sprudelt in mir empor wie eine Dose Lemonsoda, die schon seit unserer ersten Begegnung geschüttelt wurde. Ich blicke zu ihm nach hinten, wo er wie ein zum Ball zusammengeknülltes Papier dahockt, nur damit ich vorn sitzen kann. Das macht sein Wesen aus. Und das ist genau die Sache, der ich nicht trauen wollte. Und obwohl ich mir alle Mühe gegeben habe, bin ich mir nicht mehr sicher, ob ich die Kraft habe, es weiter zu unterdrücken. Gar nicht mehr sicher, ob ich es überhaupt unterdrücken will.

#

Wir halten vor einem kleinen, weißen Haus in einer Sackgasse. Am Briefkasten hängen ein paar schrumpelige Ballons in der Luft. Henry zieht die Taschen vom Rücksitz und reicht mir die leichtere, während Sal die Haustür aufschließt.

»Wieso musst du immer so ein guter Kerl sein?«, frage ich ihn, während ich mir die Tasche über die Schulter hänge. »Du lässt alle anderen echt schlecht aussehen.«

»Vielleicht bin ich ja ein ganz schrecklicher Mensch«, sagt er und schlägt die Wagentür zu. »Und habe bloß eine Schwäche für dich.«

Oh Gott. Seit wann ist er so groß? War er das immer schon? Meine Fingerspitzen vibrieren förmlich, wollen unbedingt hinaufgreifen und sein Gesicht berühren.

»Seid ihr bereit, den kleinen Mann kennenzulernen?«, ruft Sal von der Vortreppe.

»Bereit«, sagen Henry und ich wie aus einem Mund.

Sal führt uns durch das Haus hinaus auf die Terrasse, wo Marjorie und ihr Mann, der sich als Pete vorstellt, vor einem Babyfone kleben. Pete ist ein riesiger Kerl, über zwei Meter groß und vollkommen kahl. Er sieht aus wie Vin Diesel auf Steroiden.

Marjorie dagegen ist winzig. Sie hat schokoladenbraune Augen und glattes Haar, das bis über ihre Schulterblätter hinabreicht. Sie umarmt mich mit dem gleichen Elan wie ihr Vater. »Ich freue mich so, euch kennenzulernen! Duzen wir uns doch!« Sie tritt auf Henry zu, um ihn ebenfalls zu umarmen.

Er wirft mir den gleichen schmerzverzerrten Blick zu wie zuvor bei der Umarmung von Sal. »Vielen Dank, dass ihr das für uns tut.« Offenbar ist sie schon so daran gewöhnt, mit dem Baby zu sprechen, dass sie auch mit uns Erwachsenen mit einer Babystimme redet. Sie entlässt Henry aus ihrem Todesgriff und wendet sich wieder mir zu. »Wusstest du, dass Dad dich als seine Arbeitstochter bezeichnet?«

Pete begrüßt uns per Handschlag. »Wir freuen uns, dass ihr vorbeigekommen seid. Es war ein ziemlich harter Monat«, brummt er. Er sieht erschöpft aus.

»Das war Henrys Idee«, sage ich.

»Wie lange seid ihr beide schon zusammen?«, fragt er.

»Oh nein, wir sind nicht …«, stottere ich. »Wir sind bloß Freunde. Henry hilft mir bei einer Sache.«

»Wir arbeiten gemeinsam an einem Projekt, bei dem es um Leidenschaften geht«, sagt Henry und kratzt sich am Kinn.

»Aaaah, verstehe«, sagt Marjorie gedehnt und versucht zu zwinkern, was ihr aber misslingt.

»Nein, nicht die Art von Leidenschaft«, füge ich verlegen hinzu.

In dem Moment kommt Sals Frau, die unser Eintreffen offenbar bemerkt hat, mit zwei Limonaden für Henry und mich auf die Terrasse. Und nachdem wir auch sie begrüßt haben, nehmen wir alle im Kreis auf Adirondack-Gartenstühlen Platz. Obwohl die Temperaturen erheblich gesunken sind und Regen unausweichlich scheint, fühlt sich die frische Luft immer noch gut an.

Ich schaue mit aufeinandergepressten Lippen zu, wie Henry diese Leute mit seinem Charme einwickelt. Es hat etwas Magisches an sich, ihn zu beobachten. Und ihn durch die Augen dieser Familie zu sehen, ist so, als würde auch ich ihn zum ersten Mal sehen. Je mehr sie ihn mögen, desto mehr fühle ich mich zu ihm hingezogen. Sam war überhaupt nicht wie Henry. Sam war belesen, zurückhaltend, unaufdringlich. Henry ist nichts davon. Er ist charmant, unternehmungslustig, tatkräftig.

Ich habe keine Ahnung, warum ich sie miteinander vergleiche.

Irgendwie sind wir vom Thema Baby über die grausigen Wetteraussichten bis zu dem aktuellen Politiker gelangt, der beim Verschicken von Dickpics erwischt worden war. Ich finde irgendwie nie den perfekten Zeitpunkt, mich mit einer witzigen Bemerkung oder etwas Wissenswertem ins Gespräch einzuklinken. Unterdessen zieht sich der Himmel immer weiter zu, und die Sonne verschwindet hinter einem grauen Vorhang.

Sal kommt mit dem Baby nach draußen. Es ist in eine taubenblaue Decke gehüllt, und das Einzige, was ich von meinem Stuhl aus sehen kann, sind winzige, ausgestreckte kleine Hände, die nach Sals Nase greifen.

»Darf ich vorstellen? Das ist Michael Paul Alexander«, sagt er strahlend.

Henry sieht mich über die Terrasse hinweg an und hält drei Finger in die Höhe. Seine Lippen formen die unhörbaren Worte *drei Vornamen*, und da ist ein frohlockendes Schimmern in seinen Augen. Ich beiße mir auf die Lippe, um mein Lächeln zu verbergen.

»Möchtest du ihn mal halten?«, fragt Sal und kommt mit dem Kind auf mich zu.

Ich habe noch nie ein Baby im Arm gehabt. »Was ist, wenn ich ihm wehtue?«

»Ach komm«, sagt Sal und nähert sich mit dem kleinen Wonneproppen. Ich gerate in Panik. Henry muss es wohl gespürt haben, denn er springt auf.

»Ich würde ihn gern halten!«, ruft er, tippt Sal auf die Schulter und blickt auf das kleine Bündel herab. »Wir beide müssen uns ja schließlich kennenlernen, wenn ich dich fotografieren soll, nicht wahr?« Sal reicht Henry das Baby ganz vorsichtig, und der stützt sogleich vorbildlich dessen Nacken und hält es liebevoll in seinem Arm, und ich hasse, was das mit mir macht. *Scheiße.*

»Normalerweise würde ich ja sagen, wir machen das Shooting draußen, wo wir natürliches Licht haben, aber …« Henry blickt mit zusammengekniffenen Augen zum Himmel, und genau in dem Moment fallen die ersten Tropfen. »Ich glaube, wir sollten es besser drinnen machen. Keine Sorge, ich bin auf Innenaufnahmen vorbereitet. Ich hab auch, falls Interesse besteht, ein paar Requisiten mitgebracht.« Er bedeutet mir, die leichtere der beiden Taschen zu öffnen. Ich ziehe den Reißverschluss auf und sehe mich mit einer wahren Plüschexplosion konfrontiert. Ein Regentropfen fällt auf einen flauschigen Plüschaffen. Ich ziehe einen pelzigen Strampler und eine winzige goldene Filzkrone daraus hervor. Ein Max-Kostüm aus *Wo die wilden Kerle wohnen.*

»Henry?« Ich ziehe eine Augenbraue in die Höhe. »Wieso hast du dieses ganze Zeug?«

»Ich habe meine Cousine gebeten, mir etwas Babykram zu schicken.« Er schaut mich durch seine mit Regentropfen bespritzten Brillengläser an. »Findest du das schräg?«

»Ganz und gar nicht«, erwidere ich und halte das Max-Kostüm in die Höhe. »Wir sollten das hier nehmen.«

Er lächelt zufrieden. »Unbedingt.«

Mit einem Mal ertönt ein Knall, der Himmel bricht auf, und es fängt an, wie aus Kübeln zu schütten. Sal öffnet rasch die Schiebetür und führt uns ins Haus.

Nachdem Pete dem kleinen Michael das Kostüm angezogen hat, ist Henry mehr oder weniger bereit, mit den Fotos im Wohnzimmer loszulegen. Ich helfe ihm dabei, das Licht und das Stativ aufzubauen. Pete legt das Auberginenbaby auf eine Decke, und Henry steht über ihm und schießt ein Foto nach dem anderen.

»Hey«, sagt Henry und winkt mich zu sich. »Ich hab einen Job für dich.« Er reicht mir einen bunten Schlüsselring. »Lass den mal über Michael baumeln, damit er in die Linse hochschaut. Und versuch, ihn irgendwie zum Lächeln zu bringen.«

Die Schlüssel sind feucht und klebrig, was hoffentlich bloß etwas Wasser vom Regen ist, aber tief in meinem Inneren weiß ich, dass es sich um irgendeine nicht identifizierbare Babyflüssigkeit handelt. Ich versuche, nicht zu erschaudern.

»Hallo, Michael«, sage ich und gebe mein Bestes, mit Babystimme zu reden, was völlig unnatürlich klingt. »Schau mal, was ich hier habe!« Ich schüttele den Schlüsselring. Ich strecke ihm die Zunge heraus, aber er findet das scheinbar überhaupt nicht lustig.

Ein Donnerschlag ertönt und erschreckt den Kleinen. Er sieht aus, als würde er jeden Moment anfangen zu weinen.

»Versuch es mit Singen«, sagt Henry mit drängender Stimme, ein Auge an die Kamera gepresst.

Singen? Ich kann nicht singen. Damit würde ich es bloß noch schlimmer machen. Aber mir fällt glücklicherweise die Melodie des Liedes *Schlaf, Kindlein, schlaf* ein, das mir meine Mutter immer vorgesungen hatte, also summe ich drauflos.

Michael gibt einen Laut von sich, der einem kleinen, blubbernden Lachen gleicht. Ich summe ermutigt weiter, und sein Gesichtchen hellt sich auf, er fängt an zu strahlen. Henry nutzt die Gelegenheit, um ein Foto nach dem anderen zu schießen. Das Geräusch seiner Kamera gleicht dem Mischen von Spielkarten. Ich muss schon zugeben, dass der Kleine wirklich süß ist.

Marjorie pirscht sich an mich heran und klatscht neben mir vor Freude in die Hände. »Die Melodie muss ich mir merken. Ich habe Michael vorher noch nie so lachen sehen!«

»Hier«, sage ich und reiche ihr die Schlüssel. »Versuchs doch mal.« Sie hat sich die Töne schnell gemerkt, was mir die Gelegenheit gibt, mich etwas zurückzuziehen, um Henry bei der Arbeit zu beobachten. Er wirkt ernst und konzentriert. Das ist eine Seite von ihm, die ich bisher noch nicht kenne und gern öfter sehen würde.

Der Rest des Abends vergeht mit wechselnden Kostümen und Hintergründen. Die ganze Zeit über reiche ich Henry unterschiedliche Objektive, helfe ihm dabei, die Beleuchtung zu verändern und das Ganze in Szene zu setzen. Es macht mir Spaß, für einen Tag seine Partnerin zu sein, ein Team mit ihm zu bilden. Es fühlt sich gut an.

Nachdem die Windeln des Babys gewechselt sind und der Regen weiterhin aufs Dach hämmert, gießt Mary uns allen ein Glas Wein ein und richtet eine Käseplatte an. Ich verspüre eine wohlige Wärme von innen heraus, so als hätte ich den Tag mit meiner eigenen Familie verbracht. Oder auch mit den Chases. Es hat etwas Magisches an sich, während eines Unwetters in einem warmen Haus zu sein. An einem sicheren Ort.

Ich verziehe mich ins Bad und nehme mein Handy mit. Setze mich auf den geschlossenen Toilettendeckel und öffne den Kontakt meiner Mutter.

Hi.

Eine Sekunde später schon kommt ihre Antwort.

Alles okay?

Es bricht mir das Herz, dass ich in meinem Bestreben, meine Familie davor zu bewahren, sich um mich zu sorgen, sie derart von meinem Leben ferngehalten habe, dass sie inzwischen glauben, mein einziger Grund, mich an sie zu wenden, bestünde darin, dass ich in Schwierigkeiten stecke.

Vermisse euch, das ist alles.

Wir vermissen dich noch mehr.

Können wir morgen mal telefonieren?

Klar. Ich liebe dich
bis zum Mond und zurück,
Benny.

Ich liebe dich auch.

Ich lächele mich im Spiegel an, verspüre so ein Sirren in meinem Körper, das sich fast schon wie Zufriedenheit anfühlt. Ich stecke mein Handy zurück in die Tasche und kehre in die Küche zurück, wo sich alle versammelt haben.

Nachdem ich mein zweites Glas Rotwein ausgetrunken habe, bin ich ein bisschen beschwipst – dieses Gefühl, das unten an den Zehen beginnt und langsam den Rest des Körpers hinaufkriecht –, und ich lehne mich unter einem Schild gegen die Arbeitsplatte, auf dem zu lesen steht: *Zuhause ist, wo der Wein ist.*

»Der große Kerl schläft tief und fest«, sagt Mary und zeigt zum Wohnzimmer hinüber.

Sals Kinn ruht auf seiner Brust, und er schnarcht vor dem Fernseher, wo eine alte Folge der Gameshow *Familien-Duell* läuft.

»Wir sollten los«, flüstert mir Henry mit einem Blick auf die Uhr zu. Es ist halb elf. Wir sind schon viel länger geblieben, als wir eigentlich vorgehabt hatten.

»Muss das sein?«, frage ich und ziehe einen Schmollmund.

»Ja. Du bist betrunken, und auch wenn das irgendwie niedlich ist, sagt mir etwas, dass du nach Hause ins Bett gehörst.« Er beugt sich zu mir herunter. »Und dieses Mal trägst *du* die schwere Tasche.«

»Von wegen! Ich bin viel zu schwach für so was«, erwidere ich und klimpere mit den Wimpern. »Ich kann ja kaum einen Bleistift halten.«

»Aber klar.« Er verdreht die Augen. »Wir machen uns auf den Weg«, erklärt er an die anderen gewandt.

»Oh nein, kommt nicht infrage«, sagt Marjorie. »Wir haben alle was getrunken. Keiner von uns kann euch zum Zug fahren. Ihr bleibt über Nacht hier.«

Henry und ich sehen uns an.

»Oh nein, wir nehmen ein Taxi. Kein Problem«, sage ich mit etwas zu viel Nachdruck.

»Stimmt ... ist echt nicht ...« Henry stolpert über die Worte. »Wir können ein Uber bestellen.«

»Das ist nicht nötig, wir haben ein Gästezimmer mit Doppelbett.«

»Oh ...« Ich suche nach einer Entschuldigung. Irgendeiner Entschuldigung. »Ihr müsst nicht extra für uns die Betten beziehen.«

Pete ist die ganze Zeit über sehr schweigsam gewesen, und ich vermute, dass er auf diese Weise hier im Haus überlebt. Ich sehe ihn mit flehentlichem Blick an, in der Hoffnung, dass er mich rettet. Aber er nickt nur und sagt: »Kein Problem. Haben wir schon gestern gemacht.«

KAPITEL 20

Kurz darauf finden wir uns im Gästezimmer wieder, und Marjorie hat jedem von uns einen frisch gewaschenen Pyjama in die Hand gedrückt.

Es ist ein winziger Raum mit einem Doppelbett, auf dem eine rosa-gelbe Steppdecke liegt. Sind Doppelbetten heutzutage kleiner? Das hier sieht definitiv kleiner aus als normal.

Viel furchteinflößender als das winzige Bett ist die Tatsache, dass jede Oberfläche in diesem Zimmer mit Puppen bedeckt ist. Antike Puppen, American-Girl-Puppen, Barbie Puppen. Es ist wirklich ein Albtraum.

Henry und ich sitzen auf den gegenüberliegenden Seiten des Bettes. Er hält Petes riesiges New-York-Giants-T-Shirt in die Höhe. Ich habe Pech mit meinem *Kann-Wein-drin-sein*-Tank Top und den Booty Shorts, bei denen auf dem Hintern *Jersey Girl* prangt.

»Das ist echt gruselig«, sagt Henry, wobei ich nicht sicher bin, ob er die Puppen oder das Nachtzeug meint.

»Welche, glaubst du, wird wohl am ehesten zum Leben erwachen und uns im Schlaf killen?«, frage ich.

»Hm.« Seine Augen wandern durch den Raum, ehe er sich entscheidet. »Die da. Definitiv.« Er zeigt auf eine besonders furchterregende Puppe, die an einem alten Schulpult sitzt. Sie hat kirschrotes Haar und die dazu passenden Lippen.

»Verärgere sie bloß nicht. Ich habe keine Lust, heute Nacht abgeschlachtet zu werden.«

»Na ja.« Er steht auf, zieht sich sein Shirt über den Kopf, und plötzlich blicke ich auf seinen perfekten Bauch. Die sanft gewölbte Oberfläche seiner Muskeln, die Richtung Bauchnabel leicht abfallen, die feste Haut darum. Die Muskeln in seinem Arm spannen sich an, als er sein Shirt faltet. Er sieht mich an, und ich bemerke, dass rote Flecken auf seiner Brust erscheinen.

Er verschränkt die Arme. »Sorry«, sagt er. »Ich kann mich auch woanders umziehen.«

Ich schlucke, aber meine Kehle ist trocken. »Schon in Ordnung«, erwidere ich und versuche, ihn nicht anzustarren. Aber es macht süchtig, ihn anzusehen. Ich bringe es einfach nicht fertig wegzuschauen.

Also tue ich es auch nicht.

Er legt den Kopf schräg. Seine Neugierde scheint geweckt. »Okay«, sagt er. »Dann ziehe ich mich hier um.«

Er steigt aus seinen Jeans, und karierte Boxershorts kommen zum Vorschein. Ich schaue zu, nehme seine Bewegungen begierig in mich auf. Seine Beine sind straff und durchtrainiert. Ob er ins Fitnessstudio geht? Das hatte er nie erwähnt. Er schaut unter seinem Haarschopf hervor zu mir herüber und kichert, als er sieht, dass ich ihn anstarre, wie er Petes Jogginghose anzieht. Aber er gibt keinen Kommentar mehr dazu ab, dass ich ihn beobachte, sondern lässt mich gewähren.

Dann streift er Petes T-Shirt über, und es hängt wie ein Vorhang an ihm herab. Verbirgt alles, in das ich gerade meinen Blick versenkt hatte.

»Du warst heute wirklich toll«, sage ich. Die Worte gleiten wie Seide über meine Lippen.

»Hab ich dir doch gesagt.« Er passt den langen Kordelzug

im Taillenbund von Petes Jogginghose an und bindet sich die Kordel um die Hüften. »Ich bin Profi.«

»Ja, schon, aber du hast mir nicht gesagt, dass du irre gut mit Babys umgehen kannst.«

»Ich kann gar nicht irre gut mit Babys umgehen.«

»Besser als ich«, sage ich, lasse mich aufs Bett zurückplumpsen und starre an die Decke.

Als er sich neben mich setzt, gerät das ganze Bett in Bewegung. »Niedrige Messlatte«, stichelt er.

»Hey.« Ich versetze ihm einen Schubser gegen den Arm.

Er lacht, als er sich in die Kissen zurücklehnt. »Mach dich bitte fertig fürs Bett«, sagt er. »Ich bin müde.«

Erst jetzt begreife ich, dass ich nun an der Reihe bin, mein Nachtzeug anzuziehen.

Die Vorstellung, dass er mich nackt in diesem Raum voller Puppen sehen könnte, ist mir peinlich. »Ich geh ins Badezimmer.«

Ich raffe die Sachen zusammen und marschiere über den Flur. Zu meinem Entsetzen ist die Badezimmertür abgeschlossen, und die Dusche läuft. Ich warte eine Minute, aus der zwei werden und schließlich fünf. Wer duscht denn bitte schön so lange?

Ich gebe mich geschlagen und kehre müde und erschöpft ins Zimmer zurück, wo ich Henry auf sein Handy starrend auf dem Bett vorfinde. »Ich werde mich umziehen, und du wirst mir dabei nicht zusehen.«

Er legt sich hin und bedeckt sein Gesicht mit einem plüschigen rosafarbenen Kissen. »Dann leg mal los.«

Ich ziehe mein T-Shirt über den Kopf, löse den Verschluss meines BHs und stehe mit nacktem Oberkörper da. Die Tatsache, dass sich Henry dabei im selben Raum befindet, macht die Sache schrecklich erotisch. Er schaut zwar nicht hin, aber allein durch die Tatsache, dass er anwesend ist, fühlt es sich gefährlich an. Sexy. Ich streife die Hose nach unten, lasse sie zu Boden gleiten und trete heraus. Stehe eine Sekunde zu lang in meiner Unterhose da, bevor ich das winzige Höschen über meine Oberschenkel ziehe. Das Oberteil endet einen Zentimeter über meinem Bauchnabel und schmiegt sich um meine Brüste. Ich ziehe es so weit herunter, wie es geht, aber es hüpft jedes Mal wieder hoch, wenn ich loslasse. Im Grunde könnte ich damit als Hooters Girl Hamburger oder Chicken Wings servieren.

»Fertig«, sage ich und schrecke vor dem Gedanken zurück, dass Henry mich so sieht. Er öffnet die Augen und lässt den Blick auf meinen Hüften ruhen. »Es ist furchtbar, ich weiß.«

»Gar nicht mal so schlecht«, sagt er und legt den Arm hinter seinen Kopf.

Ich schaue ihn mit zusammengekniffenen Augen an. »Komm bloß nicht auf dumme Gedanken.«

»Ich habe mich unter Kontrolle.« Grinsend zieht er den Ärmel seines Shirts hoch und entblößt sein Tattoo. »Du dich auch?«

Oh Gott. Wir flirten schon wieder. *Hilfe*!

»Halt die Klappe.« Ich verdrehe die Augen und schlüpfe neben ihn ins Bett. Ich nehme eins der Dekokissen hinter meinem Kopf weg und stopfe es zwischen unsere Körper. Er schaut mich an, als wäre ich verrückt geworden.

»Was denn?«, frage ich und stopfe ein weiteres Kissen zwischen uns.

Er deutet auf die Barriere. »Sind wir hier in der Highschool?«

»Ich will kein …« Wie soll ich es taktvoll ausdrücken? »Po-an-Po-Kuscheln.«

»Das ist jetzt wirklich kindisch.«

Er lehnt sich hinüber, um die Nachttischlampe auszuschalten. Als sich meine Augen an die Dunkelheit gewöhnt haben, nehme ich nach und nach immer mehr Puppenaugen wahr, die vor dem dunklen Hintergrund fast neonweiß glühen. Das leise Geräusch der Regentropfen an den Fenstern. Das Unbehagen legt sich und verwandelt sich in etwas Behagliches. Wir haben herumgealbert, aber hier mit Henry im Bett zu liegen, fühlt sich ganz und gar nicht albern an.

Ich schlucke und drücke ein Kissen an meine Brust. »Henry?«

»Ja?« Seine Stimme ist leise, gedämpft.

Für einen Moment herrscht Stille zwischen uns, während wir dem leisen Tanz des Regens lauschen. Ich blicke aus dem Augenwinkel zu ihm hinüber. Henrys Gesicht nimmt einen weicheren Ausdruck an, und mein Herz schlägt mit jeder Sekunde, die vergeht, schneller.

»Ich ...«, setze ich an, ohne wirklich zu wissen, wo es hinführt. »Ich danke dir«, sage ich.

»Wofür?«

Ich vollführe eine Geste, die den ganzen Raum erfasst. »Das hier.«

»Ich freue mich, dass es geklappt hat«, sagt er. »Ich mag Sal.« Er atmet tief ein, bewegt sich unter der Decke, und für einen Moment schließen sich seine Augenlider.

»Henry?«

Er öffnet die Augen wieder. »Ja?«

»Ich bin froh über unsere Freundschaft«, sage ich durch das leise Rauschen des Regens. »Auch wenn ich mich manchmal lächerlich mache, wenn wir gemeinsam in einer Toilette sind.«

»Du hast dich nicht lächerlich gemacht, Bennet.«

»Oh doch«, sage ich, verziehe den Mund, und mein Blick

fällt auf eine besonders heimtückisch wirkende Puppe, deren feindselig starrende Knopfaugen im Mondlicht schimmern.

»Zwei Mal schon.«

»Beide Male nicht.«

»Ganz besonders beim zweiten Mal«, sage ich leise. In Gedanken bin ich wieder in dieser Toilette, lehne mich mit geschlossenen Augen nach vorn, um etwas zu wagen, wozu ich überhaupt nicht bereit war. Und wie er mich davon abgehalten hatte. Sein klares Nein.

»Hak das ab«, sagt er.

»Ja.« Ich schließe die Augen. »Du hast mir zu verstehen gegeben, dass es nicht das ist, was du willst.«

Für einen Moment ist er still, atmet langsamer. »Das hab ich nicht gesagt«, flüstert er. »Sondern, ich *weiß*, was ich will.«

Das Herz hämmert in meiner Brust, immer schneller und schneller, während der Regen aufs Dach tröpfelt. »Und was willst du?«

Eine Seite seines Kiefers spannt sich an und sein Mund öffnet sich, um etwas zu sagen, aber er schweigt. »Ein anderes Mal«, sagt er schließlich und blinzelt schläfrig, die Augen glasig vor Müdigkeit.

Ich umklammere das Kissen wie einen Rettungsring. »Ein anderes Mal«, wiederhole ich.

Ein Blitz durchfährt den Nachthimmel, erhellt für den Bruchteil eines Moments sein Gesicht, die grünen Augen, das walnussbraune Haar. Bevor ich in der Lage bin, den Ausdruck darin wirklich zu erkennen, ist es auch schon wieder dunkel, und das Einzige, das bleibt, sind die Geräusche der Welt dort draußen und die Bewegung unserer gleichmäßigen Atemzüge auf der Matratze.

Ich presse meine Zähne in die Unterlippe, spüre, wie das Blut durch meine Adern fließt. Langsam greife ich nach dem

Kissen zwischen uns und ziehe es weg, lasse es zu Boden fallen. Henry rührt sich nicht, gibt keinen Kommentar ab.

»Eine Frage noch«, sage ich und kuschele mich dabei tiefer unter die Decke.

»Okay.«

»Heiraten, vögeln, killen. Prinzessin Leia, Königin Amadala oder R2-D2.«

»Das spiele ich jetzt nicht mit dir.« Er dreht sich beim Ausatmen auf den Rücken.

»Spaßbremse.«

»Von wegen. Ich bin ein echter Spaßvogel.« Er greift mit der Hand herüber und betastet im Dunkeln mein Gesicht. Steckt mir seinen Finger ins Ohr. Ich schlage seine Hand weg.

Er dreht sich zur Wand. »Gute Nacht, Bennet.«

»Gute Nacht, Henry«, flüstere ich.

Dabei bin ich überhaupt nicht müde.

Ich konzentriere mich auf das Rauschen des Regens, lausche nichts anderem als diesem leisen Murmeln und Henrys Atemgeräuschen. Wenn ich nicht einschlafen kann, dann zähle ich für gewöhnlich meine Atemzüge. Aber das scheint heute Abend nicht zu funktionieren. Mein Blick ist auf seinen Rücken gerichtet. Ich schaue zu, wie er sich im Schlaf hebt und senkt. Ich zähle seine Atemzüge, bis ich in einen leichten, angespannten Schlaf gleite.

#

Meine Wimpern pressen sich gegen etwas, als ich versuche, die Augen zu öffnen. Ich bewege mich ein wenig im Bett, doch das Gewicht eines Arms um meine Schultern schränkt mich ein.

Henry.

Sein Arm hält mich nah bei ihm, mein Kinn ruht auf seiner Schulter, und meine Wimpern streifen seinen Kiefer. Die Innenseite meines Oberschenkels liegt über seinen Hüften, und ich spüre die harten Konturen darunter. Sein Herz schlägt kräftig und langsam unter meinem Arm. Es ist, als wäre ich in eine Decke gewickelt, als würde mein Körper mit seinem verschmelzen. Ich schließe die Augen und frage mich, wie das passieren konnte. Die Art und Weise, wie ich halb auf ihm liege, sagt mir, dass es von meinem schlafenden Körper ausgegangen ist.

Unwillkürlich streiche ich mit meiner Hand über seinen Arm. Tauche meine Finger in den Stoff seines Ärmels. Sein schlafender Körper zieht mich enger an sich, und sein Mund bewegt sich ein wenig im Schlaf. Aber er öffnet die Augen nicht, gleitet wieder zurück in einen tieferen Schlaf. Mein Herz rast, dass ich Angst habe, es könnte explodieren.

Ich schlüpfe im Schneckentempo aus seiner Umklammerung und ersetze meinen Körper durch ein Kissen. Er passt sich an und umklammert es mit seinen Armen, ohne aufzuwachen.

Ich hebe meine Klamotten vom Vortag auf und lege sie auf das Bett. Ohne Henry aus den Augen zu lassen, schlüpfe ich in meine Jeans und schließe den Knopf. Dann ziehe ich mir das winzige T-Shirt über den Kopf, wobei ich ein weiteres Mal meine Brust entblöße, und gerade, als ich es auf den Boden fallen lasse, stößt der kleine Michael einen markerschütternden Schrei aus. Henry ist mit einem Schlag wach, reißt die Augen auf, und sein Blick fällt sogleich auf meine nackten Brüste, die ich rasch mit meinen Händen bedecke.

»Oh Gott! Mach die Augen zu!«

Gleichzeitig schauen wir auf die Stelle, wo sich die Bettdecke zeltartig hebt. Er schiebt rasch mit hochrotem Kopf ein Kissen darüber. »Oh Gott. Tut mir leid«, sagt er mit erstickter Stimme.

Ich wende mich von ihm ab. »Tu bitte so, als hättest du das nicht gesehen.«

Er hält sich die Hände vor das Gesicht. »Wieso drehst du dich denn nicht um?«

»Ich wollte ein Auge auf dich haben für den Fall, dass du aufwachst! Jetzt ist mir auch klar, dass das ein blöder Plan war!«

»Ich habe nichts gesehen«, faucht er. »Aber die Puppen schon. Die werden rot.«

»Ha, ha.« Ich starre auf die Wand. »Dürfte ich mich jetzt bitte weiter anziehen, du Perversling?«

Ich ziehe mir Büstenhalter und T-Shirt an, das Blut pulsiert zwischen meinen Schenkeln. Im Badezimmer spüle ich mir den Mund mit Mundwasser und spritze mir etwas Wasser ins knallrote Gesicht. Als ich ins Zimmer zurückkomme, hat Henry bereits seine normalen Klamotten an, und das Bett ist gemacht.

»Ein echter Gentleman.«

»Ich mag ungemachte Betten nicht.« Er faltet das riesige Schlafshirt und die Flanellhose, die er letzte Nacht getragen hat, ordentlich zusammen. Ich werfe einen Blick auf Marjories zusammengeknüllte Klamotten, die ich in der Ecke auf dem Boden liegen gelassen hatte, und hebe sie auf, um sie zu falten.

»Ein ungemachtes Bett ist viel gemütlicher. Als würde die Bettdecke sagen: Hier bin ich, komm in mich rein.«

Henry gibt ein interessiertes Gelächter von sich. »Komm in mich rein? Bennet, ich glaube langsam, du bist ein heimlicher Perversling.«

»Nicht ich habe heute Morgen deinen nackten Körper angestarrt.«

»Stimmt. Nur gestern Abend«, sagt er, und ich habe das Gefühl, als würden in meinem Magen kleine Feuerwerkskörper explodieren.

»Ich habe nicht …«, stottere ich, »ich meine …«

»Da ist es wieder«, sagt er und grinst, »du lässt dich so leicht aufziehen.«

Ich habe das Gefühl, ich müsste mir mit der Hand Luft zufächeln und seinem Blick entgehen, weil er so lebhaft und intensiv ist.

»Lass uns nach Hause fahren«, sage ich und starre auf eine Puppe auf dem Schrank, um Henry nicht ansehen zu müssen.

»Du hast recht. Ich muss hier raus, bevor irgendwelche Dämonen von meinem Körper Besitz ergreifen.«

Wir verzichten dankend auf den angebotenen Kaffee und die Pancakes und verabschieden uns höflich, bevor uns Sal zur Bahnstation zurückfährt. Henry setzt sich wieder nach hinten, und Sal übertönt das Radio mit lauter Stimme, während er uns Geschichten über Michael erzählt.

An der Bahnstation kommt der Wagen zum Stehen, und ich löse meinen Sicherheitsgurt. Sal packt mich am Arm und hält mich vom Aussteigen ab.

»Ich kann dir gar nicht sagen, wie viel es mir bedeutet, dass ihr vorbeigekommen seid, um nach uns zu sehen. Dieser Pfundskerl hier hat es zwar als Fotoshooting getarnt, aber ich weiß, dass der eigentliche Grund ist, dass du dich um uns gesorgt hast. Kommt gern wieder vorbei«, sagt er. »Ihr seid immer willkommen.«

Ich umarme ihn kurz über die Mittelkonsole hinweg, verspreche ihm, dass wir wiederkommen werden, und dann machen wir uns auf den Weg zum Bahnsteig.

Henry und ich kaufen unsere Fahrkarten an einem Kiosk und warten auf die nächste Bahn. Wir entdecken eine einsame Bank unter einem Vordach und schauen uns um. Es ist diese purpurblaue Zeit am Morgen, wenn die Sonne beinahe ganz aufgegangen ist und einem das Licht Streiche spielt und die

Ränder der Welt um einen herum verwischen. Unsere Knie berühren sich, als wir dort auf dem Bahnsteig sitzen und die morgendliche Stille genießen.

»Hey«, sagt er mit leiser, verhaltener Stimme. »Wann wirst du mir von ihm erzählen?«

KAPITEL 21

Es ist eine Geschichte, die ich bereits so viele Male erzählt habe, dass ich es fast schon leid bin. Sam ist bei einem Autounfall ums Leben gekommen.

Das ist *fast* die Wahrheit.

Die beiden einzigen Menschen, die die ganze Wahrheit kennen, sind Sam und ich ... und damit bleibe nur ich übrig. Und in ein paar Minuten auch noch Henry.

Ich hole tief Luft. »Willst du es wirklich wissen?«

»Nur wenn du es mir erzählen möchtest.«

»Es ist ziemlich melodramatisch«, sage ich blinzelnd, während mein Blick einer Wolke am Himmel folgt.

»Damit komme ich klar.«

»Seifenoper-mäßig melodramatisch.«

»Ich liebe Seifenopern.« Er zieht eine Augenbraue in die Höhe.

»Du wirst nicht lockerlassen, stimmt's?«

»Bennet«, sagt er und legt den Arm hinter mir auf die Bank. »Wenn du es mir nicht erzählen willst, werde ich das Thema auf der Stelle fallenlassen und es nie wieder erwähnen.«

Meine erste Reaktion ist, diese schmerzhafte Erinnerung weiterhin tief in meinem Inneren zu begraben und mit niemandem darüber zu reden, aber ich kann es vor Henry nicht länger verbergen. Nicht vor dem aufrichtigen, geradlinigen, offenherzigen Henry.

Ich richte meinen Blick auf den Horizont. Ich kann die Wahrheit erzählen, wenn ich ihn dabei nicht ansehen muss.

Atme.

»Sam war mein Freund am College. Ich weiß nicht, ob ich dir gegenüber schon meine beste Freundin Andy erwähnt habe, aber wir haben uns gleich im ersten Semester kennengelernt und waren im selben Studentenheim gelandet. Irgendwie mochten wir uns auf Anhieb. Dabei hatten wir gar nicht viel gemeinsam. Aber da war von Anfang an so etwas wie eine Seelenverwandtschaft zwischen uns. Andy und ich haben viel Zeit miteinander verbracht, und eines Tages hat sie mir ihren Bruder Sam vorgestellt. So als hätte sie gewusst, dass ich auch ihn lieben würde. Auf eine andere Weise ... aber ...«

Ich räuspere mich, reibe mir über die Brust.

»Er hat Baseball gespielt, aber er war nicht wie die anderen Sportler. Er war ruhig und besaß einen regen Geist. Ständig beschäftigte ihn irgendwas, ständig hatte er irgendwelche Theorien, die die Welt betrafen.« Ich lächele. Sam brachte mich nach all der Zeit immer noch zum Lächeln. »Wir zwei konnten uns stundenlang beschäftigen, haben uns in seiner Wohnung die Zeit mit Brettspielen vertrieben oder *Jeopardy* im Fernsehen geschaut. Wenn es nach uns gegangen wäre, hätten wir sie nie verlassen.« Mein Blick huscht zu Henry hinüber, der mir aufmerksam zuhört. Ich schaue rasch wieder weg. »Ich habe ihn so sehr geliebt. *Zu sehr.*«

Henry pustet Luft zwischen seinen Lippen hervor.

»Viel zu sehr.«

»Das glaube ich dir«, sagt er mit sanfter Stimme.

»Nach seinem Abschluss ist er wieder zu seinen Eltern nach Jersey gezogen, nicht weit weg von hier. Ich studierte noch, deshalb führten wir eine Fernbeziehung. Es war nicht ideal, aber wir wollten zusammenbleiben. Er hatte vor, in New York

Englisch zu unterrichten, auf der Upper West Side zu wohnen und aus unseren Kindern Yankee-Fans zu machen. Aber ich war mir nicht sicher, was ich wollte. Ich war ja selbst noch ein Kind. Wusste noch nicht mal, was *ich* für Träume hatte.« Da ist mit einem Mal ein Brennen in meinem Hals. Ich schließe einen Moment die Augen, um mich zu sammeln, stark zu sein.

»Wenn ich sage, dass ich ihn zu sehr geliebt habe, meine ich damit, dass ich aufgehört habe, an mich zu denken, wenn ich mit ihm zusammen war. Das war ganz und gar nicht seine Schuld, aber eine Zukunft ohne ihn kam für mich nicht mehr infrage. Der Plan war, nach dem College zusammen nach New York zu ziehen. Über etwas anderes dachte ich überhaupt nicht nach. Nachdem er dann seinen Abschluss gemacht hatte, war ich zum ersten Mal seit Beginn unserer Beziehung allein. Ich fing an, ein bisschen durchzudrehen. Mein Examen rückte immer näher, und ich hatte über das hinaus, was Sam wollte, überhaupt noch keine Entscheidungen getroffen. Und bekam Panik.« Meine Zehen krallen sich in die Schuhsohlen. »Jetzt kommt der wirklich traurige Teil. Also schnall dich an.«

Henry tut so, als würde er sich einen imaginären Gurt anlegen, so wie ich, als er mir von seinem Dad erzählt hatte.

»Ich fing an, mich für Praktika in anderen Städten zu bewerben. So als Test, verstehst du? Nichts Ernstes. Ich würde ja sowieso keinen Platz bekommen. Aber je mehr Bewerbungen ich verschickte, desto mehr wollte ich es. Ich konnte Andy nichts davon erzählen, weil sie Sams Schwester ist, also erzählte ich niemandem davon. Ich machte es einfach. Ich sah es als ein Zeichen des Universums. Sollte ich einen Praktikumsplatz bekommen, dann würde ich ihn nehmen. Und falls nicht, würde ich in New York landen.«

»Du hast einen gekriegt, stimmt's?«

Meine Augen beginnen zu brennen, aber ich nicke und mache weiter. »Es war ein Praktikum bei einer Marketingagentur in Chicago. Nichts, was ich leidenschaftlich gern gemacht hätte, aber es war meins, und ich wollte es unbedingt tun. Ich wollte Dinge ausprobieren, herausfinden, was mir Spaß macht. Ich komme mir so dumm vor, wenn ich es sage.«

»Das ist nicht dumm«, sagt er mit leiser, ruhiger Stimme.

»Ich habe es ihm am Telefon erzählt, nachdem ich den Platz bereits angenommen hatte. Ich wollte es weiter mit einer Fernbeziehung versuchen, aber er war total sauer, dass ich ihn damit überfallen hatte. Es artete unheimlich schnell aus, wir stritten uns und sagten schreckliche Dinge.« Mir versagt für einen Moment die Stimme. »Urplötzlich machten der Mann, mit dem ich mein ganzes Leben verbringen wollte, und ich Schluss miteinander – wegen einer Entscheidung, die ich getroffen hatte. Und dabei wollte ich doch mit diesem Menschen mein ganzes Leben verbringen.«

Ich wende mich Henry zum ersten Mal zu, betrachte ihn genauer. Da ist ein Ausdruck von Traurigkeit in seinem Gesicht, aber kein Mitleid.

»Er, ähm …« Meine Stimme droht zu versagen, und ich verstumme für einen Moment. Versuche, die richtigen Worte zu finden. Henry schweigt ebenfalls, überlässt mir vollkommen die Führung bei diesem Gespräch. »Er ist in seinen Wagen gestiegen. Hat mir nicht gesagt, dass er vorbeikommt. Vermutlich wollte er es mit mir persönlich besprechen.« Ich schüttele den Kopf in der Hoffnung, dass es dadurch irgendwie leichter wird, diese Geschichte zu erzählen. Aber das wird es nicht. »Es war ein Samstagabend in einer Stadt mit vielen Studenten, und es waren viele betrunkene Fahrer unterwegs. Vermutlich hat Sam nicht aufgepasst, und es sind eine Menge Dinge schiefgegangen und er …« Die Worte stecken fest, als ob sie in Leim getunkt wären. Ich kann das nicht. Ich dachte, ich könnte es. Meine Hände fangen an zu zittern. Das passiert jedes Mal, wenn ich über Sam rede.

»Ist schon okay.« Henry zieht mich an seine Brust. »Ist okay. Du kannst aufhören.«

»Ich möchte es dir erzählen«, bringe ich schluchzend hervor und weine in sein T-Shirt.

»Schhh.« Er streicht mir über den Kopf, wiegt mich behutsam. »Du hast es mir ja erzählt. Ist schon okay.«

»Ich konnte seiner Familie nicht in die Augen schauen. Konnte nicht mit Andy darüber sprechen. Meine Schuldgefühle haben mich aufgefressen. Ich habe keine Ahnung, warum ich das getan habe, was ich getan habe. Warum ich ihn auf diese Weise weggestoßen habe. Ich wünschte, ich hätte es nicht getan. Es vergeht kein Tag, an dem ich mir nicht wünsche, ich hätte eine andere Entscheidung getroffen.«

»Aber es war nicht deine Schuld. Du wolltest dich selbst finden. Du weißt doch, dass es nicht deine Schuld war, Bennet, oder?«

»Ich habe seitdem jeden Tag damit verbracht, mich davon zu überzeugen, aber Fakt ist, wenn er mich nie getroffen hätte, dann wäre er noch …« Ich räuspere mich. Henrys Griff wird fester. »Danach habe ich das Studium geschmissen. Den Europa-Trip abgesagt, den ich mit Andy geplant hatte. Mein Praktikum sausen lassen. Und dann bin ich *hierher* gezogen, um ihn zu ehren, um das Leben zu führen, das er gewollt hatte. Aber ich stecke total fest. Ich habe nichts wirklich ausprobiert. Habe nie zu mir selbst gefunden. Immer nur zugesehen, wie alle um mich herum erwachsen wurden und vorankamen, aber ich blieb, wo ich war, so nah bei Sam wie möglich. Jeden Tag enttäusche ich ihn. Jeden Tag lasse ich ihn aufs Neue im Stich.«

Henry schiebt mich von seiner Brust weg, umfasst mein

Gesicht mit den Händen und wischt mir die Tränen mit den Daumen ab.

»Du enttäuschst ihn nicht. Was du da tust, ist ungeheuer schwer.«

Ich schüttele den Kopf. »Ich habe ständig Angst. Vor allem. Vor *dir*.«

»Du bist ohne jeden Back-up-Plan in eine fremde Stadt gezogen. Ist dir eigentlich klar, wie ungeheuer mutig das ist?«

»Es fühlt sich aber schrecklich an.«

Er zieht mich wieder an seine Brust und legt sein Kinn auf meinen Scheitel. Dann sagt er: »Mensch zu sein, ist schrecklich«, und kichert in sich hinein. Die Vibrationen seines Brustkorbs unter meinem Ohr beruhigen mich. »Hör zu.« Er streichelt meinen Arm. »Du bist sehr schnell zu einem meiner Lieblingsmenschen geworden, und ich weiß, dass dir das Angst macht. Aber du sollst wissen, dass ich dir keine Angst einjagen will. Du hast ihn nicht enttäuscht. Du bist für niemanden eine Enttäuschung. Es tut mir unglaublich leid, dass du eine solche Last mit dir herumschleppst. Ich kann es nicht erklären, aber ich wünschte …« Er klopft sich gegen die Brust. »Ich wünschte, ich könnte es dir abnehmen und hier abladen. Ich wünschte, ich könnte etwas tun, um dir zu helfen.«

»Aber das tust du doch.« Ich umarme ihn fester, drücke meine Wange gegen sein T-Shirt. »Niemand kann mir das abnehmen. Aber mit dir und unserem kleinen Projekt, da … fühle ich mich zum ersten Mal so, als würde ich diese Version meiner selbst anerkennen. Ich fühle mich fast wieder normal.«

Er lacht wieder. »Fast?«

»Fast«, sage ich und schniefe. »Auf dem Weg dorthin.« Ich wische mir mit dem Handrücken eine Träne weg. »Diese ständigen Zusammenbrüche tun mir leid. Ich hinterlasse immer

Spuren auf deinen T-Shirts.« Ich versuche, einen Klecks Wimperntusche auf seiner Brust wegzuschnippen.

Ich habe diese dicke Mauer errichtet, damit ich den Schmerz nicht mehr spüre, aber sie hat auch verhindert, dass ich überhaupt noch etwas spüre. Meine Begegnung mit Henry hat diese Mauer erschüttert. Anfangs war da ein kleines Rinnsal, dann kam ein Strom und nun ein Tsunami.

Ich weiß nicht, ob ich es schaffen werde, mich in der Flutwelle des Lebens zu verlieren. Ich könnte erneut untergehen. Könnte mich ein weiteres Mal verlieren. Aber es ist schwer, bei Henry zurückhaltend zu reagieren, reserviert zu sein, während er mich festhält, als würde ihm wirklich etwas an mir liegen. Ein Teil von mir möchte sich hineinstürzen und ein anderer Teil lieber in Sicherheit an Land bleiben.

»Sieht damit sowieso besser aus.« Er lächelt und reibt mit dem Daumen an dem Fleck herum.

Ich fühle mich leichter, sicher, gesehen. Ich hebe den Blick, um dem seinen zu begegnen, und lockere für einen Moment meine Umklammerung.

»Hey«, sage ich lächelnd.

»Hey.« Da ist ein so aufrichtiger Ausdruck in seinen Augen, ich könnte ihn küssen oder mich übergeben.

Der Teil von mir, der sich hineinstürzen möchte, gewinnt, und ich tunke vorsichtig meinen Zeh ins Wasser. »Seine Schwester heiratet im September in L. A., und ich darf jemanden mitbringen.« Er lächelt mich an, als wüsste er, was jetzt kommt. »Würdest du mitkommen?«

»Unbedingt. Ich liebe Hochzeiten.«

KAPITEL 22

Was zum Teufel hab ich getan?

Wie konnte ich nur meinen neuen besten Freund, den ich manchmal gern küssen würde, zur Hochzeit der Schwester meines toten Ex-Freundes einladen, die außerdem meine beste Ex-Freundin ist und die ich seit seinem Tod quasi geghostet habe? *Das* habe ich getan.

Es war spontan. Ein plötzlicher Drang, der sich richtig anfühlte. Ich hatte, ohne nachzudenken, losgeredet. Henry kann so unglaublich gut mit Menschen umgehen, und ich dachte, dass es mir bei dieser Sache helfen würde, ihn dabeizuhaben. Denn allein schaffe ich die Hochzeit nicht. Aber jetzt überschlagen sich meine Gedanken, und ich frage mich, was das alles zu bedeuten hat.

Als ich mit Sonya und Jamie auf dem Dach liege, gerate ich in Panik.

Sonyas neonfarbener Bikini blendet mich, während sie Jamies Schultern mit Sonnenmilch einschmiert. »Also … magst du ihn?«

Ich ziehe mir die Baseball-Kappe tiefer ins Gesicht. »Keine Ahnung.«

Sie schließt den Deckel der Sonnenmilch. »Wärst du gern mit ihm zusammen?«

Ich zucke einmal kurz. »Keine Ahnung.« Ich blicke auf meine Brust hinunter, die entweder durch den ganzen Stress von einem Ausschlag befallen ist, oder ich bekomme einen Sonnenbrand. »Gibst du mir mal die Sonnenmilch?«

»Sie versucht, von der Frage abzulenken«, zwitschert Sonya und reicht mir die Flasche. »Du wärst also gern mit ihm zusammen.«

»Jetzt mach ihr doch keinen Druck, Sonya«, meldet sich Jamie zu Wort, die eine runde dunkle Sonnenbrille trägt und gerade einen Klecks Sonnenmilch auf ihren Beinen verteilt. »Also, dieses Zeug aus dem Drugstore ist total glitschig. Es fühlt sich an, als hätte ich einem Delfin einen runtergeholt.«

»Übler Joke, Jamie.« Ich lache trotzdem. Zumindest ein kleines Lachen.

Sonya versetzt ihr einen Klaps auf die Schulter. »Das ist der ekelhafteste Witz, den ich je gehört habe.« Ihr Missfallen macht das Ganze nur noch witziger.

»Ist aber so. Ich habe das Gefühl, ich wäre in ein Fass mit Gleitmittel gefallen.«

Jamie gibt ein Glucksen von sich und lehnt sich wieder auf ihrem Stuhl zurück.

»Oh, ganz toll!«, sagt Sonya finster, aber aus dem Augenwinkel heraus sehe ich ein kleines Lächeln. »Ich hasse euch beide.«

»Nein, tust du nicht«, sagt Jamie.

Unser Lachen legt sich, als Sonya uns mit zusammengekniffenen Augen ansieht. »Ich weiß, dass ich gesagt hatte, ich fände es toll, wenn ihr Freundinnen werden würdet, aber langsam versteht ihr euch ein bisschen zu gut«, sagt sie.

»Jetzt sei doch nicht eifersüchtig, Baby«, sagt Jamie und greift nach Sonyas Hand. »Du weißt doch, dass ich dir gehöre.«

»Und Bennet gehört Henry«, wirft Sonya neckend ein, was ich höchst peinlich finde.

»Erst mal kleine Schritte«, sagt Jamie und wendet sich mir zu. »Wir müssen ja nicht gleich von festen Freunden reden. Lass uns klein anfangen. Verbringst du gern Zeit mit ihm?«

Ich freue mich auf jede Sekunde mit ihm. Ich verziehe das Gesicht und würde diese Unterhaltung am liebsten beenden. »Ja. Okay? Ja. Ich verbringe sehr gern Zeit mit ihm. Bitte macht keine große Sache daraus.«

Jamie lässt nicht locker. »Okay, das wäre der erste Schritt. Und jetzt zum zweiten: Was gefällt dir an ihm?«

»Er ist ein sehr netter, liebenswürdiger Mensch.« Ich lehne mich in meinem Stuhl zurück. »Er ist kontaktfreudig. Manchmal auch ein kleiner Nerd, obwohl man es gar nicht erwarten würde. Er ist klug, künstlerisch begabt, witzig, und er gibt mir nicht das Gefühl, ein Wrack zu sein.« Ich hole tief Luft. Ziehe mein Bikiniunterteil über dem Bauch zurecht. »Und ich mag sein Lächeln.«

»Ahhh!«, kreischt Sonya.

»Sonya, wir waren uns doch einig, dass wir keine große Sache daraus machen!«, schimpft Jamie.

»Sorry. Du hast ja recht.« Sie schlürft ihren Eiskaffee. »Erzähl weiter.«

»Aber was ich am liebsten an ihm mag, das ist seine Ehrlichkeit. Es ist fast so, als hätte er nicht mal einen Hauch Abgebrühtheit in sich. Er ist einfach ... einfach Henry.«

»Fühlst du dich zu ihm hingezogen?«, erkundigt sich Jamie.

Ich rutsche tiefer in meinen Liegestuhl. »Na ja, ich habe versucht, auf deiner Party mit ihm rumzumachen, Sonya.«

»Oh!« Sonya setzt sich auf. »Hatte ich also doch recht! In der Toilette ist was gelaufen!«

»Na ja, also nicht wirklich«, erwidere ich mit gerunzelter Stirn. »Er hat mich zurückgewiesen. Also könnte das hier sowieso eine sinnlose Unterhaltung sein.«

Jamie schüttelt den Kopf. »Wahrscheinlich hatte er nur Angst, dass du betrunken bist. Du hast schließlich deinen ganzen Cocktail auf sein Shirt gekippt.«

Ich kneife die Augen zu. »Er ist der erste Mensch seit Sam, für den … für den ich etwas empfunden habe. Auch wenn es verwirrend sein mag. Eine weitere Zurückweisung könnte ich nicht verkraften. Ich glaube, dann würde ich mich auflösen.«

»Das wird nicht passieren«, sagt Jamie und greift zu meinem Stuhl herüber, um meinen Arm zu drücken. »Sag ihm, dass du ihn magst. Glaub mir, er wird deine Gefühle erwidern.«

»Woher willst du das wissen?«

Sie räuspert sich und zieht sich wieder in ihren eigenen Stuhl zurück. »Ich … habe da so ein Gefühl. Wegen dem, was du mir erzählt hast«, sagt sie.

»Okay. Aber mal angenommen, wir überschreiten diese Grenze. Was dann?«

»Ähm … dann werdet ihr auf immer und ewig glücklich miteinander«, erwidert Sonya.

Ich schüttele den Kopf. Auf immer und ewig glücklich funktioniert bei mir nicht. »Was wäre, wenn wir einfach zu verschieden sind? Er ist immer so … positiv. Und ich … bin's nicht.«

»Hallo? Hast du schon mal was davon gehört, dass sich Gegensätze anziehen?«, sagt Sonya und deutet dabei auf Jamie und sich.

Ich blicke hinauf zum Himmel, sehe zu, wie sich eine Wolke vor die Sonne schiebt. »Ich habe Angst, dass …« Ich schließe meine Augen. »Ich habe Angst, dass er mit seiner positiven Einstellung vielleicht jemanden sehen könnte, der ich gar nicht bin.«

Jamie verschränkt die Arme. »Was meinst du damit?«

»Was ist, wenn er etwas sieht, das er sehen will, und nicht

das, was vor ihm steht? Was ist, wenn ich alles kaputtmache, weil ich das Falsche sage? Was ist, wenn ich noch nicht bereit bin für … all das?« Ich wedele mit der Hand in der Luft herum, versuche, ihnen zu vermitteln, was für ein Abgrund sich gerade in meinem Inneren auftut.

Jamie reißt sich die Sonnenbrille von der Nase und setzt sich auf. »Bennet, ich sage dir das jetzt wirklich in aller Freundschaft, aber du solltest dich nicht immer so runtermachen.«

»Was?«

»Es ist doch wirklich kein unvorstellbares Wunder, dass dich jemand mögen könnte. Ich mag dich. Sonya mag dich. Da ist es doch wirklich nicht total abwegig, dass Henry dich mögen könnte. Ich weiß, dass du glaubst, ein schwarzes Loch der Traurigkeit zu sein, und du hasst deinen Job, aber seinen Scheiß auf die Reihe zu kriegen, ist keine Voraussetzung für Liebe.«

Seinen Scheiß auf die Reihe zu kriegen, ist keine Voraussetzung für Liebe.

Wow.

»Und du magst ihn ganz offenbar. Ich will dir wirklich keinen Druck machen, aber du hast ihn zu einer Hochzeit auf der anderen Seite des Landes eingeladen, wo du doch problemlos Sonya oder jemand anderen hättest mitnehmen können. Hör doch mal in dich hinein. Du hast Liebe verdient, Bennet. Und du hast es verdient, glücklich zu sein. Hör auf, dich selbst zu bestrafen.«

»Du meine Güte.« Mein Mund steht sperrangelweit offen, nachdem Jamie so auf mich losgegangen ist. »Sonya, du hast echt die coolste Freundin, die es gibt.«

»Ich weiß«, sagt sie und drückt Jamie einen Kuss auf die Lippen.

»Leute?« Meine Fingerspitzen kribbeln vor Wärme. »Ich liebe euch.«

Sie antworten fast wie aus einem Mund auf diese schmalzige Art und Weise, wie Paare es tun. »Wir lieben dich auch.«

Ich sinke in meinen Liegestuhl zurück und schiebe meine Sonnenbrille den Nasenrücken hinauf, während ich meine Augen über unser kleines Stück von Harlem wandern lasse. Ich kann das Dach des Yankee Stadions sehen, die Oberseite meiner Bodega und einige höhere Gebäude auf der anderen Seite des Bronx River. Aber ich stelle immer wieder fest, dass ich mir wünsche, ich könnte höher hinaus, um mehr zu sehen. Wenn ich alles sehen würde, einen Blick auf die ganze Stadt werfen könnte, dann würde mir vielleicht nicht alles so groß vorkommen, als ob es mich zu verschlingen droht.

Und in dem Moment, als mich die Sonne in ihre Wärme hüllt, kommt mir ein Gedanke. Ich weiß, wohin ich mit Henry als Nächstes gehe.

KAPITEL 23

Henry und ich durchqueren Hudson Yards, schlängeln uns zwischen den Touristen hindurch, die versuchen, ein Foto vom Vessel zu machen, diesem wabenartigen Gebilde im Herzen dieses Teils von Manhattan. Ich habe Henry noch nicht genau erklärt, was wir hier eigentlich tun. Hauptsächlich, weil ich ihn überraschen möchte, aber zum Teil auch, weil es, wenn ich es laut ausspreche, bedeuten würde, dass ich es tatsächlich durchziehen müsste.

»Du hattest mir ja ursprünglich mit dem Times Square gedroht.« Er weicht einer Frau aus, die ein Selfie macht. »Aber das hier ist auch nicht viel besser.«

»Heute spielen wir mal Touristin und Tourist«, sage ich. »Das bin ich hier ja praktisch sowieso. Also dachte ich, wir könnten gleich mal aufs Ganze gehen.«

Er zuckt freundlich mit den Schultern und stopft seine Hände in die Hosentaschen. »Steigen wir die Stufen im Vessel hinauf?«

Ich schüttele den Kopf.

»Laufen wir die High Line entlang?«

»Nein.« Mein Puls beschleunigt sich. Mein Herz versucht, aus meiner Brust zu hüpfen.

Er verzieht nachdenklich den Mund. »Dann bin ich überfragt.«

Ich blicke an einem hohen Gebäude hinauf, einem von vielen Wolkenkratzern, die die Skyline bilden. Fast ganz oben, im hundertsten Stockwerk, ragt an der Seite eine dreieckige Aussichtsplattform heraus. Von dort, wo wir stehen, wirkt sie so winzig wie ein Tortilla-Chip.

»Oh nein.« Sein Gesicht wird kalkweiß, als ihm klar wird, was ihm blüht. »Oh nein, nein, nein.«

Ich nicke in Zeitlupe. »Oh ja.«

Er schaut grimmig, und sein aschfahles Gesicht nimmt einen beunruhigenden Grünton an. »Du willst mit mir da hoch, stimmt's?«

»Überraschung!«, rufe ich und wedele dazu mit den Händen. »Wir werden uns da oben an der Außenseite festschnallen und bis ganz nach oben klettern wie King Kong und diese Lady in dem hübschen Kleid.«

Nach meiner Unterhaltung mit Sonya und Jamie auf dem Dach war mir klar geworden, dass ich mir selbst einen Ruck geben und mich auf ein Wagnis einlassen musste. Also hatte ich mir überlegt, was das Furchteinflößendste war, was ich mir vorstellen konnte: Bärenangriff, Henry, an einem Wolkenkratzer raufklettern, Henry, ertrinken, Henry. Und als das einzig wirklich Furchteinflößende, was für mich machbar war, blieb das Hinaufklettern an einem Wolkenkratzer übrig, also hatte ich einen Termin gebucht.

»Oh Gott.« Seine Atmung beschleunigt sich. »Oh Mann.« Er fährt sich einmal mit der Hand durchs Haar. Und dann ein zweites Mal. »Wir machen was?«

»Sie sichern uns mit einem Gurt am Gebäude, damit wir nicht abstürzen, aber ja, wir klettern daran hoch.«

»Verdammte Scheiße«, sagt er und reibt sich die Stirn.

»Hast du Angst?« Ich ergreife seine freie Hand, damit er sich ein wenig entspannt.

»Könnte sein«, keucht er. »Oh Mann.« Jetzt wäre eigentlich ein guter Augenblick, um zuzugeben, dass ich selbst auch eine Scheißangst habe, aber mitzuerleben, wie Henry gerade die Nerven verliert, weckt in mir den Wunsch, ausnahmsweise einmal diejenige von uns beiden zu sein, die positiv denkt.

Ich wende mich ihm zu, lege ihm meine Hände auf die Arme und reibe auf und ab, um ihn zu beruhigen.

»Henry, es ist okay«, sage ich.

»Bennet, ich habe Höhenangst.« Er fährt sich erneut mit den Fingern durchs Haar, hält den Kopf gebeugt. Ich hatte überhaupt nicht in Erwägung gezogen, dass Henry Angst haben könnte. Dachte, er sei furchtlos. Ich fühle mich schrecklich, dass ich etwas ausgesucht habe, das ihm eine solche Angst einjagt.

»Du hast mir durch meine Ängste hindurchgeholfen, also würde ich mich jetzt gern revanchieren und dir helfen«, sage ich so ruhig wie möglich.

»Deine Angst bestand darin, mit Menschen zu reden. Ich habe Angst davor, von einem Wolkenkratzer herunterzustürzen und zu sterben.«

»Das sind beides Furcht einflößende Dinge. Und außerdem dachte ich, wenn du schon auf Berge steigst ...«

»Aber das ist was anderes. Das ist Natur. Berge sollen so sein. Das hier ... das ist komplett von Menschen geschaffen und vollkommen unnatürlich. Wir sind nicht dazu bestimmt, in solcher Höhe in einem Gebäude zu sein. Die Menschen haben einfach entschieden, immer höher und höher zu bauen. Wie hoch ist zu hoch? Oh Gott.«

Er faselt vor sich hin.

Ich lege meine Hände um sein Gesicht, zwinge ihn, mich anzusehen, spüre das leichte Piksen seiner Bartstoppeln auf meiner Haut. Ich atme tief durch meine Nase ein. Henry folgt meinem Beispiel, atmet mit mir zusammen.

»Du schaffst das«, sage ich. »Es wird das Coolste sein, was

du je gemacht hast, und du wirst mich hinterher ewig dafür lieben.« Der Ausdruck auf seinem Gesicht spiegelt Angst und Verzweiflung wider. »Und ich werde dir danach auch ein Eis spendieren«, füge ich hinzu.

Er blinzelt langsam, und ich sehe, wie seine Kiefer mahlen. »Mit bunten Streuseln.«

»Abgemacht.«

Es erfordert noch etwas gutes Zureden, bis ich ihn tatsächlich bis zum Gebäude und die hundert Stockwerke im Aufzug nach oben bekomme. Er kann im Check-in-Bereich nicht aus dem Fenster schauen. Und als wir dann unserem Instruktor Roscoe bei der Sicherheitsdemonstration zuhören, da hüpft sein Bein pausenlos auf und ab wie ein Presslufthammer. Ich lege meine Hand auf sein Knie, um ihn zu beruhigen.

»Ist schon mal jemand dabei gestorben?«, platzt er heraus.

»Du wärst der Erste«, knurrt Roscoe durch seine üppige Gesichtsbehaarung hindurch. Sein Partner, Matthew, ist viel schmächtiger als er, hat rotes Haar und Sommersprossen im Gesicht. »Wenn du an der Seite des Gebäudes abgleitest«, sagt Roscoe und hält dabei ein dickes Kabel in die Höhe, »wird dich das Gurtwerk auffangen.«

Henry rutscht unruhig auf seinem Stuhl hin und her. »Und was ist, wenn es reißt?«

Roscoe zuckt mit den Schultern. »Dann platschst du auf den Boden.«

Er hatte es scherzhaft gemeint, aber Henry wird grün um die Nase.

Roscoe bemerkt seine düstere Stimmung und fügt hinzu: »Es ist wirklich sicher. Wir haben eine Erfolgsrate von hundert Prozent.«

Henrys Knie beginnt wieder zu titschen. »Es ist mir kein Trost, dass ein einziger Fehler, der diese Erfolgsrate von hundert Prozent ruinieren könnte, zu einer hundertprozentigen Chance würde, abzustürzen und hier unten platt wie ein Pfannkuchen zu enden.«

Roscoe kratzt sich am Bart. »Sieh dir mal dein Mädel an. Total cool und gefasst. Versuch's doch auch mal.«

Dein Mädel. Ich kann mir ein kleines Lächeln nicht verkneifen. Beiße mir auf die Innenseite der Wange.

»Bei meinem ersten Versuch habe ich mir in die Hose gemacht«, wirft Matthew ein.

»Na, wunderbar«, sagt Henry ausdruckslos.

»Aber ich fand es so toll, dass ich immer wieder hergekommen bin. Jetzt arbeite ich hier. Das war die beste Entscheidung meines Lebens.«

Ich vernehme Henrys flache, raue Atmung, so, als habe er Steine in der Lunge.

»Hey«, sage ich und wende mich ihm zu. »Wenn du das hier nicht machen willst, dann lassen wir es sein.«

Er holt noch einmal zittrig Luft, während seine Zehen weiter auf dem Boden titschen. »Ich will aber.«

Sein Knie hört auf zu zucken, und sein Kiefer entspannt sich. Ich sehe, wie sich sein Gesicht nach einer Reihe von tiefen Atemzügen wieder in den Mann verwandelt, den ich kenne. Schließlich erblicke ich ein schwaches Lächeln, und er sagt: »Ich werde mir nicht in die Hose machen.«

#

Sie stecken uns in Jumpsuits, schnallen uns ins Gurtwerk und setzen uns Helme auf. Dann werden wir mit Sicherungsseilen an einem Geländer eingehakt, sodass wir, sollten wir ausrutschen und fallen, an der Seite des Gebäudes baumeln, anstatt in den Tod zu stürzen. Ich teste das Seil, indem ich fest daran ziehe. Henry sieht mich mit einem schwachen Lächeln an, als ob er den gleichen Gedanken hätte. Er macht den Eindruck, als würde er jeden Moment ohnmächtig werden, als Roscoe und Matthew uns eine Metalltreppe hinaufführen. Wir befinden uns immer noch im Gebäude, aber die Grenze zwischen Gefahr und Sicherheit fühlt sich bereits hauchdünn an.

Einer nach dem anderen steigen wir die Treppe hinauf. Henry ist dicht hinter mir. Licht fällt auf mein Gesicht, als wir eine Tür erreichen, die auf die Seite des Wolkenkratzers hinausführt, vollkommen der Welt ausgesetzt, ohne Sicherheitsnetz, dreihundert Meter über der Stadt.

»Hier geht's los«, sagt Roscoe und tritt auf eine winzige Plattform hinaus. »Unser erster Stopp auf dem Weg nach ganz oben.«

Meine Finger sind verschwitzt, als ich das Geländer so fest umklammere, wie es nur geht. Es fühlt sich an, als würde mir etwas die Kehle zuschnüren. Meine Atmung wird flach, und es fällt mir schwer, einen Schritt nach vorn zu machen, weg von der Sicherheit, die die Treppe bietet. Aber ich denke an Henry hinter mir, welche Angst er haben muss, und mache vorsichtig einen Schritt auf die Plattform.

Der Wind peitscht mir ins Gesicht, als Henry neben mich tritt. Ich greife nach seiner Hand, halte seine zitternden Finger fest, während wir auf den Hudson hinunterblicken. Ich bemerke, dass Henry kaum in der Lage ist, sich die Aussicht anzuschauen, und stattdessen seine Augen auf mich gerichtet hat.

»Wir sind fast oben«, sage ich zu ihm. Er pustet die Luft durch seine Lippen hinaus und nickt, als Roscoe auf eine weitere steile Treppe zeigt, die dieses Mal außen am Gebäude verläuft und uns zur höchsten Plattform hinaufführt. »Wir schaffen das«, sage ich und drücke Henrys Hand.

Die Gebäude unter uns werden kleiner und kleiner, während wir die Metallstufen hinaufsteigen – sie erinnern an Podeste einer Ausstellung. Meine Oberschenkel und meine Lungen brennen, während ich versuche, nicht durch das Metallgeflecht der Stufen nach unten zu schauen, sondern nur nach oben. Die Sonne steht tief am Himmel, spiegelt sich golden in den Fenstern der Gebäude um uns herum – und unter uns.

Mein ganzer Körper zittert, als wir die höchste Plattform des Gebäudes erreichen, so hoch oben im Himmel, dass mir schwindelig wird. Ich wende mich langsam zum Horizont und öffne die Augen. Es raubt mir den Atem, alles von so weit oben zu sehen, ohne ein Hindernis zwischen mir und der Welt. Ich sehe zu Henry hinüber, der mit geschlossenen Augen dasteht und weiter gleichmäßig atmet, um sich zu beruhigen.

Ich streiche mit meinen Fingern über den Ärmel seines Jumpsuits. »Soll ich es dir beschreiben?«, frage ich.

Er nickt, ohne die Augen zu öffnen.

Ich lasse meinen Blick über den Horizont wandern, über all die Gebäude, die im Sonnenlicht erstrahlen und die ich nicht benennen könnte, selbst wenn ich es versuchen würde. »Es ist grau«, sage ich. Eine Seite seiner Lippe verzieht sich zu einem kleinen Lächeln, das so schnell wieder verschwunden ist, wie es aufgeblitzt war. »Die Stadt ist … oh Gott, sie sieht aus wie eine Ansammlung von Stalagmiten. Die Gebäude scheinen dichter zu stehen, als wären sie eins. Und das sind sie wohl irgendwie auch, ein großes massives Ding aus einem Haufen kleinerer Dinge. Es kommt mir vor, als könnte ich meinen Zeigefinger ausstrecken und ihn auf die Spitze des Empire State Buildings legen und mich pieksen lassen.« Ich wende mich ihm zu. Meine Nase brennt vom Wind und der Aussicht, die sich mir bietet. »Die Sonne ist so golden, Henry. Mit das Schönste, was ich je gesehen habe. Und es ist auch beängstigend und gewaltig, und ich würde es so gern mit dir teilen. Du solltest es dir wirklich anschauen.«

Er öffnet langsam die Augen, traut sich aber offenbar immer noch nicht, die Aussicht zu betrachten, denn er schaut auf mich. Ich hole tief Luft und sage ihm, was mich bewegt. »Ich komme mir hier oben so unbedeutend und klein vor, aber du gibst mir das Gefühl, als sei ich von Bedeutung.«

Wir starren einander an, und da ist ein Glitzern in seinen grünen Augen. Da ist etwas zwischen uns in diesem Blick. Etwas Elektrisierendes. Etwas, das sagt: *Bei mir bist du sicher.* Er holt ein letztes Mal zittrig Luft, ehe er sich der Skyline zuwendet und die Aussicht in sich aufnimmt. Ich weiß, dass er das Gleiche empfindet wie ich, denn ihm kommen die Tränen.

»Wow …«, sagt er nur.

»Geht mir auch so«, sage ich und lasse meine Finger zwischen seine gleiten.

Roscoe und Matthew verkünden, dass wir uns über die Kante hinauslehnen können, wenn wir wollen, und dem Gurtwerk in dreihundert Metern Höhe unsere Leben anvertrauen. Henry lächelt, und ich weiß, dass er es auch tun möchte.

Wir treten auf den Rand zu, unsere Zehen genau an der Linie, wo sich Gebäude und Luft treffen, und wir lehnen uns langsam über die Stadt, unser ganzes Gewicht nur noch gehalten von diesem winzigen Stück Seil. Ich habe keine Ahnung, ob die Luft hier oben dünner ist oder ob ich bloß meinen Verstand verliere, aber ich fühle mich, als wäre ich betrunken und durchgeknallt und so unglaublich *leicht*.

Mit einem Mal laufen mir Tränen über die Wangen, und ich fange an zu lachen. Ich breite die Arme aus wie Flügel und schreie, so laut ich kann. Verspüre zum ersten Mal seit langer, langer Zeit das Gefühl wahrer Freiheit.

Ich hänge über der Stadt, habe ihr mein Herz ausgeschüttet, und dieses Mal habe ich keine Angst.

Ich wische mir das Gesicht ab, kann nicht aufhören zu lachen oder zu zittern. Stelle mir vor, wie mir eine Träne von der Nasenspitze tropft und sich verflüchtigt, bevor sie auf der Straße dort unten landet.

Henry stößt neben mir einen Schrei aus, und als ich ihn anschaue, da strahlt er – sein Gesicht ist voller Emotionen und so hinreißend, dass ich keine Lust mehr habe, mir die Aussicht anzuschauen. Wir ziehen uns langsam wieder Richtung Plattform und damit in Sicherheit.

Henry blickt mich an. Seine Augen sind weit aufgerissen, seine Wangen gerötet vom Wind. Er macht einen Schritt auf mich zu, schließt mich in seine Arme und umklammert mich, als wäre ich der feste Boden und die Sicherheit, nach denen er sich sehnt.

»Oh mein Gott.« Seine Finger graben sich in meinen Rücken.

Ich umklammere seinen Nacken, ziehe ihn näher. »Ich bin so stolz auf dich«, sage ich.

Seine Arme legen sich fester um meine Taille. »Ohne dich hätte ich das niemals geschafft. Im Leben nicht!« Wir spüren die tiefen Atemzüge des anderen und das Rasen unserer Herzen. Vielleicht liegt es am Adrenalin, vielleicht am Sonnenuntergang, aber ich habe keine Angst vor dem hier. Zumindest im Moment nicht. Er lockert seinen Griff, und ich lege meinen Kopf auf sein rasendes Herz. »Danke, dass du mich dazu gezwungen hast«, sagt er, ohne mich loszulassen.

Normalerweise würde sich einer von uns zurückziehen. Den anderen daran erinnern, dass wir nur Freunde sind. Einer von uns würde sagen, dass es zu viel ist. Aber keiner von uns beiden tut es. Ich lasse zu, dass er mich hier oben im Arm hält – auf dem Dach der Welt, in die goldene Sommersonne getaucht –, und ich denke ausnahmsweise einmal nicht über die möglichen Konsequenzen nach. Ich lasse es einfach zu.

KAPITEL 24

Die nächsten Wochen fliegen vorbei wie ein mit Müllgeruch parfümierter New Yorker Traum. Henry und ich treffen uns inzwischen mehrmals in der Woche zu einem neuen Abenteuer. Einmal habe ich ihm bei einem Verlobungsshooting in einem Skulpturenpark in Astoria geholfen. Ein anderes Mal haben wir einen Sommelier-Kurs in Little Italy gemacht. Henry hatte von einem besonderen Sangiovese behauptet, er würde schmecken »wie die Innenseite einer Lederjacke, nachdem ein verschwitzter Weihnachtsmann aus einem Einkaufszentrum darauf gesessen hat«. Und nun kann ich keinen Rotwein mehr trinken, ohne dabei zu kichern. Wir sind zur Rockaway Peninsula gefahren, haben uns billige Hamburger und Slushies geholt und uns damit an den Strand gesetzt. Wir sind nachts durch den Botanischen Garten in der Bronx spaziert und haben uns dort in einem warmen Gewächshaus, eingehüllt von der Nacht, die wunderschönsten Orchideen angeschaut, die ich jemals gesehen habe. Wir sind in einer billigen Kneipe im Hinterzimmer einer Kunstgalerie gewesen, nachdem wir den Tag damit verbracht hatten, uns im Museum of Natural History Dinosaurierknochen anzusehen.

Als wir feststellten, dass bisher keiner von uns auf Staten Island gewesen war, haben wir die Fähre über den Hudson genommen und uns an die Reling gedrängt, um die Freiheitsstatue zu sehen. Wir rissen Witze darüber, dass wir uns wie

Touristen benahmen, aber was ist schon falsch daran? Je mehr ich mich wie eine Touristin benehme, desto weniger komme ich mir komischerweise wie eine vor.

Wir haben uns ein Einpersonenstück mit einer Schauspielerin angesehen, das so furchtbar war, dass wir uns in der Bodega gegenüber vom Theater vor Lachen beinahe in die Hosen gemacht haben. Einmal sind wir über die Brooklyn Bridge spaziert, und dabei habe ich mir in meinen Sandalen eine Blase an der Ferse geholt, die so groß war wie ein 25-Cent-Stück. Henry hat mich den Rest des Weges huckepack genommen und ist dann mit mir in einen Billigschuhladen gegangen, um die albernsten Hello-Kitty-Sneaker zu kaufen, die ich jemals gesehen habe.

Jeden Tag entdecke ich etwas Neues an ihm, das mir gefällt. Ein Leberfleck an seinem Hals. Die Vertiefung in seinem Amorbogen, die Art und Weise, wie seine Brille immer schief auf der Nase sitzt, die winzigen gelben Sprenkel in seinen grünen Augen, wie sein walnussbraunes Haar rötlich in der Sonne schimmert und sein lautes Lachen, bei dem er nie Angst zu haben scheint, Aufmerksamkeit zu erregen. Ich bewundere die Art und Weise, wie seine Stimme brüchig wird, wenn er über seinen Dad redet, und muss im Stillen lachen, wenn er seine Brillengläser mit dem Saum seines T-Shirts putzt und sie danach verschmierter sind als vorher. Ich beobachte ihn, wenn er sich bewegt. Seine breiten Schultern und seine langen Gliedmaßen scheinen in jedem Raum immer genau die richtige Menge an Platz einzunehmen. Ich bemerke, dass ich seinen Arm berühre, näher an ihn heranrücke, wenn wir nebeneinandersitzen, als ich es vor einem Monat noch getan hätte. Bemerke, dass ich mehr Kontakt will, mehr Lachen, mehr von allem.

Vermutlich ist uns beiden bewusst, dass ich nicht mehr auf der Suche nach meiner Passion bin, aber wir nehmen unser kleines Projekt weiterhin als Vorwand, um das, was zwischen uns geschieht, zu schützen. Denn ich hatte ihm damals erklärt, dass ich nicht mehr als Freundschaft wolle. Zu der Zeit hatte es auch gestimmt, aber inzwischen schreit alles in meinem Körper danach, es einfach mal zu versuchen.

Seinen Scheiß geregelt zu kriegen, ist keine Vorbedingung für Liebe.

Dieser Satz spukt mir in der Bodega, im Supermarkt und in der Bibliothek im Kopf herum. Fährt mir in die Knochen, wenn ich zur Happy Hour mit Sonya und Jamie etwas trinken gehe, und auch, wenn ich ihr einen Besuch bei Harper & Jane abstatte. Er schwimmt durch meine Adern, wenn ich etwas von Sal oder Marjorie höre oder wenn ich meine Mutter anrufe, um ihr von etwas zu erzählen, das wir während der Woche gemacht hatten, oder wenn Henry mir seine neuesten bearbeiteten Fotos zeigt. Ich weigere mich zu glauben, dass ich nicht gut genug bin. Damit ist Schluss.

Heute machen wir einen gemütlichen Spaziergang durchs Cloisters, ein Museum im Stil eines mittelalterlichen europäischen Klosters. Wir lassen uns Zeit, um uns in aller Ruhe Kunst aus dem fünfzehnten Jahrhundert anzusehen, betrachten fleckiges Glas, erkunden die Bogengänge und bewundern die makellose Architektur. Das Cloisters gibt mir ebenso wie die Bibliothek das Gefühl, als befände ich mich zwischen dem Gestern und dem Heute, wenn ich mit meinem iPhone in der Tasche mit Sneakern an den Füßen und in Jeansshorts durch Stockwerke gehe, die vor hundert Jahren gebaut wurden. Ich stelle mir vor, ich wäre das Studienobjekt und nicht die Kunst. *Schaut euch nur diese fünfundzwanzigjährige Frau an, die so dicht neben diesem braunhaarigen Mann mit dem Fotoapparat um den Hals steht. Was mag sie wohl denken?*

Als wir unseren Gang durch das Museum beendet haben, spazieren wir durch den Fort Tryon Park. Er bietet den perfekten Hintergrund für Henry, um kostenlose Fotos von den Menschen zu machen, die dort ihren täglichen Beschäftigungen nachgehen, die Grünanlagen genießen und das wundervolle Wetter.

Ich halte mich zurück, bin glücklich, ihn beobachten zu können, wie er fotografiert. Ihm dabei zuzusehen, wenn er gelassen, ruhig und fokussiert ist, gehört für mich zu den Linsen, durch die ich ihn am liebsten betrachte.

Wir entdecken eine Steinbank, die etwas Schatten bietet, und nehmen Schulter an Schulter darauf Platz. Henry überfliegt die Fotos auf seiner Kamera, lächelt dabei manchmal in sich hinein, wenn ihm eines besonders gut gefällt.

»Hey.« Er schaltet die Kamera aus und verstaut sie in seiner Tasche.

»Ja?«

»Ich, ähm … ich habe nachgedacht.« Er blickt über den Park hinweg.

»Aha.«

»Ich weiß, dass wir eigentlich vereinbart hatten, bloß Freunde zu sein, aber neuerdings fühlt es sich so …« Er sieht zu mir herüber und schaut dann rasch wieder weg. Ist offenbar nervös. »Keine Ahnung. Es fühlt sich irgendwie anders an.«

Ich rechne damit, dass Panik in mir aufsteigt, aber das passiert nicht. Ich bleibe ruhig. Gelassen. Er fährt fort. »Vielleicht interpretiere ich es ja auch falsch, aber falls sich etwas geändert haben sollte …« Er räuspert sich. »Falls sich etwas geändert haben sollte … Hättest du Lust auf ein Date mit mir?«

Ich rücke ein bisschen von ihm ab. Gerade genug, um ihn besser ansehen zu können. Geschieht das gerade tatsächlich? Er wirkt, als sei es ihm ernst damit, aber er war schließlich derjenige, der mich abgewiesen hat. Ich erinnere mich an die Toilette von Sonyas Party und die Übernachtung bei Sal.

Mir war nie wirklich klar geworden, was er damit gemeint hatte, als er sagte, er wisse, was er wolle, aber vielleicht hat Jamie ja recht. Vielleicht wollte er in der Toilette einfach nur sichergehen, dass ich bereit war, dass ich wusste, was ich tat. Vielleicht spürt er nun, dass ich mich immer weiter herantaste.

Er schluckt. »Also, was ich eigentlich sagen will … wiederholen wir doch einfach unsere erste Verabredung. Ich möchte, dass es dieses Mal ein echtes Date ist.«

Ich zupfe nachdenklich an meinen ausgefransten Jeans-Shorts. Dies ist die Chance auf einen Neuanfang. Ohne Angst. Um es tatsächlich zu versuchen. Natürlich ist es auch eine Chance, mich auf Hunderte und noch mehr peinliche Arten und Weisen zur Närrin zu machen.

Es ist eine Chance, sich erneut das Herz brechen zu lassen.

Was ist, wenn ich dazu noch nicht bereit bin?

Er klopft sich leicht auf die Knie. »Du musst jetzt noch nicht antworten. Lass uns einfach festhalten, dass ich am Freitagabend um halb sechs im Rosencrantz & Guildenstern sein werde.«

Ich blicke über die Blumenbeete hinweg, wo sich rosafarbene Rosen und Gladiolen im leichten Wind bewegen. Vielleicht ist diese Sache zwischen uns anders, hat sich trotz meiner Bemühungen, sie unter Kontrolle zu halten, verändert. Vielleicht hat der Zug den Bahnhof bereits fast verlassen, und ich muss mich entscheiden, ob ich aufspringe oder zulasse, dass ich auf dem Bahnsteig zurückbleibe. Wenn es mir gelingen sollte, einzugestehen, dass ich etwas Größeres und Besseres als nur Freundschaft will … vielleicht verdiene ich es ja.

Ich möchte nicht auf dem Bahnsteig zurückbleiben. Ich

schlucke, schließe meine Augen in der Sonnenwärme und lege meinen Kopf auf seine Schulter. »Ich werde da sein.«

#

Jedes Mal, wenn ich einen Blick auf mein Handy werfe, ist vom Vorrücken der Zeit nichts zu sehen. Nicht einmal eine einzige Minute. Ich tippe unter dem Tisch mit meinem Fuß auf den Boden und beiße mir auf die Lippe. Jetzt sind es nur noch vier Minuten bis zu meinem Schichtende um 17:00 Uhr. Vier Minuten, und ich bin weg. Und dann ... Henry.

Ich bin heute Morgen um sechs Uhr aufgewacht und konnte nicht mehr schlafen. Habe meinen Schrank auf der Suche nach etwas zum Anziehen auseinandergenommen, was albern ist, weil er mich ja inzwischen schon in all meinen Klamotten gesehen hat. Aber ich brauchte etwas Besonderes. Etwas, das einem ersten Date würdig war. Vor lauter Verzweiflung habe ich an Sonyas Tür geklopft. Sie war überglücklich, mir helfen zu können. Beinahe schon euphorisch. ABBA dröhnte durch die Wohnung, als sie mir die Augen schminkte und mich von Kopf bis Fuß stylte. Am Ende trug ich ein umwerfendes dunkelblaues Kleid, das Sonya bei ihrem ersten Date mit Jamie angehabt hatte.

Nun bibbere ich hier bei einem brandneuen Einsatz für Carlyle vor mich hin und warte darauf, dass ich endlich wegkomme, um mein Date in Angriff zu nehmen. Obwohl ich seit Sals Weggang immer nur in der Bibliothek gewesen war, hatte man heute darauf bestanden, dass ich hier am Empfang arbeite.

Warum bin ich bloß so nervös? Es ist doch genau das, was Henry und ich für gewöhnlich tun: gemeinsam abhängen. Eigentlich ist nichts anders, und dennoch fühlt es sich an, als sei *alles* anders. Ich kämpfe gegen den Drang an, in meiner Tasche nachzusehen, ob Sonyas blaues Kleid immer noch drin ist und ihm nicht plötzlich Flügel gewachsen sind und es davongeflogen ist.

Ich habe nun schon dreimal meinen Schreibtisch aufgeräumt, zweimal überprüft, ob auch wirklich alle Konferenzräume leer sind, und habe die Schlüssel bereits in den Safe gelegt, damit niemand über Nacht hineingelangen kann. Ich muss um Punkt fünf hier raus, um es rechtzeitig bis zum Restaurant zu schaffen, und der Akku meines Handys ist fast leer. Ob es wohl irgendjemand bemerken würde, wenn ich mich etwas früher hinausschleiche?

Ich schwinge mir die Tasche über die Schulter und steuere zielstrebig auf die Tür zu.

»Bennet«, ertönt eine Stimme aus einem der Büros. »Gehen Sie schon?«

Ich fahre herum und sehe Anna, die ein Carlyle-Clipboard im Arm hält. Erinnerungen an meinen Rausschmiss beim NYAC schießen mir durch den Kopf.

»Hallo, Anna«, sage ich, und mir wird flau im Magen. Das hier muss etwas damit zu tun haben, warum ich heute plötzlich hier eingesetzt worden war. »Meine Schicht ist vorbei. Was kann ich für Sie tun?«

Sie verzieht den Mund und mustert mich mit einem finsteren Blick. »Dies ist eine Überprüfung, da Sie ja momentan nur auf Probe arbeiten.«

Scheiße.

Ich schaue auf mein Handy. 16:59. Plötzlich vergeht die Zeit natürlich viel schneller.

»Könnten wir das vielleicht auf einen anderen Tag verschieben?«

»Solche Überprüfungen finden immer überraschend statt,

Bennet«, erwidert sie missbilligend. »Da können wir für Sie keine Ausnahmen machen.«

Texte Henry. Lass ihn wissen, dass du dich verspätest. Er wird das verstehen. Ich öffne meine Nachrichten und beginne zu tippen.

Wurde auf der Arbeit aufgehalten. Warte auf m...

Doch während mein Daumen über der Taste schwebt, wird der Bildschirm plötzlich schwarz. *Oh nein.* Ich schlucke vernehmlich. *Nein, nein, nein.*

»Bennet?« Anna klickt ihren Kugelschreiber.

Ich drücke auf die Power-Taste meines Handys in der Hoffnung, dass ich es wieder zum Leben erwecken kann, aber da tut sich nichts. »Nicht jetzt«, murmele ich flehentlich in mich hinein. »Dürfte ich bitte kurz Ihr Handy benutzen?«

»Miss Taylor«, erwidert Anna knapp mit einer kraftvollen Stimme. »Ich muss diese Überprüfung jetzt durchführen, sonst werden Sie keine Jobs mehr für Carlyle übernehmen können.«

Renn los. Verschwinde. Wen interessiert das schon? Tu's einfach.

Aber ich bringe es nicht fertig. Denn ohne diese Arbeit hätte ich nichts zu essen. Könnte meine Miete nicht bezahlen. Müsste die Stadt verlassen.

»Natürlich«, sage ich. »Tut mir leid.«

Ich folge ihr in ein kleines Büro, wo sie mir eine Reihe von Fragen über meine Arbeit und meine Kolleginnen und Kollegen stellt. Irgendwelche Vorfälle? Nö. Irgendwelche schwierigen Kunden? Nö. Irgendwelche lebensverändernde Dates, die wegen der Arbeit möglicherweise verpasst wurden? Allerdings. Dann liest sie mir einen ausführlichen Bericht eines Managers der Bibliothek vor, der glücklicherweise positiv ausfällt.

Es gibt keine Uhr in diesem Raum, andernfalls würde ich sie mit meinem Blick fixieren und zusehen, wie die Sekunden verstreichen. Jede Sekunde, die Henry allein in dieser Bar sitzt, ist reine Folter. Eine grausame Wiederholung unseres ersten Dates. Ich wünschte, ich könnte ihm per Telepathie sagen: *Ich komme. Ich bin gleich da.*

Schließlich entlockt Anna ihrem Kugelschreiber ein letztes Klicken und lächelt. »Das sieht doch alles prima aus. Gute Arbeit.«

»Vielen Dank«, stoße ich hervor, während ich zur Tür eile, wo ich mich noch einmal umdrehe, um zu fragen »Wie spät ist es?«

Sie schaut auf ihre Armbanduhr. »17 Uhr und 37 Minuten.«

#

Ich sprinte zur Bahn, halte mein Handy an das Bezahl-Pad an der Schranke, doch die Drehsperre landet in meinem Bauch, rührt sich nicht von der Stelle. Ach ja. Mein Handy muss ja erst wieder aufgeladen werden. Ich kann die Bahn auf diese Weise nicht bezahlen.

Jetzt mach schon.

Ich rase zum Kiosk, schiebe meine Debitkarte in den Automaten. Der spuckt sie gleich wieder aus.

Ein gekritzeltes Hinweisschild oben auf dem Automaten weist auf Barzahlung hin. Der nächste Automat akzeptiert meine Karte und spuckt nach gefühlt einer Stunde eine neue MetroCard aus. Dieses Mal schaffe ich es durch die Drehsperre, renne die Treppe hinunter und komme gerade noch rechtzeitig, um die Rücklichter der Bahn entschwinden zu sehen, die mein letzter Hoffnungsschimmer war, es noch zur Bar zu schaffen, ehe Henry das Handtuch wirft. *Nein. Aufgeben ist keine Option.* Ich schwinge die Hufe wieder die Treppe hinauf zur belebten Straße, kann mir aber keinen Uber rufen, da mein Handy tot ist. Gelbe Taxen sausen an mir vorbei, ohne anzuhalten. Verdammt. Die U-Bahn ist meine einzige Option. Ich haste wieder die Treppe hinunter, zahle ein weiteres Mal und rase Richtung Bahnsteig, in der Hoffnung, dass eine Bahn kommt. Es ist die reine Folter, hier zu warten, und meine Träume, noch in das hübsche blaue Kleid zu schlüpfen oder es überhaupt noch zum Dinner zu schaffen, schwinden von Minute zu Minute. Die Zeit vergeht unendlich langsam. Als die Bahn endlich kommt, ist es Viertel nach sechs, und ich bin fünfzig Minuten zu spät dran. Ich hechte förmlich hinein und hoffe, dass Henry mich noch nicht abgeschrieben hat.

Sonyas blaues Kleid ist ein Knäuel in meiner Tasche. Ihr sorgfältig aufgetragenes Make-up ist verschmiert. Aber das ist mir egal.

Ich will bloß endlich dort ankommen.

Die Bahn bewegt sich den ganzen Weg bis zur Delancey Street im Schneckentempo. Ich renne aus der U-Bahn-Station hinaus, pflüge dabei förmlich durch die Leute. Meine Lungen brennen, und mir steht der Schweiß auf der Stirn.

Als ich beim Rosencrantz & Guildenstern eintreffe, reiße ich die Tür auf und steuere geradewegs auf den Tresen zu.

Von Henry keine Spur.

Auch an keinem der Tische im Gastraum, die ich alle nach ihm absuche.

Er ist nicht hier.

Ich mache mich auf den Weg über die Straße zum *L'Italiano*. Ich bin mir sicher, dass er dort sein wird. Genau wie beim letzten Mal.

Ich greife nach dem Türgriff und atme tief durch. Doch als ich sehe, wer am Tresen sitzt, bin ich verwirrt. Es ist nicht Henry. Sondern jemand, mit dem ich hier überhaupt nicht gerechnet hätte.

»Jamie?«

Als sie mich sieht, springt sie auf. »Bennet! Wo bist du gewesen? Ich habe dich angerufen.«

»Wurde bei der Arbeit aufgehalten. Und bei meinem Handy ist der Akku leer. Ist Henry hier?«

Ich schaue mich im Gastraum um. Mein Blick wandert von Tisch zu Tisch.

»Nein. Sarah hat gesagt, dass er hier war, nachdem du nicht aufgetaucht bist. Aber er ist schon weg.«

»Oh! Sarah!« Ich gehe zum Tresen zurück und sehe, dass sie damit beschäftigt ist, Gläser zu polieren. »Hast du Henrys Nummer in deinem Handy gespeichert?«

Sie runzelt die Stirn, während sie am Rand eines Glases entlangreibt. »Wieso? Damit du ihn wieder ghosten kannst?«

»War nicht meine Absicht«, erwidere ich. »Ich wurde bei der Arbeit aufgehalten, und die U-Bahn hat ewig gebraucht.«

»Wieso fragst du denn nicht Jamie? Sie ist schließlich diejenige, die ihn gebeten hat, überhaupt erst mit dir auszugehen«, sagt Sarah.

Wenn Blicke töten könnten, hätte Jamie sie wohl gerade umgebracht.

Ich schüttele den Kopf. »Sonya hat ihn auf einer Dating-App entdeckt. Nicht Jamie.«

»Glaubst du wirklich, es ist ein Zufall, dass Jamie ausgerechnet im selben Restaurant gearbeitet hat wie der Typ, mit dem ihre Freundin dich verkuppeln wollte?«, fragt Sarah mit schief gelegtem Kopf.

»Hör auf damit, Sarah«, mischt sich Jamie ein.

»Nein.« Sarah legt ihr Poliertuch auf den Tresen. »Vor einer halben Stunde ist jemand, der mir wirklich am Herzen liegt, in dieses Restaurant gekommen, nachdem er zum zweiten Mal von ihr geghostet worden war, und es ging ihm total mies. Und ich mag's nicht, wenn es meinen Freunden schlecht geht. Ganz besonders nicht Henry, der eigentlich immer gut drauf ist.«

Ich habe das Gefühl, als würde es mir den Boden unter den Füßen wegziehen. Henry ging es schlecht. Jamie hat versucht, uns irgendwie zu verkuppeln. Ich bin total verwirrt.

»Was ist hier los, Jamie?« Als ich sie ansehe, weicht sie meinem Blick aus.

Sie holt tief Luft und sieht mich schließlich an. »Sei nicht sauer auf mich«, sagt sie. »Aber möglicherweise habe ich nicht ganz die Wahrheit gesagt, als es darum ging, wie gut ich Henry kenne. Wir haben zusammengearbeitet, bevor er nach Denver zurückging. Sonya hat nach einer Möglichkeit gesucht, damit du in New York bleibst. Als sie die Idee hatte, ein Date für dich zu arrangieren, da … da habe ich mich an ihn gewandt.«

»Du hast dich an ihn gewandt, weil …?«

»Weil ich ihn bitten wollte, sich mit dir zu verabreden«, sagt sie, was ihr sichtlich peinlich ist. »Um dich aufzuheitern.«

»Was?«

»Ja!«, sagt Sarah. »Er war ihr noch was schuldig, weil sie so oft für ihn eingesprungen war, als er bei seinen Eltern in Denver war.«

»Oh mein Gott.« Ich trete einen Schritt zurück, weg von Jamie. »Das war also ein Mitleidsdate?«

»Nein«, beharrt sie. »Es war niemals ein Mitleidsdate. Aber ja … er wusste es.«

»Was hast du ihm erzählt? Wusste er Bescheid über …«, ich spüre, wie es mir die Kehle zuschnürt. »Über Sam?«

Jamie schüttelt energisch den Kopf. »Ich habe ihm lediglich gesagt, dass du gerade in einer schwierigen Lage bist und ich einfach nur wolle, dass du etwas Spaß hast.«

»Wie hast du es denn geschafft, uns zwei auf der App zu

matchen? Ich habe sein Profil gesehen. Er hat mein Foto gelikt.«

Jamie schluckt, fühlt sich sichtlich unwohl. »Ich habe ihn dazu gebracht, ein Profil zu erstellen, und dann so lange auf seinem Handy geswipt, bis ich dich gefunden hatte. Hat nicht sehr lange gedauert, nachdem wir den Suchbereich und die Vorlieben eingegrenzt hatten.«

Mir fällt wieder ein, wie Sonya auf mich eingeredet hatte, als sie Henrys Like auf meinem Foto entdeckte. Sie hatte wie ein Wasserfall geplappert und immer wieder betont, wie umwerfend er wäre und wie schön seine grünen Augen wären. Die Erkenntnis, dass es immer Jamie am anderen Ende gewesen war, empfinde ich als demütigend.

»Ganz toll. Das ist wirklich großartig. Es fühlt sich richtig gut an, zu wissen, dass ich eine so jämmerliche, erbärmliche Niete gewesen bin, dass du jemanden bitten musstest, mit mir auszugehen und so zu tun, als würde er mich mögen und gern zu irgendwelchen Abenteuern mitnehmen, damit ich nicht in der Wohnung herumhocke und in Selbstmitleid versinke.« Ich fühle mich mit einem Mal so beschämt wie noch nie zuvor in meinem ganzen Leben. »Hast du ihm das erzählt? Dass ich ein deprimiertes Wrack bin und vor mir selbst gerettet werden muss?«

»Nein. Das Ganze ging ziemlich locker zu«, erwidert Jamie und tritt nervös auf mich zu. Ich weiche zurück, und sie bleibt stehen. Fasst mich nicht an. »Es war keine Verschwörung, und er hat lediglich versucht zu helfen.«

Das ändert alles. Alles, was in den letzten Monaten geschehen war. Jedes Mal, wenn ich ihn gefragt hatte, warum er mit mir abhängen würde, hatte er mich angelogen. Jedes Mal, wenn ich ihn gefragt hatte, was dabei für ihn heraussspränge, hatte er mich angelogen. Was war wohl noch alles gelogen gewesen? Henry hatte mich nicht auf irgendeiner App entdeckt und sich entschieden, nach rechts zu wischen. Man hatte ihn gebeten. Als Gefälligkeit. Ich bezweifele, dass er überhaupt jemals den Wunsch gehabt hätte, mit mir auszugehen, wenn ihn Jamie nicht dazu überredet hätte. Was musste er an diesem ersten Abend in der Toilette wohl von mir gedacht haben? *Wow, alles, was Jamie gesagt hat, stimmt. Dieses Mädel ist wirklich eine wandelnde Katastrophe.* Wie schwer muss es ihm gefallen sein, auf unserem kleinen Projekt mit der Suche nach einer Passion für mich zu bestehen? War ich wirklich derartig offensichtlich verzweifelt?

Mir kommt die Galle hoch.

»Das ist echt total krank«, sage ich und weiche zurück in Richtung Ausgang.

»Wenn du auf jemanden wütend sein willst, dann auf mich«, sagt Jamie. »Sonya hat dir offen und ehrlich die Wahrheit gesagt, warum sie dich verkuppeln wollte, und Henry war einfach nur der anständige Kerl bei der ganzen Sache. Und er ist wirklich ein anständiger Kerl, Bennet. Und er mag dich total. Und ihr scheint doch so glücklich zu sein, wenn ihr zusammen seid. Ich habe dich noch nie so glücklich gesehen. Und Sonya sagt das Gleiche. Sie hat dich nach Sams Tod das erste Mal wieder so lächeln sehen.«

Ich weiche einen weiteren Schritt zurück. Meine Fingerspitzen summen. Ich kann einfach nicht fassen, dass ich die ganze Zeit über, die ich Henry nun kenne, bloß ein Gefallen für Jamie gewesen bin.

»Ich kann dich nicht mal mehr ansehen«, sage ich, drücke gegen die Tür und bin wieder auf der Straße. Es ergibt alles einen Sinn. Wie er mich weggestoßen hatte, als ich versuchte, ihn anzumachen. Wie er mir ständig erklärt hatte, dass wir nur Freunde bleiben sollten, darauf beharrte, dass *ich* noch nicht dazu bereit sei. Er tat Jamie einen Gefallen.

Aber warum hatte er sich dann ein zweites Mal mit mir verabredet? Gehörte das auch noch zu diesem beschissenen Gefallen, oder hatte er dem Ganzen nur eine grausame Variante hinzufügen wollen? Ich stelle mir vor, wie er Jamie mitteilt, dass ich immer noch unter Depressionen leide und nach einem weiteren Date vielleicht endlich die Kurve kriegen würde. Ich endlich glücklicher sein würde, wenn wir einen Schritt weitergingen. Oder … oh, Gott. Jamie hatte ihm von unserer Unterhaltung auf dem Dach erzählt. Und er war nur deshalb auf eine weitere Verabredung scharf gewesen, weil er wusste, was ich alles über ihn erzählt hatte. Dass ich etwas für ihn empfand.

Ich hatte zum ersten Mal seit Jahren Hoffnung verspürt. Mochte mich zum ersten Mal seit Jahren wieder. Und es war alles nichts weiter als ein Schwindel? Ich war überhaupt nicht gewollt. Wurde gar nicht in Betracht gezogen. Wurde nicht begehrt. Ich war nur ein Gefallen.

Es fühlt sich widerlich an.

Ich renne, so schnell ich kann, zur U-Bahn, in der Hoffnung, diesem Gefühl entkommen zu können. Ich glaube zu hören, dass mir jemand etwas hinterherruft, aber ich bleibe nicht stehen. Will nur noch nach Hause.

KAPITEL 25

Mein Kopf liegt auf Sonyas Schoß, und sie streichelt mir übers Haar.

Nach allem, was Jamie mir erzählt hatte, sollte ich eigentlich sauer auf sie sein. Sollte ihr meine Tür vor der Nase zuknallen und nie wieder ein Wort mit ihr reden. Aber als ich gestern nach Hause kam und sie im Rahmen ihrer Zimmertür stehen sah, konnte ich ihr nicht böse sein. Konnte mich nicht abkapseln.

Ich brauchte eine Freundin.

Sie entschuldigte sich immer und immer wieder für die Rolle, die sie dabei gespielt hatte, aber ich bin nicht sauer auf sie. Ich bin nur sauer auf Henry. Und auf mich selbst. Und ein kleines bisschen auf Jamie.

Sonya hat nur versucht, mir zu helfen. Henry dagegen war ein Fremder, der sich einverstanden erklärt hatte, eine trauernde junge Frau, die am Boden zerstört war, zu täuschen.

»Ich weiß, dass du das jetzt nicht hören willst«, sagt Sonya und drückt meine Schulter. »Aber du musst mit ihm reden.«

»Er hat mich angelogen!«

»Vielleicht hatte er einen guten Grund dafür.«

Ich schlage die Hände vors Gesicht. »Ich komme mir so dumm vor.« Weil ich geglaubt hatte, ich sei mehr für ihn als ein Wohltätigkeitsprojekt. Dumm wegen all der Male, als ich etwas für ihn empfand, und dumm wegen des schlechten Gewissens, das ich deshalb gehabt hatte.

»Du bist nicht dumm«, sagt Sonya. »Du bist bloß sauer.«

Ich presse die Handflächen in meine Augenhöhlen, um mich vom Weinen abzuhalten. Ich bin mehr als bloß sauer. Wesentlich mehr.

»Hast du Lust, heute irgendwas zu unternehmen?« Sonya fängt wieder an, mir übers Haar zu streichen. »Um dich abzulenken? Ich habe Jamie gebeten, mal nicht vorbeizukommen. Um dir deinen Freiraum zu lassen. Ich stehe dir also zur Verfügung.«

Ich schüttele den Kopf und rolle mich auf den Rücken. »Nein.«

»Möchtest du rumsitzen und nichts tun?«

»Nein.«

»Tja, du hast dann aber nur diese beiden Möglichkeiten«, sagt sie.

Ich setze mich auf und wende mich ihr zu. »Geh ruhig zu Jamie. Ich bin noch nicht so weit, mit ihr zu reden, aber ich möchte auch nicht, dass sie sich wie ein schlechter Mensch vorkommt.«

Sie beißt sich auf die Lippe. »Bist du dir auch ganz sicher?«

»Ja«, sage ich. »Ist schon okay. Geh schon zu deinem Mädel. Ich muss jetzt einfach mal allein sein.«

»Okay.« Sie steht auf und zieht ihre Shorts zurecht. »Aber ihr seid beide meine Mädels. Nur, damit du's weißt.«

»Dann geh zu dem Mädel, das du küsst«, sage ich. »Ist das genau genug?«

Sie nimmt ihre Schlüssel vom Couchtisch. »Ja. Und um eins klarzustellen: Ich schaue nur deshalb nach Jamie, weil sie sich wegen dieser Sache ganz schrecklich fühlt, und ich weiß, wie sie sich in so was hineinsteigern kann. Ich mache mir Sorgen um sie.«

»Du musst dich nicht rechtfertigen. Geh. Ich bin okay.«

Sie beugt sich zu mir herunter und umarmt mich ganz fest.

»Ruf mich an, wenn du mich brauchst«, sagt sie auf dem Weg zur Tür. Als sie sich hinter ihr schließt, wird mir bewusst, dass ich zum ersten Mal seit Monaten an einem Samstag allein bin. Ohne Henry. Ich greife nach meinem Handy, schlucke den Kloß in meinem Hals hinunter und blockiere seinen Kontakt. Dieses Mal aber wirklich.

Ich starre die Wand an. Und nun?

Ich bin so wütend auf ihn, dass ich am liebsten auf etwas einschlagen würde. Die Trauer, die ich gestern Abend empfunden hatte, hat sich in etwas Raueres, etwas Aggressives verwandelt. Ich bin nicht traurig. Und auch nicht deprimiert. Ich bin stinksauer. Ich erinnere mich an all die Abende im College, die ich mit dem Baseballschläger in der Hand im Schlagkäfig verbracht hatte. An Andy, die mich animierte, ihn mit mehr Kraft zu schwingen. An Sam, der versuchte, mir mit der richtigen Haltung zu helfen, aber all das war mir egal. Ich wollte es bloß rauslassen.

Ich rolle mich vom Sofa und marschiere zur U-Bahn-Haltestelle, um die zweitbeste Sache zu machen, die mir nach einem Schlagkäfig einfällt.

Der Devil's Rage Room ist genau das, wonach er klingt: eine Location in Hell's Kitchen, wo man dafür bezahlt, Sachen zu zerlegen und Chaos anzurichten.

Ich buche den Raum bei dem Typen an der Anmeldung für eine Stunde, und er führt mich nach hinten. Dort muss ich eine Schutzbrille anziehen, mir einen Helm aufsetzen, und er drückt mir einen Baseballschläger in die Hand.

Als sich die Tür hinter ihm schließt und ich allein im Raum bin, weiß ich im ersten Moment nicht so genau, was ich tun soll. Aber ich spüre den Baseballschläger in meiner Hand, und mein Griff wird fester.

Zögernd platziere ich eine leere Bierflasche vor mir auf dem Tisch und erinnere mich daran, wie Sam mir beigebracht hat, den Schläger richtig zu schwingen. Ich halte ihn auf Schulterhöhe, hole tief Luft und schlage zu. Treffe die Flasche genau in der Mitte, und sie fliegt vom Tisch, knallt gegen die Wand und zerspringt in tausend Stücke.

Dann mache ich mich über einen alten Fernseher her und hinterlasse mit meinem ersten Schlag einen Riss in der Mitte des Bildschirms. Ich schlage immer und immer wieder zu, bis ich total außer Atem bin. Ich schlage einem Gartenflamingo den Kopf ab. Lasse den Schläger auf den Tisch herabsausen, dass Gips- und Holzstückchen durch die Gegend fliegen. Ich zertrümmere eine Glasvase und dann noch eine und noch eine, ehe ich mich über einen alten Toaster hermache. Mit jedem Hieb spüre ich, wie das Adrenalin durch die Nerven meines Körpers schießt, und schließlich gebe ich einen kehligen Schrei von mir, um alles herauszulassen.

Als ich fertig bin, stehe ich in der Mitte des Raums und betrachte mein Werk. Meiner Ansicht nach habe ich wirklich gute Arbeit geleistet, denn jeder Zentimeter ist mit Trümmern bedeckt, und meine Wut scheint sich entladen zu haben. Erschöpft lasse ich meine Waffe fallen, die mit einem metallischen Klirren auf dem Boden aufschlägt.

»Mein Gott, das hat sich wirklich gut angefühlt«, flüstere ich, die Stimme heiser vom Schreien. Ich zittere am ganzen Körper, und mein Herz hämmert gegen die Rippen, während ich versuche, wieder zu Atem zu kommen.

Ich fühle mich benommen, als ich auf die Straße hinaustrete. Mir wird klar, dass sich meine Wut nur zum Teil gegen Henry gerichtet hat und zum Teil auch gegen mich selbst, weil ich auf ihn hereingefallen war. So naiv gewesen war. Tief in meinem Inneren weiß ich, dass ich nicht mehr dazu bestimmt bin, mich noch einmal zu verlieben, also warum hatte ich trotzdem daran geglaubt?

Aber eins hat mich diese kleine Exkursion gelehrt: dass ich keinen Henry mehr für mein Projekt brauche und meine Passion ganz allein finden kann.

#

Ich wuchte die Tüte mit meinen Einkäufen höher auf meine Schulter, während ich die fünf Stockwerke zur Wohnung hinaufsteige. Ein Schweißtropfen rinnt an meinem Brustbein entlang. Es ist so heiß heute, dass ich mir vorkomme wie in einem Topf mit Ramen-Nudeln. Ich konnte es heute Morgen kaum ertragen, etwas anzuziehen, und hatte mir lediglich ein luftiges schwarzes Kleid mit Spaghettiträgern übergestreift und mir die Haare mit einer Haarklemme am Hinterkopf befestigt. Dennoch kommt es mir immer noch vor, als hätte ich zu viel an.

Diese Woche war ich im Autopilot-Modus. Essen, schlafen, zur Arbeit gehen, versuchen, nicht an Henry zu denken, und wieder von vorn. Das ist meine neue Normalität.

Ich drehe den Schlüssel im Schloss, und als ich die Tür öffne, sehe ich mich Sonya und Jamie gegenüber, die im Wohnzimmer stehen. Ich habe seit sieben Tagen nicht mehr mit Jamie geredet.

»Hi«, sagt sie und lässt den Kopf hängen, als ich eintrete.

Sie hat rote Augen und klumpige Wimpern. Ich setze meine Einkaufstüte auf dem Boden ab und schleudere meine Sandalen von den Füßen. »Hi«, sage ich.

»Es tut mir wahnsinnig leid«, sagt sie. »Ich hätte dich nicht anlügen sollen.«

Sie sieht furchtbar aus, als hätte sie die ganze Woche geweint. »Du hast doch nur versucht zu helfen«, erwidere ich.

»Ich weiß doch selbst ...« Sie braucht einen Moment, um sich zu sammeln, und wirft einen Hilfe suchenden Blick zu Sonya hinüber. »Ich weiß selbst, wie das ist, verstehst du? Diese Traurigkeit ... und Sonya zu lieben ... es hat mir viel von meiner Hoffnungslosigkeit genommen. Und das wollte ich auch für dich. Es war naiv und dumm.«

Ich schüttele den Kopf. »Ich bin nicht mehr wütend auf dich, Jamie«, erwidere ich. »Ich verstehe, warum du es getan hast.«

»Trotzdem.« Jamie schaut auf ihre Füße herab. »Es war falsch.«

Sonya nimmt uns beide rechts und links an die Hand. »Wir hätten uns nicht in dein Leben einmischen sollen«, sagt sie. »Und ich wollte wirklich, dass du in New York bleibst. Du hast dem Ganzen nie eine richtige Chance gegeben und ... ach, ich weiß auch nicht. Ich hatte gedacht, wenn es hier einen Typen gäbe, würdest du vielleicht versuchen, die Stadt zu lieben.«

»Ist schon okay.« Ich drücke ihre Hand. »Wer sonst kann von sich behaupten, Freundinnen zu haben, die einen solchen Aufwand betreiben, um einen zum Lächeln zu bringen? Ich würde mal sagen, dass ich verdammtes Glück habe.«

»Wir lieben dich«, sagt Jamie. »Zumindest genug, um uns von Zeit zu Zeit mal einzumischen.«

»Ich weiß«, erwidere ich und ergreife Jamies Hand, sodass wir einen Kreis bilden. »Ich liebe euch auch.«

Sonya legt ihre Arme um uns beide, und das Ganze wird zu einer Gruppenumarmung. Ich lache, als Jamie schnieft. »Ich bin immer noch so sauer auf Henry«, gestehe ich leise. »Ich komme einfach nicht drüber hinweg.«

Keiner von beiden antwortet etwas darauf, also lasse ich mich einfach weiter von ihnen umarmen, bis es zu warm wird, um den Körperkontakt auszuhalten. Ich entziehe mich der

Umarmung und fächele mir mit der Hand Luft zu. »Es ist verdammt heiß hier drin«, sage ich. »Keine Umarmungen mehr, bis wir eine zentrale Klimaanlage bekommen.«

»Träum weiter«, sagt Sonya, als sie die Tüte mit den Einkäufen aufhebt. »Das gilt für die Umarmungen sowie für die Klimaanlage.«

Der Summer der Haustür ertönt. Sonya hopst los, um aufzudrücken. »Ich habe uns was bei Sweetgreen bestellt«, sagt sie. »Wie wär's, wenn wir auf dem Dach essen? Das schöne Wetter draußen genießen.«

»Jetzt gleich?«, frage ich, da ich gerade angefangen habe, die Einkäufe auszupacken.

»Ja«, erwidert sie. »Jamie wird deine Einkäufe auspacken und die Salate mit nach oben bringen, stimmt's?«

»Klar«, antwortet Jamie schulterzuckend und macht sich daran, die Tüte zu leeren.

»Dann lass uns gehen«, sagt Sonya und zieht mich zur Tür, wo sie mir kaum Zeit lässt, wieder in meine Schuhe zu schlüpfen, bevor wir draußen im Hausflur sind.

Sie zieht mich die Treppe hinauf. »Was ist denn los?«, frage ich.

Als wir oben im Treppenhaus ankommen und vor der Tür stehen, die aufs Dach hinausführt, bleibt sie stehen und lässt meine Hand los. »Bitte verzeih mir, aber ich musste mich noch einmal einmischen.«

Sie drückt die Tür auf, und als ich hinaustrete, erblicke ich Henry, der mitten in unserem Dachgarten steht.

Ich komme mir vor wie vom Blitz getroffen, und mein Herz beginnt zu hämmern.

»Nein.« Ich mache auf dem Absatz kehrt, um zum Treppenhaus zurückzugehen, aber Sonya ist schon dabei, die Tür zu schließen und zu verschwinden.

»Ihr müsst miteinander reden«, ruft sie mir noch zu, ehe die Tür ins Schloss fällt.

Und nun bin ich mit Henry allein auf dem Dach.

Wir starren einander an, während die Sonne auf uns niederbrennt. Seine Lippen sind leicht geöffnet, und da ist ein trauriger Ausdruck in seinen Augen. Der Wind fährt durch sein strubbeliges Haar und presst ihm die Klamotten an den Körper. Ich hasse es, ihn anzusehen. Ich hasse es, dass es etwas mit mir macht.

»Bennet …« Er kommt einen Schritt auf mich zu.

Ich weiche einen Schritt zurück. »Nein.«

Er verharrt. »Lass es mich erklären«, sagt er.

Ich schüttele den Kopf, beiße mir auf die Zunge. »Nein.«

»Bitte«, sagt er flehentlich.

»Du hast mich angelogen! Ich habe dich mindestens hundert Mal gefragt, warum du mir hilfst, und du hast mich jedes Mal angelogen.«

»Nein.« Er verzieht den Mund und runzelt die Stirn. »Ich habe dich beim ersten Mal angelogen. Alles andere, was ich dir nach unserer ersten Begegnung in jener Nacht gesagt habe, war die Wahrheit.« Er bleibt vor mir stehen. Er erweckt den Eindruck, als wolle er die Hand nach mir ausstrecken, wagt es aber offenbar nicht.

»Eine Wahrheit, die auf Lügen fußt, bleibt eine Lüge«, sage ich und haste an ihm vorbei zum Garten. »Ich kann einfach nicht glauben, dass ich für dich immer nur ein Mitleidsdate gewesen bin. Eine Vereinbarung, die du getroffen hast.«

»Das stimmt nicht. Es war nicht irgendeine hinterhältige Vereinbarung«, entgegnet er aufgebracht.

Ich beiße die Zähne zusammen. »Du hast mich reingelegt. Und ich habe keine Ahnung warum. Vielleicht war es irgend so ein soziales Experiment. Um zu sehen, ob du ein trauriges

Mädel dazu bringen kannst, das zu tun, was immer du willst. Ich war bloß eine weitere Geschichte, die du für deine Sammlung haben wolltest.«

»So war das nicht!« Er macht einen winzigen Schritt auf mich zu. »Das schwöre ich dir. Ich hab's dir bloß nicht gesagt, weil ich wusste, dass es dich verletzen würde, und es spiegelt nicht wider, was ich für dich empfinde. Das musst du mir glauben.«

»Na, dann erzähl mir doch mal, wie es wirklich gewesen ist.«

Er schaut weg, blinzelt in die Sonne.

»Die Wahrheit«, sage ich und trete ganz nahe auf ihn zu. Er schluckt, vermeidet immer noch den Augenkontakt. »Wenn ich dir die ganze Zeit über bloß leidgetan habe, Henry, dann würde ich das gern wissen.«

»Die Wahrheit.« Ich sehe, wie sich sein Kiefer anspannt, und er blickt mir endlich in die Augen. »Jamie hat mich tatsächlich gefragt, ob ich mit dir ausgehen würde. Das ist richtig. Und möglicherweise habe ich anfangs zugestimmt, weil Jamie cool ist und ich einer Freundin gern behilflich bin.« Ich verlagere voller Unbehagen das Gewicht von einem Bein auf das andere. »Aber all die Gründe, die ich dir genannt habe, warum ich unser kleines Projekt in die Wege geleitet habe, entsprachen der Wahrheit. Ich war einsam und hatte das Gefühl, auf der Stelle zu treten, nicht voranzukommen, und es war eine willkommene Abwechslung, um nicht zu verzweifeln.« Er runzelt die Stirn und schüttelt den Kopf. »An dem Abend, dem ersten Abend, als uns Jamie verkuppeln wollte, da war ich, ehrlich gesagt, ziemlich nervös. Ich wusste von dir lediglich, dass du die Mitbewohnerin ihrer Freundin warst und dass du Aufmunterung brauchtest. Ich weiß, warum sie gerade mich darum gebeten hat. Weil ich mir nie anmerken lasse, wenn ich

aufgebracht oder traurig bin und die Leute mich für kontaktfreudig und extrovertiert halten oder was auch immer. Aber
ich hatte die Befürchtung, dass ich ihr diesen Wunsch nicht erfüllen konnte, wegen dem, was gerade in meinem eigenen Leben vor sich ging. Aber als du zurückgekommen bist, um dir
dein Portemonnaie abzuholen, und wir uns endlich kennengelernt haben, da … da war ich überhaupt nicht nervös. Du
hast mich zum Lachen gebracht. Hast mich irgendwie umge-
hauen. Und ja, vielleicht habe ich eine Gelegenheit gesehen,
mein Versprechen gegenüber Jamie zu halten und mich mit
dir zu verabreden, aber eins kannst du mir glauben, Bennet,
die ganze Sache wurde für mich sehr, sehr schnell ernst.« Er
räuspert sich und stößt den Atem aus. »Weißt du was? Scheiß
drauf. Karten auf den Tisch.« Er macht einen Schritt auf mich
zu. Da ist eine neue Intensität in seinem Gesichtsausdruck. Er
ist mir so nah, dass ich die Hitze seines Körpers spüre. »Dich
kennenzulernen hat mich süchtig gemacht nach mehr. Wenn
ich mit dir zusammen bin, dann mache ich mir keine Sorgen
um meine Familie oder irgendwelche anderen Dinge. Ich bin
ganz bei mir. Du bist witzig und so anders und so wunderschön, dass ich mir manchmal am liebsten selbst eine kleben
würde, weil ich überhaupt das Wort *Bekannte* in Verbindung
mit dir benutze. Ich begehre dich schon länger, als du glaubst,
und ich konnte es einfach nicht riskieren, dir zu erzählen, worum mich Jamie gebeten hatte.«

»Du hast mich auf der Toilette abblitzen lassen«, erkläre ich
mit bebender Stimme.

»Ich dachte, du wärst noch nicht bereit dazu«, sagt er. »Du
warst immer noch vorsichtig, unsicher. Hast immer noch mit
dir gehadert. Ich wollte kein Fehler sein. Wollte nicht, dass du
irgendetwas bedauerst. Ich wollte alles richtig machen bei dir.
Und dich nicht angetrunken und durcheinander in der Toi-

lette auf einem alten Kahn küssen. Ich wollte, dass du dir ganz sicher bist, dass es das ist, was du willst.«

Mein Herz schlägt bis zum Hals. »Wieso sollte ich dir glauben?«, frage ich.

»Du solltest mir glauben, weil es mich schon tausend Mal seit unserer ersten Begegnung meine ganze Kraft gekostet hat, dich nicht zu küssen. Du solltest mir glauben, weil ich, als Jamie mir gesagt hat, dass du etwas für mich empfindest, einen total peinlichen Freudentanz aufgeführt habe. Und trotzdem habe ich Wochen gebraucht, um den Mut aufzubringen, mich noch einmal mit dir zu verabreden. Du solltest mir glauben, weil es ein Leichtes gewesen wäre, jederzeit in diesem Sommer damit aufzuhören, mich mit dir zu treffen. Wenn mir nichts an dir liegen würde, hätte ich mich nach diesem ersten Wochenende jederzeit verpissen können, aber ich habe eine Entschuldigung gefunden, meinen ganzen Sommer mit dir zu verbringen. Darum hat mich Jamie nicht gebeten. Das hat niemand getan. Ich allein habe diese Wahl getroffen, weil ich in deiner Nähe sein wollte. Die ganze Zeit bei dir sein wollte. Und das will ich immer noch.«

Ich schlucke. Es ist immer noch so kompliziert. »Denkst du jemals, dass …« Ich räuspere mich. »Dass es besser wäre, jemanden zu mögen, mit dem es etwas leichter ist? Jemand, der nicht so verkorkst ist?«

»Nein«, erwidert er kopfschüttelnd. »Nicht für eine Sekunde.«

Mein Herz hämmert in der Brust, dass ich schon befürchte, er könne es hören. Dass es ganz New York hören könnte.

»Du musst mir glauben«, flüstert er. »Es gibt nichts, was ich mehr will als das hier.« Sein Daumen gleitet langsam an meinem Kiefer entlang, nähert sich meinem Mund.

Er zögert, hält inne, bevor er meine Unterlippe streift.

»Aber es kommt darauf an, was *du* willst, Bennet. Wenn du noch nicht bereit bist oder wenn du einfach einen Schlussstrich ziehen willst, dann verstehe ich das. Und wenn du nur mit mir befreundet sein willst, dann werde ich nie wieder ein Wort darüber verlieren. Aber du kannst nicht mit mir flirten oder mich berühren, als würdest du mich begehren, und dann wieder einen Rückzieher machen, als wärst du dir nicht sicher. Das können wir nicht mehr machen. Das halte ich einfach nicht aus. Ich möchte nicht diese Hoffnung in mir tragen, wenn da nichts ist. Du musst es mir sagen, Bennet.« Er hebt die Hand an meine Stirn, streicht mir ein paar Haare aus dem Gesicht, umfasst dann meine Wange. »Sag mir, was du willst.«

Ich bekomme weiche Knie – mein Körper ist total außer Kontrolle. *Sag es. Spuck es aus. Ich will dich. Ich glaube dir.*

Seine Hand wandert von meinem Hals zu meiner Schulter, sein Daumen drückt sich in mein Schlüsselbein. »Ganz egal, was du antwortest, es ist okay.«

Alles in mir schreit danach, meine Hände nach ihm auszustrecken, ihn zu packen und nicht mehr loszulassen, also mache ich einen Schritt nah auf ihn zu, lege einen Arm um seinen Oberkörper, ziehe ihn ganz eng an mich, bis wir Nasenspitze an Nasenspitze sind, wie in dieser schrecklichen Toilette.

»Ich möchte, dass wir mehr als Freunde sind«, flüstere ich.

Er presst seine Stirn gegen meine, und meine Nase streift seine Wange. Wenn ich mich noch einen Millimeter auf ihn zu bewege, werden sich unsere Lippen berühren. Ich weiß, dass er es nicht tun wird. Ich muss es machen. Muss mich nur einen Millimeter bewegen und diese kleine Lücke schließen.

Ich hebe das Kinn, spüre, wie seine Lippen die meinen streifen, so leicht, dass es beinahe nur ein Kitzeln ist. Seine Hände gleiten an meinem Hals und an meinen Armen hinunter, packen mich fester. Er lächelt an meinem Mund. »Ja?«

Ich nicke, kann das Grinsen nicht unterdrücken, das sich auf meinen Lippen ausbreitet. »Ja.«

Er küsst mich. Ein richtiger Kuss, der meine Haut zum Kribbeln bringt, anfangs langsam, aber an Fahrt aufnehmend wie ein Schnellzug. Seine Zunge gleitet zwischen meine Lippen, und ich lege meine Arme um seinen Hals. Wir haben so lange damit gewartet, dass ich es jetzt, wo es einmal in Gang gesetzt ist, nicht mehr zu stoppen vermag.

Er schmeckt wie Zucker und riecht wie Minze, eine würzig-süße Kombination, die Sehnsüchte weckt. Seine Lippen öffnen die meinen, während seine Hände an meinem Körper hinaufwandern bis zu meinem Haar. Seine Zunge presst sich sanft gegen meine, nicht zu fest und nicht zu schwach.

»Darf ich dich hier küssen?«, brummt er, als er an meinem Hals entlanggleitet. Ich neige den Kopf zur Seite.

»Du darfst mich überall küssen«, erwidere ich irgendwo zwischen einem Lachen und einem Stöhnen.

Und das tut er auch. Seine Lippen streifen über meine Wimpern, meine Wangenknochen, mein Kinn, meinen Mund. Mein Mantra wird durch seine Berührungen zum Leben erweckt.

Meine Wangen sind real, mein Kinn ist real, meine Lippen sind real, ich bin real. Ich greife nach seinem Gesicht, seinem Hals. Seine Haut unter meinen Händen fühlt sich rau an. Meine Hände gleiten tiefer, über seinen Oberkörper hinab, und ich genieße jede Erhebung, jeden Muskel, jeden Umriss, bis meine Hände an seinen Gürtelschlaufen landen. *Henry ist real.*

Er schlingt seinen Arm um meine Taille und zieht mich noch näher an sich. Wie kann es jemals genügen, wenn ich Henry küsse? Seine Hände gleiten an meinem Körper hinab und lassen sich dabei Zeit, so als würde er jeden Zentimeter von mir genießen. Sie gleiten tiefer bis zu meinen Oberschenkeln, wo er ein Bein von mir um seine Hüfte legt. Ich schlinge meine Arme um seinen Nacken, klammere mich an ihn, will seine Lippen auf den meinen spüren. Unsere Körper bewegen sich gemeinsam, bis ich über einen der Liegestühle auf dem künstlichen Rasen stolpere.

»Scheiße.« Ich spüre, wie ich nach hinten falle. Doch Henry zieht mich an sich und drückt meinen Kopf gegen seine Brust, während wir gemeinsam umkippen. Er fängt den Sturz mit einem Arm ab, bewahrt mit dem anderen meinen Kopf davor, auf dem harten Untergrund aufzuschlagen.

Und nun liegt er auf mir.

Ich streiche ihm das Haar aus der Stirn, als er auf mich herabblickt. »Alles in Ordnung mit dir?«, fragt er, sucht meinen Körper nach Spuren ab, die der Sturz hinterlassen haben könnte.

»Henry«, sage ich und umfasse sein Gesicht mit beiden Händen. »Es geht mir so was von gut.«

Ich drehe uns, sodass ich oben bin, meine Beine über seinen Hüften gegrätscht auf ihm sitze und seine Schultern auf den Boden drücke.

»Bist du dir sicher, dass es dir gut geht?«, fragt er lachend, die Hände auf meinen Oberschenkeln.

»Ja, wieso?«

»Wir sind in der Öffentlichkeit«, sagt er und reckt den Hals in Richtung der Tür, die aufs Dach hinausführt.

»Es ist ein Privatdach«, murmele ich und presse meine Lippen auf seinen Hals. »Und es ist mir total egal, wer zusieht.« Denn ich will mehr.

Er umfasst mein Gesicht mit beiden Händen und gibt mir einen langen, leidenschaftlichen Zungenkuss. »Ich kann nicht glauben, dass ich dich küsse«, stöhnt er.

All die Male, die ich mich beherrscht hatte, um ihn nicht zu berühren, entladen sich nun in diesem Moment.

Ich bewege meine Hüften vor und zurück gegen seine. »Scheiße, Bennet«, flüstert er.

Ich vergrabe meine Hände in seinem Haar, als er meine Hüften und meinen Hintern umfasst, sich seine Finger in mein weiches Fleisch graben. Ein Träger meines Kleides rutscht von meiner Schulter, und Henry presst seine Lippen auf die Stelle, wo er gewesen war. Ich greife zum Saum seines T-Shirts, ziehe es ihm über den Kopf und spüre endlich die Wärme seiner Haut auf meiner. Ich lasse das Kleid bis zu meiner Taille herabfallen.

Sein Finger zeichnet einen Kreis um meinen Nippel. »Wunderschön«, sagt er.

Dann küsst er mich sanft und zärtlich zwischen meinen Brüsten. Ich stöhne und spüre, wie er sich unter mir bewegt und steif wird.

»Das ist mein Lieblingssamstag«, erklärt er.

»Das sagst du nur, weil ich halb nackt bin.« Ich gebe ihm einen Kuss aufs Kinn.

»Nein.« Er umarmt mich, zieht meinen Körper nah an sich heran und dreht mich auf den Rücken. »Tue ich nicht«, sagt er und legt sich auf mich. Ich schlinge meine Beine um seine Hüften, und er gibt ein Stöhnen von sich. Seine Finger wandern nach unten, und er streichelt sanft über die Innenseite meines Oberschenkels.

»Ist das okay?«, erkundigt er sich, als er seine Finger langsam zwischen meine Beine schiebt.

»Absolut.« Ich spreize die Beine für ihn.

Er schiebt einen Finger unter meinen Slip und streichelt mich sanft mit einer Auf- und Abbewegung. Tänzelt mit seinen Fingern, bis er einen Punkt findet, der meinen Körper erstarren lässt. »Da?«

Ich nicke konzentriert. »Da.«

Er grinst, als er den Druck verstärkt, während er die Stelle weiterstreichelt. Ich konzentriere mich auf dieses Gefühl, die Lust, die ich dabei empfinde. Ich gebe ein kurzes kleines Stöhnen von mir, als er mich dem Höhepunkt näher und näher bringt. Bäume mich auf, während er fortfährt. Aber ich will jetzt noch nicht kommen. Es ist zu früh. »Henry«, sage ich keuchend. »Hast du ein Kondom?«

Er greift in seine Gesäßtasche und zieht ein braunes Lederportemonnaie daraus hervor. *Schneller, schneller, schneller.* Ich will sein Gewicht so bald wie möglich wieder auf mir spüren. Es dauert einen Moment, ehe er ein in Silberfolie eingeschweißtes Kondom hervorzieht und es mir hinhält. Ich mustere es prüfend.

»Das ist schon letztes Jahr abgelaufen.«

Die Erregung schwindet aus seinem Gesicht. »Hast du eins?«

»Ja klar. Das Depri-Mädel und ihre lesbische Mitbewohnerin haben natürlich überall Kondome rumliegen.«

Er setzt sich auf die Fersen und umfasst die Stirn mit seiner Hand. »Shit.« Dann zieht er mir das Kleid wieder über die Hüften herunter.

»Stimmt, Shit.« Ich strecke mich auf dem Kunstrasen aus. Henry legt sich neben mich.

»Bei all meinen Fantasien, in denen ich mir diesen Moment vorgestellt habe, kam diese Version nicht vor«, sagt er.

»Wie hast du es dir denn vorgestellt?«

Er lacht, rückt näher zu mir, bis sich unsere Hände berühren. »In den meisten meiner Fantasien waren wir nicht auf einem Dach.«

»In den meisten?« Ich stupse ihn mit dem Ellbogen.

»Na ja, es gab eine, in der habe ich dich oben auf diesem Wolkenkratzer geküsst.«

Mein Herz schmilzt wie Eiscreme unter einer heißen Schokoladensoße. Ich wende mich ihm zu. Er schaut zu mir herüber.

»Tut mir leid, dass ich unser Date verpasst habe.« Ich tippe mir mit den Fingern gegen die Unterlippe. »Beide Dates, um genauer zu sein.«

Er hebt mein Bein über seine Hüfte, sodass sich unsere Gliedmaßen ineinander verknoten. Gibt mir einen langen, gefühlvollen Kuss, bevor er antwortet. »Ich würde in dieser Bar noch tausend Mal auf dich warten, wenn es bedeutet, dass ich dann hier mit dir zusammen liegen kann.«

Ich lege meine Handfläche auf seine Wange. *Bei mir bist du sicher.* Das sehe ich in seinen Augen, wenn er mich anschaut. Das spüre ich in seinen Küssen. *Bei mir bist du sicher.*

Er blinzelt, und ich spüre, wie seine Wimpern meine Wimpern berühren. »Gehen wir zu mir?«

KAPITEL 26

Wir versuchen, uns in der U-Bahn jugendfrei zu benehmen, aber ich kann einfach nicht aufhören, ihn zu berühren. Ich ziehe Henry auf einen Sitz in der Ecke und lasse meine Lippen an seinem Hals hinaufgleiten. Seine Hand schließt sich mit festem Griff um mein Knie, und er gibt sich geschlagen, presst seinen Mund auf meinen und zieht mich näher an sich heran. Es ist ein atemberaubender, inniger Kuss, der mich wie in ein schwarzes Loch einsaugt. Ich vergesse, dass wir in der U-Bahn sind, vergesse, wohin es geht, vergesse meinen verdammten Namen. Einen Augenblick später zieht er sich ein Stück zurück. Seine Lippen sind rosarot, sein Haar ist zerzaust, und er vergräbt seine Nase in meiner Halsbeuge. »Wenn wir nicht sofort damit aufhören«, flüstert er, und seine Zähne schrammen dabei hinter meinem Ohr entlang, »dann komme ich vermutlich schon, bevor wir überhaupt in meiner Wohnung sind.«

Den Rest der Fahrt nach Inwood sitze ich brav da, mit meinen Händen im Schoß.

Als wir in seinem Apartment sind und die Tür hinter uns ins Schloss fällt, scheint es so, als würde sich diese fieberhafte Energie beruhigen und in einen Moment elektrisierender, fokussierter Stille verwandeln, während wir einander anstarren. Henry presst meinen Körper gegen die Tür und küsst mich sanft, nimmt dabei meine Unterlippe zwischen seine Zähne. Seine Hüftknochen reiben an meinen. Ich bekomme den Stoff seines T-Shirts zu fassen, kralle meine Hand hinein und ziehe ihn näher und näher an mich heran.

»Behandelst du alle Mädels so?«

Er beißt mir sanft in die Seite meines Halses, streicht mir dabei mit der Hand über die Brust. »Ist das ein Versuch, herauszufinden, ob es noch andere Mädels gibt?« Er hebt mich mit einer ruckartigen Bewegung hoch, gibt mir das Gefühl, begehrt und gebraucht zu werden. Ich schlinge meine Beine um ihn und lasse mich von ihm zum Schreibtisch tragen. Dort setzt er mich sanft ab und bleibt zwischen meinen Beinen stehen. »Es gibt nämlich definitiv keine anderen Mädels.«

Ich beiße mir auf die Lippe und ziehe eine Augenbraue in die Höhe, während er mich mustert.

»Was ist?«, fragt er lächelnd. »Was soll dieser Blick?«

Ich greife nach seinem Hosenbund, bewege meine Finger hin und her. Konzentriere mich darauf, sein Shirt in die Höhe zu ziehen. Über seinen Bauch, über das Muttermal auf seiner Brust …

Er streckt die Arme in die Höhe, hilft mir dabei, es auszuziehen.

Ich presse meine Finger in sein Tattoo, spüre die erfreulich harten Muskeln unter der Tinte. Ich küsse ihn dort, entlang der Kontur der Bergkette. Dann wandere ich mit meinen Küssen seinen Arm hinauf über sein Schlüsselbein zu seinem Hals bis hinter sein Ohr. Meine Hände streichen gierig über seinen Körper, über jede Erhebung und jede Vertiefung. Ich küsse ihn überall, wo er mich lässt. Muttermal, Tattoo, Unterarm, Hände.

»Lass dir bloß nicht mehr Tattoos stechen«, sage ich, während ich seine Brust küsse. »Sonst explodiere ich.«

»Memo an mich«, sagt er, während er seine Finger in meinem Haar vergräbt, »mehr Tattoos stechen lassen.«

Ich wende meine Aufmerksamkeit wieder seinem Gesicht zu, diesem Gefühl, zu glänzen, das ich verspüre, wenn er mich ansieht. In seinen Augen bin ich selbstbewusst, mutig, so was wie eine Heldin. Ich lege meine Hand auf den Reißverschluss seiner Hose, streichele ihn sanft von einem Ende zum anderen.

»Ich möchte, dass du dich gut fühlst«, flüstere ich in seinen Hals. Ich greife nach dem Knopf seiner Hose und öffne ihn mit einer Hand. Ziehe langsam den Reißverschluss herunter. So langsam, dass er sich windet.

»Ich fühle mich fantastisch«, stöhnt er.

Ich schiebe meine Hand unter den Gummibund seiner Boxershorts und streiche auf und ab, spüre, wie er von meinen Bewegungen geleitet steif wird. Er streift mir den Träger von der Schulter, umfasst meinen Kiefer mit seiner Hand. Seine Lider öffnen sich flatternd, als er den Kopf zurückwirft.

Ich habe ihm gern beim Schlafen zugesehen. Aber das hier zu beobachten ist viel besser. Ich schlinge meine Beine um seine Hüften und ziehe ihn näher an mich heran.

Er grinst, fasst in eine Schublade neben uns und holt ein Kondom daraus hervor, das er zum Kontrollieren in die Höhe hält. »Ablaufdatum okay?«

Ich werfe einen Blick darauf und schicke ein Stoßgebet zum Himmel, dass es brauchbar ist. *Um Himmels willen, lass uns vögeln können, lieber Gott!* »Einwandfrei.«

Ich hüpfe vom Schreibtisch und kicke meine Schuhe von den Füßen. Henry zieht seine Hose aus, nimmt die Brille ab und wirft sie auf den Nachttisch. Mein Herz schlägt immer schneller. Er wendet seine Aufmerksamkeit wieder mir zu und schaut mich gespannt an. Ich schiebe meine Daumen unter die Träger meines Kleides, lass es zu Boden gleiten, entblöße mich vollkommen vor ihm.

Er nimmt meinen Anblick in sich auf. Sein Haar ist noch zerzauster als sonst. Seine Augen wandern über meinen ganzen Körper, genau wie die meinen über seinen. Ich höre nichts anderes mehr als meinen eigenen Herzschlag in den Ohren.

Er kommt auf mich zu, führt mich rückwärts zum Bett und legt mich auf den Rücken. Während er dasteht, streicht er mit seinen Fingerspitzen innen über die Knöchel meiner Füße und weiter hinauf über meine Waden, Knie, die Innenseiten meiner Oberschenkel und spreizt meine Beine auseinander. Dann krabbelt er über mich hinweg und platziert seine Hände links und rechts von meinem Kopf, sodass sein Gesicht nun genau über meinem ist.

»Hi«, sagt er lächelnd.

»Hi«, erwidere ich, lasse meinen Zeigefinger an seiner Brust hinabgleiten, schlinge dann meine Beine um ihn und ziehe ihn auf mich.

»Langsam«, sagt er und streckt die Hand nach dem Kondom auf seinem Nachttisch aus. »Vergiss nicht, warum wir den ganzen weiten Weg hierher gemacht haben.«

Er reißt die Verpackung auf und reicht es mir. Ich greife zwischen seine Beine, um es ihm überzustreifen. Jetzt steht uns nichts mehr im Weg.

»Bereit?«, fragt er und gibt mir einen Kuss auf die Wange. Ich nicke, platziere mich unter ihm.

Er dringt langsam in mich ein, und ich atme aus, lasse die Luft aus meinen Lungen entweichen, gebe ein Stöhnen von mir, je tiefer ich ihn in mir spüre.

Er küsst meinen Hals, bringt meine Haut zum Glühen, als ich mich aufbäume. Seine Hände umfassen meine Brüste, während er weiter in mich eindringt. Ich werfe den Kopf in den Nacken, meine Hände klammern sich ins Laken, um mit dem Druck zwischen meinen Beinen fertigzuwerden.

»Oh mein Gott«, stöhne ich.

Ich schlinge meine Arme um seinen Hals und verändere die Position meiner Hüften, damit er noch tiefer eindringen kann.

»Oh mein Gott, Henry«, keuche ich.

»Alles okay?«, fragt er und hält inne. »Soll ich aufhören?«

Ich schüttele den Kopf und muss unwillkürlich lachen. »Ich flehe dich an, Henry, hör um Himmels willen bloß nicht auf!«

Ein Lächeln erscheint auf seinem Gesicht. Ein Lächeln, in das sich Verlangen mischt, und ich spüre, wie er sich wieder auf diese wunderbare Weise in mir bewegt.

Meine Beine, die ich um seinen Körper geschlungen habe, beginnen zu zittern, werden mit jedem heftigen Stoß schwächer. Ich habe mich in seiner Nähe nicht mehr unter Kontrolle, kann einfach nicht anders, und das ist ein gutes Gefühl. Ich bin zerbrochen, aber auf eine wundervolle Art und Weise, und all meine Teile spiegeln Licht und Farbe wider, nicht Dunkelheit. Er gleitet in mich hinein und mit jeder Bewegung, jedem Atemzug fühle ich mich von ihm durchströmt.

»Du bist wunderschön«, sagt er, und dabei streichen seine Lippen in einer Weise, die mich verrückt macht, über meine Ohrmuschel. »So wunderschön«, sagt er wieder, sieht mich dieses Mal aber an, fast so, als sei es ihm beim ersten Mal herausgerutscht und er wolle nun beim zweiten Mal sicherstellen, dass ich begreife, wie ernst es ihm damit ist. Ich ziehe ihn wieder zu mir herunter und küsse ihn auf eine so leidenschaftliche Weise, die ihm deutlich machen soll, wie hingerissen ich von ihm bin. Er bewegt sich in mir, als tobe ein Unwetter, vor dem ich keinen Schutz suchen möchte.

Als wir fertig sind, kommt es mir vor, als würde mein ganzer Körper summen. Seine Finger streichen über meine Wangen, tippen sanft auf jede Sommersprosse. Wir sind so nah beieinander, wie es nur eben geht. Ich bin zwar ein Mensch, der

Diskretionsabstand zu schätzen weiß und alle um mich herum auf Distanz hält, aber selbst, wenn ich in Henrys Brust kriechen und dort ein Nickerchen machen könnte, wäre es mir noch nicht nah genug.

Obwohl mir nur für einen Moment die Augen zugefallen waren, vermisse ich sein Gesicht bereits. Als ich sie wieder öffne, lächelt er mich an, das Ohr auf sein Kissen gepresst.

Ich berühre seine Wange, direkt unter seinem Auge. »Ich bin es nicht gewöhnt, dich ohne Brille zu sehen.«

Er lacht. »Ich bin es nicht gewöhnt, dich ohne Klamotten zu sehen.«

Ich lege meine Handfläche auf seine Brust, um zu spüren, wie er atmet. »Was denkst du gerade?«

Er legt die Hand auf meinen Po und zieht mich an sich. »Was für ein wundervoller Anblick.«

Ich verdrehe die Augen. »Etwas theatralisch, findest du nicht?«

Er lacht und stupst mich in die Rippen. Ich gebe ein Quietschen von mir und wühle mich tiefer unter die Decke, bis mein Kopf auf seiner Brust liegt und ich dem langsamen Schlag seines Herzens lausche. Mein eigenes Herz rast, pumpt derartig schnell, dass der einzige Auslöser – wie ich nur allzu gut weiß – das sein kann, was ich für ihn empfinde. Es ist eine Mischung aus Unbehagen und Angst und Panik und was meinem Nervensystem sonst noch so als Gratisbeigabe einfällt.

»Worüber denkst du gerade nach?«, fragt er, scheint zu spüren, dass ich mich zurückziehe. Ich hole tief Luft und sage ihm die Wahrheit. »Ich neige dazu, ständig viel zu viel über alles und jedes nachzudenken, und das ist etwas anstrengend. Ich habe über dich nachgedacht und wie wundervoll du bist und dass ich einfach nicht begreife, wie sich mein Leben so schnell zum Besseren gewendet hat, wo ich doch so lange festgehangen habe. Und ich hatte Angst, dass du etwas in mir sehen könntest, was ich nicht bin, oder dass ich nicht in der Lage sein würde, deinen Erwartungen zu entsprechen. Und ich wollte bloß …« Ich bewege mich, sodass meine Schultern über seinen sind, mein Haar wie ein Vorhang um sein Gesicht fällt.

»Ich wollte, dass du weißt, wie glücklich ich darüber bin, dass wir das hier getan haben, ich aber deshalb auch gerade ein kleines bisschen ausflippe.«

Er streicht mir das Haar hinters Ohr und legt die Hand auf meine Wange. »Wie kann ich dir dabei helfen?«, fragt er.

»Mit Geduld«, erwidere ich, während ich meine Handfläche auf seine nackte Brust lege und die Hitze seiner Haut spüre. »Und Sex.«

»Das kriege ich hin«, sagt er, packt mich im Nacken und zieht mich zu sich herunter, um mich zu küssen. Ich krieche auf ihn und spreize meine Beine über seinen Hüften. Es ist ein tiefer Kuss, und ich lege meine Hände um seinen Kiefer.

»Was möchtest du denn heute machen?«, fragt er, während seine Finger an meinem Rückgrat hinaufstreichen.

»Das hier«, erwidere ich.

»Es ist Samstag«, sagt er, und seine Hände wandern nun an meiner Taille entlang und verharren auf meinen Hüften.

»Und?«

»Der Tag für unser Projekt. Um deine Passion zu finden. Etwas, das dich mit Leidenschaft erfüllt«, erwidert er, verstummt für einen Moment und sieht mich mit hochgezogenen Augenbrauen an.

»Und?«, frage ich wieder.

»Und auch wenn ich gegen diese Form der Leidenschaft hier absolut nichts einzuwenden habe«, fährt er grinsend fort, »hättest du nicht Lust, heute etwas Neues auszuprobieren?«

»Wo wir gerade bei Lust sind«, sage ich und streiche ihm sanft das Haar aus der Stirn.

Er stößt einen Seufzer aus und lässt seinen Kopf wieder aufs Kissen zurücksinken. Ich presse meine Lippen auf seine Brust, spüre die Hitze seiner Haut an meinem Mund. »Ich hatte schon etwas geplant«, sagt er. »Ein Streetfood Festival Downtown. Gerichte aus aller Welt.«

»Wir können uns ja auch Essen bestellen«, erwidere ich. »Lass uns doch unsere eigene kulinarische Weltreise durch die Restaurants in deinem Viertel machen, ohne diese Wohnung auch nur eine Sekunde zu verlassen. Komm schon. Das zählt doch definitiv auch!«

Er grinst, und seine Hände wandern von meinen Hüften über meine Oberschenkel hinab und wieder herauf. »Es hätte auf jeden Fall gezählt, auch ohne bestelltes Essen.«

»Prima.« Ich beuge mich hinunter, um mich wieder eingehender mit ihm zu beschäftigen.

»Super«, sagt er, zieht die Decke von meinem Rücken und setzt mich damit der Luft aus.

»Ja, echt toll«, erwidere ich. »Und jetzt besorg uns noch ein Kondom.«

Er lacht und küsst mich auf die Nase. »Ich mag dich wirklich.«

Meine Haut kribbelt. »Ich mag dich auch«, erwidere ich.

Ich mag dich. Die meisten Leute haben kein Problem, das zuzugeben. Schulkinder schreien es sich schon auf dem Schulhof zu. Menschen schicken Serienkillern Liebesbriefe ins Gefängnis. Aber für mich ist es ein Schritt, von dem ich nicht gedacht hätte, dass ich ihn noch einmal mit jemandem tun würde.

Er greift sich das Kondom mit einer Wischbewegung vom Nachttisch und streift es sich unter mir über. Ich lasse mich langsam auf ihn hinabsinken, spüre, wie er mich ausfüllt. Es ist ein Ausatmen, eine Befreiung, ein Moment der Erleichterung für uns beide.

»Oh ja«, sagt er und saugt seinen Atem ein. »Das zählt definitiv.«

Ich gebe ein prustendes Lachen von mir, als ich mich auf ihm zu bewegen beginne. Seine Finger klammern sich in meine Oberschenkel, leiten mich an. »Ich wusste, dass du es einsehen würdest.«

»Mmm«, brummt er zustimmend. »Du kannst sehr überzeugend sein.« Er zieht mich herunter, sodass meine Brust gegen seine gepresst wird. Das hier ist erst unser zweites Mal, und die Vorstellung, dass es mehr hiervon geben könnte, geben *wird*, bringt meinen ganzen Körper zum Glühen. Er schaut mich durch seine langen Wimpern an, schlingt seinen Arm um meine Taille und dreht uns beide, presst mich mit einem schnellen Manöver in mein Kissen. Seine Küsse sind sanft und zärtlich. Wenn ich ihn küsse, bekomme ich einen Tunnelblick, so als wären seine Lippen das Einzige, was zählt auf dieser Welt, und ich würde ihm immer weiter verfallen.

Ich kann nicht aufhören, daran zu denken, wie viel Spaß das hier macht, dass ich diese winzige Wohnung am liebsten gar nicht mehr verlassen würde und dass Leidenschaft ein Vergnügen sein kann, wenn man es zulässt.

Wir schwitzen gemeinsam, lachen gemeinsam, atmen gemeinsam, bis die Sonne tief am Horizont steht und der Mond stolz am Himmel hängt. Als wir zwischendurch mal eine Pause machen, setzen wir uns, in Laken gehüllt, auf den Boden und probieren Lumpia vom philippinischen Restaurant an der Ecke, Birria-Tacos aus einem kleinen Taco-Shop, Pommes frites von McDonald's (ja, das zählt als international, weil sie französisch sind) und eine Laugenbrezel mit Schnitzel aus dem Biergarten ein paar Straßen entfernt. Zum Dessert lassen wir uns noch über den Lieferdienst Postmates Bananenpudding von der Magnolia Bakery kommen und trinken Wein, den Henry vom L'Italiano hatte mitgehen lassen.

Ich erzähle ihm, wie Sonya und ich einmal während Mathe beim Simsen erwischt worden waren und der Direktor unsere Handys einkassiert hatte. Henry erzählt mir, wie sich seine Eltern kennenlernten und dass sie schon immer Kinder haben wollten, aber nicht wussten, ob es ihnen vorherbestimmt war, bis sie Henry bekamen. Ich kleckere etwas Fleischbrühe auf das T-Shirt, das Henry mir geliehen hat, und als ich lauthals verkünde, dass ich eine Chaotin bin, mahnt er mich: *Sag das bloß nie wieder über jemanden, den ich so gernhabe.* Und ich erkläre mich einverstanden, so etwas nie wieder zu sagen.

Ich habe das Gefühl, nach einer langen Reise zu ihm zurückzukehren, so als hätte ich ihn in einem früheren Leben kennengelernt und nicht erst vor ein paar Monaten. Es ist eine Art von Vertrautheit, die ich in mir trage und die mich von innen heraus wärmt. Ich frage mich, ob Henry das auch so empfindet.

Die Geräusche New Yorks rumoren unter uns. Sirenen von Rettungsdiensten sind zu hören. Ein Wagen stoppt an der Kreuzung, und ich kann die Vibrationen der Musik durch die Wände von Henrys Wohnung spüren. Ich atme Henrys Duft ein, lasse zu, dass er meine Lungen füllt, meinen Körper, mein ganzes Leben durchströmt.

Zum ersten Mal seit sehr langer Zeit habe ich an diesem Ort, mit diesem Menschen das Gefühl, als wäre ich genau dort, wo ich sein soll.

KAPITEL 27

Als ich meine Wohnung betrete, lasse ich die Tür hinter mir zuknallen. Sonya soll wissen, dass ich zu Hause bin. Sie soll wie ein Kuckuck aus der Uhr aus ihrer Zimmertür hervorspringen.

Die Türklinke klickt, und sie kommt ins Wohnzimmer getappt.

»Kannst du mir mal bitte sagen, wo du die letzten beiden Tage gesteckt hast?«, fragt sie. »Und das im selben Kleid, in dem ich dich zuletzt gesehen habe.«

Ich lasse meine Tasche aufs Sofa fallen und hole mir einen Eisbeutel aus dem Gefrierschrank.

»Ist Jamie hier?« Ich lasse mich auf den Futon fallen und platziere den Eisbeutel auf meiner Brust.

»Versuch nicht, der Frage auszuweichen. Du bist weg, seit ich Henry aufs Dach geschmuggelt habe. Und das war vor zwei Tagen. Bist du sauer?«

»Nein.« Ich halte mir die Hände vors Gesicht und breche in ein hysterisches Lachen aus. »Ich bin definitiv nicht sauer.«

»Bennet, habt ihr's endlich getan?«, kreischt sie. Ich kriege mich vor Lachen gar nicht mehr ein. Es ist ein nervöses Lachen, aber ich kann einfach nicht aufhören. »Bennet! Oh mein Gott!«

»Das ist wirklich albern.« Ich wische mir eine Träne aus dem Auge.

»Habt ihr miteinander geschlafen?«

Ich spähe zwischen meinen Fingern hervor, schaffe es nicht, mein breites Grinsen zu verstecken. »Möglicherweise.«

»Ich bin so stolz auf dich, ich könnte heulen.« Sie macht es sich neben mir auf dem Sofa bequem. »Ich habe dich noch nie so erlebt. Zumindest nicht seit Sam.«

»Wie denn?«

»Ich weiß auch nicht.« Sie umfasst ihr langes Haar mit einer Hand, hält es im Nacken in die Höhe und fächelt sich dort Luft zu. »So aufgedreht.«

Ich weiß, dass sie recht hat. Seit meinem Umzug nach New York war ich in einer festen Beziehung mit meinem Kummer gewesen, und Henry hatte aus mir ein rührseliges Häufchen Hoffnung gemacht.

»Ja«, sage ich lächelnd. »Kann sein.«

»Das ist mein Ernst. Seit er in dein Leben getreten ist, lachst du mehr. Und du bist endlich aus deinem Schneckenhaus herausgekommen.«

Ich platziere den Eisbeutel auf meiner anderen Brustseite.

»Ist das antifeministisch?«, frage ich, und das ist keine Scherzfrage.

»Was denn?« Sonya sieht mich irritiert an.

»Dass mich ein Mann so glücklich macht?«

Sie gibt ein Schnauben von sich und verdreht die Augen. »Jamie macht mich auch glücklich, und sie ist definitiv kein Mann.«

Ich beiße mir auf die Lippe. »Es fühlt sich so … falsch an.«

Sie legt ihre Beine über meinen Schoß. »Ich glaube, das ist bloß Liebe.«

»Ich habe nichts von Liebe gesagt.«

»Das musstest du auch gar nicht.« Sie grinst wie ein kleiner Dämon.

Ich schneide eine Grimasse. »Krass.«

»Ich weiß. Echt übel.«

»Henry sollte nicht meine einzige Glücksquelle sein. Ich will mich, was das angeht, nicht nur auf ihn verlassen.«

»Sieh es doch mal so.« Sie legt auf meinem Schoß einen Fuß über den anderen. »Stell dir vor, deine Seele ist aus einem Bündel Streichhölzern gemacht. Sie brennen aber nicht, Sie sind einfach da. Kannst du mir folgen?«

»Bis jetzt schon.«

»Jedes Streichholz steht für etwas in deinem Leben. Ein Streichholz für Liebe, eins für Familie, eins für Karriere und für all den anderen Kram, der uns Erfüllung bringt. Hörst du mir noch zu?«

»Mm-hm.«

»Du hast Wasser über deine Streichhölzer gegossen, damit sie sich nicht entzünden können, denn Feuer ist etwas Furchteinflößendes, und du könntest dich verletzen, aber Streichhölzer wollen nicht nass sein, sie wollen brennen. Und es genügt, wenn nur ein einziges kleines Streichholz entzündet wird, denn dann ist es wie ein Dominoeffekt, und all die anderen Streichhölzer entzünden sich ebenfalls. Das Einzige, was du tun musst, ist, dieses erste Streichholz anzuzünden.«

Ich verziehe das Gesicht und muss im selben Moment ein Lächeln unterdrücken bei der Erinnerung an Henry, der mich wegen meines zerknitterten Gesichtsausdrucks zur Rede gestellt hatte.

»Henry könnte derjenige sein, der das bei dir bewirkt«, fährt Sonya fort. »Ebenso wie tausend andere Sachen. Aber du musst aufhören, Wasser auf deine Streichhölzer zu gießen, sonst wird niemals was passieren, und du wirst in einem ewigen Kreislauf der Traurigkeit gefangen sein, bis du einsam und allein in deinen eigenen Exkrementen stirbst.«

Ich erschaudere. »Gruselig. Wann hast du dir denn diese Analogie einfallen lassen?«

»Oh, die habe ich gerade erst aus dem Ärmel geschüttelt. Beeindruckt?«

»Schon ein bisschen, ja.«

Sonya schwingt ihre Beine von meinem Schoß und steht auf. »Ich werde mal bei Jamie im Coffeeshop vorbeischauen.« Sie schnappt sich ihre Handtasche von einem Haken neben der Tür. »Denk drüber nach, okay? Zünde ein Streichholz an.«

»Grüß Jamie von mir.«

»Darf ich ihr erzählen, dass du endlich den heißen Typen gevögelt hast, mit dem du schon seit Mai flirtest?«, ruft sie mir aus dem Flur zu.

»Lautstärke, Sonya!« Die Tür fällt ins Schloss, bevor sie antworten kann.

Ich öffne die Tür des Gefrierfachs und stecke meinen Kopf hinein. Streichhölzer mögen ja hell brennen, aber erlöschen sie nicht auch schnell wieder? Und was passiert dann?

Die Vergangenheit ragt immer noch drohend über mir auf – ein Schatten, den ich nicht loswerde, nicht einmal mit der Helligkeit, die Henry in mein Leben bringt. Ich könnte ihn jeden Moment wieder verlieren. Ist es nicht im Grunde das, was ich tue? Menschen wegstoßen? Ausschau halten nach dem, was schiefgehen könnte? Hatte ich das nicht auch mit Sam gemacht? Mit Andy? Und mit Sonya und Jamie?

Ich möchte glücklich sein, das weiß ich. Und auch, dass ich tief in meinem Inneren, mit jeder Faser meines Seins, wieder Gutes erfahren will, wieder lieben will. Und dennoch gibt es da etwas, das mich davon abhält, nachzugeben. Ein Durcheinander in meiner Hirnchemie, das diese Konzentration aus Leid und Schmerz bewirkt. Als würde ich es nicht verdienen, anders zu leben.

Ich krieche in mein Bett. Meine Klamotten riechen nach Henrys Waschmittel, und ich versuche, nicht über die zahllosen Möglichkeiten nachzudenken, wie ich das Ganze vermasseln könnte.

KAPITEL 28

Ich treffe Henry täglich.

Jetzt, wo die ganze Sache mit Jamie, Sonya und Henry ans Licht gekommen ist, fühlt es sich fast so an wie ein Seufzer der Erleichterung. Henry passt zu uns. Er hat sich *Mamma Mia* und auch *Mamma Mia! Here We Go Again* von Anfang bis Ende angeschaut. Und der Hammer ist: Es hat ihm gefallen!

Ich spüre, wie ich tiefer und tiefer in die Sache hineingerate. Ihn immer mehr will. Wir beide haben uns Terence und seine Band, die Curtanas, in Arlene's Grocery angeschaut. Ich konnte Henry gar nicht mehr von der Tanzfläche herunterbekommen, und wir beide haben ordentlich abgerockt. Wir sind noch einmal zum Tierheim zurück, um mitzuerleben, wie Fred offiziell seinem neuen Besitzer übergeben wurde, und wir hatten beide feuchte Augen, als die beiden die Straße hinuntertrotteten und in der Menge verschwanden. Henry hatte auf dem ganzen Rückweg nach Hause *The Way You Look Tonight* vor sich hingepfiffen – eine Hommage an unseren alten Freund Fred auf seinem Weg nach Hause. Wir sind Arm in Arm über den Nachtmarkt in Queens spaziert, haben den Duft von süßsalzigem Popcorn, Teigtaschen, Kebab und den Rauch von den Holzkohlegrills der Verkäufer eingeatmet.

Aus unserem kleinen Projekt, meine Passion zu finden, sind gemeinsame Nächte, Küsse zwischen U-Bahn-Haltestellen, Abendessen im L'Italiano geworden. Es hat sich verwandelt in Morgensex und Nachmittagskaffee. Faule Tage, an denen wir den Körper des anderen erkunden, unsere Vorlieben und Abneigungen herausfinden und wie wir einander zum Höhepunkt bringen. Er erzählt mir Geschichten über Denver, über die Wanderungen mit seinem Vater, und ich zeige ihm Fotos von meiner Familie, von Andy und dem Rest der Familie Chase.

Und ich traue mich jetzt auch, etwas allein zu unternehmen. Letzte Woche habe ich einen Töpferkurs in Queens gemacht. Die Woche davor habe ich in einem Workshop gelernt, wie man selbst Nudeln herstellt. Ich habe einen Last-Minute-Platz für eine Broadway-Show in der letzten Reihe erstanden und am Ende leise geweint. Ich habe ein Gedicht vor allen Gästen in einem Coffeeshop vorgetragen. Habe einen halben Tag zwischen den Bücherregalen vom Strand Bookstore verbracht, der größten Buchhandlung New Yorks, und in Chinatown meine Aura lesen lassen. Ich habe sogar eine Brezel von einem Straßenhändler gegessen, und die war, ehrlich gesagt, nicht mal so schlecht.

Sonya bringt mir jetzt das Stricken bei, und ich habe wieder damit anfangen, Playlists für sie zu machen.

Nach jeder meiner Exkursionen klingele ich an Henrys Tür. Für gewöhnlich treffe ich ihn unrasiert und in Joggingklamotten an, wie er bearbeitete Aufnahmen von einem Fotoshooting durchgeht. Er zieht mich an sich und küsst mich, als hätte er mich vermisst. Wirklich vermisst. Und er fragt mich, ob ich meine Passion gefunden habe, aber ich schüttele jedes Mal den Kopf. Noch nicht.

Heute Morgen sind wir bei mir.

»Könntest du mir einen Löffel geben?«, fragt er, während er sich einen Kaffee aus meiner French Press einschüttet.

»Mm-hm.« Ich gähne. Ich muss in einer Stunde in der Bibliothek sein, und Henry hat Spätschicht im Restaurant, was bedeutet, dass wir die Nacht getrennt voneinander verbringen werden.

Meine Finger streifen an einem Stück Pappe in der Besteckschublade entlang. Ich ziehe es hervor. Halte es vorsichtig zwischen Zeigefinger und Daumen in die Höhe, als könnte es jeden Moment explodieren. Es ist die Einladungskarte zu Andys Hochzeit. Die hatte ich total vergessen. Oder ehrlich gesagt, nicht vergessen, sondern ignoriert.

Die Familie Chase. Wie könnte ich ihr gegenübertreten? Diese unglaublich liebevolle Familie, deren Verschwinden aus meinem Leben allein auf mein Konto ging. Ich habe ein mulmiges Gefühl in der Magengrube. Ich bin in New York, der Stadt, in der ich eigentlich mit ihrem Sohn leben wollte, mit einem anderen herumgehüpft. Und bin dabei glücklich gewesen. Das muss ihnen doch wie ein Schlag ins Gesicht vorkommen.

Henry tritt hinter mich, gibt mir einen Kuss auf den Nacken, und die Gedanken in meinem Kopf kommen zur Ruhe. »Sonya ist doch nicht hier, oder?«, flüstert er.

»Nein.« Ich ziehe seine Arme um meine Schultern, schmiege mich an ihn.

Seine Hände gleiten an meinem Körper herab, und er presst seine Handflächen gegen meinen Bauch. »Ich werde dich heute Abend vermissen«, flüstert er und knabbert an meinem Ohr.

»Kusch! Ich muss mich für die Arbeit fertig machen«, sage ich, entziehe mich seiner Umarmung aber nicht.

»Scheiß auf die Arbeit«, sagt er. Eine seiner Hände gleitet an meinem Körper hinauf und landet auf meiner Brust. Seine Finger umkreisen sanft meinen Nippel durch das Shirt. »Was ist das?«, fragt er, als er die Karte bemerkt.

Der Augenblick ist gekommen. Ich kann die Sache nicht mehr länger hinausschieben. »Die Hochzeitseinladung.«

Ich wende mich ihm mit der Karte in der Hand zu.

»Ich mache mich echt gut auf Hochzeiten«, sagt er grinsend. Seine strahlenden Augen brennen mir ein Loch ins Herz. »Und die Eltern lieben mich.«

»Meinst du nicht, es wäre vielleicht etwas … schräg, wenn ich meinen neuen … äh … *was auch immer* zur Hochzeit der Schwester meines toten Ex-Freundes mitbringe?« Ich hatte ihn zwar schon mal gefragt, ob er Lust hätte mitzukommen, aber jetzt, wo sich unsere Beziehung geändert hat, fühlt es sich irgendwie seltsam an.

Er weicht ein wenig zurück und reibt sich über den Kiefer. »Du möchtest also nicht, dass ich mitkomme?«

»Nein, so ist das nicht.« Ich atme tief durch. »Wäre es unangebracht?«

»Kommt drauf an.« Er zuckt mit den Schultern. »Was meinst du denn mit *mein was auch immer*?«

Ich verschränke meine Arme vor dem Bauch. »Keine Ahnung.«

»Also eigentlich habe ich mit Semantik nichts am Hut, aber wenn du damit meinst, *der Typ, der bloß ein Bekannter ist, mit dem ich schlafe*, dann würde ich sagen, dass ich nicht mitkommen sollte. Aber wenn du damit deinen *festen Freund* meinst …« Er lächelt verlegen. »Dann fände ich das toll.« Er verstummt einen Moment, als er mein Zögern bemerkt. »Es sei denn, du willst es nicht offiziell machen.«

»Keine Ahnung«, erwidere ich, weil das die Wahrheit ist. »Ich habe Angst.«

»Das ist schon okay.« Sein Gesicht hellt sich auf. »Alles, was wert ist, getan zu werden, ist immer auch ein bisschen beängstigend.«

»Was ist, wenn wir Schluss machen?«

»Was ist, wenn alles gut läuft und wir glücklich sind?«, fragt er zurück und umfasst mein Gesicht mit seinen Händen.

Ich schließe die Augen, stelle mir vor, wie es sein würde, und komme zu dem Schluss, dass es nicht so viel anders wäre als jetzt. Alles, was wir in diesem Sommer unternommen haben, hatte mir ein bisschen Angst gemacht, aber es war die Sache auch wert gewesen. Ich war einige meiner Ängste angegangen – hatte unter anderem an der Seite eines Wolkenkratzers gebaumelt und es geschafft.

Als ich die Augen öffne, blickt er hoffnungsvoll auf mich herab, und ich verspüre den gleichen Adrenalinkick wie auf dem Dach.

»Okay«, sage ich mit etwas belegter Stimme.

»Okay?« Da ist ein Leuchten in seinen Augen, und seine Lippen verziehen sich zu einem Grinsen.

Ich lege meine Hände um sein Gesicht und küsse ihn. Seine Arme schlingen sich um meine Taille, und er drückt mich an sich. Wie kann er nur schon am Morgen so gut schmecken? Es ist Kribbeln, Wärme, gebutterter Toast. »Ja«, sage ich.

»Du bist meine Freundin«, flüstert er zwischen Küssen.

Das war ich bisher immer nur für Sam gewesen. Mir wird für einen Moment schwindelig, als ich es wieder höre. Wieder bin.

Er trägt mich ins Wohnzimmer, legt mich aufs Sofa. Ich ziehe ihm das T-Shirt über den Kopf. Freundin.

Seine Hände gleiten über meinen Rücken, verharren leicht auf meinen Hüften. Ich greife zwischen seine Beine, stelle erfreut fest, dass er schon bereit ist und ich nicht mehr lange warten muss, bis ich ihn in mir spüre.

Ich angele mir meine Handtasche vom Fußboden, hole ein Kondom daraus hervor und helfe ihm, es überzustreifen.

Er zerrt mir die Pyjamahose herunter und wirft sie zur Seite. Ich ziehe seine Hüften an mich, schlinge meine Beine um ihn. Das Sofa ächzt unter unserem Gewicht. Soll es doch zusammenbrechen. Das ist mir egal.

»Meine Freundin« haucht er, als er in mich eindringt. Ich klammere mich an seine Schultern und wünsche mir, dass die Tatsache, Henrys Freundin zu sein, die Angst verschwinden lässt.

#

In der Bibliothek öffne ich die Hochzeitswebsite und stütze das Kinn in die Hand. Ich werfe einen kurzen Blick auf die Verlobungsfotos, die so bunt und fröhlich wirken, dass sie einem förmlich entgegenspringen. Andy und Theo sehen so glücklich aus, dass ich heulen könnte.

Als ich die Zeilen über ihre Hochzeitsparty lese, stelle ich beschämt fest, dass ich keinen, der dort erwähnt ist, mehr kenne. Wie hatte sich Andys Leben bloß in ein paar Jahren derart verändern können? Theos Bruder Alonzo ist der Brautführer und eine Frau namens Vanessa ihre Trauzeugin. Es gab einmal eine Zeit, da hatte sie mich für den Fall der Fälle als Trauzeugin auserkoren und Sam als ihren Brautführer. Keiner von uns beiden wird nun eines davon sein.

Ich scrolle bis zum Ende der Seite hinunter, und da sehe ich es. Ein kleines Foto von Sam. Darüber steht zu lesen: Samuel Chase, Ehrenbrautführer. Ich presse die Lippen aufeinander. Ich habe dieses Foto seit Jahren nicht mehr gesehen. Habe es nicht über mich gebracht, es mir anzuschauen. Er ist darauf in Anzug und Krawatte zu sehen und steht vor einem blühenden Hortensienbusch. Es ist auf der Abschlussfeier aufgenommen worden. Ich hatte ihm an jenem Tag die Krawatte gebunden.

Ich weiß noch, wie ich ihm dabei zugesehen hatte, als er die Bühne betrat – meine Kehle war wie zugeschnürt gewesen aus Angst vor dem Unbekannten, was danach folgen würde. Ich weiß noch, wie stolz ich war, aber egoistischerweise auch traurig, weil ich wusste, dass sich nun alles ändern würde. Andy und ich saßen zusammen mit Mr. und Mrs. Chase im Publikum, und wir alle vier versuchten, unsere Tränen vor den anderen zu verstecken und die Emotionen, die mit dem Erwachsenwerden und Eigene-Wege-Beschreiten einhergehen. Nach der Zeremonie nahmen sie mich zum Essen ins Restaurant mit, und es kam mir so vor, als wäre die Zeit für einen Moment außer Kraft gesetzt. Ich wünschte, ich könnte ewig an diesem Tisch sitzen, eingequetscht in einer Restaurantnische zwischen Sam und Andy, meinen Eistee trinken und Fritten knabbern.

Ich scrolle weiter runter, um den Text zu lesen.

Bruder der Braut.
Samuel Chase starb bei einem tragischen
Unfall, aber für die Familie ist er
stets allgegenwärtig.
Um ihn zu ehren und bei jedem
ihrer Schritte dabeizuhaben,
wird die Braut ein kleines, in
ihr Kleid eingenähtes Stoffstück aus
einem seiner Baseballtrikots tragen.

Meine Atmung wird flacher, und ich bekomme einen Kloß im Hals. Ich verlasse die Seite und tue so, als hätte ich es nicht gesehen. Meine Finger zittern, als ich zum RSVP-Bereich runterscrolle und meinen Namen im Computersystem entdecke.

Ich klicke auf »Ja« für das Probeessen und wähle Hühnchen für mich und Steak für Henry, sodass wir teilen können.

Oh Gott, was werden sie wohl über mich denken?

Die Familie Chase hatte mich vom ersten Moment an als Sams Freundin akzeptiert. Ich war an Geburtstagen und zu Weihnachten mit Geschenken überhäuft und zu Familienurlauben eingeladen worden. Sie liebten mich, weil Sam mich liebte. Nannten mich ihr drittes Kind.

Konnte es da okay sein, einen anderen Mann zu dieser Hochzeit mitzubringen? Mit einem neuen Freund aufzutauchen, der nicht ihr Sohn ist, nachdem ich so lange nichts mehr von mir hatte hören lassen!

Henry einzuladen, war eine spontane Entscheidung gewesen. Ich dachte, er wäre der perfekte Mensch dafür, da ihn jeder immer sofort ins Herz schloss. Als ich ihn fragte, war ich davon ausgegangen, einen neuen Bekannten vorzustellen, den ich in New York kennengelernt hatte, und nicht etwa meinen neuen Freund. Das ist ein gewaltiger Unterschied. Ein Bekannter hätte ihnen signalisiert, dass ich dabei war, mein Leben wieder in den Griff zu bekommen. Aber ein neuer Freund bedeutete, dass ich über ihren Sohn hinweg war. Glücklich war, statt zu trauern.

Ich ziehe mein Handy aus der Tasche und öffne meinen Chatverlauf mit Andy.

Bist du immer noch unter derselben
Adresse zu erreichen?
Schicke bald die Einladungen raus.

Ich hatte nie darauf geantwortet. Manchmal benahm ich mich wirklich wie der letzte Penner. Ich überlege hin und her, ob ich die Tatsache, dass ich ihr nie geantwortet hatte, eingestehen oder einfach so tun sollte, als ob es nie passiert wäre und ihr mitteilen, dass ich zur Hochzeit kommen würde. Ich überlege so lange, dass sie mir zuvorkommt und der Nachrichtenton meines Handys ertönt.

Habe gerade deine RSVP-Reservierung
erhalten. Du kommst also? In Begleitung?

Ich habe das Gefühl, als würden sich meine Lungen zusammenziehen. Andy textet erneut.

Wen bringst du mit?

Wie zum Teufel soll ich das erklären? Ich habe das Ganze nicht gründlich durchdacht. Ich tippe meine Antwort.

Meinen neuen Freund.
Was mir wie ein totaler Verrat an dir
und deiner Familie vorkommt, weil ich
mit deinem Bruder zusammen war und der
jetzt deshalb tot ist.

Löschen.

Kann es kaum abwarten, dir meinen neuen
Freund unter die Nase zu reiben, nachdem ich
auch schon schuld daran war, dass unsere
Freundschaft in die Brüche gegangen ist.

Löschen, löschen, löschen.
Ich umklammere mein Handy mit beiden Händen und kneife die Augen zu. Panik steigt in mir auf, bis ich das Gefühl

habe, zu ersticken, dass mein Gehirn keinen Sauerstoff mehr bekommt.

> Die Begleitung ist nur ein Bekannter.

Senden.

Sofort fängt es an, in meinem Bauch zu rumoren. Ich bin mir ziemlich sicher, dass es die schlechteste Wahl war zu lügen, und gerade dafür habe ich mich entschieden. Henry ist alles andere als nur ein Bekannter, und ein Blick darauf, wie wir miteinander umgehen, wird das überaus deutlich machen. Ich schaue in meine Nachrichten, ob vielleicht ein Wunder geschehen ist, und ich sie gar nicht abgeschickt hatte, aber Andy ist bereits dabei, ihre Antwort zu tippen.

> Einer meiner Cousins hat im letzten
> Moment abgesagt, und wir hätten ein Zimmer
> für deinen Bekannten übrig. Kostenlos.
> Interessiert?

Man teilt sich eigentlich kein Zimmer mit Bekannten, oder? Nicht, wenn einem die Braut persönlich eins umsonst anbietet. Diese Lüge hat sich bereits verselbstständigt, und dabei habe ich sie erst vor zwei Sekunden in die Welt gesetzt.

> Danke, aber ich komme schon klar.

Andy schreibt zurück.

> Ich weiß doch, wie wichtig dir dein
> persönlicher Freiraum ist. Schick mir
> einfach seinen Namen.

319

Es hat keinen Sinn, mit ihr zu diskutieren. Sie ist die Braut. Die Braut gewinnt immer.

Henry Adams.

Die blauen Punkte tauchen unten auf dem Display auf, und dann erscheint Andys Nachricht.

Schicke dir die Bestätigung zu.

Mein Herz hämmert wie ein Presslufthammer. Sie textet erneut.

Am Wochenende wird ziemlich
viel los sein, aber ich würde gern mal
wieder mit dir quatschen.
Sonntagmorgen?

Ich beiße mir auf die Lippe und hoffe, dass sie nicht blutet.

Das wäre toll.

Innerhalb von Sekunden erhalte ich die Bestätigung des Hotels in L. A. für ein Zimmer unter meinem Namen und ein weiteres unter Henrys. Ich lasse meinen Kopf auf den Tisch vor mir sinken und zerfließe für ein paar Sekunden in Selbstmitleid, dann schaffe ich das Handy außer Sichtweite. Ich kann seinen Anblick gerade nicht ertragen.

Wie soll ich Henry die beiden Hotelzimmer erklären? Wenn ich ihm gestehe, dass ich Andy angelogen und ihr erzählt habe, dass er bloß ein Bekannter von mir ist, dann werde ich *ihn* damit verletzen. Wenn ich Andy gestehe, dass ich sie angelogen habe und Henry in Wahrheit mein Freund ist, dann werde ich *sie* damit verletzen. Ich versuche doch eigentlich, diese Beziehung zu retten und nicht in Brand zu setzen.

Reiß dich zusammen, Bennet.

Wird schon schiefgehen, und Henry wird nicht sauer auf mich sein, dass ich zwei Hotelzimmer gebucht habe. Und Andy wird nie herausfinden, dass Henry mein Freund ist. Und Schweine können fliegen und tanzen Macarena.

Ich stütze meine Ellbogen auf den Schreibtisch und vergrabe mein Gesicht in den Händen. Wieso nur baue ich immer wieder solchen Mist?

KAPITEL 29

Ich habe die billigsten Flüge gebucht, die ich finden konnte. Henry starrt aus dem Fenster. Seine Finger trommeln nervös auf die Armlehne zwischen uns.

»Alles in Ordnung bei dir?«, frage ich, als wir in der Luft sind. Er hatte trotz seiner Höhenangst darauf bestanden, am Fenster zu sitzen statt am Gang, damit ich nicht erst über ihn hinwegkrabbeln musste, um zur Toilette zu gehen.

»Ja.« Er nickt. »Höhen machen mir nicht so zu schaffen, wenn ich irgendwo drin bin. Statt ohne Sicherheitsnetz auf dem Dach eines Wolkenkratzers zu stehen, weißt du?«

Ich lache. »Wir haben es aber beide überlebt, stimmt's?«

»Ja, haben wir.« Er greift über den Sitz und drückt mein Knie. Ich lehne meinen Kopf an seine Schulter und spüre sofort diese Gelassenheit, die sein Körperkontakt mir schenkt. Zwei Reihen hinter uns schreit ein Baby, und ein Mann auf der anderen Seite des Ganges vertilgt ein widerliches Sandwich, aber mit meinem Kopf an Henrys Schulter beruhigt sich die Welt ein bisschen. Vielleicht wird dieses Wochenende ja doch keine Katastrophe. Durch das Fenster auf seiner Seite erhasche ich einen Blick auf die Erde unter uns und schaue danach auf den Bildschirm des Bord-Trackers in der Rückenlehne des Sitzes vor mir.

»Das ist Colorado«, sage ich und zeige aus dem Fenster. Er lächelt und schaut hinaus. »Stimmt.«

»Vermisst du es?«

»Ja.« Er starrt weiter aus dem Fenster. »Eines Tages werde ich dich nach Denver mitnehmen, und wir gehen zusammen wandern.«

»Ich bin total außer Form. Vermutlich würdest du mich gleich abservieren.«

»Es ist die Sache wert, glaub mir«, sagt er und wendet sich mir wieder zu. »Wie hat es Jane Austen noch formuliert? *Was sind Männer im Vergleich zu Felsen und Bergen?*«

»Warte mal.« Mein Herz schlägt schneller. »Nein, oder?«

Er nickt zufrieden. »Hm-hm.«

»*Stolz und Vorurteil.* Du hast den Film gesehen?«

»Ich habe das Buch gelesen und den Film gesehen. Ich wollte wissen, wo dein Name herkommt. Dir ist aber schon klar, dass du nicht Lizzy bist, oder? Du bist schwer zu durchschauen, wirkst finster, grüblerisch und eher kühl – aber auf eine sexy Art und Weise. Und wenn man dich näher kennenlernt, dann bist du unglaublich nett und mitfühlend. Du bist Mr. Darcy.«

»Und was bist du dann? Etwa Lizzy?«

Er schüttelt den Kopf. »Ich sehe mich eher als Bingley.«

»Also finden in deiner Version Bingley und Darcy zueinander?«

Er zuckt mit den Schultern. »Ich glaube, das würde eine Menge Leute, die Fan-Fiction schreiben, sehr glücklich machen«, sagt er.

Ich starre ihn mit offenem Mund an.

»Was denn?«, sagt er. »Könnte sein, dass ich bei meinen Recherchen hier und da mal was überflogen habe.«

»Wow. Ich kann einfach nicht glauben, dass du's gelesen hast.«

»Für mein Mädel tue ich doch alles.« Er küsst mich. Es ist

ein zärtlicher Kuss und fühlt sich so vertraut an, dass mir selbst die winzige Kabine dieses Flugzeugs vorkommt wie Pemberley, das Landgut aus dem Roman. Wenn ich mit Henry zusammen bin, dann verwandele ich mich in einen warmherzigen, sanften Menschen, der leicht dahinschmilzt und ... scheiße. Wir werden es unmöglich schaffen, das hier geheim zu halten.

Ich lasse meine Wange auf seine Schulter sinken, spüre, wie sie sich mit seiner Atmung hebt und senkt.

»Kann ich dich mal etwas fragen, worüber ich schon eine Weile nachdenke?«, sagt er.

Ich nicke.

»Wieso wird Alexandra Andy genannt? Das passt doch eigentlich gar nicht als Spitzname.«

Die Flut an Erinnerungen, die mich überkommt, zaubert mir ein Lächeln auf die Lippen. »Weil sich Sam und Andy, als sie klein waren, *Toy Story* im Fernsehen angesehen haben und Andy ganz besessen davon war. Sie hat unter sämtliche Schuhe von Sam *Andy* geschrieben, und dabei ist es dann einfach geblieben.«

Es wird still zwischen uns, als meine Augen zu brennen beginnen. Henry zieht mich näher an sich und drückt mir einen Kuss auf die Stirn.

Wir haben nur noch ein paar Stunden, bis meine beiden Welten aufeinanderprallen. Ich stelle mir vor, wie Henry Andy gratuliert und Mr. Chase die Hand schüttelt. Wie er mit Theo herumalbert und Mrs. Chase Champagner nachgießt. Alles, was er tut, wird in ihren Augen die Tatsache verdeutlichen, dass er nicht Sam ist. Sondern Henry. Die Art, wie er redet, wie er lacht, wie er sich kleidet, wird immer mit Sam verglichen werden. Ist das nicht falsch? Ist das nicht ein Übergriff? Sollte ich nicht eigentlich unglücklicher sein?

Mit einem Mal wird mir heiß, mein Körper beginnt zu

schwitzen und schreit nach mehr Platz. Ich öffne den Reißverschluss meines Hoodies und winde mich so schnell es geht heraus. Das bringt mir zwar kaum Erleichterung, aber ich fühle mich nicht mehr so eingeengt.

Henry legt die Handflächen auf seine Knie. »Ich weiß, dass es schwer wird, aber ich glaube, dass dieses Wochenende einen großen Schritt für uns bedeutet.«

Erzähl ihm von den Hotelzimmern, schreit mein Gehirn, aber mein Herz will einfach nur, dass dieser Moment vorbeigeht.

»Das glaube ich auch«, sage ich und spüre dieses beklemmende Gefühl in der Magengrube, das immer stärker wird.

»Es bedeutet mir sehr viel, dass du mich dabeihaben willst. Das war schon vorher so, aber ganz besonders jetzt, wo wir zusammen sind.« Er verstummt für einen Moment und setzt dann hinzu: »Ich werde die Begegnung mit ihnen nicht auf die leichte Schulter nehmen.«

Ich schließe die Augen, lehne meinen Kopf wieder an seine Schulter und tue so, als würde ich einschlafen, als er mir übers Haar streicht.

Ich kann immer nur daran denken, wie ernst Henry das alles nimmt, und dass er nicht viel von mir verlangt, aber dennoch scheine ich es ihm nicht geben zu können. Dabei will ich es so sehr, treffe aber immer die denkbar schlechtesten Entscheidungen.

Das Baby zwei Reihen hinter uns gibt einen markerschütternden Schrei von sich.

Geht mir genauso, Kleines.

#

Das Hotel Amaya ist eine Social-Media-Traumlocation. Alles hier ist Instagram-tauglich. Die Wände sind in einem Cremeweiß gestrichen, passend zu den glänzenden Bodenfliesen. Auf jedem Tisch stehen Sukkulenten, in jeder Ecke Topfpalmen, von der Decke hängen lange Farne herab. Farbenfrohe Blumen säumen die Wände und verströmen das perfekte sonnenverwöhnte Los-Angeles-Feeling. Es ist wunderschön, auch wenn es ein wenig aufgesetzt wirkt.

Ich suche die Lobby nach einem Mitglied der Familie Chase ab und gebe mir Mühe, dabei keinen panischen Eindruck zu erwecken. Die Zeremonie wird morgen bei Sonnenuntergang am Strand stattfinden. Aber das heutige Probe-Abendessen ist im Outdoor-Restaurant des Amaya mit Blick auf den Ozean.

»Hallo, willkommen im Amaya«, sagt die Mitarbeiterin am Empfang, als wir uns nähern. »Was kann ich für Sie tun?«

Ich räuspere mich und sage leise. »Wir möchten einchecken. Bennet Taylor.«

»Sie finden uns vermutlich im Zimmerblock der Chase-Hochzeit«, fügt Henry hinzu.

Sie tippt auf der Tastatur ihres Computers herum, sucht nach unserer Reservierung. »Ah ja, hier ist es.«

»Hey«, sagt er an mich gewandt und strahlt dabei über das ganze Gesicht. »Meinst du, wir haben Meerblick?«

Oh Gott. Ich muss es ihm sagen. Jetzt sofort. »Hör mal. Wegen des Zimmers …«

»Zwei Zimmer jeweils mit Queen-Size-Betten. Zimmer 307 für Miss Taylor und Zimmer 407 für Mr. Adams. Also direkt übereinander.«

»Oh nein, da muss ein Irrtum vorliegen«, sagt Henry. »Wir benötigen nur ein Zimmer.«

Sie schaut stirnrunzelnd auf ihren Bildschirm. »Wie ich hier sehe, lag ursprünglich eine Reservierung für ein Zimmer vor, diese wurde dann aber vor ein paar Tagen in zwei Zimmer geändert.«

Henry sieht sie mit zusammengezogenen Brauen an. »Das war vielleicht ein Missverständnis. Zwei Gäste, aber nur ein Zimmer.«

»Henry«, sage ich und wende mich ihm zu. »Sie hat recht. Es sind zwei Zimmer.«

»Was?« Er sieht mich geschockt an. »Warum?«

»Ich erkläre es dir später«, sage ich im Flüsterton.

»Mit Ihrer Schlüsselkarte erhalten Sie Zugang zum Swimmingpool auf dem Dach. Handtücher stehen Ihnen für die Benutzung des Pools oder am Meer zur Verfügung.« Sie deutet auf die Glasschiebetüren am anderen Ende. »Durch diese Türen haben Sie direkten Zugang zum Strand. Ich wünsche Ihnen einen schönen Aufenthalt.«

Henry nimmt mit einem angespannten Gesichtsausdruck seine Schlüsselkarte entgegen und rollt seinen Koffer Richtung Aufzug. Ich schlurfe hinterher.

»Wieso hast du zwei Zimmer gebucht?«, fragt er. »Und wann hattest du vor, es mir zu sagen?« Er bleibt stehen und drückt auf den Aufzugsknopf.

»Keine Ahnung? Jetzt?«

»Ich bin etwas verwirrt«, erklärt er, als sich die Aufzugtüren mit einem *Ping* öffnen und Gäste an uns vorbeiströmen, als wären wir Felsen inmitten eines rauschenden Bachs.

Wir rollen unser Gepäck in den Aufzug. Ich drücke auf den dritten Stock und Henry mit zusammengebissenen Zähnen auf den Knopf für den vierten. »Andy hatte noch ein Zimmer übrig und ich … ich konnte einfach nicht Nein sagen.«

Er fährt sich mit der Hand durchs Haar. Ich vermag seinen Gesichtsausdruck nicht zu lesen. »Ich hatte mich eigentlich darauf gefreut, Zeit mit meiner Freundin zu verbringen.«

Ich muss ihm auch irgendwie noch beibringen, dass niemand von unserer Beziehung weiß. Am besten wohl direkt, in der Hoffnung, dass es wie beim Pflaster ist: Wenn's beim Abreißen schnell geht, tut's weniger weh.

»Da wäre noch was.« Ich zögere, als wir uns dem dritten Stock nähern. »Sie wissen nicht, dass du mein Freund bist und …« Ich atme durch die Zähne, und mein Herz schlägt bis zum Hals. »Und ich würde es auch eigentlich gern dabei belassen.«

Er sieht mich mit gerunzelter Stirn an. »Oh«, sagt er. Er öffnet den Mund, als wolle er noch etwas sage, tut es aber nicht.

Wir fahren am zweiten Stock vorbei. Nur noch dreißig Sekunden, um es wieder in Ordnung zu bringen. »Ich finde, es wäre respektlos, wenn wir uns in ihrer Anwesenheit berühren und küssen«, erkläre ich. »Wegen Sam.«

Er fährt sich mit den Händen übers Gesicht. »Das verstehe ich ja auch«, sagt er. »Aber ich dachte, es wäre dein Wunsch, dass ich sie kennenlerne.«

»Ist es ja auch«, erwidere ich. »Und das wirst du!« Die Aufzugtüren öffnen sich an meinem Stockwerk. Ich trete hinaus und drehe mich zu ihm um. »Und dann kann ich dich vielleicht in ein paar Monaten als meinen Freund vorstellen. Betrachte das Ganze einfach als Aufwärmrunde.«

Er weicht meinem Blick aus. »Eine Art … Test?«

»Nein, kein Test«, erwidere ich rasch. »Ich wollte sie nur nicht einfach so mit allem überrollen, nachdem sie mich ja jetzt ein paar Jahre nicht gesehen haben.«

»Ich verstehe schon«, sagt er stirnrunzelnd. »Macht Sinn.«

»All das ändert aber sonst nichts. Du wirst sie immer noch kennenlernen, wirst immer noch der charmante Henry sein – es wird bloß alles ein bisschen anders ablaufen. Aber wir können doch trotzdem noch Spaß haben, oder?«

»Der charmante Henry«, murmelt er und schluckt, wirkt angespannt. »Wieso hast du mir das denn nicht früher gesagt, anstatt mich jetzt in der letzten Sekunde damit zu überfallen?«

Ich beiße auf die Innenseite meiner Wange, frage mich, wie ich ihm das bloß alles erklären soll. »Weil ich nicht wollte, dass du mich so ansiehst, wie du es jetzt gerade tust«, erwidere ich. »Und auch weil ich so furchtbar nervös bin, sie zu sehen. Das hier muss einfach gut laufen.«

»Weißt du was …?« Er verzieht den Mund und blickt zu Boden. »Du hast recht. Ich möchte deshalb nicht sauer sein«, sagt er. »Dieses Wochenende ist dir wichtig, und ich vertraue deinem Urteilsvermögen. Wenn es das ist, was du willst, dann bin ich damit einverstanden.«

Gott sein Dank, denke ich. »Du hast ja keine Ahnung, was für eine Erleichterung es ist, das zu hören«, sage ich. »Ich hatte solche Angst, dass du glauben könntest, ich würde dich nicht dabeihaben wollen. Aber das will ich. Das will ich unbedingt. Ich brauche dich hier.«

Er schüttelt den Kopf, hält die Türen des Aufzugs auf, damit wir unser Gespräch beenden können. »Ich werde es einfach vermissen, neben dir zu schlafen, das ist alles.«

»Ich auch«, erwidere ich. »Können wir uns später noch darüber unterhalten? Lass uns doch erst mal auspacken, und dann gehen wir vor dem Probeessen noch zusammen irgendwo was trinken, ja?«

»Klingt nach 'nem Plan.« Er lächelt. Es ist ein echtes Lächeln, und mein Herz erinnert mich wieder einmal daran, warum es eine gute Idee ist, ihn hier dabeizuhaben. Warum mir so viel an ihm liegt. Sein unglaubliches Einfühlungsvermögen und Verständnis, seine Freundlichkeit und Offenheit, wenn ich Fehler mache … all das ist fast zu schön, um wahr zu sein – zumindest für mich. Denn es ist mehr, als ich verdient habe.

Die Aufzugtüren schließen sich, und ich rolle meinen Koffer über den Gang. Vor dem Zimmer 307 bleibe ich stehen und öffne die Tür mit meiner Schlüsselkarte. Der Teppichboden im Zimmer gibt unter meinen Füßen nach. An den Wänden hängen Bilder von Palmen und Kakteen vor einem Zuckerwattehimmel. Über dem Bett prangt ein riesiger Schwarzweißdruck des *HOLLYWOOD*-Schriftzugs.

Gegenüber vom Eingang befindet sich eine Glastür, die auf einen Balkon hinausführt. Ich lege meine Finger um den Griff und schiebe die Tür zur Seite auf. Ein atemberaubender Blick auf den kristallblauen Ozean erwartet mich. Warme, salzige Luft füllt meine Lungen, und die Sonne wärmt meine Haut. Von hier aus scheinen sich die Wellen nur zu kräuseln. Kinder planschen herum, während die Eltern am Strand liegen und so tun, als würden sie unter ihren großen Sonnenhüten Bücher lesen. Menschen schaukeln in Schlauchbooten auf dem Wasser oder lassen sich weiter draußen, an einem Gleitschirm hängend, von einem Motorboot ziehen.

Ich setze mich auf einen Balkonstuhl, ziehe meine Beine an die Brust und stütze das Kinn auf die Knie. Ich versuche, kleine Geschichten über die Leute dort unten zu erfinden, so wie ich es mit Henry damals am Nachmittag im Park getan hatte, aber es ist nicht das Gleiche. Allein kommt es mir albern vor. Gestellt.

Warum habe ich mir das nur angetan? Und ihm? Ich möchte nicht von ihm getrennt sein, selbst wenn es bloß für ein paar Nächte ist.

Ich vermisse Sam. Das tue ich wirklich. Aber möglicherweise habe ich auch ein bisschen ein schlechtes Gewissen, weil es sich inzwischen nicht mehr so anfühlt wie früher, ihn zu vermissen. Vielleicht habe ich ein schlechtes Gewissen, weil ich in diesem Augenblick Henry mehr vermisse. Und der ist nur ein Stockwerk von mir entfernt.

Was für ein Mensch bin ich bloß?

Ich lege den Kopf in den Nacken und schaue zu dem Balkon über mir hinauf, der die gleiche Größe und Form hat wie meiner, und ich frage mich, ob Henry wohl auch gerade draußen ist und aufs Meer hinausschaut.

KAPITEL 30

Ich streife mir ein orangefarbenes Kleid über den Kopf, das ich mir in einem Secondhand-Laden gekauft habe, und verwandele die Schulterbänder in perfekte kleine Schleifen. Dann schlüpfe ich in beige Riemchensandalen und kämme mir sorgfältig die Haare. Anschließend trage ich noch etwas Rouge auf und streiche mit Sonyas Parfümroller über die Innenseiten meiner Handgelenke.

Aufhübschen ist eigentlich nicht so mein Ding, aber ich kriege es ganz gut hin. Zumindest dürfte es reichen, um Familie Chase gegenüberzutreten.

Du schaffst das.

Ich lasse mich mit einem Plumps auf dem Bett nieder, um Henry zu texten, und gebe mir Mühe, dabei keine Schminke auf den weißen Kissen zu hinterlassen.

Bereit für diesen Drink?

Die blauen Punkte auf meinem Bildschirm sagen mir, dass er zurückschreibt.

Komme gerade vom Strand zurück.
Springe kurz unter die Dusche.
Fünf Minuten.

Ich lasse mich tiefer ins Kissen sinken, schließe die Augen und versuche, mich auf meine Mitte zu konzentrieren. Aber da ist eine solche Anspannung in meinem Bauch, dass ich kaum atmen kann. Ich hatte in Erwartung dieses Abends den ganzen Tag keinen Bissen runtergebracht und fühle mich ein wenig benommen.

Ein Klopfen an der Tür reißt mich aus meinen Gedanken, und ich rolle mich vom Bett, um sie zu öffnen. Henrys Haar ist feucht und strubbelig, und seine Wangen sind von der Sonne gerötet. Er trägt ein hellgrünes Button-down-Hemd, die Ärmel bis zum Ellenbogen aufgerollt, und dazu eine eng geschnittene, dunkelblaue Hose. Er riecht himmlisch – nach Kokosnuss und Salz.

»Hi«, sage ich, fühle mich plötzlich verlegen in seiner Nähe.

»Hi.« Er bleibt an der Tür stehen, bewegt sich nicht auf mich zu.

»Du siehst echt heiß aus, weißt du das?«

»Das sagt die Richtige.« Er lächelt mich an, und mein Herz vollführt einen Hüpfer.

Er legt mir die Hände ums Gesicht und gibt mir einen sanften Kuss auf den Mund. Ich möchte mich in seine Arme sinken lassen, ihn näher an mich ziehen, aber mir gehen zu viele Gedanken durch den Kopf. Stattdessen schlinge ich meine Arme um seine Taille, spüre, wie mich die Wärme seines Körpers belebt.

Er stützt sein Kinn auf meinen Kopf. »Es wird heute Abend schwer sein, so zu tun, als sei ich nicht verrückt nach dir«, flüstert er und umarmt mich noch fester.

Geht mir mit dir genauso, denke ich.

Und im selben Moment sehe ich Sams Augen vor mir. Seine großen, gefühlvollen Augen. Und mit einem Mal schnürt es mir die Kehle zu, und ich habe das Gefühl zu ersticken. Als würden die Wände dieses Hotels über mir zusammenbrechen und ich wäre unfähig, mich zu bewegen.

Ich weiche rasch zurück, streiche mir mit den Händen über die Vorderseite meines Kleides, das hoffentlich nach unserer innigen Umarmung nicht zerknittert ist.

»Sollen wir dann?«, frage ich und greife nach meiner Schlüsselkarte und meiner Handtasche.

Henry legt mir die Hand ins Kreuz und führt mich zum Aufzug. Da wir allein sind, ergreife ich sie und halte sie auf dem Weg nach unten fest.

Als sich die Türen öffnen, betreten wir die Lobby und machen uns auf den Weg zur Hotelbar. Ich nehme auf einem Barhocker Platz und lasse meine Beine über dem Boden baumeln. Er bestellt einen Rosé für mich und ein Bier für sich, und wir trinken schweigend zu der leisen Musik, die über die Veranda getragen wird.

»Also …« Mein Magen brodelt vor Nervosität. Ich hole tief Luft. »Wie lautet unsere Geschichte?«

»Was meinst du damit?«, fragt er, während er eingehend die Blüte an einer Sukkulente betrachtet, die auf dem Tresen steht.

»Ich meine, zum Beispiel … woher kennen wir uns? Wie sind wir uns begegnet? Was sagen wir, wenn jemand fragt?«

Er faltet die Hände in seinem Schoß und spitzt die Lippen. »Wie wäre es mit der Wahrheit?«

»Wir können ihnen nicht erzählen, wie wir uns wirklich kennengelernt haben.« Bei dem Gedanken an diese furchtbare Nacht beginnen meine Wangen zu glühen. Als Henry von einer Freundin gebeten worden war, mit mir auszugehen, und ich auf den Toilettenboden gekotzt hatte. »Wie wäre es, wenn wir uns bei der Arbeit kennengelernt haben? Wir haben beide als Aushilfen im selben Laden gearbeitet und sind schnell Freunde geworden.«

Er runzelt die Stirn. »Jetzt darf ich nicht einmal mehr ehrlich sein in Bezug darauf, wer ich bin und was ich beruflich mache?«

»So solltest du es nicht betrachten«, erwidere ich. »Du bist immer noch du, bloß ein bisschen anders. Wie müssen ihnen nichts über uns kleines Projekt und so weiter erzählen, denn das wäre irgendwie etwas peinlich.«

»Seit wann ist das peinlich?« Er runzelt die Stirn, macht einen verstörten Eindruck. »Das spielt doch wohl für diesen ganzen Sommer eine ziemlich große Rolle«, sagt er. »Findest du nicht?«

Ich tippe mit einem Fingernagel gegen den Stiel meines Glases. »Ich will ja bloß, dass wir uns einig sind, das ist alles.«

»Wenn du das gewollt hättest, dann hättest du mir aber von Anfang an erzählen müssen, dass du unsere Beziehung verheimlichen willst«, sagt er und zerrt dabei an der Ecke einer Serviette.

»Ich dachte, du wärst mir nicht böse«, sage ich und wende mich ihm zu.

»Bin ich auch nicht«, beharrt er. »Ich komme mir bloß ein bisschen rumgeschubst vor.«

Ich öffne den Mund, um ihm zu antworten, doch mir fällt nichts ein. Das ungute Gefühl in meiner Magengegend verstärkt sich. Ich wende mich wieder meinem Weinglas zu und tippe erneut mit dem Fingernagel gegen den Stiel.

»Tut mir leid«, sagt er und kratzt sich am Kinn. »Wirklich. Ich weiß, dass das ein schweres Wochenende für dich ist, und ich möchte es nicht noch schwerer machen. Ich spiele mit, okay? Wir haben uns bei der Arbeit kennengelernt. Unser kleines Projekt wird nicht erwähnt. Damit komme ich klar.«

Ich schließe die Augen, versuche, jeden düsteren Gedanken zu verscheuchen. Wie zum Beispiel, dass Henry eine bessere

Freundin verdient hat. Eine, die ihm so was wie das hier nicht zumuten würde.

Er tippt unter der Bar mit seinem Fuß gegen meinen Knöchel, eine fast unmerkliche Berührung, die niemand außer uns beiden mitbekommt. »Wird schon alles gut gehen«, sagt er. »Versprochen.«

Henrys Optimismus gerät nie ins Wanken, was mir ein bisschen naiv vorkommt.

»Ja«, sage ich und gebe mir Mühe, überzeugt zu wirken. »Wird schon alles gut gehen.«

»Prima«, sagt er und stupst mit seiner Schulter gegen meine. »Das wollte ich hören.«

»Bennet!«, ertönt plötzlich eine laute Stimme hinter mir. Ich hüpfe, so schnell ich kann, vom Barhocker herunter, als ein großer, kräftiger Mann auf uns zukommt.

»Theo!«

»Wo hast du dich denn versteckt?« Ich verschwinde beinahe in seiner ungestümen Umarmung. Dann wendet er seine Aufmerksamkeit Henry zu. »Und du musst Henry sein.«

»Ja, ich bin ...«

»Ein Freund«, sage ich wie aus der Pistole geschossen.

»Danke, dass ich so uneingeladen auftauchen darf«, fährt Henry fort und wirft mir einen kurzen Blick zu, als er Theo die Hand schüttelt. Dann gehört seine Aufmerksamkeit wieder ganz dem Bräutigam. »Eine großartige Location habt ihr hier.«

»Alexandra hat sie ausgesucht. Die Frau hat einen tollen Geschmack. Sie wird ausflippen, wenn sie dich sieht, Bennet.«

Ist ausflippen etwas Gutes oder eher nicht?

»Ich freue mich so für sie!« Ich gebe mir Mühe, so gut gelaunt wie möglich zu klingen, um meine Panik zu verbergen. »Und für dich. Für euch beide. Ihr heiratet! Juhu!«

Ich höre, wie Henry neben mir kichert. Aber auf liebevolle

Art und Weise. Vermutlich versucht er damit, meine mangelnde Sozialkompetenz zu überspielen, aber es nimmt mir nicht wie sonst die Befangenheit. Ich trete einen Schritt von ihm weg.

»Wie habt ihr euch kennengelernt?«, fragt Henry, der es bemerkt hat. »Du und ... äh ... Alexandra?«

Theo strahlt, dass die Herzchen förmlich aus seinen Augäpfeln hervorschießen. »Alexandra hat ein Kunstwerk für eine Klientin von mir besorgt. Ich habe es hauptsächlich mit Leuten aus der Musikwelt zu tun, und diese Musikerin konnte einfach nicht das Richtige für ihr Wohnzimmer finden. Alexandra war damals noch Praktikantin, ist aber auf gut Glück mit diesem Bild von einem Schmetterling, der auf einen purpurfarbenen Stoff gestempelt war, bei uns hereingeschneit. Meine Klientin hat sich sofort in das Motiv verliebt. Und zwar so sehr, dass sie es zum Cover ihres neuen Albums gemacht hat.«

Ich weiß sofort, von welchem Album er spricht. Ein schwarzer Schmetterling, der auf Wellen aus purpurfarbenem Samt gestempelt war, mit roten Farbspritzern im Stil von Jackson Pollock. Mir war bewusst, dass Theo einige bekannte Klienten hatte, aber diese eine spezielle Popprinzessin ist ein Megastar. Das Albumcover ist überall. Ich verspüre ein Gefühl von Stolz in meiner Brust – Stolz auf Andy.

»Jedenfalls hat meine Klientin uns beide zu ihrer Hauseinweihungsparty draußen in Calabasas eingeladen. Sobald ich sie gesehen habe, wusste ich es.« Theo lacht, ein Klang wie ein Tambourin. »Du weiß ja, welche Wirkung Alexandra auf Menschen hat, Bennet.«

Ich lächele. »Sie sprüht vor Lebensfreude.«

»Ich kann es kaum erwarten, sie kennenzulernen«, sagt Henry strahlend.

»Es sollte bald mit dem Abendessen losgehen.« Theo wirft einen Blick auf seine Armbanduhr. »Und die Bar mit den Freigetränken öffnet in fünf Minuten. Wir sehen uns dann dort, okay?«

»Ja, klar.« Ich stürze einen großen Schluck Wein hinunter und spüle damit auch dieses Angstgefühl weg, das sich in mir breitmacht. »Glückwunsch noch mal!«, rufe ich ihm hinterher, während er mit schnellen Schritten Richtung Veranda entschwindet.

Mein Herz pocht wie verrückt. Ich kann es sogar in meinen Fingerspitzen spüren, als ich die Schulterbänder an meinem Kleid nachziehe.

»Atme. Wir schaffen das«, versichert mir Henry.

Der Barkeeper kehrt mit seiner Karte zurück, und ein Hotelangestellter geleitet uns zu der Veranda, wo der Empfang stattfinden soll.

Zeit, die Suppe auszulöffeln.

Die Veranda befindet sich auf der Rückseite des Hotels mit Blick auf den Ozean. Die Wellen, die mit einem leisen Rauschen im Sand auslaufen, füllen die Luft mit einem Salznebel. Lichter hängen Trauerweiden gleich von den Holzbalken über uns herab. Eine warme sanfte Brise pustet Henry das Haar aus der Stirn. Wir stehen an einem Tisch am Rand der Terrasse, von wo aus wir auf das Meer hinausschauen können.

Eine Kellnerin bietet uns Kokosgarnelen an, und ich nehme mir gleich zwei von dem Tablett, das sie mir hinhält. Ich bin mir durchaus der Ironie bewusst, dass ich sonst diejenige bin, die die Garnelen anbietet.

Als ich Andy endlich entdecke, hängen mir daher zwei Garnelenschwänze aus dem Mund. Sie trägt einen weißen, schulterfreien Jumpsuit mit zarten Federn um das Dekolleté. Ihr karminrotes Haar wippt, als sie über die Terrasse dahingleitet, um ihre Gäste zu begrüßen.

Ich spucke die Garnelenschwänze in eine Cocktailserviette. Henry lehnt sich auf die Fersen zurück. »Ist sie das?«

»Ja«, erwidere ich und schlucke. Es gab einmal eine Zeit, in der diese Frau eine der wichtigsten Personen in meinem Leben war. Und nun ist sie praktisch eine Fremde.

Ich lege die Finger an meinen Hals, um meinen Puls zu checken. Er rast. »Sollen wir mal Hallo sagen? Oder besser warten, bis sie herkommt? Oder uns im Badezimmer verstecken?«

»Lass uns einfach auf sie warten«, erwidert Henry und drückt mein Handgelenk. »Sie ist die Braut, da wird jeder versuchen, sich zu ihr durchzudrängeln, um mal mit ihr zu reden.«

Ich ziehe meine Hand mit einem Ruck weg. Henry scheint schon vergessen zu haben, dass wir NICHT ZUSAMMEN SIND.

Ich folge ihr mit meinem Blick. Mein Herz hämmert, und da ist ein riesiger Kloß in meinem Hals. Als sie bei Theo ankommt, unterbricht er die Unterhaltung mit seinem Bruder, um sie zu küssen. Sie küssen sich, als ob die zwei Stunden vor diesem Abendessen die längste Zeit waren, die sie jemals getrennt voneinander verbracht hatten. Er flüstert ihr etwas ins Ohr und zeigt dann lächelnd auf mich.

Sie sieht mit versteinerter Miene herüber und winkt mir kurz zu.

»Sie winkt«, sagt Henry.

»Ich kann mich nicht rühren.«

»Geh zu ihr und sag hallo«, flüstert er.

In dem Moment wendet sich Andy blitzschnell wieder Theo zu und lacht – vermutlich über etwas, das er gerade gesagt hat. Sie hatte mir ihre Aufmerksamkeit nur für einen flüchtigen Moment geschenkt, so als wäre ich eine Fliege, die man mit der Hand verscheucht. Schmetterlinge geben sich nicht mit Fliegen ab, nicht wahr? Zumindest nicht, wenn diese eine Fliege davongeflogen ist, nachdem der Bruder des Schmetterlings gestorben war. Sie will mich hier nicht haben, denn sonst wäre sie doch wohl herübergekommen, um Hallo zu sagen, oder? Hätte etwas mehr getan, als bloß zu winken, nicht wahr?

»Ich muss mal«, murmele ich. Ich kann hier nicht bleiben.

Ich zerknülle meine Serviette zu einem kleinen Ball und suche mir einen Weg durch die Menge zurück in die Hotellobby. Dabei schaue ich mich nicht um, ob Henry mir folgt.

In der Toilette lasse ich kaltes Wasser über meine Handgelenke laufen, hole tief Luft und blicke in mein Spiegelbild. Vor gar nicht mal so langer Zeit war ich im L'Italiano schon einmal in einer solchen Lage, und doch hat sich seither so viel verändert. Ich habe mich verändert. Aber hier auf dieser Hochzeit, da komme ich mir wieder genauso vor wie das Mädel auf dem Toilettenboden eines Restaurants, das sich die Seele aus dem Leib kotzt.

»Bennet?«, sagt eine vertraute Stimme, als die Badezimmertür einen Spalt weit geöffnet wird.

Andy kommt herein. Die Absätze ihrer weißen Stöckelschuhe klackern auf den Fliesen.

Ich fahre herum, um sie anzusehen. Der ganze Stress bringt meine Wangen und meine Brust zum Glühen. »Andy.« Sie anzuschauen, ist so, als würde ich eine Erinnerung betrachten. Ich bin augenblicklich wieder in ihrem Zimmer im Studentenheim, und sie lernt für eine Abschlussprüfung in Kunstgeschichte, hat dabei das Radiergummi-Ende eines Bleistifts an ihre Lippe gepresst. Ich lese ein Buch, an das ich mich nicht mehr erinnern kann, und trinke Kamillentee aus einem Mensabecher.

Weißt du was?, sagt sie und wendet sich mir zu. *Du solltest meinen Bruder Sam kennenlernen.*

Ich blinzele, starre sie an, während der Wasserhahn weiterläuft. Sie ist kaum gealtert und doch ganz anders. Alles, was zerbrochen und verloren ist, hängt wie Wäsche an einer Leine zwischen uns in der Luft.

»Wieso bist du gerade weggelaufen?«, fragt sie und spielt dabei mit ihrem Verlobungsring.

Ich drehe den Hahn zu. »Tut mir leid.« Ich deute auf die Kabinen. »Ich musste mal.«

»Oh«, sagt Andy.

»Ich brauche nicht mehr lange.« Ich ziehe ein paar Papiertücher aus dem Spender. »Du solltest draußen bei deinen Gästen sein.«

»Du bist auch mein Gast«, sagt sie. Ihre Augen sind glasklar und blau wie das Meer.

»Ich, ähm …« Ich werfe das Papiertuch in den Abfalleimer und wende mich ihr zu. »Ich habe keine Ahnung, was ich sagen soll.«

Sie runzelt die Stirn, dreht immer noch den Ring um ihren Finger. »Das hier ist schräg.«

»Echt schräg.« Ich drücke den Stoff meines Kleides zwischen den Fingern zusammen, spüre die kühle Baumwolle auf meiner Haut.

»Du musstest nicht wirklich auf die Toilette, oder?«

Ich schüttele den Kopf, spüre ein Brennen in meiner Nase. »Nein.«

Sie lacht, trotz dieser peinlichen Situation. »Wie ist es so bei dir gelaufen?«

»Beschissen. Und bei dir?«

Sie wischt sich die Nase ab. »Beschissen. Aber auch gut.«

Ich nicke, schlucke den Kloß in meinem Hals hinunter. »Prima.«

Sie schaut auf ihre blitzsauberen Schuhe herab. »Du hattest zwar gesagt, dass deine Begleitung nur ein Bekannter ist ... aber als ich dich da eben neben ihm stehen sah, da ... da hätte ich im ersten Augenblick schwören können, es ist Sam.« Zu meiner Überraschung läuft ihr eine Träne über die Wange, als sie mich wieder ansieht. »Ich bin so daran gewöhnt, dich mit ihm zu sehen. Ich weiß, dass das schwachsinnig ist.«

Da ist ein Kribbeln in meinem Hals. Ich versuche trotzdem, einfach weiterzuatmen. »Ich hätte keinen Typen mitbringen sollen. Nicht mal einen Bekannten.«

Sie schüttelt den Kopf, blickt zu Boden. »Es ist nur so unglaublich schwer, dass er heute nicht hier ist. Ich erwische mich immer wieder dabei, wie ich nach ihm suche.«

»Ich hoffe, dass ... meine Anwesenheit hier das Ganze nicht noch schwerer für dich macht.«

»Natürlich nicht.« Sie wischt sich mit ihren Fingerspitzen die Augenwinkel. »Ich bin froh, dass du gekommen bist. Du wirst meine Familie immer an Sam erinnern.«

Ich bin also nicht aus Mitleid hier, sondern weil ich sie alle an Sam erinnere. Weil ich ihre engste Verbindung zu ihm bin. Sollte ich jemals Zweifel gehabt haben, ob ich meine Beziehung zu Henry verheimlichen sollte, so ist die Sache nun glasklar. Sie brauchen keine Bennet mit neuem Freund. Sie brauchen Sams Bennet. Zumindest ein Wochenende lang.

Das kriege ich hin.

»Ich dachte immer, ich würde einmal gemeinsam mit ihm deine Hochzeit feiern«, sage ich.

»Ich auch.« Sie macht einen Schritt nach vorn und ergreift meine Hand. »Ich auch.«

Ich schlucke meine Tränen herunter und versuche, mich zusammenzunehmen. »Tut mir leid, dass ich jetzt schon heule. Dabei hast du ja noch nicht mal dein Hochzeitskleid an!«

»Hochzeiten bringen die Leute zum Weinen«, sagt sie. »Das ist okay. Wir können uns hinterher unterhalten.«

Ich tupfe meine Wangen mit einem Papiertuch ab und hole tief Luft. »Sollen wir wieder zur Party zurückgehen?«

Sie nickt und verwandelt sich vor meinen Augen wieder in die funkelnde, lebhafte Andy. Ihre Wangen sind trocken, ihr Rouge perfekt, und ihre Wimperntusche ist überhaupt nicht verlaufen. Sie greift nach meiner Hand. »Lass uns gehen, bevor sie den Toast noch ohne uns aussprechen.«

Wir betreten die Terrasse Hand in Hand, wie die Schwestern, die wir einmal hätten sein können. Henry steht immer noch an unserem Tisch und wirkt etwas verloren.

»Das ist der Freund, den du mitgebracht hast?«, sagt Andy fragend und steuert auf ihn zu. »Ich würde ihn gern kennenlernen.«

Ich schlucke vernehmlich, als wir uns ihm nähern.

»Alexandra Chase, dies hier ist mein guter Freund Henry«, sage ich, als wir an den Tisch treten. »Henry, Andy.«

Seine Stirn legt sich in Falten, als er Andy die Hand hinhält. »Freut mich, Andy. Du siehst toll aus.« Er schüttelt ihr die Hand. »Diese Location ist ein Traum. Man merkt, dass du dir wirklich Gedanken gemacht hast.«

Andy lacht. »Ich mag ihn jetzt schon.«

Henry lehnt sich gegen das Geländer und ist so freundlich und charmant wie immer. »Ich freue mich wirklich, hier zu sein. Danke, dass ich mitfeiern darf.«

»Wenn du Bennets Zustimmung hast, dann hast du meine auch.« Andy tätschelt seinen Arm. »Sie ist eine harte Nuss.«

»Wie bitte?« Ich lasse ihre Hand los und verschränke die Arme.

»Die ganze Familie musste bei dir echt Schwerstarbeit leisten«, scherzt sie.

»Ich habe euch alle von unserer ersten Begegnung an geliebt!«, sage ich.

Andy zieht eine Augenbraue in die Höhe. »Also, ich dachte
anfangs, dass du mich hasst. Sam ging es genauso.«

»Mir auch«, stimmt ihr Henry zu. »Was den ersten Eindruck angeht – das ist nicht so ihre Stärke, glaube ich …«

»Also, da bin ich aber absolut anderer Meinung«, sage ich.
»Ich habe gar nicht versucht, dich zu beeindrucken.«

»Ja, ich weiß«, schnaubt er. »Das kannst du mir glauben.«
Er wendet sich Andy zu. »Als wir uns kennengelernt haben,
war sie so betrunken, dass sie sich auf der Toilette die Seele aus
dem Leib gekotzt hat, statt mit mir auszugehen.« Bei der Erinnerung lacht er in sich hinein. »Danach dachte ich wirklich,
dass sie mich hasst.«

»Henry.« Ich durchbohre ihn mit meinem Blick, während
mein Herz immer schneller pocht.

»Was denn?«, sagt er und schaut mich mit zugekniffenen
Augen an. »Ich habe den ganzen Sommer gebraucht, um sie
von mir zu überzeugen.«

»Oh«, sagt Andy. »Also seid ihr zwei doch zusammen?«

Henrys Augen weiten sich, als ihm sein Fehler bewusst
wird. Es war ihm nicht nur herausgerutscht, dass wir beide mal
zu einem Date verabredet waren, sondern er hatte meiner ehe-
mals besten Freundin, in deren Beisein ich versuche, mich normal zu benehmen, von einer der peinlichsten Nächte meines
Lebens erzählt, obwohl ich ihn ausdrücklich gebeten hatte, es
nicht zu tun.

Er wendet sich mir mit offenem Mund zu, aus dem aber
nichts herauskommt.

»Nein«, sage ich rasch. »Nein, wir sind nicht zusammen.
Also, wir hatten zwar mal ein Date, aber … Also, so haben wir
uns kennengelernt, aber …« Ich wende mich Henry zu, dessen

Gesicht rot anläuft. »Aber … wir sind bloß Freunde …«, stammele ich.

Henry schüttelt den Kopf und kneift die Augen zusammen. Die Haut hinter seinen Ohren beginnt sich zu röten. »Wir sind nicht zusammen …«, sagt er und schluckt seine Verlegenheit herunter. »Der Abend damals war ein Fehler. Er hat ihr nichts bedeutet. Das ist für uns kein Thema mehr.«

»Um die Sache kurz zu machen«, mische ich mich ein. »Wir hatten ein Date, aber mir wurde klar, dass ich noch nicht bereit war, mich von Sam zu verabschieden.« Das war die Wahrheit. Genau das war passiert.

»Du kannst ruhig ehrlich zu mir sein«, sagt Andy. »Das weißt du doch, oder?« Ihr Gesichtsausdruck ist schwer zu deuten, aber ich weiß, dass sie dabei an Sam denkt.

Ich nicke. »Na klar!«

Sie packt mich am Handgelenk. »Ich möchte nur, dass du glücklich bist«, sagt sie und bekommt schon wieder feuchte Augen.

»Das weiß ich doch.« Ich kann sie unmöglich bei ihrer Hochzeit zum Weinen bringen. Wo ich doch bereits für so viele ihrer Tränen verantwortlich bin. »Wenn ich mit jemandem zusammen wäre, dann würde ich es dir sagen«, versichere ich ihr. »Aber das bin ich nicht. Und das ist die Wahrheit.«

Henry wird neben mir ganz still. Ich kann ihn nicht ansehen.

»Okay.« Andy drückt mein Handgelenk und lächelt, bevor sie loslässt. »Hast du meine Eltern schon begrüßt?«, fragt sie.

Mir rutscht das Herz in die Hose. Ich schüttele den Kopf.

»Mom! Dad!« Sie winkt Mr. und Mrs. Chase über die Köpfe der Gäste hinweg herbei. »Bennet ist hier!«

Mrs. Chase steuert direkt kreischend auf unseren Tisch zu. Ihr weißes Haar ist zu einer Pixie-Frisur geschnitten, und sie trägt riesige, grüne Muschelohrringe, die beim Gehen schwingen. Sie hat sich ein großes Paisley-Tuch mit langen schwarzen Fransen umgeschlungen, unter dem sie ein schlichtes schwarzes Kleid trägt. Mr. Chase ist in seinem beigen Anzug, den er vermutlich schon seit den 1970er-Jahren besitzt, nicht weit dahinter.

»Unser drittes Baby«, singt Mrs. Chase in mein Ohr, als sie mich umarmt. »Wie geht's dir, meine Süße?«

»Gut. Mir geht's gut.« Sie presst mir die Luft aus dem Körper. Sie entlässt mich aus ihrer Umarmung, doch ihre Hände verbleiben auf meinen Schultern. »Ach, Liebes.« Sie drückt mich ein weiteres Mal an sich. »Wir freuen uns so, dass du hier bist.«

»Ich mich auch«, sage ich in ihre Wange.

Sie lässt mich los, streicht mir eine Haarsträhne hinter mein Ohr, als sie Henry entdeckt. »Ist das dein Freund?«

Da ist plötzlich ein Rauschen in meinen Ohren, und mein Herzschlag beschleunigt sich. »Henry ist nur ein guter Bekannter.«

Sei für sie Sams Bennet.

»Freut mich, Sie kennenzulernen, Mrs. Chase.« Henry schüttelt ihr die Hand. Sein Gesicht ist immer noch gerötet wegen des Verlaufs, den das Gespräch zuvor genommen hatte.

»Bitte nennen Sie mich Laura.« Ihre Stimme übertönt den Lärm der Gästeschar. »Und der Schweigsame hier ist mein Mann Jon.«

»Freut mich«, sagt Henry und atmet tief durch, nachdem er die Eltern begrüßt hat. »Ich, äh …« Er presst kurz die Lippen aufeinander. »Ich werde mir mal was zu trinken holen.«

»Gute Idee«, sage ich. Henry wirft mir einen müden und enttäuschten Blick zu. Er wirkt angespannt, als er sich auf den Weg zum Tresen macht.

Mrs. Chase mustert mich von oben bis unten. Ihre zitternden Lippen verziehen sich zu einem Lächeln. »Wir haben dich so vermisst.«

»Ich euch auch.« Meine Hände sind ganz verschwitzt, und ich balle sie zu Fäusten. »Mehr als ihr euch vorstellen könnt.«

Sie bekommt feuchte Augen. Augen, die mich an Sam erinnern. Sie legt den Kopf schräg, schaut mich forschend an und legt mir eine Hand auf die Wange. »Ich kann ihn spüren, wenn ich dich ansehe.«

Sei Sams Bennet.

Mrs. Chase. Sams Mom. Hier vor mir. Wie soll ich in Worte fassen, was sie mir bedeutet? Wie soll ich meine Schuldgefühle zum Ausdruck bringen? »Ich spüre ihn auch. Überall.«

Sie drückt mich an sich, und ihre Umarmung ist mir so vertraut wie ihr Duft. Dieser Duft, den Sam immer an sich hatte, wenn er aus den Weihnachtsferien zurückkam.

Meine Muskeln zittern, als ich sie drücke. Das hier ist der Mensch, der ich für sie alle sein muss. Und der ich immer noch bin. Der ich immer noch sein würde, wenn Henry nicht aufgetaucht wäre.

Sie lässt mich los und wischt sich eine Träne aus dem Auge. »Ich weiß«, sagt sie. »Es braucht lange Zeit, um zu heilen.«

Ein Teil von mir ist sich bewusst, dass diese Heilung schon eine ganze Weile vonstattengeht. Aber ein Teil von mir würde am liebsten zu einem Messer greifen, um die Nähte wieder zu durchtrennen. Mrs. Chase blickt mich mit Sams Augen an, und es ist, als würde ich von ihnen wie von der Schwerkraft angezogen, dass ihre innersten Gefühle die meinen widerspiegeln.

»Ich hoffe, ihr wisst, wie viel mir Sam immer noch bedeutet«, sage ich. »Er ist die Liebe meines Lebens. Er hat das Beste aus mir herausgeholt. Er ist der Einzige, der mich jemals als den Menschen gesehen hat, der ich wirklich bin. Manchmal kommt es mir so vor, als … als würde ich niemals wieder so lieben. Dass ich, wenn ich mit einem anderen zusammen wäre, niemals wieder so empfinden würde.«

Als die Worte aus meinem Mund heraus sind, nehme ich im Augenwinkel Henry wahr, der ein frisches Glas Wein für mich in der Hand hält. Er wirkt wie erstarrt, sein Gesicht blass.

Mir wird flau im Magen, und es kommt mir vor, als würde das Blut in meinen Adern gefrieren. Ich spüre, wie ich rot werde. Mrs. Chase läuft eine Träne über die Wange. »Süße«, sagt sie und wischt mir ein Haar von der Stirn. »Wir lieben dich alle. Ich hoffe, das weißt du. Und das wird immer so bleiben.«

Ich hole zittrig Luft, während sie diesen emotionalen Moment abzuschütteln scheint. »Aber das hier ist eine Party.« Sie schnieft und schnappt sich eine Serviette vom Tablett einer Kellnerin. »Kein Grund, so emotional zu werden, stimmt's?«

»Stimmt.« Ich räuspere mich und bemerke, dass Henry sich in eine andere Ecke der Terrasse verzieht. »Erzählt doch mal von eurer Reise nach Alaska.«

Ich halte das Gespräch, so lange es geht, am Laufen. Glücklicherweise ist das bei Mrs. Chase nicht schwer. Sie ist so eine dynamische Frau und erzählt Geschichten und Anekdoten von ihren Reisen. Sie ist immer schon so abenteuerlustig gewesen. Sie und Mr. Chase hatten damit begonnen, als Sam und Andy im College waren, und sie sind auf dem besten Wege, einmal Zeit auf jedem Kontinent zu verbringen. Während sie von einem Urlaub erzählt, in dem Eisfischen auf dem Programm stand, lasse ich meinen Blick auf der Suche nach Henry über die Gäste schweifen.

Ein paar Minuten später entschuldige ich mich und suche ihn an der Theke. Inzwischen ist die Sonne untergegangen, und die Laternen, die vor dem Nachthimmel brennen, bringen die Terrasse zum Funkeln. Alle Partygäste sind mit winzigen Flecken gesprenkelt, die an Glühwürmchen erinnern. Es ist wunderschön, erschwert aber meine Suche nach Henry.

Ich sehe in der Hotellobby nach. Auch in der Herrentoilette. Gehe zurück auf die Terrasse und bahne mir einen Weg durch die Gäste in der Hoffnung, ihm dabei zu begegnen. Ich lasse meinen Blick über den Strand schweifen, der nun, da es kühler wird, einsam daliegt. Bis auf eine einzelne Person, die mit den Füßen im Wasser steht. Eine Person, die ich kenne.

Ich kicke meine Schuhe von den Füßen und trage sie an den Riemen durch den Sand. Henry dreht sich nicht zu mir um, als ich bei ihm ankomme, starrt einfach weiter aufs Meer hinaus. Wir stehen Schulter an Schulter da und schauen auf den dunklen Horizont.

Er atmet einmal tief ein und mit leicht geöffnetem Mund vernehmlich wieder aus. »Hey.«

Ich spüre das kalte Wasser zwischen meinen Zehen und bis zu meinen Knöcheln aufsteigen.

»Hast du das ernst gemeint?«, fragt er mit leiser, ruhiger Stimme. »Was du da zu Sams Mutter gesagt hast?«

»Das war eigentlich nicht für deine Ohren bestimmt«, sage ich und grabe meine Fersen tiefer in den nassen Sand.

Er schüttelt den Kopf und blickt auf seine Füße herab. »Das beantwortet meine Frage nicht.«

Ich spüre die salzige Gischt des Meeres auf meinen Schienbeinen und fröstele. »Ja und nein. Es ist verwirrend. Also, ich weiß, dass ich ihn immer lieben werde, aber mit dir …« Ich breche ab.

Er steckt die Hände in seine Hosentaschen, tritt von einem Fuß auf den anderen. »Ich frage mich langsam, ob ich nicht damals in dieser Toilette auf der Party recht gehabt habe.«

»Was soll das heißen?« Meine Stimme überschlägt sich am Ende ein wenig.

»Du bist noch nicht so weit. Und vermutlich wird das auch noch eine ganze Weile so bleiben. Ich dachte eigentlich, du wärst es, aber dann sind wir hierhergekommen. Du hast mich versteckt vor den Menschen, die dir etwas bedeuten, mich nur deshalb gebeten, dich zu begleiten, um meinen Charme spielen zu lassen. Das hast du selbst gesagt. Und dann mitanhören zu müssen, dass du nie wieder einen anderen lieben wirst …«

»Was blieb mir denn anderes übrig?«, frage ich und wende mich ihm zu. »Du hast uns ja in den ersten drei Sekunden geoutet! Ich musste doch Schadensbegrenzung betreiben!«

Er lacht beinahe, schüttelt dann den Kopf. »Tut mir echt leid, dass ich da Mist gebaut habe, okay? War nicht meine Absicht. Aber du hast mir ja auch nicht gerade viel Zeit gegeben, um mich darauf vorzubereiten, irgendwelche Lügen über unsere ganze Beziehung zu erfinden!«

»Das kann doch nicht so schwer sein«, sage ich mit zusammengebissenen Zähnen. »Du hast mich doch monatelang angelogen. Schon vergessen?«

Sein Gesicht nimmt einen ernsten Ausdruck an. »Ich glaube nicht, dass du deshalb immer noch sauer bist, Bennet«, sagt er und wendet sich wieder dem Ozean zu. »Du willst bloß gerade auf irgendetwas sauer sein. Damit du dich schlecht fühlen kannst, weil du nämlich Angst davor hast, glücklich zu sein.«

»Das ist unfair«, erwidere ich und spüre ein Engegefühl in meinem Hals. »Ich *will* mich ja gar nicht schlecht fühlen.«

Er holt, offensichtlich frustriert, tief Luft. »Schau dir doch bloß mal dieses Wochenende an«, sagt er. »Du hast völlig grundlos diese Lüge über unsere Beziehung erfunden. Das sind nette Leute. Die wollen, dass du glücklich bist. Aber du verkomplizierst die Dinge lieber.«

»Du kennst sie nicht«, halte ich dagegen. »Du weißt nicht, was sie durchgemacht haben.«

»Aber ich kann mir eine Meinung bilden über das, was ich vor mir sehe. Und das ist eine Gruppe von Leuten, die dich lieben und die nur das Beste für dich wollen. Du bist diejenige, die sich immer noch von der Vergangenheit einschränken lässt. Nicht sie.«

Mein Herz beginnt zu rasen, und meine Fingerspitzen kribbeln. »Ich hatte einige wirklich beschissene Jahre, Henry«, sage ich und spüre, wie die Hitze in meiner Brust aufsteigt. »Wenn ich mich schlecht fühlen will, dann ist das mein Problem.«

»Na ja, es ist auch mein Problem, weil wir zwei eine Beziehung haben«, sagt er.

»Ich war überhaupt noch nicht bereit für eine Beziehung!«, schleudere ich ihm entgegen, und da ist ein Sausen in meinen Ohren.

»Warum hast du dich dann darauf eingelassen?«, fragt er. »Wieso das Ganze?«

»Weil du mich gedrängt hast«, entgegne ich, und meine Wut trübt dabei mein Urteilsvermögen.

»Wie bitte? Ich habe dich nicht gedrängt«, sagt er und sieht mich verwirrt an.

»Habe ich dir nicht unzählige Male gesagt, dass man bei mir Geduld haben muss?«

Er verschränkt die Arme vor der Brust. »Schon, aber ...«

»Kein Aber«, falle ich ihm ins Wort.

Er presst sich die Finger an die Stirn. »Sollte ich dich gedrängt haben, Bennet, dann tut es mir leid. Das war nicht meine Absicht. Und ich werde dich auf keinen Fall weiter dazu drängen, mit mir zusammen zu sein, wenn du es nicht willst. Ich möchte dich glücklich machen, und ich glaube, dass ich das auch tue. Aber manchmal kommt es mir so vor, als wolltest du mich nicht ganz an dich heranlassen.«

Er hält inne. Das Einzige, was ich höre, ist der Ozean, eine Welle nach der anderen, die heranrollt und sich am Strand hinter uns verliert. Er schaut kurz weg zu den Lichtern der Party auf der Terrasse hinüber, senkt dann den Kopf, wirkt niedergeschlagen.

»Weißt du …« Er runzelt die Stirn. »Ich musste erst hierherkommen, um es zu begreifen. Musste all das hier sehen, um dich wirklich zu verstehen. Und ich glaube, dass du es ernst gemeint hast«, sagt er mit zittriger Stimme. »Ich glaube, dass jedes Wort, das du zu Sams Mutter gesagt hast, wahr ist. Dass du das Ganze nicht hinter dir lassen willst.« Die Brise vom Wasser lässt mich erschauern, als er einen Schritt zur Seite macht. »Und wenn das der Fall ist, weiß ich nicht, wie es jetzt mit uns weitergehen soll.«

Ich würde am liebsten schreien. Weiter ins Wasser marschieren und untertauchen, um an einem anderen Strand angespült zu werden, wo mich niemand kennt. Will heulen. Etwas mit einem Baseballschläger zertrümmern. Will Sam. Und Henry. Will, dass das alles aufhört.

Aber stattdessen hole ich tief Luft und versuche, all meine Gefühle in einem luftdichten Behälter zu verstauen. »So bin ich nun mal«, sage ich. »Damit muss ich klarkommen. Und das habe ich von Anfang an deutlich gesagt. Vielleicht hast du nicht zugehört.«

Er sieht mich auf eine Weise an, die mir an ihm fremd ist. Dann wird mir bewusst, dass er weint. Seine Augen glänzen in der Nachtluft, und seine Unterlippe zittert.

»Ich werde meine Rolle bis zum Ende der Hochzeit spielen«, sagt er mit bebender Stimme. »Bloß, damit sie keine Fragen stellen. Aber danach …« Er schluckt, und sein Blick huscht zur Party hinüber. Als er seine Aufmerksamkeit wieder auf mich richtet, wirkt er entschlossener. Entschiedener. »Wenn wir wieder zu Hause sind, dann …«

Die Wellen verlaufen vor uns im Sand. Weißer Schaum verschwindet langsam in der Erde. Henry und ich stehen da wie Statuen, lassen zu, dass das Wasser uns bespritzt und unsere Klamotten feucht werden. Er schweigt. Es ist die Art von Schweigen, die so laut ist, dass es einem die Trommelfelle zerreißt.

»Ich möchte nicht mit einer Frau zusammen sein, die meine Liebe niemals vollkommen erwidern wird. Wir hatten diesen Sommer viel Spaß, und ich habe jede Sekunde genossen. Aber du bist nicht immer wirklich bei mir. Das habe ich gespürt, und ich glaube, dass du es in deinem Innersten weißt. Du verdienst es, glücklich zu sein, Bennet, aber ich auch.«

Ich kann ihn nicht anschauen. Dieser Schmerz in seinen Augen. Ich spüre eine Trauer in mir, die sich ausbreitet, meinen Blick trübt. Eine Trauer, mit der ich seit dem Tag lebe, als Sam gestorben ist. Trauer, die immer da sein wird, die mich zu ersticken droht, die mir und den Menschen um mich herum das Leben schwer macht. Vielleicht hat er recht. Vielleicht werde ich niemals glücklich werden. Vielleicht ist dies genau die Frau, die ich sein soll.

»Ich weiß«, erwidere ich und schlinge die Arme um meinen Bauch.

»Und? Liebst du mich?«, fragt er, ohne mich dabei anzusehen.

Ich stehe stumm da, bin mir über alles im Unklaren. Jenseits von dem, was ich empfinde, ist mir bewusst, dass Henry es verdient hat, aus ganzem Herzen geliebt zu werden. Von einer Frau, die nicht von Geistern heimgesucht wird. Die bereit ist, sich jederzeit mit den Füßen voran in etwas hineinzustürzen. Das wünsche ich mir für ihn. Diese Frau soll er finden.

Als ich ihn schließlich anblicke, stelle ich erschrocken fest, dass er weder wütend noch traurig aussieht, sondern mich mit einem Ausdruck betrachtet, mit dem er mich noch nie angesehen hat: *Mitleid.*

»Ich glaube, da habe ich meine Antwort«, flüstert er.

Mein Kleid kräuselt sich in einer Windbö um meine Hüften. »Du solltest wieder zur Party zurückgehen«, sage ich und tupfe mir die Augen. »Sie werden sich schon fragen, wo wir sind. Ich brauche noch eine Minute, aber ich komme bald nach.«

Er nickt. »Okay.«

»Okay«, sage ich. »Man sieht sich.«

Er kratzt sich im Nacken. »Man sieht sich.«

Ich kneife die Augen zu, als er davongeht. Musik erfüllt die Luft, und der Duft von Horsd'œuvres mischt sich mit dem Salz des Ozeans. Ich höre das trällernde Lachen von Mrs. Chase und Andys Tonfall über die Menge hinweg. Vernehme den Klang von Henrys Stimme und dann Theos Lachen.

Ich atme tief durch, schlucke das Gefühl hinunter, dass ich gerade das Beste in meinem Leben verliere, und mache mich auf den Rückweg zur Party.

KAPITEL 31

Die Trauung und der Empfang finden am Strand statt. Ich sitze allein auf der Seite der Braut und halte den Platz neben mir für Henry frei. Dabei weiß ich nicht, ob er nach dem gestrigen Abend überhaupt auftauchen wird.

Der Rest des Probeessens war glatt über die Bühne gegangen. Henry war charmant, ich hatte mich nicht zum Narren gemacht, und niemand war wütend geworden und hatte mit Kartoffelbrei um sich geworfen. Und es waren keine weiteren Tränen mehr geflossen.

Aber die Erinnerung an Henrys Gesicht und das Mitleid in seinen Augen, als wir uns verabschiedet hatten, verfolgten mich in der Nacht bis in meine Träume.

Er denkt offenbar, dass ich so unglücklich sein will. Wieso sollte jemand das wollen? Warum sollte sich jemand dieses Gefühl wünschen, dass alles, was man tut, alles, was man sagt, Schmerz verursacht? Warum sollte irgendjemand der Verursacher für so viel Leid sein wollen?

Wenn ich mir selbst vergeben könnte, hätte ich es wirklich inzwischen getan. Aber Sam wird niemals mehr da sein, um mir zu vergeben.

Natürlich will ich es nicht!

Mein ananasgelbes Kleid sticht aus einem Meer von Rosa- und Blautönen hervor. Ich wünschte, ich hätte eine etwas weniger knallige Farbe gewählt, aber als ich meinen Koffer gepackt hatte, da war ich noch ganz aufgeputscht von Henrys Hormonen und musste wohl das Bedürfnis verspürt haben aufzufallen. Nun würde ich am liebsten verschwinden.

Mein Knie titscht so heftig auf und ab, dass ich mit meinem Fuß einen Tunnel in den Sand wühle. Nur noch fünf Minuten bis zum Beginn der Zeremonie, und Henry ist immer noch nicht hier. Vielleicht ist es ja besser, wenn er nicht auftaucht. Wir haben ohnehin schon genug vermasselt – er hatte unsere Tarnung auffliegen lassen, und ich hatte mich um Kopf und Kragen geredet.

Ich benutze das Hochzeitsprogramm, um mir Luft zuzufächeln, weil es heiß ist, aber auch, weil ich die Nervosität aus meinem Körper herausbekommen muss.

Eine Brise aus Minze und Zucker schwebt durch die Luft, als er endlich auf dem Stuhl neben mir Platz nimmt.

»Tut mir leid, dass ich so spät dran bin«, sagt er, als er sich in seiner Kakihose und einem hellblauen Button-up-Hemd neben mir niederlässt.

»Schon okay«, murmele ich und reiche ihm ein Programm.

Zum ersten Mal seit der Nacht, in der wir uns begegnet sind, fehlen mir die Worte. Es kommt mir so vor, als befänden wir uns auf verschiedenen Seiten einer U-Bahn-Station und würden nur in den Pausen zwischen den vorbeirauschenden Bahnen gelegentliche Blicke aufeinander erhaschen.

»Henry …«

»Ja?« Er sieht mich an, als wäre ich eine Fremde und nicht jemand, den er liebt. Geliebt hat.

»Ich …«

Der Klang einer Ukulele und die Stimme von Israel Kamakawiwo'ole, die *Somewhere Over the Rainbow* singt, unterbricht mich. Aber ich weiß ohnehin nicht, was ich hatte sagen wollen.

Theo nimmt seinen Platz am Altar ein, und der Ozean bildet die Kulisse.

Als Nächstes sind seine Eltern dran, die zu ihm treten und ihn auf beide Wangen küssen, bevor sie ihre Plätze in der ersten Reihe einnehmen. Die Angehörigen der Braut tragen alle ein warmes Grau mit leuchtend orangefarbenen Farbtupfern in den Blumenbouquets.

Wir erheben uns, als Andy eintrifft. Sie hakt sich bei ihren Eltern ein.

Der luftige Stoff ihres Kleides umspielt ihren Körper und bauscht sich im Wind wie eine Qualle. Ihr hochgestecktes Haar ziert eine Tigerlilie in einem leuchtenden Orange. Auf der Rückseite ihres Kleides ist ein kleiner blauer Flicken aufgenäht. Das Stück Stoff von Sams Trikot.

Als die Zeit für das Eheversprechen gekommen ist, fängt Theo an. Er erzählt, dass er sich gleich bei ihrer ersten Begegnung in Andy verliebt habe. Er verspricht, sie zu unterstützen, damit sich ihre Träume erfüllen und ihr Leben voller Abenteuer ist. Er wolle in guten wie in schlechten Zeiten an ihrer Seite sein, und auch wenn er nicht der perfekte Mann sei, so wolle er doch versuchen, es für sie zu sein.

Andy räuspert sich. Nun ist sie an der Reihe.

»Theodore, meine große Liebe, mein Lieblingsmensch auf diesem Planeten.« Ihre Hände zittern. Er umfasst sie mit seinen. »Als ich dich kennengelernt habe, trauerte ich gerade um meinen Bruder Sam.«

Meine Atemzüge werden zittriger. Etwas schnürt mir die Kehle zu. Henry legt eine Hand auf mein Knie. Das hier ist der härteste Teil, und trotz unserer Differenzen weiß er, dass ich ihn brauche.

»Meine Welt lag in Scherben, und ich wusste nicht, wie ich darüber hinwegkommen sollte.« Andy benötigt einen Moment, um gegen ihre Tränen anzukämpfen, und Theo wartet geduldig ab. »Und dann … habe ich dich kennengelernt. Du hast mir keinen Druck gemacht, es hinter mir zu lassen. Du hast dich zu mir gesetzt und mir zugestanden, meinem Schmerz Raum zu geben und mein Leben mit der Zeit wieder in den Griff zu bekommen.«

Meine Augen brennen. Henry drückt mein Knie.

»Ich erinnere mich an einen Tag, als wir noch nicht lange zusammen waren und es mir nicht gut ging. Ich hatte eine halbe Flasche Bordeaux getrunken, als du nach der Arbeit zu mir kamst.«

Theo lacht. »Mehr als eine halbe, würde ich sagen.«

Die Gäste lachen leise. »Du hast gesagt: ›Wenn du trinkst, dann trinke ich auch.‹«, fährt sie fort. »Und dann hast du die Flasche angesetzt, um einen Schluck zu nehmen, und der Wein ist förmlich in deinem Gesicht explodiert. Ich musste furchtbar lachen. Und dann hast du auch angefangen. Und wir haben gelacht, bis uns alles wehtat, ich tränenüberströmt und du mit Weinflecken bedeckt. Seitdem ist meine Liebe zu dir von Tag zu Tag größer geworden. Du bist mein Kompass, mein Licht in der Dunkelheit, und ich bin so glücklich, dass wir heute heiraten. Ich weiß, dass Sam von oben zuschaut, und auch, wenn es mir das Herz bricht, dass du ihn niemals kennenlernen wirst, weiß ich doch, dass er uns seinen Segen gibt.«

Jeder Muskel in meinem Körper ist angespannt, damit ich nicht weine. Ein Schniefen von Mrs. Chase veranlasst mich, auf meinem Stuhl herumzurutschen. Henrys Hand fällt von meinem Knie herab.

Andy und Theo blicken einander beim Ringtausch mit Kulleraugen an und sagen im richtigen Moment euphorisch »Ja«.

Alle erheben sich und klatschen, als Braut und Bräutigam zu einer Streicherversion von *Another One Bites the Dust* den Gang hinunter durch den Sand entschwinden. Mr. und Mrs. Chase und Theos Eltern marschieren Arm in Arm vereint hinterher.

Henry und ich folgen den anderen Hochzeitsgästen zum Strandempfang. Als wir unsere Tischnummer nachsehen, reicht man uns einen orangefarbenen Aperol Spritz. Typisch Andy, einen Hochzeitscocktail auszusuchen, der perfekt zu ihrem Farbkonzept passt. Die Sonne, die langsam über dem Ozean untergeht, erschafft einen Sonnenuntergang in einem saftigen Orange, das sich über den Horizont ergießt. Das ist etwas, wofür Andy nicht schon im Vorfeld hatte sorgen können. Das musste Sam sein.

Wir nehmen unsere Plätze an einem Tisch mit einigen von Andys High-School-Freunden ein. Sprechen immer noch kein Wort miteinander.

»Test, Test, eins zwei drei …« Alonzo klopft auf das Mikrofon am Haupttisch. »Darf ich vorstellen: Mr. und Mrs. Theodore Brightwood!«

Braut und Bräutigam eilen auf die Tanzfläche, und die Angehörigen der Braut lassen orangefarbene Blütenblätter auf sie herabregnen. Als sich der Applaus der Menge legt, beginnen sie sich sanft zu den Klängen von *The Way You Look Tonight* hin und her zu wiegen. Es fällt mir schwer, Henry dabei nicht anzusehen, denn ich erinnere mich daran, wie er diesen Song auf dem Heimweg gepfiffen hatte, als wir von Freds Adoption zurückkamen.

Der Kellner stellt einen Teller mit Hühnchen vor mich hin und einen mit Steak vor Henry. Ich schiebe die Kartoffeln hin und her und tue so, als hätte ich Appetit, während Alonzo eine Rede hält. Henry würdigt mich keines Blickes.

Als der DJ dann mit *September* von Earth Wind & Fire das Tempo etwas anzieht, sind Henry und ich die Einzigen, die nicht tanzen.

Der Himmel ist inzwischen tiefschwarz, und die Tanzfläche wird von Papierlaternen und Kerzen erhellt. Die Abendbrise setzt ein, und meine Arme beginnen zu kribbeln.

Der DJ spielt den ersten langsamen Song des Abends: *The First Day of My Life* von Bright Eyes.

Henry steht auf und hält mir seine Hand hin.

»Tanz mit mir.«

»Du möchtest tanzen?«

Er nickt. »Ja.«

»Mit mir?«

»Ja.« Er streckt die Hand aus. »Sie werden sich nichts dabei denken. Freunde tanzen miteinander.«

Er führt mich zur Tanzfläche. Ich spüre die Kälte der Fliesen unter meinen nackten Sohlen. Wir schlängeln uns durch die sich hin und her wiegenden Paare, die in scheinbarem Einklang miteinander zum Rhythmus der Musik tanzen. Henry bleibt in der Mitte stehen und wirft einen Blick über seine Schulter zu Mr. und Mrs. Chase hinüber, die sich in einer innigen Umarmung hin und her wiegen und uns keine Beachtung schenken. Als er sich wieder umdreht, nimmt er meine Hand, drückt sie gegen seine Brust und legt mir seinen anderen Arm um die Schultern.

»Also ...«, sagt er, während wir hin und her schaukeln.

»Also.« Ich blicke über seine Schulter und sehe Andy, umschlungen von Theos Armen, den Kopf beim Tanzen auf seiner Schulter.

»Ich ... äh ...« Er schluckt. Sieht mich immer noch nicht an. »Ich reise heute Nacht ab.«

Mein Griff um seine Hand wird fester, und ich bleibe stehen. »Das dachte ich mir schon.«

»Ja.« Seine Mundwinkel verziehen sich. »Ich wollte die Hochzeit noch durchziehen, aber ...«

»Sie ist ja praktisch vorbei«, sage ich.

Er holt tief Luft und pustet sie dann zwischen seinen Lippen hervor. »Mir ist klar, dass ein Teil von dir immer Sam gehören wird«, sagt er. »Und das ist auch okay. Ich wollte nur wissen, ob es auch für uns beide möglicherweise eine gemeinsame Zukunft gibt. Ob du es zumindest versuchen würdest.«

»Ich habe es versucht«, sage ich und spüre ein Brennen in meiner Nase.

Er nickt, schließt die Augen. »Ich weiß, dass du das glaubst.«

Das ist so unfair. Ich wünschte wirklich, dass ich das hier packen würde. Dass ich nicht so verkorkst wäre. Dass ich ein Mensch wäre, der keine Trauer kennt. Nur Liebe. Aber das bin ich einfach nicht.

Henry hat es nicht verdient, mit einer kaputten Frau wie mir in einer kaputten Beziehung gefangen zu sein. Selbst wenn ich ihn so sehr mag, wie es menschenmöglich ist.

Ich schlucke den Kloß in meinem Hals hinunter. »Wann musst du los?«

»Mein Flug geht kurz vor Mitternacht, um halb zwölf, also ...« Er zieht mich an sich, legt sein Kinn auf meinen Kopf. »Nach diesem Song.«

Mir ist klar, dass er mich zum letzten Mal auf diese Weise umarmt.

Als ich schließlich zurücktrete und ihn ansehe, wirkt sein Gesicht eingefallen, seine Traurigkeit vom Nachthimmel verhüllt. »Das war's also?«

Er streicht mir eine Haarsträhne aus dem Gesicht und sagt kein Wort.

Ich nicke, wiege mich zu dem Song hin und her. »Okay«, flüstere ich. Und es fühlt sich furchtbar endgültig an.

Er zieht mich an seine Brust, und wir verharren für die

nächsten anderthalb Minuten in dieser Umarmung, bis die Gitarre verstummt und der nächste Song beginnt.

Er gibt mir einen Kuss auf die Schläfe und flüstert einen kurzen Abschiedsgruß, bevor er zu unserem Tisch zurückgeht und seine Sachen holt. Ich sehe zu, wie er am Strand entlang zum Hotel zurückläuft. Folge ihm mit meinem Blick, bis er die Größe einer Ameise hat.

Ich stehe allein da, barfuß am Rande der Tanzfläche, wo die Leute einen Whitney-Houston-Song mitsingen, und sehe zu, wie mein Lieblingsmensch davongeht.

Der Rest des Abends vergeht wie in Zeitlupe. Die Lichter kommen mir dunkler vor, die Cocktails bitter, und das Meer ist nicht mehr so schön. Die Hintergrundgeräusche der Hochzeit sind gedämpft, während ich mechanisch Small-Talk mache. Ich kehre barfuß in mein Hotelzimmer zurück. Sobald die Tür hinter mir zufällt, sinke ich auf mein Bett, vergrabe das Gesicht im Kissen und versuche, meine Emotionen im Zaum zu halten.

Es ist besser so, denke ich. *Es ist besser so. Es ist besser so. Es ist besser so.*

Als würde es sich als wahr erweisen, wenn ich es nur oft genug wiederhole.

KAPITEL 32

Als ich wach werde, liege ich im Bett, das Gesicht ins Kissen gepresst. Mein Kleid ist völlig zerknittert. Ich habe mir kein Nachtzeug angezogen und nicht mal die Zähne geputzt. Mein Kopf hämmert, und ich fühle mich betrunken, obwohl ich stocknüchtern bin.

Es klopft an der Tür. Henry.

Ich springe aus dem Bett und flitze ins Bad, um mich kurz zu waschen. Meine Wimperntusche ist mir übers Gesicht gelaufen, und meine Augen sind verkrustet und geschwollen. Die Wangen sind wund vom Weinen.

»Eine Sekunde«, rufe ich, während ich mir Wasser ins Gesicht spritze.

»Bennet? Bist du schon auf?« Es ist eine Frauenstimme. Nicht Henry.

Ich hatte ganz vergessen, dass ich mich auf einen Kaffee mit Andy verabredet hatte.

Ich drücke etwas Zahnpasta auf meine Zahnbürste und rufe: »Einen Moment. Ich ziehe mich gerade an«, ehe ich energisch zu putzen beginne.

Nachdem ich ins Waschbecken gespuckt und mir den Mund ausgespült habe, durchwühle ich meinen Koffer auf der Suche nach meinen Denim-Shorts und einem Tanktop.

Als ich halbwegs vorzeigbar bin, öffne ich schwungvoll die Tür, um Andy hereinzulassen. Sie sieht frisch aus, trägt ein weißes Strandkleid und hat zwei Kaffeebecher und eine fettige braune Tüte mitgebracht.

»Frühstück auf dem Balkon?«, fragt sie lächelnd und hält dabei ihre Mitbringsel in die Höhe.

»Hört sich gut an.« Ich lasse sie ihn mein Zimmer, das aussieht, als wäre kürzlich ein Wirbelsturm durchgezogen.

»Typisch Bennet. Ordnung halten war nie dein Ding.«

Ich kicke auf dem Weg zum Balkon einen kleinen Klamottenhaufen aus dem Weg. »Eigentlich hatte ich es in letzter Zeit ganz gut im Griff«, erwidere ich. Aber ganz offenbar war das nicht von Dauer.

»Ich habe dir einen Cappuccino mitgebracht«, sagt sie und reicht mir den Becher. Ich nehme einen Schluck von dem schaumigen Kaffee, nachdem wir uns auf den Balkonstühlen niedergelassen haben. Er schmeckt himmlisch.

»Danke dir«, sage ich und wische mir den Schaum von der Oberlippe. »Ich kann gar nicht glauben, dass du verheiratet bist.«

»Verrückt, nicht wahr?« Sie streckt ihren Arm nach vorn und betrachtet den Ring an ihrer Hand. »Hast du dich gestern gut amüsiert?« Sie greift in die Papiertüte und fischt ein Croissant heraus.

»Ich glaube, die viel wichtigere Frage ist, hast *du* dich gut amüsiert?«

Sie reißt eine Hälfte vom Croissant ab und reicht sie mir auf einer Serviette. »Ich durfte Theo heiraten. Alles andere spielt keine Rolle.«

Ich zupfe an dem Croissant in meiner Hand herum. Winzige Blätterteigflöckchen wehen mit dem Wind davon. »Andy, ich schulde dir eine Entschuldigung.«

»Weshalb?« Sie nimmt einen Bissen von ihrer Hälfte.

»Weil ich nicht da gewesen bin. Bei allem.«

Sie wischt sich einen Krümel vom Kinn und schüttelt den Kopf. »Ich bin nicht sauer auf dich, Bennet.«

»Das könntest du aber sein. Ich habe dich und deine Familie im Stich gelassen. Und das nach allem, was passiert ist. Ich habe deshalb ein furchtbar schlechtes Gewissen.«

»Das musst du aber nicht. Dazu besteht überhaupt kein Grund.«

»Ich habe mich so geschämt, dass mein Leben ein einziger Trümmerhaufen war, während deins so gut zu laufen schien. Ich hatte das Gefühl, als würde ich alle bloß runterziehen.«

Sie lacht und runzelt ihre sorgfältig gezupften Augenbrauen. »Bennet, du hast nie erkannt, dass ich bloß viel besser darin bin als du, meine Probleme zu verbergen. Das war schon immer so.«

»Was soll das heißen?«

Sie schlägt die Beine übereinander. »Das soll heißen, dass ich an dem Tag, als du L. A. verlassen hast, so wütend auf dich war, weil ich eigentlich wütend auf mich selbst war, dass ich mich dir nicht geöffnet habe, um meinen Schmerz mit dir zu teilen. Du dachtest, es ginge mir gut, dabei ging es mir beschissen. Und ich wollte, dass du mich durchschaust.«

Ich schüttele den Kopf. »Hab ich aber nicht.«

»Das ist es ja«, sagt sie. »Ich war so gut darin geworden, mich hinter dieser Fassade zu verstecken und zu sein, was die Welt von mir erwartet, dass ich sie um jeden Preis aufrechterhalten wollte, als Sam starb. Weil ich dachte, wenn es mir gelänge, einfach so weiterzumachen, dann würde es sich vielleicht nicht so schrecklich anfühlen. Aber natürlich fühlte es sich nur noch schlimmer an, je mehr ich so tat, als würde es nicht wehtun.«

Mir fällt ein, dass Henry einmal beinahe das Gleiche gesagt hatte. Darüber, das zu sein, was die Welt von ihm erwartete: extrovertiert, unbeschwert. Und ich hatte ihn dennoch unter

Druck gesetzt, an diesem Wochenende *der charmante Henry* zu sein, obwohl ich genau wusste, dass er sich in seinem tiefsten Inneren nicht so fühlte. Ich starre in den Schaum meines Cappuccinos, schäme mich mehr und mehr dafür, wie ich mich dieses Wochenende verhalten habe.

»Glücklicherweise bin ich seit ein paar Jahren in Therapie«, sagt sie und rutscht auf ihrem Stuhl nach vorn. »Arbeite daran. Und auch an vielen anderen Dingen.«

»Du bist in Therapie?«

»Jede Woche.« Sie nickt. »Aber ja, ich bin nie dazu gekommen, dir zu sagen, wie leid es mir tut, dass ich bei deinem Besuch damals so getan habe, als sei bei mir alles in Ordnung. Denn das war es ganz und gar nicht.«

»Aber ich hätte die Dinge, die ich dir an dem Tag an den Kopf geworfen habe, trotzdem nicht sagen sollen. Und ich hätte auch nicht einfach so verschwinden dürfen.«

»Liebes«, sagt sie und legt ihre Croissanthälfte auf dem Tisch zwischen uns ab. »Wir alle haben Sam verloren. Und wir alle haben versucht, damit auf unterschiedliche Art und Weise fertigzuwerden. Mir war klar, dass du Abstand brauchtest. Und ich könnte dir deshalb niemals böse sein.«

Ich runzele die Stirn. »Ich war mit dieser Vorstellung hergekommen, dass ihr mich alle hassen würdet. Aber wie sich jetzt herausstellt, hasst mich außer ich selbst wohl niemand.«

»Ich hätte mich vielleicht mal hin und wieder über einen Anruf von dir gefreut. Aber Sam zu verlieren, das war für uns alle so unglaublich schwer zu verkraften. Du musst dich nicht dafür hassen, wie du mit deiner Trauer umgegangen bist.«

»Andy«, sage ich, und der Griff um meinen Becher ist so fest, dass ich eine Seite eindrücke. »Wenn Sam mir niemals begegnet wäre, dann hätte er in jener Nacht nicht hinterm Steuer gesessen.«

Ihr Mund verzieht sich zu einer schmalen Linie. »Tu das nicht, Bennet. Fang nicht damit an.«

»Er saß in dem Auto und war auf dem Weg zu mir, weil unsere Beziehung auf der Kippe stand. Das ist alles meine Schuld.« Endlich war die Wahrheit heraus. Meine Hand, die den Becher hält, zittert. Andy greift über den Tisch hinweg, nimmt mir den Becher ab, stellt ihn auf den Tisch und ersetzt ihn durch ihre Hand.

»Jeder von uns dachte, selbst schuld zu sein. Mein Vater hat ihn damals an dem Abend ermuntert, zu dir zu fahren, um persönlich mit dir zu reden. Er hat Jahre gebraucht, um seine Schuldgefühle loszuwerden.«

Mir wird flau im Magen. »Ihr wusstet also alle, dass wir uns trennen wollten?«

»Sam konnte seine Gefühle nicht verbergen. Nicht, wenn es um dich ging. Es hat nichts an seiner Liebe zu dir geändert, und ich vermute mal, dass es umgekehrt bei dir auch so war.«

Ich nicke. »Ja, ich habe nie aufgehört, ihn zu lieben. Und ich glaube, das werde ich auch nie.«

Sie streckt ihre Hand aus und legt sie mir auf die Wange. »Darum geht es im Leben. Höre niemals auf zu lieben. Egal, was auch passiert.« Ein Lächeln huscht über ihr Gesicht. »Wir lieben dich. Daran wird sich nie etwas ändern. Und es ist nicht deine Schuld.«

Ich atme tief aus. »Danke, Andy.« Ich schlinge ihr über den Tisch hinweg die Arme um den Hals. »Du glaubst gar nicht, wie unglaublich gut es tut, diese Worte zu hören!« Sie drückt mich, soweit es der Tisch zulässt, an sich. Andy Chase hält mich fest. Wenn ich hier und jetzt zusammenbrechen würde, wäre sie da, um mich aufzufangen.

Als wir die Umarmung lösen, wische ich mir eine Träne

von der Wange. Sie atmet tief durch und sagt: »Erzähl mir von Henry. Er ist nicht bloß ein Bekannter von dir, oder?«

War ja klar, dass sie es merken würde.

»Nein.« Ich lehne mich in meinem Stuhl zurück. »Na ja.« Ich atme prustend aus. »Ich bin mir da nicht mehr so sicher.«

»Wieso?«

Ich nehme einen Bissen von meinem Croissant. »Er hat mitbekommen, wie ich zu deiner Mutter gesagt habe, dass ich nie wieder jemanden so lieben werde wie Sam«, erkläre ich ihr.

»Verdammt!«, sagt sie mit aufgerissenen Augen.

»Und als er deswegen aufgebracht war … da konnte ich ihn nicht belügen. Ihm nicht sagen, dass es nicht stimmt. Vor allem nicht, weil ich es bisher nicht geschafft habe, darüber hinwegzukommen. Nicht wirklich.«

Sie holt tief Luft. Eine sanfte Brise weht durch ihr rotes Haar. »Darüber hinwegzukommen, bedeutet ja nicht, dass wir Sam nicht mehr lieben oder ihn nicht jeden Tag vermissen, denn glaub mir, das tue ich nach wie vor. Es bedeutet vielmehr, uns für die Liebe und alles andere zu öffnen, was das Leben zu bieten hat. Sam würde wollen, dass du lebst. *Ich* will, dass du lebst.«

»Das ist leichter gesagt als getan.«

»Ich weiß«, sagt sie. »Aber du tust dir keinen Gefallen mit einem so selbstzerstörerischen Verhalten. Versuch es einfach. Und ich meine nicht nur halbherzig, sondern aus vollem Herzen, Bennet!«

»Und was ist, wenn ich es nicht schaffe?«

»Du wirst es schaffen«, sagt sie. »Du wirst nicht durch irgendwelche Entscheidungen definiert, die du bei Sam getroffen hast, und auch nicht durch die Fehler, die du bei jemand anderem begehst. Wenn du wirklich noch nicht bereit bist, mit einem anderen Mann zusammen zu sein, dann ist das völlig in Ordnung. Aber wenn du dazu bereit bist, Bennet, dann ist das auch okay. Du brauchst dazu keine Erlaubnis von mir, aber wenn du dieser Ansicht bist, dann bitte schön, Erlaubnis erteilt!«

Ich gebe ein zittriges Lachen von mir, greife nach meinem Becher, nehme einen Schluck. »Okay.«

»Okay«, sagt sie.

Ich schaue auf das Meer hinaus, über all die Menschen hinweg, die auf ihren Strandtüchern liegen, und die Kinder, die auf der Suche nach Muscheln sind. In diesem Augenblick spüre ich es. Ich vermisse Henry so sehr. Sein Haar, seine Augen, seine Stimme. Und sein Lachen. Seinen Optimismus, die Art, wie er mit den Leuten redet und dabei wirklich zuhört. Und ich vermisse den Menschen, der ich bin, wenn er bei mir ist. Ich vermisse all das.

Ich blicke auf meinen Schoß hinunter, auf meinen Griff um den Kaffeebecher. »Ich liebe ihn«, sage ich hauptsächlich zu mir selbst. Als ich einen Moment später den Kopf hebe, sieht mich Andy mit einem breiten Grinsen auf dem Gesicht an.

»Ich wusste es«, sagt sie.

»Wieso?«

Sie zuckt mit den Schultern und mustert mich mit einem Blick unter ihren glitzernden Lidern hinweg. »Ich weiß, wie du aussiehst, wenn du verliebt bist.«

Ich sinke in meinen Balkonstuhl zurück, verschränke die Arme vor dem Körper. »Ich glaube, er will nichts mehr mit mir zu tun haben.«

»Und ich glaube, du wärst überrascht. Du dachtest ja auch, dass ich nichts mehr mit dir zu tun haben wollte, und ich liebe dich wie verrückt, Bennet Taylor.«

»Und ich liebe dich auch wie verrückt, Alexandra Brightwood.«

Sie macht eine abwehrende Handbewegung. »Chase, bitte schön. Ich bleibe eine Chase.«

»Gott sei Dank«, sage ich lächelnd und schwöre mir im Stillen, alles zu tun, damit wir uns nie wieder so weit voneinander entfernen.

#

Der Platz neben mir im Flugzeug, wo Henry hätte sitzen sollen, ist leer. Ich lasse meine Tasche darauf fallen, um nicht ständig daran erinnert zu werden, dass ich in eine Stadt zurückfliege, die sich ohne ihn nicht mal mehr wie ein Zuhause anfühlt.

Dabei rutschen meine Ohrhörer, meine Sonnenbrille und ein Päckchen Kaugummi heraus. Ich stopfe alles wieder hinein. Dabei fällt mein Blick auf etwas Neues darin, das ich nicht gleich wiedererkenne. Doch als ich es tue, bleibt mir die Luft weg.

Ich schließe meine Finger darum, spüre das vertraute Gewicht des Balles, das weiche Leder, die unebenen Stiche, die entlang seiner runden Oberfläche verlaufen.

Andy muss ihn mir heute Morgen, als sie mein Zimmer verließ, heimlich in die Tasche gesteckt haben.

Ich hole den Baseball hervor, drehe ihn in meinen Händen. Tränen schießen mir in die Augen, sodass ich die verblassten Worte *Tut mir leid. Ich liebe dich*, die sie mit rotem Edding damals darauf geschrieben hatte, nur verschwommen sehe.

Meine Lippen zittern, als ich den Ball an mein Herz drücke.

Sie hat ihn aufbewahrt. All die Jahre lang.

Ich halte etwas in meinen Händen, das nicht nur Andy und ich angefasst haben, sondern auch Sam. Es ist das kostbarste Geschenk, das sie mir hätte machen können. Ein Relikt aus der Vergangenheit, ein Totem der Vergebung.

All die gemeinsamen Abende im Schlagkäfig, all die Morgen in Sams Bett, all die Frühstücke und Abendessen, all die Tränen und all das Lachen, all die Erinnerungen stürmen auf mich ein.

Meine Tränen trocknen, und der Kloß in meinem Hals löst sich auf, während die Erinnerung an ihn ein Lächeln auf mein Gesicht zaubert. Ich lächele bei der Erinnerung an unseren ersten Kuss. Ich lächele bei der Erinnerung an den Klang seines Lachens. Ich lächele bei der Erinnerung daran, wie eifersüchtig Andy wurde, wenn wir sie nicht in unsere Pläne miteinbezogen.

Die Erkenntnis, dass ich Sam ebenso sehr wie alle anderen in meinem Leben gemieden habe, ist wie ein Stich ins Herz. Er fühlt sich an wie ein Teil von mir, aber wann habe ich die Erinnerung an ihn wirklich zum letzten Mal willkommen geheißen?

Es geht immer nur ums Verzeihen. Ich habe in diesem Sommer so viele Menschen gebeten, mir zu verzeihen – Andy, Sonya, die Familie Chase, Henry –, aber ich habe mir selbst nicht verziehen, und ich habe Sam nicht darum gebeten, mir zu verzeihen.

Dabei sehne ich mich so sehr danach. Sehne mich nach Heilung, möchte wachsen und vorankommen und mir glückliche Momente vorstellen, wenn ich an meine Zukunft denke. Ich möchte wieder zurück an die Uni. Möchte eine Therapie beginnen. Mehr über Menschen, mehr über Trauer lernen.

Und ich möchte Henry dabei an meiner Seite haben. Möchte, dass es bei der Liebe, die ich für ihn empfinde, ganz allein um ihn geht. Um uns beide. Und das wünsche ich mehr als alles andere, was ich mir seit sehr langer Zeit gewünscht habe. Es ist so simpel. Denn er ist eine Liebe meines Lebens. Eine Liebe von zweien.

Ich halte den Ball den ganzen Rückflug über in meinen Händen. Halte ihn, als ich durch den Flughafen gehe und den AirTrain zurück nach Manhattan nehme. Ich denke kaum nach, bewege mich einfach vorwärts. Es ist fast so, als würde mich der Baseball zu meinem Ziel führen. Und ich halte ihn auf der ganzen U-Bahn-Fahrt zum Yankee Stadium ganz fest in meiner Hand.

KAPITEL 33

Die Sonne blendet mich, als ich aus der U-Bahn-Station auf die Straße trete. Es ist der spielfreie Tag der Yankees, deshalb ist nicht viel los. Es laufen lediglich ein paar Leute herum, die fotografieren oder ihren Alltagsdingen nachgehen.

Ich stehe am Yankee Stadium, den Koffergriff in der einen Hand, den Baseball in der anderen, und hole dreimal tief Luft. Ich schließe die Augen und bereite mich innerlich auf das vor, weshalb ich hergekommen bin.

Ein Schatten fällt auf mein Gesicht. Als ich die Augen öffne, steht ein Mann neben mir.

»Sorry«, sagt er und schreckt dabei etwas zurück. »Ich wollte nicht stören.«

Er hat ein junges, aber von der Sonne gegerbtes Gesicht, trägt eine Yankee-Kappe und ein verschwitztes blaues T-Shirt.

»Schon okay. Ich bin Bennet.«

»Mike.« Er wischt sich den Schweiß von der Stirn und blickt mit zusammengekniffenen Augen zum Stadion hinauf. »Es ist beeindruckend, nicht wahr? Ich arbeite hier, hab mich aber immer noch nicht daran gewöhnt.«

Normalerweise würde mich eine so zufällige Begegnung in die Flucht schlagen, aber ich eifere Henry nach und begrüße die Unterhaltung.

»Sie arbeiten hier?«

Er dreht mir den Rücken zu. Auf seinem Shirt, das schweißgetränkt ist, steht zwischen seinen Schulterblättern *WAR-TUNG* zu lesen.

»Sehr cool«, sage ich. Ich erinnere mich daran, wie ich vor nicht allzu langer Zeit hier gestanden und mir gewünscht habe, Sam irgendwo zu sehen. Ihn zu spüren. »Mein Freund war Yankee-Fan«, sage ich.

»War? Ich hoffe nicht, dass er zu den Mets übergelaufen ist!«

»Er ist gestorben, als ich im College war.« Mike wirkt überrumpelt, sein Mund ist leicht geöffnet, als versuche er, ein paar Worte herbeizuzaubern. »Sorry, das waren zu viele persönliche Informationen, aber ich arbeite daran, mich zu öffnen«, füge ich hinzu.

»Tut mir wirklich leid.«

»Ist schon okay.« Ich schaue ihn an, nehme all meinen Mut zusammen. »Mike, lassen Sie auch schon mal Leute rein, damit sie sich das Spielfeld ansehen können?«

Er schaut auf seine Uhr und beißt sich auf die Unterlippe. »Eigentlich ist es mir nicht erlaubt ...«

»Es geht ganz schnell«, verspreche ich. »Und ich werde auch nichts anfassen.«

Er wirft einen Blick über seine Schulter, als würde er Ausschau nach seinem Vorgesetzten halten. Ich habe ein schlechtes Gewissen, dass ich ihn in diese Lage bringe, aber ich muss es einfach unbedingt von innen sehen.

»Bitte, ich möchte es mir nur ganz kurz anschauen«, sage ich. »Ich konnte ja nie mit ihm zu einem Spiel gehen.«

Mike atmet aus, bläst die Luft durch die Lippen und legt die Hände auf seine Gürtelschnalle. »Zu Ehren Ihres Freundes werde ich mal eine Ausnahme machen.«

»Wirklich? Und Sie werden auch bestimmt keinen Ärger kriegen?«

Er zuckt mit den Schultern. »Ich habe den Leiter der Wartungsabteilung mal mit einer Frau in einem der Umkleideräume erwischt. Der ist mir was schuldig.« Er macht sich auf den Weg und bedeutet mir, ihm zu folgen.

Er führt mich durch eine kleine Seitentür hinein. Ich folge ihm mit meinem Rollkoffer durch eine Reihe von Gängen und Treppenhäuser und fange langsam an, mich zu fragen, ob es wirklich eine so gute Idee gewesen war, mit einem wildfremden Mann hier hineinzugehen. Doch als mir dann Tageslicht in die Augen fällt und wir ins Freie hinaustreten, da weiß ich, dass ich genau hier sein soll.

Das Spielfeld ist gigantisch und der Rasen so grün wie Jolly-Ranger-Lutschbonbons mit Apfelgeschmack. Es riecht nach frisch geschnittenem Gras und nach Erde. Das Ausmaß verschlägt mir den Atem. Ich habe das Gefühl, mitten im Daumenabdruck eines Riesen zu stehen.

»Ziemlich abgefahren, was?« Mike nimmt seine Baseballkappe ab und fächelt sich damit Luft zu.

»Ich komme mir so winzig vor«, sage ich.

»Das relativiert die Dinge, stimmt's?«

»Ich bin Ihnen wirklich sehr dankbar, Mike. Sie haben ja keine Ahnung, was mir das hier bedeutet.«

Er winkt ab. »Schon okay.« Mit dem Zeigefinger deutet er auf eine kleine Tür, die sich auf der anderen Seite des Spielfeldes befindet. »Ich werde Ihren Koffer mit rübernehmen. Sie können ihn dort abholen, wenn Sie fertig sind. Lassen Sie sich Zeit.« Er greift nach meinem Koffer und trägt ihn vom Spielfeld.

Ich wende mich dem Pitcher's Mound zu und gehe vorsichtig darauf zu, platziere meine Füße so, dass meine Zehen eine Linie mit der Platte bilden, und starre zur ersten Base hinüber. Mein Herz schlägt schnell.

Ich platzierte den Ball in der Mitte der Platte und setze

mich, ihm zugewandt, im Schneidersitz hin. Ich verharre für einen Moment, um meinem Körper die Gelegenheit zu geben, die Atmosphäre in sich aufzunehmen, dieses Gigantische, das mich umgibt. Ich kämpfe gegen mein Unbehagen an und zwinge mich weiterzumachen, auch wenn ich ein bisschen verlegen bin in Bezug auf das, was ich vorhabe.

»Hallo, Sam.« Eine leichte Brise streicht über mein Gesicht. »Hallo, mein Liebling.« Ich wische mit meinen Fingern über die feine Erde in der Nähe der Platte. »Also … ich bin bei Andys Hochzeit gewesen, wie du sicher schon weißt. Das heißt, eigentlich habe ich keine Ahnung, was du weißt … Keine Ahnung, was ich zu wissen glaube, was du weißt. Aber falls du irgendwo bist, dann warst du mit Sicherheit dort bei uns am Strand. Sie hat wunderschön ausgesehen. Und ich glaube, Theo würde dir gefallen.«

Ich atme zitternd ein, lasse meine Finger über die Oberfläche des Balls gleiten, drehe ihn, sodass ich auf die Worte *Tut mir leid* blicke.

»Ich habe deine Eltern getroffen. Es geht ihnen gut. Sie vermissen dich ganz furchtbar. Wir alle tun es.« Ich schaue in den Himmel hinauf, um dieses Brennen in meinem Hals zu unterdrücken.

»Ich habe dir nie gesagt, wie unendlich leid es mir tut, Sam. Und ich habe mir jeden einzelnen Tag gewünscht, dass ich es dir sagen könnte, aber es fühlt sich nie an, als sei es genug. Es sind so banale Worte in Anbetracht einer so ungeheuren Sache. Ich habe mir schon Tausende Male überlegt, was ich dir sagen will, und es kommt mir alles so falsch vor. Ich kann es einfach nicht ausdrücken, wie furchtbar es ist, dich verloren zu haben.«

Eine dicke Wolke wirft einen Schatten über meine Augen, bringt Erleichterung, lindert die Hitze ein wenig.

»Und ich liebe dich. Ich werde dich vermutlich bis ans Ende meines Lebens lieben. Ich kann mir eine Welt, in der ich aufgehört habe, dich zu lieben, einfach nicht vorstellen. Es ist mir unglaublich wichtig, dass du das weißt. Ich habe nie damit aufgehört und werde es auch niemals tun.«

Der Wind frischt auf, weht mir das Haar ins Gesicht. »Auch wenn ich andere Menschen liebe, sollst du wissen, dass dies nur möglich ist, weil ich auch dich liebe. Ich bin für immer ein besserer Mensch, weil es dich in meinem Leben gegeben hat.«

Ich streiche mit dem Daumen über die Worte *Ich liebe dich* auf dem Ball.

»Ich dachte, in New York zu leben, wäre der beste Weg, dich zu ehren, aber nun weiß ich, dass der beste Weg darin besteht, niemals aufzuhören, dich zu lieben. Also werde ich es auch nicht. Niemals.«

Mit einem Mal beginnt es aus dieser Wolke über mir zu regnen. Ein kräftiger Sommerschauer, der meine Klamotten innerhalb kurzer Zeit durchnässt. Ich stehe auf und strecke mitten auf dem Spielfeld meine Arme Richtung Himmel. Der Regen strömt über mein Gesicht, meine Haare. Läuft mir in die Augen. In die Ohren. Ich renne mit einem Engegefühl in der Brust zur ersten Base und laufe dann weiter. Umkurve keuchend, schwer atmend die zweite Base. Als ich die dritte umkurve, schreien meine Beine förmlich, dass ich stehen bleiben soll. Aber das tue ich nicht. Als ich die Homeplate erreiche, presse ich meine Finger erst gegen meine Lippen, dann auf die Platte und sage leise die Worte *Ich liebe dich*.

Ich lasse den Ball auf der Homeplate liegen und renne zu der Tür hinüber, hinter der mein Koffer auf mich wartet. Der Regen läuft mir dabei in Strömen über das Gesicht, sammelt sich in meinen Schuhen und spült all die trüben Gedanken fort, die schon viel zu lange mein Leben bestimmt haben. Und in dem Moment ertönt ein lauter Donner vom Sommerhimmel herab. Sam.

Als ich das Yankee Stadium verlasse, drehe ich mich noch einmal um, lächele im Regen und flüstere allem, was mich umgibt, ein Dankeschön zu. Und dann lasse ich alles hinter mir.

#

Sobald ich zu Hause bin, schäle ich mich aus meinen nassen Klamotten, ziehe mir etwas Trockenes an und laufe dann in der brütenden Septemberhitze im Wohnzimmer auf und ab. Ich denke darüber nach, was ich in den vergangenen Monaten über mich, Sam und Henry, über Andy, Sonya und Jamie gelernt habe. Über das Glücklichsein. Über Leidenschaft. Über Trauer. Und ich denke über unser kleines Projekt zum Aufspüren meiner Passion nach und wofür es alles stand. Die Hoffnung, die es mir für die Zukunft gegeben hatte. Und mir wird klar, dass ich noch eine letzte Sache für mich selbst tun muss, um dieses Projekt ein für alle Mal abzuschließen. Und das erfordert drei Anrufe: einen bei einem Therapeuten, einen bei meinem Studienberater und einen bei Sarah.

KAPITEL 34

Ich stehe hinter dem Tresen und wringe einen Küchenlappen in meinen Händen, bis er so stramm ist wie ein Seil. Die Tür zur Küche öffnet sich, und Sarahs Kopf erscheint.

»Er ist unterwegs«, sagt sie. »Alles okay bei dir?«

Sarah war anfangs skeptisch gewesen. Ich schätze, sie war schon immer skeptisch, was mich anging, so wie ich es ihr gegenüber auch immer gewesen war. Aber nachdem wir Entschuldigungen ausgetauscht hatten, war sie bereit, mir zu helfen. Außerdem hatte sich Jamie über Textnachrichten sehr für mich eingesetzt. Sie war einverstanden gewesen, das Restaurant eine Stunde früher zu öffnen, damit ich Henry hier überraschen konnte.

»Danke, Sarah«, sage ich und lasse eine Seite des verdrehten Küchenlappens los. »Für all das hier.«

Sie beißt sich auf die Unterlippe und stößt einen Seufzer aus. »Was ich da vor ein paar Wochen zu dir gesagt habe, dass du ihn unglücklich machen würdest, das war nicht fair«, erklärt sie. »Und es stimmte auch nicht. Bevor er dich kennengelernt hat, hing er nach der Arbeit immer noch mit dem Rest der Mitarbeiter herum. Und jetzt stürmt er immer gleich raus, um sich mit dir zu treffen. Er kommt zu spät, er ist überhaupt nicht bei der Sache und schaut ständig mit einem dämlichen Grinsen auf sein Handy. Er wird sich freuen, dich zu sehen.«

Ich schlucke, und mein Herz schlägt schneller. »Hoffentlich hast du recht.«

Ihr Handy gibt einen Ton von sich, und sie zieht es aus ihrer Gesäßtasche. »Er ist fast hier«, sagt sie. »Hast du den Umschlag?«

Ich nicke und ziehe aus meiner Gesäßtasche einen weißen Umschlag hervor.

»Okay«, sagt sie. »Ich bin dann mal hinten.«

Die Küchentür schwingt zu, und Sarah ist verschwunden. Jetzt bin ich allein hinter dem Tresen im L'Italiano. Das Licht ist gedimmt, Ella Fitzgeralds Stimme tanzt durch die Luft, und ich habe eine Pepperoni-Pizza vor mir auf dem Tresen. Genau wie in der Nacht, als wir uns zum ersten Mal begegnet sind. Henry wird vorbeikommen, um seinen Gehaltsscheck abzuholen, so wie ich damals vorbeigekommen war, um mein Portemonnaie abzuholen. Doch stattdessen werde ich hier auf ihn warten, so wie er damals auf mich gewartet hat.

Mein Herz hämmert, und da ist ein Rumoren in meinem Bauch. Mein Blick ist auf die Tür gerichtet. Er wird jeden Moment hier sein.

Es ist zwei Wochen her, seit ich ihn zum letzten Mal gesehen habe. Zwei Wochen, in denen ich mir gewünscht habe, ich hätte mich anders verhalten. Zwei Wochen mit dem Wissen, dass ich ihn liebe und keine Angst mehr habe, und in denen ich den Plan entworfen hatte, den ich nun ausführe. Für einen Moment sehe ich wieder vor mir, wie Henry allein am Strand davongeht, aber dieses Mal frage ich mich nicht, ob ich einen solchen Schmerz noch einmal aushalten könnte. Ich habe so viel in meinem Leben bewältigt, von dem ich nie geglaubt hatte, dass ich es schaffen würde. Ich bin für alles bereit, ob gebrochenes Herz oder Liebe.

Aber ich hoffe inständig, dass das hier nicht mit einem gebrochenen Herzen endet.

Ich greife nach zwei Weingläsern und stelle sie auf den Tresen. Daneben platziere ich eine Flasche Côtes du Rhône. Dann beuge ich mich zu dem Cooler unter dem Tresen hinunter, um eine Flasche Grapefruitwein daraus hervorzuholen, damit alles so wie damals ist. In dem Moment ertönt die kleine Klingel über der Eingangstür des Restaurants.

Ich erstarre in meiner gebückten Haltung unter dem Tresen, sodass er mich nicht sehen kann.

»Sarah?«, ruft er.

Seine Stimme zu hören, lässt mein Herz schon höherschlagen. Er ist hier, nur einen Meter entfernt.

Henry.

Ich richte mich mit der kalten Weinflasche in meinen Händen auf. Er sieht mich mit großen Augen an und weicht einen Schritt zurück.

»Bennet?« Da ist ein Zittern in seiner Stimme, wie ich es bei ihm noch nie gehört habe.

Ich öffne den Wein. »Rot oder weiß?«

»Was …«, setzt er an, kratzt sich am Kinn. »Was ist hier los?«

Ich hole tief Luft, versuche, mich an alles zu erinnern, was ich ihm sagen will. Alles, was ich empfinde, in der Hoffnung, dass er meine Gefühle erwidert.

Ich gieße etwas Weißwein in mein Glas und Rotwein in das andere. Er beobachtet mich aufmerksam, rührt sich aber nicht.

»Vor ein paar Monaten bin ich nach einem furchtbaren Tag in dieses Restaurant hineingestolpert«, sage ich und sehe zu, wie sich die rote Flüssigkeit langsam in seinem Glas sammelt. »Da war ein Typ hinter dem Tresen, der mich allen Widrigkeiten zum Trotz glauben machte, dass das Leben vielleicht doch lebenswert ist.« Ich stelle die Flasche hin und schiebe das Glas zu ihm hinüber. »Und nach nur einem Glas Rotwein habe ich mich von ihm überreden lassen, auf diese verrückte Suche nach meiner Passion zu gehen. Er war sehr überzeugend und, ehrlich gesagt, auch ziemlich penetrant.«

Henry gibt ein schnaubendes Lachen von sich. Das reicht mir aus, um weiterzumachen.

»Jedenfalls war ich in jener Nacht völlig fertig. Habe mich geschämt, habe getrauert, habe jeden Menschen in meinem Leben weggestoßen, um lieber allein zu sein. Aber etwas tief in mir drin hat mir geraten, ja zu ihm zu sagen. Dass er wichtig ist. Wichtig für mich sein wird. Und das war er auch.«

Henry blickt zur Seite, ins Licht.

»Er hat mir den ganzen Sommer über dabei geholfen, meine Passion zu finden«, sage ich. »Es war im Grunde eine sinnlose Suche. Wir haben bei dem Versuch, sie zu finden, einen Haufen komischer Sachen gemacht. Aber inzwischen habe ich herausgefunden, was es ist. Möchtest du es wissen?«

Er wendet sich mir wieder zu, sieht mich mit glasigen Augen an und nickt.

»Es ist weder ein Job noch irgendein Hobby und auch kein Mensch. Es ist schlicht und einfach, zu lieben und immer wieder einen neuen Versuch zu wagen. Menschen eine Chance zu geben. Am Dachrand eines Wolkenkratzers zu stehen und den Ausblick zu genießen. Sich Geschichten zu erzählen und dabei eine Pizza zu teilen. Neue Freundschaften zu schließen, für die man sich auch mal die Mühe macht, nach New Jersey zu reisen, um sie aufrechtzuerhalten. Businessclass zu buchen, weil es sich jemand wünscht, der dir wichtig ist. Eine Vase mit einem Baseballschläger zu zertrümmern, wenn du deinen Emotionen schon lange keinen freien Lauf mehr gelassen hast. Jemandem die Hand zu halten. Etwas zu unternehmen, das dir Angst macht, mit jemandem, der dir Angst macht. Zu erkennen, dass du am Boden bist, dich aber wieder aufrappeln kannst. Dass du es trotzdem wert bist, geliebt zu werden. Eine Therapie zu beginnen und das Studium abzuschließen. Einen Neustart zu wagen. Jeden Tag aufzuwachen und die Entscheidung zu treffen, dass es sich lohnt. Es ist im Grunde so einfach, und ich komme mir so blöd vor, dass es so lange gedauert hat, um es herauszufinden. Aber das ist im Grunde alles, und der Rest ergibt sich.«

Er schließt die Augen und holt tief Luft. Er sieht aus, als wolle er etwas sagen, aber er schüttelt nur den Kopf und schluckt es hinunter. Er kommt mir so weit weg vor. Ich sehne mich danach, ihn zu berühren.

»Ich habe so viel Energie mit Grübeln verschwendet, dachte, dass ich hinterherhinke, sich die Welt ohne mich weiterdreht, eine Passion die Lösung für all meine Probleme sei, doch dann wurde mir klar, dass *ich* die Einzige bin, die diese Probleme lösen kann. Niemand sonst. Kein toller Job, keine Passion, nicht du und nicht mal eine Therapie. Ich. Und daher warte ich auch nicht mehr länger auf irgendeinen Zauberschlüssel, der mein Leben entsperrt, sondern ich tue es selbst. Fange noch mal neu an. Verpflichte mich dazu, jeden Morgen aufzuwachen und es von ganzem Herzen zu versuchen. Mag sein, dass ich niemals eine Passion finden oder eine tolle Karriere machen werde, aber darauf scheiß ich, Henry. Ich glaube nicht mal, dass das wirklich wichtig ist.« Ich mache eine kleine Pause und hole tief Luft. »Unser kleines Projekt war das Beste, worauf ich mich jemals eingelassen habe. Aber nicht, weil ich eine Passion gefunden habe. Sondern weil es mich glücklich gemacht hat. *Du* hast mich glücklich gemacht. Du hast mir gezeigt, dass sich Liebe nicht darum schert, ob du dein Leben im Griff hast oder ob du ein trauerndes Häufchen Elend bist. Der Liebe ist es egal, ob du voller Angst bist oder deprimiert oder dich der Alltag überfordert. Liebe liebt bloß. Ich bin jeden Tag aufs Neue dankbar dafür, dass ich mir hier in der

Toilette die Seele aus dem Leib gekotzt habe, was eigentlich total bescheuert ist, weil es eine der schlimmsten Nächte meines Lebens war. Aber sie hat mich zu dir geführt, was wirklich das Beste war, was mir passieren konnte.«

Es sprudelt nur so aus mir heraus. Alles, was ich für ihn empfinde, alles auf einen Schlag. Und ich mache weiter, hoffe, dass es ihm nicht zu viel wird.

»Ich möchte wirklich mit dir zusammen sein. Möchte dich küssen, mit dir schlafen und lachen und weinen, dir Geschichten erzählen und mit dir Filme anschauen. Ich möchte zusehen, wie du Fotos machst, und ich möchte deinen Vater kennenlernen und auf Berge steigen und dich in den Arm nehmen, wenn du einmal scheiterst. Ich möchte mit dir streiten und mich mit dir versöhnen und die Augen verdrehen, wenn du zum x-ten Mal im Park stehen bleibst, um dich mit jemandem zu unterhalten. Ich möchte mit dir einen bösen alten Hund retten und ihn Fuchur der Dritte nennen. Ich möchte mit dir Wein trinken, über Leute herziehen, Leute bewundern, mich zusammen mit dir mit Leuten unterhalten. Ich möchte, dass wir aufeinander aufpassen und jeder für den anderen da ist.« Eine Träne läuft mir über die Wange. Ich wische sie fort. »Ich bin dazu bereit. So was von bereit! Ich bin es leid, traurig zu sein. Wütend auf die Welt und mich selbst. Ich bin es leid, mich an die Vergangenheit zu klammern, weil ich Angst vor der Zukunft habe.«

Henrys Augen verraten nichts. Ich habe keine Ahnung, ob er mich hasst oder ob er mich liebt, denn er schweigt weiter.

Ich halte den Umschlag in die Höhe. »In der Nacht, als wir uns zum ersten Mal begegnet sind, da hast du eine Wette mit Sarah abgeschlossen, dass du mich wiedersehen würdest, und du hast diese Wette gewonnen.« Ich öffne den Umschlag und ziehe einen Zwanzig-Dollar-Schein daraus hervor und lege ihn auf den Tresen. »Ich möchte eine weitere Wette mit dir abschließen.«

Er tritt näher an den Tresen und streicht mit seinen Fingern über den Geldschein. »Okay«, sagt er. »Und was wettest du?«

Es ist so weit. Der Moment für mein letztes Eingeständnis ist gekommen. »Ich wette, du hast keine Ahnung, dass ich dich liebe. Dass ich total, wahnsinnig, unsterblich in dich verliebt bin. Was ich Sams Mutter gesagt habe, war falsch. Ich dachte, es wäre das, was sie hören wollte, aber ich lag so was von daneben. Ich liebe dich so sehr, dass es wehtut. Ich liebe dich so sehr, dass ich dachte, ich hätte es nicht verdient. Ich liebe dich so sehr, dass ich mir eine Therapeutin gesucht habe, damit ich dich richtig lieben kann. Damit ich die Welt richtig lieben kann. Ich wette, du hast keine Ahnung, dass ich im letzten Sommer in jeder Hinsicht mehr Leidenschaft für mein Leben empfunden habe als in den Jahren zuvor. Ich wette, du weißt nicht, dass du mein Lieblingsmensch bist. Ich wette, du weißt all das nicht, weil ich Angst hatte, es dir zu sagen. Aber ich sage es dir jetzt, spreche es ganz offen aus: Ich liebe dich. Und es hat gar nichts damit zu tun, wie sehr ich Sam geliebt habe, denn du bist ein anderer Mensch, und es ist eine andere Liebe.« Meine Hände beginnen zu zittern, als ich fortfahre. »Und ich hoffe wirklich sehr, dass ich mit dieser Wette hier richtigliege, denn sonst stünde ich wirklich unglaublich blöd da, aber …« Ich hole tief Luft, denn jetzt kommt der furchteinflößendste Teil: »Ich wette, du liebst mich auch.«

Für einen Moment herrscht Stille. Und dieser Moment, in dem Henry und ich uns regungslos anstarren, zieht sich in die Länge, kommt mir wie eine Ewigkeit vor. Schließlich nimmt er den Zwanzig-Dollar-Schein in die Hand, dreht ihn einmal um, sagt aber nichts.

»Wie sieht's aus, Henry?«, flüstere ich. »Habe ich die Wette gewonnen?«

Bitte sag ja! Um Himmels willen sag ja.

Endlich blickt er auf und richtet seine grünen Augen auf mich, in denen Tränen schwimmen. »Du hast die Wette gewonnen«, sagt er. »Natürlich hast du die Wette gewonnen.«

Ich atme vernehmlich aus und gebe beinahe einen erleichterten Schluchzer von mir. Ich eile auf die andere Seite der Bar, und er öffnet seine Arme für mich, und ich umschlinge ihn, atme seinen Minze-Zucker-Duft ein, klammere mich an sein Shirt, spüre, wie sein Brustkorb zittert, bin mir aber nicht sicher, ob die Ursache Lachen oder Weinen ist. Er hebt mich in die Höhe und drückt mich fester an sich, als er es jemals getan hat.

»Tut mir leid«, murmelt er in meinen Hals hinein. »Tut mir leid, dass ich einfach abgereist bin und dich allein gelassen habe.«

Er setzt mich wieder auf dem Boden ab, und ich lehne mich zurück, um ihn anzusehen. Streiche ihm das Haar aus der Stirn, während seine Arme um meine Taille liegen und mich an ihn drücken. »Ich habe dich weggestoßen«, sage ich. »Was hättest du denn tun sollen?«

Er verzieht den Mund. »Ich habe ein paar schlimme Sachen von mir gegeben.«

»Ist schon okay«, sage ich. »Ich musste sie hören. Und ich habe Andy erzählt, dass wir zusammen sind. Na ja … zusammen waren. Du lagst hundertprozentig richtig. Sie hat sich für mich gefreut.«

»Ich habe trotzdem ein furchtbar schlechtes Gewissen. Es war dir so wichtig.«

»Natürlich war es das, aber du bist mir auch wichtig. und ich habe mich nicht so verhalten. Ich hätte dich der ganzen Familie Chase voller Stolz als meinen neuen Freund vorstellen sollen, statt zu verbergen, wie viel du mir bedeutest. Wir hätten beide besser damit umgehen können, aber das Einzige, was zählt, ist, wie wir es jetzt tun. Keiner wird den anderen mehr wegstoßen, okay?«

»Okay«, erwidert er. »Keiner wird den anderen mehr wegstoßen.«

Er drückt mich an seine Brust, und wir wiegen uns hin und her. »Du siehst gut aus hinter dem Tresen«, sagt er. »Gefällt mir, wie sich das Blatt gewendet hat.«

»Na ja, du hast aber nicht die Toilette vollgekotzt. Also, so ganz hat sich das Blatt nicht gewendet.«

»Stimmt.« Er lacht. »Und das habe ich auch nicht vor.«

Ich lehne mich etwas zurück und blicke zu ihm auf. »Ich habe dich schrecklich vermisst.«

»Ich dich auch«, sagt er, und seine Lippen verziehen sich zu einem sanften Lächeln. Er greift nach dem Zwanzig-Dollar-Schein und hält ihn in die Höhe. »Und ich finde, dass ich die Hälfte des Preisgeldes verdient habe.«

Ich grinse, denn ich wusste, dass er das sagen würde. Ich ziehe einen Zehner aus meiner Hosentasche und halte ihn in die Höhe. »Der gehört dir«, sage ich.

Er umschließt mein Gesicht mit seinen Händen und küsst mich, lässt das Geld dabei zu Boden flattern. Wärme durchströmt meinen Körper, als ich mit meinen Händen über seine Taille streiche und den Stoff seines Shirts packe, um sicherzustellen, dass es auch wirklich real ist. *Er* real ist.

»Ich wünsche mir das hier so sehr«, sage ich. »Können wir bitte wieder zusammen sein?«

»Das wäre schön«, erwidert er und lächelt auf mich herab. »So lange wie nur menschenmöglich.«

Unsere Lippen treffen sich, sein Mund so sanft und liebevoll wie immer. Ich schlinge meine Arme um seinen Brustkorb und schmiege mich ganz eng an ihn.

»Ich liebe dich«, flüstere ich.

Er küsst mich auf die Schläfe. »Ich liebe dich auch. Schon eine ganze Weile.«

Ich presse meine Wange an seine Brust, lausche seinem Herzschlag unter dem Hemd. Er greift mit der Hand in mein Haar und hält mich, als wäre ich etwas ganz Kostbares.

»Henry?«, sage ich, und meine Stimme hallt in seiner Brust wider.

»Ja?«

»Hättest du schon einen Vorschlag für unser nächstes kleines Projekt auf der Suche nach einer Passion für mich?«

Er streicht über meinen Hinterkopf, und ich blicke zu ihm auf. »Also im Moment möchte ich einfach nur mit dir zusammen nach Hause gehen«, sagt er. »Wäre das okay?«

»Absolut«, erwidere ich. »Jederzeit.«

Er legt seinen Arm um meine Schulter. Ich schlinge meinen um seine Taille, möchte ihn gar nicht mehr loslassen und drücke mit dem anderen die Restauranttür auf.

Draußen schaue ich in sein Gesicht, sein freundliches, gütiges, offenes, faszinierendes Gesicht. Seine Augen, sein Haar, das im Wind weht … Ich hätte es mir nicht besser vorstellen können. Ich habe keine Ahnung, wie es jetzt mit uns weitergeht, was als Nächstes passieren wird. Ich habe keine Ahnung, ob ich jemals eine Passion finden werde oder ob es immer bloß ein willkürliches Ziel gewesen ist, das nie wirklich eine Rolle gespielt hat. Ich weiß nur, dass das hier von Bedeutung ist. Er und ich. Dieses Gefühl durchläuft mich wie das Kräuseln einer sanften Welle im Wasser, als ich diesen wundervollen Mann küsse, der jedes einzelne Streichholz in meinem Körper in Flammen setzt. Die erste herbstliche Brise streift uns, während die drückende Hitze des Sommers dahinschwindet.

Es wird mir einfach gut gehen.

OKTOBER

Ein Jahr später

»Schieb!« Henrys Stimme hallt in meinem Kopf wider, als ich mich mit aller Kraft dagegenstemme.

»Was glaubst du, was ich tue?« Ich spüre einen Krampf im Rücken. »Oh, scheiße.«

»Kurze Pause?« Der Schweiß steht ihm auf der Stirn.

»Ja, bitte.« Ich setze meine Seite der Holzkommode auf der Stufe ab. Wir haben es halb die eine Treppe hinaufgeschafft zu unserer neuen Wohnung in Brooklyn.

»Warum ist dieses Ding so verdammt schwer?«, keucht Henry.

»Ich will nichts davon hören. Du hast eine Steinsammlung, die wir noch diese Treppe hinaufschleppen müssen.«

»Das sind winzig kleine Steine, keine Felsbrocken.«

»Ich brauche noch eine Minute.« Ich lehne mich auf die Kommode, die schräg mitten auf der Treppe steht. Henry hält sie ein paar Stufen höher fest. Das ist das erste Möbelstück, das wir aus dem Laster herausgeholt haben, und mich schaudert es bei dem Gedanken an die Schlepperei, die uns heute noch bevorsteht.

Wenn man mich vor anderthalb Jahren gefragt hätte, ob ich in Erwägung ziehen würde, in Brooklyn zu wohnen, hätte ich nur gelacht. Ich wollte ja nicht mal in Manhattan leben, ganz zu schweigen davon, Wurzeln in einem anderen Stadtteil zu schlagen. Aber hier stehe ich nun und schleppe eine unglaublich schwere Kommode zu einer Wohnung in Bushwick hinauf, die Henry und ich gemietet haben. Sie hat ein Schlafzimmer, Zugang zum Dach und genügend Platz, damit sich Henry ein richtiges Fotostudio einrichten kann. Er hat die Verlobungsfotos für Terrance gemacht, unseren Freund aus dem Tierheim, und allein daraus haben sich drei weitere Anschlussaufträge ergeben. Martin hat ihm geholfen, sein Gewerbe offiziell anzumelden, und seitdem ist er jeden Tag damit beschäftigt. Er hat zwar noch nicht beim L'Italiano gekündigt, aber ich weiß, dass er immer noch etwas Angst davor hat, es hauptberuflich zu machen. Ich sage ihm jeden Tag, wie sehr ich an ihn glaube. Er wird den Wechsel schaffen, wenn er so weit ist. Das Studio in unserer Wohnung ist der erste Schritt.

Ich habe im letzten Winter meinen Bachelor gemacht und meine Begeisterung für die Psychologie entdeckt – hervorgerufen durch ein Buch, das ich in den Regalen von McNally Jackson entdeckt hatte. Ich war neugierig geworden, weil mir das Gesicht auf dem Cover bekannt vorkam, und hatte es gekauft, als mir klar wurde, dass es von dem Psychologen verfasst worden war, der zu Beginn des Sommers einen Vortrag in der Bibliothek gehalten hatte. Dr. Barrera. Inzwischen habe ich alles von ihm gelesen, was er jemals geschrieben hat. Wenn alles so weit geregelt ist, habe ich vor, mich für einen Studiengang in klinischer Psychologie einzuschreiben, um eines Tages Trauerbegleiterin zu werden. Es sind nur kleine Schritte, aber wie sich herausstellt, habe ich also doch noch eine Passion gefunden.

Henry pendelt ziemlich regelmäßig zwischen Denver und New York hin und her, und ich begleite ihn wann immer möglich. Sein Vater ist wirklich ein herzensguter Mensch, und ich sehe, wie es Henry zerreißt, dass er sich nie an mich erinnert, obwohl wir uns schon mehrmals begegnet sind. Manchmal erwische ich Henry dabei, wie er sich alte Fotos anschaut, auf denen er mit seinem Dad zu sehen ist, und ich biete ihm meine Schulter zum Weinen an. Wir grenzen den anderen nicht mehr aus, sondern beziehen ihn mit ein. Wir achten aufeinander.

Meine eigenen Eltern waren gleich begeistert von Henry. Ich hatte ihn Weihnachten mitgebracht, und er hat wirklich abgeliefert. Es stimmt. Er kann echt gut mit Eltern.

Sal und Mary sind nach Maplewood umgezogen, um in der Nähe ihres Enkelkindes zu sein. Sal schickt uns regelmäßig Fotos von Michael, der inzwischen anderthalb Jahre alt ist. Wir versuchen, sie alle paar Monate zu besuchen.

Sonya und Jamie sind nach Ablauf unseres Mietvertrags zusammengezogen. Sonya hat ihr eigenes Unternehmen gegründet und entwirft und verkauft nun Schmuck. Ihre Kollektionen werden in verschiedenen New Yorker Boutiquen angeboten, und sie arbeitet an einer Website, um ihre Arbeiten im ganzen Land verkaufen zu können. Jamie lässt sich von ihr einen Ring entwerfen, der angeblich für die Erneuerung des Eheversprechens ihrer Eltern bestimmt ist, aber das ist nur ein Vorwand. Auch wenn Sonya es noch nicht weiß: Sie entwirft gerade ihren eigenen Verlobungsring.

Nachdem Henry und ich zwei Monate lang gemeinsam in seinem winzigen Apartment gelebt hatten, waren wir zu der Entscheidung gelangt, dass es reicht. Wir benötigten mehr Platz.

»Ist das Heben schlecht für deinen Arm?«, frage ich ihn.

Henry rollt sich seinen langen Ärmel auf und wirft einen prüfenden Blick auf seinen Unterarm mit dem frisch gestochenen Tattoo unter dem durchsichtigen Kunststoffpflaster. »Nö. Scheint alles in Ordnung zu sein.«

Ich nehme mir einen Moment, um es zu bewundern. Das Motiv besteht aus einem Zehn-Dollar-Schein. *Unserem* Zehn-Dollar-Schein. Um uns daran zu erinnern, dass wir immer auf den anderen setzen können. Und auf uns selbst. Gott, ich liebe ihn.

»Sieht gut aus«, sage ich und spüre, wie mir das Blut in die Wangen steigt, weil er etwas, was uns beide betrifft, für immer auf seinem Körper haben wollte.

»Das hier war also bloß eine Entschuldigung, damit du es dir ansehen kannst, stimmt's?« Er streckt seinen Arm aus, so-dass ich das Tattoo in all seiner Pracht bewundern kann.

»Du weißt doch, wie sehr es mir gefällt.«

»Ich werde bald mit Tattoos für dich übersät sein, Baby.« Er grinst, und sein Blick sagt mir, dass er scharf auf mich ist. In dem Moment vibriert mein Handy am Po. »Das dürfte Andy sein.«

»Verdammt«, seufzt Henry.

»Und wir haben noch nicht mal ein Bett«, sage ich und ziehe das Handy aus meiner Gesäßtasche. »Ich geh mal dran.«

»Sag ihr, dass ich für Dezember gebucht habe.«

Ich streiche mit dem Daumen über das Display, um den Anruf entgegenzunehmen.

»Andy Chase!«

»Bennet!« Ihre Stimme klingt fröhlich.

»Henry lässt ausrichten, dass es mit Airbnb geklappt hat.«

»Er ist ein Schatz! Theo hat die Fluginfos an deine Mailad-resse geschickt.«

Nach unserem Trip nach L. A. und meinem Versprechen, den Kontakt zu Andy nicht noch einmal abreißen zu lassen, hatte ich mir wirklich Mühe gegeben, zu meinem Wort zu ste-hen. Nun werden wir alle vier gemeinsam für eine vorverlegte Weihnachtsfeier zu ihren Eltern nach New Orleans fliegen, wo diese vor Kurzem hingezogen sind.

»Wie läuft's mit dem Umzug? Seid ihr schon an dem Punkt, wo ihr euch gegenseitig killen wollt?«

»Diese Frau hat die schwersten Möbel auf dem ganzen Planeten ausgesucht!«, ruft Henry von der anderen Seite der Kommode ein paar Stufen über mir.

Ich spüre, wie meine Wangen zu glühen beginnen. »Es ist bloß ein Stockwerk. Er wird's überleben.«

»Werd ich nicht.« Er fächelt sich mit der Hand Luft zu.

»Andy, wir müssen diese Kommode rauf in die Wohnung kriegen. Ich rufe dich morgen mal an, okay?«

»Alles klar. Love you!«

Ich strahle mein Handy an, als ich die Hülle zuklappe. »Bereit, das kleine Mistvieh an Ort und Stelle zu befördern?«

»Los geht's.«

»Drei, zwei, eins, hoch!« Ich hole alles aus meinen Muskeln raus, was möglich ist, um die Kommode langsam Stufe für Stufe nach oben zu bekommen. Henry ächzt, als er auf dem Flur vor unserer Wohnung ankommt und wir die Kommode mit einem dumpfen Knall absetzen.

»Willkommen daheim«, sagt er und lässt den Schlüssel vor meinem Gesicht baumeln. »Willst du das übernehmen?«

Die Worte sind wie ein Adrenalinschub, und mein Puls beschleunigt sich, als ich den Schlüssel annehme. Ich schiebe ihn ins Schloss und drehe.

Bei meinen ersten Schritten hinein streiche ich mit meinen Fingern über die Wände. Wir haben uns die Wohnung natürlich schon vorher angesehen, waren dabei aber nie allein gewesen. Es ist ein unglaubliches Gefühle, hat fast schon etwas Magisches: zwei Menschen in einem leeren Raum voller Möglichkeiten. Ich lege meine Hände auf die kühle Arbeitsplatte neben der Küchenspüle, um mir ins Gedächtnis zu rufen, dass sie real ist. Es gibt eine schmale Fensterbank, an der ich mich schon mit einem Kaffee in der Hand stehen sehe, während ich auf unser neues Viertel hinausblicke. Ich werde sie für Sam mit Pflanzen und Büchern füllen.

Diese Stadt, die ich im letzten Jahr noch verlassen wollte, ist zu meinem sichersten Ort geworden. Ich weiß, dass es nicht genau das Leben ist, das sich Sam für uns gewünscht hatte, aber er hat mich hierher geführt. Ohne ihn hätte ich nie mein Zuhause gefunden.

Unser Schlafzimmer ist voll glitzerndem Licht. Bäume werfen Schatten an die Wand. Ich kann gar nicht glauben, dass sich so viel in einem einzigen Jahr verändert hat. Ich habe meine Zeit damit verbracht, zu lachen, bis mir der Bauch wehtat, zu küssen, bis mir die Augen zufielen, bin in den Armen des Mannes, der mich liebt, eingeschlafen, habe das Abendessen anbrennen lassen und stattdessen etwas Leckeres liefern lassen. Ich bin stark. Ich bin belastbar. Ich bin ein freundlicher Mensch. Das bin ich schon immer gewesen. Und ich bin stolz, es aussprechen zu können und noch stolzer, es selbst zu glauben.

Ich würde gern behaupten, dass ich glücklicher bin, weil ich etwas gefunden habe, was ich leidenschaftlich gern mache. Aber meine Therapeutin ruft mir in jeder Sitzung in Erinnerung, dass es daran liegt, dass ich mich für die Liebe von Henry, Sonya, Jamie, Sal, Marjorie, Andy und von Mr. und Mrs. Chase, meinen Eltern und auch meines eigenen kleinen Herzens, das in meiner Brust schlägt, geöffnet habe.

Ich dachte, ich hätte dieses Leben nicht verdient, doch nun weiß ich, dass es sehr wohl so ist. Es ist *nicht* zu schön, um wahr zu sein. Es ist einfach wahr.

»Henry?«

Er legt den Arm über meine Schultern und drückt mich. »Ja?«

»Ich liebe dich.«

Seine Lippen berühren die meinen wie ein Hauch, dass es fast eine Einbildung sein könnte. »Ich liebe dich mehr.«

In seinen Armen wird mir immer wieder bewusst, dass Glücklichsein nicht in Schuld gehüllt sein muss. Und Liebe nicht in Zweifel. Manchmal ist sie einfach, was sie ist.

Und das ist genug.

Ich greife nach seiner Hand, und wir gehen gemeinsam zur Tür, um die Kommode hereinzutragen, unser erstes Möbelstück in unserer neuen Wohnung. Auch wenn dies alles hier neu für mich ist, weiß ich doch, dass ich zu Hause bin.

Ich kann es kaum erwarten, es mit den schwersten Möbeln zu füllen, die ich finden kann.

DANK

Dieses Buch hat nach einigen hektischen, verrückten Sommermonaten auf der Veranda meines Elternhauses das Licht der Welt erblickt und seither das Glück, dass sich überaus erfahrene Betreuer seiner angenommen haben. Es heißt, es braucht ein ganzes Dorf, um ein Kind – in diesem Fall ein Buchkind – großzuziehen, was möglicherweise eine klischeehafte Behauptung ist, aber ich hatte schon immer eine Vorliebe für Klischees.

Passion Project wäre undenkbar ohne meine Traumagentin Lily Dolin. Danke, dass du mir eine Chance gegeben hast und eine so leidenschaftliche Verfechterin dieses Romans bist. Ich weiß nicht, was ich mehr an dir bewundere, dein gutes Auge, deine Beharrlichkeit oder deinen Scharfsinn. Danke, dass du meine Gedanken gelesen und jede neurotische Textnachricht beantwortet hast. Und dass du alles immer mit einer solchen Zuversicht und Klugheit angegangen bist. Danke auch an alle bei UTA Publishing – als ich UTA-Autorin wurde, ist für mich ein Traum wahr geworden.

Mein Dank gilt auch meiner unvergleichlichen Lektorin, Marie Michels, deren Mitarbeit so bereichernd für mich gewesen ist. Es ist ein Geschenk, mit einer Lektorin zusammenzuarbeiten, die einen versteht, deren Vorstellung mit der eigenen übereinstimmt, die das Herz und die Seele des Romans erkennt und die die Fähigkeit besitzt, ihn durch ihre Bearbeitung zu verbessern. Danke, dass du dieses Buch auf jeder einzelnen Seite ein bisschen besser gemacht hast. Mein Dank geht ebenso an alle bei Pamela Dorman Books und Penguin – Brian Tart, Andrea Schulz, Patrick Nolan, Kate Stark, Pamela Dorman, Nick Michal, Norina Frabotta, Nicole Celli, Sabrina Bowers, Mary Stone, Rebecca Marsh und Andy Dudley. Und danke auch an Jason Ramirez, Nayon Cho und Katie Smith für das wundervollste Cover ever!

Danke an meine Familie, die mich nicht für verrückt erklärt hat, als ich verkündet habe, einen Roman schreiben zu wollen. Ihr habt mich bei all meinen Träumen ermutigt – egal wie hochfliegend und wenig brauchbar sie auch gewesen sind – und mir dabei nie das Gefühl gegeben, dass meine Entscheidung falsch ist oder ich mir mal den Kopf zurechtrücken lassen sollte. Ihr habt mich einfach machen lassen. Eure Liebe und Unterstützung sind das allergrößte Geschenk für mich, auch wenn ich es mit Sicherheit nicht immer verdient habe.

Danke an meine Mentorinnen, Amber und Danielle Brown, zwei der talentiertesten Autorinnen, die mir jemals begegnet sind. Ihr seid wegweisend gewesen für dieses Buch und meine Karriere, und ich werde euch immer dankbar sein für eure Orientierungshilfen, euer gutes redaktionelles Auge und euren Zuspruch.

Danke an meine ersten Leserinnen und Leser, Critique Partner und Fremdenführer in der Verlagswelt, ohne die ich im Dunkeln herumgestolpert wäre. Meredith Schorr, CL Montblanc, Bridey Morris, Shoshana Grauer, Samatha Bansil und Famke Kim-Thy Halma. Danke für all eure Ratschläge, eure Geduld und vor allem für eure Freundschaft.

Danke an meine besten FreundInnen, drinking Buddies, unbezahlte TherapeutInnen und Seelenverwandte – Richard Spitaletta, Rachel Fairbanks Adaran, Isabelle Germano, mein

Löwenrudel und mehr. Ich hätte das hier ohne euch nicht hinbekommen. Danke an Eric Price und Will Reynolds, die nicht die Ersten waren, die meinten, ich hätte das Zeug zur Schriftstellerin, aber die Ersten, denen ich geglaubt habe. Danke an Kyrie Ellison-Keller, die mir die Infos gegeben hat, wie die Toiletten im The Frying Pan aussehen.

Und zu guter Letzt, aber umso enthusiastischer, danke ich meinen Leserinnen und Lesern. Ich bin unendlich dankbar für alle Leseratten, insbesondere die, die wie ich Geschichten mit einem Happy End lieben.

Die Community für alle, die Bücher lieben

Das Gefühl, wenn man ein Buch in einer einzigen Nacht verschlingt – teile es mit der Community

In der Lesejury kannst du

★ Bücher lesen und rezensieren, die noch nicht erschienen sind

★ Gemeinsam mit anderen buchbegeisterten Menschen in Leserunden diskutieren

★ Autoren persönlich kennenlernen

★ An exklusiven Gewinnspielen und Aktionen teilnehmen

★ Bonuspunkte sammeln und diese gegen tolle Prämien eintauschen

Jetzt kostenlos registrieren: www.lesejury.de

Folge uns auf Instagram & Facebook:
www.instagram.com/lesejury
www.facebook.com/lesejury